Julie Peters

Am Fuß des träumenden Berges

Ein
Kenia-Roman

Rowohlt Taschenbuch Verlag

Veröffentlicht im Rowohlt Taschenbuch Verlag,
Reinbek bei Hamburg, August 2014
Copyright © 2013 by Rowohlt Verlag GmbH,
Reinbek bei Hamburg
Umschlaggestaltung any.way, Cathrin Günther,
nach einem Entwurf der Hafen Werbeagentur, Hamburg
(Umschlagabbildung: Robert Churchill, Geoff Dann,
Philip Lee Harvey/Getty Images)
Satz aus der Galliard BQ PostScript
bei Dörlemann Satz, Lemförde
Druck und Bindung CPI books GmbH, Leck
Printed in Germany
ISBN 978 3 499 25448 2

Das für dieses Buch verwendete FSC®-zertifizierte Papier
Holmen Book Cream liefert Holmen, Schweden.

Immer wieder und immer mehr
Für Gordon

With rue my heart is laden
For golden friends I had,
For many a rose-lipt maiden
And many a lightfoot lad.

By brooks too broad for leaping
The lightfoot boys are laid;
The rose-lipt girls are sleeping
In fields where roses fade.

                               A. E. Housman

Prolog

London, Juli 1910

Das Schiff legte an einem klaren, hellen Julimorgen in London ab. Es war ein hübsches Schiff, nicht so klobig wie manche andere Schiffe am Pier, aber auch nicht so klein, dass Audrey hätte befürchten müssen, der kleinste Windstoß könne es von den Wellen heben.

Es war, wie Reggie es so trefflich ausdrückte, ein gutes Schiff, mit dem man gerne um die halbe Welt reiste.

Doch bevor sie an Bord gehen durfte und dieses große Abenteuer begann, musste Audrey sich von ihren Eltern verabschieden.

Ihre Geschwister waren nicht mitgekommen. Sie waren am letzten Wochenende zu Hause in Southwold zu Besuch gewesen, um die Schwester ein letztes Mal vor der Abreise zu sehen. Für Audrey hatte es sich sehr endgültig angefühlt, als sie den zwölfjährigen Tom und die sechzehnjährige Catherine beim Abschied umarmt hatte. Ihr ältester Bruder John hatte sich in Oxford zwei Tage freinehmen können und ihr diese zwei Tage geschenkt. Sie wussten, wie weit Afrika weg war. Wie unwahrscheinlich es war, dass sie sich in Bälde wiedersehen würden.

Vielleicht, dachte Audrey wehmütig, würde sie keinen von ihnen je wiedersehen.

Das war der Moment, in dem sie begriff, was sie da tat. In die Fremde zu gehen, war das eine. Seine Familie zurückzulassen, etwas völlig anderes. Und mochten die Unterströmungen noch so reißend sein, die unausgesprochenen Dinge noch so schwer auf ihnen lasten ... Was blieb, war dieser Abschied, dieses Gefühl der eigenen Endlichkeit angesichts der unendlich scheinenden Trennung.

Als sie sich gestern Abend im Haus ihrer Eltern von Alfred verabschiedet hatte, hatte sein Verstand nicht begriffen, dass es für immer war. Er hatte Audrey fröhlich zugewinkt und fröhlich gerufen: «Ald, Dridri!»

Bis bald, Audrey.

Der Abschied von ihm fiel ihr besonders schwer. Sie vermisste ihn schon jetzt, und sie fürchtete, wenn sie nicht mehr jeden Tag bei ihm saß, würde irgendwann nicht mehr so gut für ihn gesorgt. Seine Pflegerin Emma würde sicher irgendwann nachlässig, die Eltern waren gleichgültig. Für sie schien Alfred nicht mehr zu existieren. Sie hatten den jüngsten Sohn ebenso aus ihrem Herzen verbannt wie ihre Tochter.

Als Alfred ihr so ausgelassen winkte, war das der Moment, als sie zum ersten und letzten Mal weinen musste.

Jetzt aber, am Pier von London, an der Seite ihrer Eltern, blieben ihre Augen trocken.

Ihre Mutter stand steif neben ihr. Eleonore Collins blickte kalt, so kalt, dass nicht einmal der Wind wagte, ihren Hut in Schwingungen zu versetzen

«Du wirst es dort gut haben», stellte sie rigoros fest, als

fürchte sie, Audrey könne in letzter Minute zusammenbrechen und ihre Eltern anflehen, bei ihnen bleiben zu dürfen.

Eine letzte Umarmung, kühl und pflichtbewusst. Diese steifen Arme sagten nichts. Audrey verschluckte sich an dem Kloß in ihren Hals. Ganz kurz spürte sie den gewölbten Leib der Mutter, der sich gegen ihren eigenen, flachen Bauch drückte. Nach über zehn Jahren Pause bekam sie ein sechstes Kind.

Audrey verstand genau, warum.

Ich weine nicht euretwegen.

Sie versuchte, sich das einzureden. Dass der Abschied von den Eltern sie nicht ins Bodenlose stürzen ließ.

Ich weine, weil ihr eurer Tochter nicht mal in der Abschiedsstunde ins Gesicht sehen könnt. Weil ihr in Gedanken schon bei einem neuen Leben seid, in dem ich keine Rolle spiele, und Alfred vielleicht auch nicht.

«Audrey.»

Ihre Mutter trat zurück und machte ihrem Vater Platz. Er musterte sie ernst, als prägte er sich ihr Gesicht noch einmal ein. Sie wussten beide, das war nicht nötig. Er würde das Gesicht der Tochter, die das Leben der ganzen Familie zerstört hatte, niemals vergessen. Das hatte er sie in den letzten zwölf Monaten immer wieder spüren lassen.

«Vater», murmelte sie. Wie gerne hätte sie den Schneid gehabt, ihm jetzt noch einmal trotzig die Stirn zu bieten! Hatte er sie dafür nicht immer geschätzt? Hatte er damals nicht immer gesagt, wie stolz er doch auf seine Tochter sei, die sich nie für den einfachsten Weg entschied, sondern immer für den, auf dem sie kämpfen musste?

Ich bin gestürzt. Keiner hat mich aufgefangen.

Sie schüttelte den Kopf. Sie wollte glauben, dass Besorgnis in den alten Augen ihres Vaters aufblitzte. Augen, die so alt waren seit letztem Sommer. Seit alles so anders war.

«Mach uns keine Schande, hörst du?» Er nickte zu den beiden Leuten herüber, Reggie und Rose Winston, beide im Alter ihrer Eltern, die sie auf der Reise begleiten würden. Und obwohl sie Fremde waren, fühlte Audrey sich ihnen mehr verbunden als den Menschen, die sie einundzwanzig Jahre lang aufgezogen hatten. Die sie zu dem Menschen geformt hatten, der sie jetzt war und der jetzt fortgeschickt wurde.

Weil ich unerträglich bin.

«Nein», antwortete sie schließlich. Kein Widerspruch, nicht mehr. Wie hatte sie getobt und widersprochen, früher. Wie hatte sie sich gewehrt gegen die Eiseskälte der Eltern, hatte sich aufgelehnt mit ihren beschränkten Mitteln. Nichts hatte geholfen, und schließlich hatte sie sich gefügt.

Aber auch das hatte die elterliche Gleichgültigkeit nicht zu durchdringen vermocht.

Wenn sie wenigstens wütend wären. Wenn sie mir Vorwürfe machen würden.

Nichts. Für Eleonore und Horatio Collins gab es diese Tochter nicht mehr, und deshalb lohnte es auch gar nicht, sich ihretwegen zu grämen oder sich um ihre Zukunft Sorgen zu machen. Sie bestieg dieses Schiff nach Afrika und heiratete dort einen anständigen Mann. Damit war das Thema erledigt. Sicher würden sie nie mehr ein Wort über sie verlieren.

«Ich werde schreiben», versprach sie. Und weil sie nicht wusste, ob sie den Vater umarmen durfte zum Abschied, blieb sie abwartend vor ihm stehen, bis er die Hand ausstreckte, seltsam unbeholfen. Mit dem anderen Arm zog er sie für einen kurzen Moment an sich, doch beide wussten, wie sehr ihm diese Geste zuwider war. Audrey schluckte. Sie roch seinen schlechten Atem und etwas anderes, leicht Ranziges, das sie nicht benennen konnte. Vielleicht das Alter.

«Es wird Zeit, meine Liebe», zwitscherte Rose. Sie umfasste Audreys Arm und zog sie sanft zu sich, weg von den Eltern. Eine Geste, so viel freundlicher als alles, was von ihren Eltern kam.

«Ja», sagte Audrey und blieb stehen.

Sagt doch irgendwas. Sagt mir, dass ihr mich vermissen werdet. Sagt mir, dass ihr mich liebt.

Aber es kam nichts dergleichen.

Ihre Eltern waren keine Lügner.

Sie haben mir nicht verziehen, dachte Audrey, während sie hinter Rose die Gangway hinaufging.

Keine Tränen. Es war alles gesagt, und für Tränen war kein Platz mehr.

Wenn Kinyua staunen wollte, besuchte er die Weißen. Der Weg dorthin war nicht weit. Seine Füße trugen ihn zu der Farm, vorbei an den langen Reihen Teepflanzen, zwischen denen sich die Frauen seines Stammes ebenso rasch fortbewegten wie die jungen Männer, die sich etwas dazuverdienten.

Geld, damit fing es schon an. Silberrupien nannten sie ihr Geld. Silbern war an diesen Papierfetzen nichts, es stand nur darauf – behaupteten die Weißen –, und für diese Papierfetzen konnte man sich tatsächlich etwas kaufen. Kinyua hatte nicht schlecht gestaunt, als er Mr. Noori zum ersten Mal einen Papierstreifen gegeben und einen Sack Mais und einen Korb Maniok bekommen hatte.

Und er hatte silbrige Münzen obendrauf bekommen, die erstaunlicherweise nicht so viel wert waren wie diese Papierstreifen.

Er ließ seine Füße wandern, den Blick nach oben gerichtet, zum Himmel. Zum Gipfel des Kere-Nyaga, des strahlenden Bergs, Hort des Ngai. An diesem Morgen lag der Berg in Hochnebel gehüllt, verträumt und entrückt bot er sich den Menschen dar.

Nicht nur die Neugier trieb Kinyua zu den Weißen. Ja, er belächelte sie gerne, weil sie rafften, was sie kriegen konnten. Weil sie riesige Häuser aus Stein bauten wie Bwana Winston, der ein Dutzend Räume ganz allein für sich hatte. Keine Ziegen oder Kühe lebten in diesem aus Stein gemauerten Haus. Nicht einmal die Boys oder der Koch schliefen darin; sie liefen abends zu den Hütten, in denen die Arbeiter mit ihren Frauen wohnten.

Kinyua verstand diese Männer nicht. Warum lebten sie nicht im Dorfverband wie früher? Wieso waren sie mit den Frauen auf das Land des Weißen gezogen – das ihm im Übrigen gar nicht gehörte, weil er es ihnen einfach weggenommen hatte –, statt auf ihrem eigenen Grund und Boden zu bleiben?

War es wirklich so viel leichter, sich mit Papier abspeisen zu lassen für das, was man brauchte?

Gerne hätte Kinyua gefragt, was diese Männer tun würden, wenn sich Mr. Noori eines Tages weigerte, die Papierstreifen und Silbermünzen gegen Nahrung einzutauschen. Dazu zwang ihn doch niemand.

Als er sich dem Haus näherte, trat gerade Bwana Winston auf die Terrasse. Er hob die Hand, und auch Kinyua hob die Hand, ganz leicht nur.

Bwana Winston blickte ihm schweigend entgegen. Er verstand inzwischen, dass Kinyua stets zuerst sprach.

«Die Ziegen», sagte er.

«Ihr habt schöne Ziegen», sagte Bwana Winston. «Viele Ziegen.» Er nickte bekräftigend. «Sie geben gute Milch.»

«Diese Ziegen sind krank», entgegnete Kinyua und blieb stehen. «Sie fressen nicht, und ihnen tun die Füße weh.»

Bwana Winston überlegte. «Dann soll wohl unser Verwalter sich die Tiere ansehen?» Bwana Randolph kannte sich mit Ziegen aus. Er kannte sich mit allen Tieren aus.

«Er darf nicht in unser Dorf», versetzte Kinyua.

Bwana Winston seufzte. «Kinyua. Wie lange kennen wir uns nun?»

«Du bist vor acht großen Regenzeiten hergekommen.»

«Acht Jahre, genau. Und jedes Mal, wenn eines eurer Tiere krank wird, schicke ich euch Mr. Randolph.»

«Und jedes Mal kam danach eine Krankheit über ein Kind, oder eine Frau war mit einem Wechselbalg schwanger, das so bleich aus ihrem Schoß gekrochen kam, dass es von dem Weißen besessen sein musste.»

Der Bwana lächelte. «Du hast schon sehr christliche Ansichten, dafür, dass du unseren Missionar verjagt hast, Kinyua.»

Davon wollte Kinyua nichts hören. Der Missionar, den Bwana Winston ins Dorf geschickt hatte, war ein Verrückter und hatte keine Ahnung. Er hatte von Ngai erzählt, dem Einen Gott, aber dann hatte er behauptet, er sei gar nicht verheiratet gewesen mit Mumbi, und neun Töchter habe er auch nicht gehabt, sondern nur einen Sohn, der Wasser in Wein verwandeln konnte. Ein Gottessohn, der ein saures, berauschendes Getränk herstellte, obwohl sie hier vor allem genug Wasser benötigten, um die Felder zu bestellen? Das war doch verrückt!

«Er kommt nicht in unser Dorf. Ich bringe eine Ziege her, und er sagt, was wir tun müssen.»

Bwana Winston widersprach nicht. Er wusste um Kinyuas Macht. Auf Kinyua hörten sogar die Ältesten, sie lauschten andächtig seinen Worten, weil er der muramati war.

Als muramati oblag ihm die Verantwortung, für die Menschen seines Dorfs im Diesseits zu sorgen. Er teilte das Land zu, und zu ihm kamen die Leute, wenn sie einen

Zwist hatten. Meist versuchte Kinyua zu vermitteln. Wenn das nicht gelang, schickte er sie zum mondo mogo, der für Gerichtsverfahren und Geisterbeschwörungen ebenso zuständig war wie für die Heilung von Krankheiten. War ein Streitfall zu schwierig, wurde er vor den Ältestenrat gebracht und dort verhandelt.

Kinyua war nicht freiwillig hier. Die Ältesten hatten ihn gegen seinen Willen hergeschickt. Wenn Kinyua das Sagen gehabt hätte im mbari, hätte er den anderen gesagt, dass die Krankheit der Ziegen eine Strafe Ngais war, weil sie für die Weißen arbeiteten. Denn seit die Wazungu, die weißen Männer, in dieses Gebiet vorgedrungen waren, wurden Kühe und Ziegen, Frauen und Kinder krank und starben.

Aber vielleicht war es ja Ngais Wille und der seiner Vorfahren, dass er mit dem Bwana über Ziegen redete und darüber, dass dessen Verwalter die Finger nicht von den Frauen seines Stammes lassen konnte.

Kinyua blieb stehen und beobachtete den Bwana. Der lehnte lässig gegen einen Pfeiler, der das tiefe Dach der Veranda trug, und zündete sich eine Zigarette an.

«Du bist einsam, Bwana Winston.»

Er musterte Kinyua erstaunt. «Was weißt du über Einsamkeit?»

«Ich habe drei Frauen. Mit drei Frauen ist man sehr einsam. Meist sind sie sich einig.»

Und außerdem hatten sie immer zur selben Zeit ihren Mondfluss, aber davon verstanden die Weißen nichts. Bei ihnen war alles so rein und sauber. Wahrscheinlich gab es etwas so Unreines bei ihnen gar nicht.

«Mit einer Frau wäre ich also weniger einsam?»

«Nachts hättest du es schön warm. Und es ist gut für dich. Für deinen Körper.»

Bisher hatte er nur eine weiße Frau gesehen. Und die hatte ein Kleid getragen, das so hell war, dass es aussah wie der Schnee auf dem Kere-Nyaga. Mythisch und geheimnisvoll wie der Schnee, den kaum jemand aus seinem Volk je aus der Nähe betrachtet, geschweige denn berührt hatte.

Er fragte sich, ob die Kleider der Weißen wohl auch so kalt waren wie der Schnee. Ob sie darin froren?

Der Bwana lachte. «Tja, ich hab keine Frau. Aber einsam, nein, ich würde mich nicht als einsam bezeichnen.» Er schüttelte den Kopf.

Kinyua musterte ihn überrascht. «Aber was ist mit der Memsahib, die alle paar Wochen zu Besuch kommt?», fragte er. «Ich dachte, sie wärmt dich.»

Bwana Winston pflückte sich einen Tabakkrümel von der Zunge. Lächelte er? Ja, er lächelte. «Die Memsahib wärmt mir nicht das Lager. Sie ist eine gute Freundin.»

Kinyua verstand zwar nicht, warum eine Freundin ihm nicht das Bett wärmen konnte. Aber was wusste er schon. In den Augen dieses Mannes war er nur ein Wilder.

«Vielleicht suche ich mir eine Frau», fuhr der Bwana fort. «Es wäre schön, eine zu haben. Aber hier draußen will ja keine vernünftige Frau leben. Zu viel Wildnis.»

«Such dir eine, die nicht anders kann. Eine Hübsche, die froh ist, in die Wildnis zu dürfen», schlug Kinyua vor. So war er an seine dritte Frau gekommen. Ihre Familie war ausgelöscht, nur ein entfernter Onkel war noch da, der sie nicht als unnützen Esser in seiner Hütte haben wollte. Also hatte er sie Kinyua angeboten. Ihm gefielen ihr feuchter Mondkalbblick und ihre schweren Brüste. Sie war brav und dankbar, ihn nachts in ihrer Hütte begrüßen zu dürfen, und inzwischen hatte sie ihm schon zwei Söhne geschenkt.

Eine gute Frau.

Aber irgendwie ahnte er, dass die weißen Männer, die Wawingereza oder Engländer, wie sie sich selbst nannten – das Wort verknotete ihm Herz und Hirn –, ihre Entscheidung darüber, welche Frau die richtige für sie war, nicht nach diesen Kriterien trafen. Diese Männer waren so merkwürdig, dass Kinyua sogar vermutete, dass sie sich erst den schwächenden Gefühlen hingaben, bevor sie sich durch regelmäßigen Beischlaf stärkten.

Bwana Winston lachte. «So leicht ist das nicht, Kinyua», meinte er.

Natürlich nicht. Diese Weißen waren schon ein komischer Menschenschlag.

«Ich bringe eine Ziege», sagte Kinyna. «Heute oder morgen.»

Der Bwana sagte nicht, dass er die Ziege lieber heute oder morgen hier hätte. Er wusste, Kinyua hielt nichts von dem, was die Weißen so gerne trieben: ihre Lebenszeit in kleine Häppchen zu teilen, bis es nicht mehr ging, nur um dann zu klagen, dass diese winzigen Häppchen allzu schnell verflogen.

Kinyua rechnete in Regenzeiten. Das reichte vollkommen aus.

Er drehte sich um und ging. Den kurzen Rasen überquerte er, gerade weil er wusste, wie sehr Bwana Winston es hasste, wenn er darüberging.

Er trat in den Wald. Der Bwana hatte sein Land klug gewählt. Es lag am Rand der Savanne, dort, wo die Landschaft in die gebirgigen Ausläufer des Kere-Nyaga überging. Fruchtbare Böden und viel Regen, wenn denn Regen kam. Gutes Land. Roter, lehmiger Boden, der die Teepflanzen hoch wachsen ließ. Die silbrigen Blätter, die sich langsam im Morgentau entrollten, waren zart und versprachen viel.

Einst hatte das Land seinen Vorfahren gehört. Doch dann war der weiße Mann gekommen und hatte sich das Land genommen, als habe es ihm schon immer gehört. Aber das konnte nicht sein, denn niemand erzählte Geschichten von den Weißen, nicht einmal die ganz Alten.

1. Kapitel

Am schlimmsten waren die Nächte, in denen sie keinen Schlaf fand. Wenn sie sich stundenlang von einer Seite auf die andere wälzte, wenn sie in die Dunkelheit lauschte und glaubte, die Rufe zu hören.

Wenn sie fürchtete, verrückt zu werden.

Anfangs hatte sie geglaubt, das würde vergehen wie ein hartnäckiger Schnupfen oder der Sommer. Sie hatte wirklich gedacht, es würde irgendwann nicht mehr so schlimm sein. Dass die Zeit sie trösten würde, dass sie voranschreiten durfte auf dem Weg, den sie für sich gewählt hatte.

Aber dann kam der Brief aus Deutschland, unpersönlich und knapp. Der Inhalt hätte sie nicht überraschen dürfen, aber die Worte empfand sie als Ungerechtigkeit, der sie sich nur widerwillig beugte. Sie hatte bis zu dem Moment noch glauben wollen, dass es nicht so schlimm sei. Dass sich alles wieder einrenken würde.

Kurz darauf kam niemand mehr ins Haus ihrer Eltern, fast als wüssten die Leute von Southwold, was in dem Brief stand. Sie war geächtet, und mit ihr die ganze Familie. Niemand lud sie mehr zu den Teepartys ein, und wenn Audrey allein über die Straße ging, wandten sich die Leute ab und taten, als kannten sie sie nicht.

Ihre Eltern wurden ebenso gestraft wie ihre jüngeren Geschwister, und ihr älterer Bruder John schrieb aus Oxford, ihm erginge es nicht anders, seit die Geschichte bekannt geworden war. Die Leute redeten, und für sie trug allein Audrey die Schuld am Unglück ihrer Familie.

Sie war an allem schuld, und das ließ sie nachts nicht mehr schlafen.

Das und die Erinnerung an ihr Verbrechen.

In dieser Nacht im September stand sie schließlich auf. Der Himmel verlor im Osten bereits alle Farbe und wurde zu lichtem Grau, überzogen von einem rosigen Hauch. Schon bald ging die Sonne auf und vertrieb mit ihren Strahlen die sanften Farben.

Audrey stand lange am Fenster. Sie blickte nicht hinaus, sie war blind für die Schönheit der Natur und taub für das Zwitschern der Vögel, für das sanfte Rauschen des Meers hinter den Dünen. Sie sah nicht diesen stillen Morgen, sondern hörte nur das grelle Lärmen eines heißen Sommertags.

Zwei Monate war das nun her. Seitdem hatte nichts ihren Schmerz lindern können.

Schließlich kleidete sie sich sorgfältig an und verließ ihr Zimmer unterm Dach des großen Pfarrhauses. Sie schlich an den Schlafzimmern ihrer Eltern und der Geschwister im Obergeschoss vorbei, und auf der alten Holztreppe ließ sie die eine Stufe aus, von der sie wusste, dass sie knarrte.

In der Küche war es noch ruhig. Sie heizte den Herd an, schob Scheite nach und wartete, bis das Feuer munter brannte. Dann füllte sie den Teekessel, stellte ihn auf die Herdplatte und löffelte Teeblätter in die Kanne mit der angeschlagenen Tülle. Sie legte die Hand auf die Wand des Teekessels und spürte die Wärme. Wärme, die zu Hitze wurde.

Audrey wandte den Kopf und schaute aus dem Fenster. Vorbei an dem Bord mit Zucker und Teedose, mit Kaffeemühle und angeschlagenen Bechern. Vorbei an der Tüllgardine und den Kräutern auf dem Brett. Sie sah nichts davon, sie spürte nur die Hitze, die sich langsam in ihre Handfläche fraß und den Arm hinaufstieg. Sie fröstelte dennoch.

Aber sie ließ nicht los. Es war eine Prüfung. Wie viel Schmerz hielt sie aus?

Erst als hinter ihr ein leiser Schrei erklang, fuhr sie herum. Millie war sofort neben ihr, packte ihre Hand und riss sie weg.

«Kind, pass doch auf!»

Audrey sah erstaunt die Brandblasen, die auf ihrer Handfläche erblüht waren.

«Warum tust du so was?», schimpfte das Dienstmädchen. Kopfschüttelnd zog sie Audrey am Handgelenk zum Wassereimer und zwang ihre Hand in das kalte Wasser.

Audrey sog scharf die Luft ein. Für den Moment war dieser Schmerz sogar noch köstlicher, noch tiefer als der am Wasserkessel.

Millie blickte sie streng an. «Lass die Hand im Wasser», ermahnte sie Audrey. Sie trat an den Herd, packte den pfeifenden Kessel mit einem Handtuch am Griff und goss das sprudelnd kochende Wasser über die Teeblätter. Dann schob sie den Kessel zurück auf den Herd. Sie schaute in die Teekanne und schüttelte den Kopf. «Versteh nicht, wieso du so was machst», meinte sie.

«Was mach ich denn?», fragte Audrey leise. Ihre Knie zitterten, und ihr war eiskalt.

«Würde ich dich nicht besser kennen, würde ich meinen, du wärst verrückt geworden. Bleib da, hörst du? Kühl die Hand, dass es keine Narben gibt. Ich hole das Lavendelöl aus dem Nähkästchen deiner Mutter.»

Vielleicht bin ich das ja, dachte Audrey. Verrückt vor Schmerz, verrückt vor Angst. Denn das war das Schlimmste. Sie fürchtete die Zukunft, die nichts mehr bereitzuhalten schien für sie, jetzt, da sie alles verloren hatte.

Mit einem Ruck stieß Millie sich vom Herd ab. «Naja, ist nicht meine Sache. Dein Vater wird nicht erfreut sein, wenn er das sieht.»

Wenn er überhaupt noch was sieht, dachte Audrey.

Für ihn war sie so gut wie unsichtbar, nicht nur für die Leute auf der Straße, die sie schnitten.

Natürlich erfuhr ihr Vater davon. Millie konnte es ihrer Mutter nicht verheimlichen, und die trug es gleich weiter. Am frühen Nachmittag ließ er nach ihr schicken.

Audrey hielt die rechte mit der linken Hand umklammert, als sie vor seinem Arbeitszimmer stand. Millie hatte die Brandblasen mit Lavendelöl bestrichen und anschließend einen Verband angelegt, unter dem die Haut puckerte und pochte.

Die Tür zum Arbeitszimmer war geschlossen, wie immer, wenn er nicht gestört werden wollte. Er schrieb vermutlich an der Sonntagspredigt oder war damit beschäftigt, seine naturkundliche Sammlung zu sortieren. Er war ein viel beschäftigter Mann, der die häuslichen Belange gewöhnlich seiner Frau überließ. Wenn er eines seiner Kinder zu sich zitierte, dann nur, weil es etwas angestellt hatte.

Sie atmete tief durch und klopfte an. Mit der rechten Hand, der schmerzenden.

«Herein!»

Sie trat ein, schloss die Tür und blieb stehen.

Ihr Vater saß hinter dem wuchtigen Schreibtisch, die Brille auf die Nasenspitze geschoben und einen Kasten mit Gesteinsproben vor sich auf dem Tisch. Die Sonne schien durch die hohen Fenstertüren hinter seinem Rücken und ließ die Haare wie ein silbriger Heiligenschein glänzen. Er schaute nicht auf, sondern sagte nur: «Setz dich, Audrey.»

Er klang müde. Als koste es ihn viel Kraft, mit seiner ältesten Tochter so streng ins Gericht gehen zu müssen. Oder als sei es ja doch unwichtig, denn gleichgültig, wie oft er sie zurechtwies, sie blieb doch das Kind, das ihm den meisten Kummer bereitete. Vergebene Liebesmüh, sich für sie noch einzusetzen.

Audrey hätte sich gern hingesetzt, aber sie blieb aus Trotz stehen. Ihre Hand pochte, und sie sah winzige Punkte vor ihren Augen tanzen. Sie hatte heute noch nichts gegessen, nur die Tasse Tee hatte sie am Morgen gehabt.

«Millie hat deiner Mutter erzählt, was passiert ist. Sie meint, du hättest es mit Absicht getan.» Endlich ließ er von den Steinen ab und hob den Kopf. «Nun? Was hast du dazu zu sagen?»

Sie schwieg.

«Ich habe dich etwas gefragt, Audrey.»

Er hatte sie immer unterstützt. Immer war er stolz auf sie gewesen. Auf ihre Klugheit, ihren schnellen Verstand und ihr Interesse an allem, was über Hausfrauenaufgaben hinausging. Er hatte sie ermutigt, sich Themen zu widmen, die einem jungen Mädchen nicht angemessen waren. Hatte sie auch ermutigt, ihrem Herzen zu folgen, als sie sich das erste Mal verliebte. Immer war er für sie da gewesen – streng, aber gerecht.

Sie hoffte so sehr, dass er endlich aufhörte, sie wie einen seiner Trilobiten zu behandeln, die er im Glaskasten aufbewahrte und nur mit äußerster Vorsicht hervorholte und nie aus der Hand gab, weil die dünnen Steinplatten zu leicht kaputtgehen konnten.

Er schwieg mit ihr und wandte ihre einzige Waffe gegen sie. Das Schweigen war ihr zur zweiten Natur geworden, aber er hatte Zeit. Nur die Standuhr in der Zimmerecke tickte. Schließlich beugte sich ihr Vater erneut über die Trilobitensammlung, und er flüsterte zufrieden und strich mit dem Finger über ein perfektes Exemplar ohne Absplitterungen und Brüche.

«Ich habe mir die Hand verbrüht», sagte sie plötzlich. «Es war ein Versehen.»

«Ein Versehen, hm. Millie hat deiner Mutter erzählt, du hättest die Hand an den Wasserkessel gelegt. Du wolltest dich also verbrennen.» Er schloss den Kasten und stand auf, um ihn zurück in die Vitrine zu den anderen zu stellen. Mit dem Rücken zu ihr fragte er: «War das genauso ein Versehen wie vor drei Tagen, als du dich in den Daumenballen geschnitten hast?»

«Da habe ich Pflaumen entkernt.» Aber ihr Widerspruch war schwach. Sie wusste schon, was er als Nächstes sagen würde.

«Und das blutige Handgelenk letzte Woche?»

Unwillkürlich rieb sie sich das Handgelenk. Es war immer noch verschorft und gerötet. «Das hat so gejuckt.» Wie besessen hatte sie sich gekratzt. Wie eine Wahnsinnige. Bis der Schmerz ihr Gehirn erreichte und sie endlich, endlich darin Vergessen finden konnte …

Sie musste besser aufpassen. Inzwischen wussten alle im Haus davon, und man ließ sie selten unbeaufsichtigt. Wenn sie sich wieder Schmerzen zufügte, um endlich diesen anderen Schmerz tief in ihrer Seele zurückzudrängen, dann schauten die anderen sie mitleidig an. Aber hinter diesem Mitleid lauerte etwas anderes – die Angst, sie könnte vielleicht wirklich verrückt werden. Die Befürchtung, dass sie an den Ereignissen des vergangenen Sommers zerbrach.

«Nun, du hättest bei einem Ausschlag auch Dr. Wilken aufsuchen können, statt dir die Haut bis auf die Knochen aufzukratzen. Er hätte dir eine Salbe verschrieben.»

Sie wollte widersprechen.

Doch ihr Vater hob die Hand. Er wollte nichts hören.

«Es muss sich etwas ändern, Audrey. So geht es nicht weiter.»

Er setzte sich wieder hinter den Tisch. Legte den Füllfederhalter auf den Papierbogen, auf dem er seine Predigt schrieb. Sie mochte die Ordnung der Dinge in seinem Arbeitszimmer. Ordnung war so tröstlich. Sie selbst war so unfähig, Ordnung zu halten. Vielleicht deswegen.

«Deine Mutter und ich sind uns einig, dass du nicht ewig in deinem Zimmer hocken kannst. Oder bei uns im Haus bleiben.» Er blinzelte. Sie spürte, dass er nach den richtigen Worten suchte. Nicht zu streng, aber auch nicht zu nachgiebig sollten sie sein.

Manchmal hatte sie das Gefühl, sich selbst wie aus weiter Ferne zu beobachten. Sie *sah*, was sie tat, sehr deutlich und doch waren es die Handlungen einer Fremden, eines Geists, und nicht ihre eigenen. Nichts, wofür sie die Verantwortung übernehmen musste.

«Ihr schickt mich fort.»

Er blickte überrascht auf.

«Damit habe ich gerechnet», setzte sie hinzu. Irgendwas geschah gerade mit ihr. Die Worte klangen hohl, ihre Stimme seltsam fremd. Tapfer sprach sie weiter. «Wo ihr mich auch hinschickt, ich werde gehen, ohne mich zu beklagen.»

«Wir wollen dich doch nicht wegschicken, Audrey.» Er seufzte. Sein Zögern, sein Suchen nach den richtigen Worten in einem Irrgarten, in dem es nur die falschen zu geben schien, ängstigte sie mehr als alles andere. Ihrem Vater fehlten die Worte nicht, sie fielen ihm zu. Er war darin geübt, etwas auszudrücken. Jeden Sonntag hielt er seine Predigt von der Kanzel der Kirche, und jeden Sonntag bewunderte sie ihn für seine rhetorischen Meisterleistungen, mit denen er eine ganze Gemeinde in Bann hielt.

Und jetzt rang dieser Mann, sonst nie um ein Wort verlegen, um die richtigen Formulierungen?

«Wir möchten einfach, dass du glücklich wirst.»

Sie schwieg.

Das war ich doch, dachte sie. Bis ich mir dieses Glück selbst zerstört habe.

Eine kleine Unachtsamkeit hatte alles kaputt gemacht.

«Ich weiß, das wird nicht einfach», fügte er hinzu. «Aber das Leben bietet dir sicher eine zweite Chance. Wenn du es nur versuchen möchtest.»

Sie wollte es aber nicht versuchen.

Weil sie weiter so verbissen schwieg, zog ihr Vater aus einem Stapel Korrespondenz ein dünnes Briefchen hervor. «Mein Studienkollege Reginald – du erinnerst dich vielleicht an ihn, er hat uns vor Jahren einmal besucht – hat mir geschrieben. Er hat einen Neffen, der vor acht Jahren nach Afrika gegangen ist.»

Er hielt ihr den Brief hin. Audrey trat vor und nahm ihn. Kein Absender, kein Empfänger. Stempel und Briefmarke fehlten ebenfalls. Der Brief war einem anderen beigefügt worden.

«Er meint, im Protektorat Ostafrika gebe es nur wenige Frauen, und sein Neffe denke jetzt wohl darüber nach, zu heiraten und eine Familie zu gründen.»

Weil Audrey immer noch schwieg, fügte ihr Vater hinzu: «Er heißt Matthew.»

Sie nickte mechanisch.

War es so einfach? Konnte ein dünner Brief über ihre Zukunft entscheiden?

«Du musst das nicht tun», fügte er hinzu. Sie lächelte schwach und drehte den Brief in den Fingern. «Wenn du ihn nicht magst, ist dir keiner drum böse. Wir möchten nur, dass du es versuchst.»

«Das werde ich.»

«Danke. Das war alles.»

Er nickte bekräftigend, und als sei ihm der Gedanke nachträglich gekommen, fügte er hinzu: «Und bitte hör auf, dich zu verletzen. Du tust deiner Mutter und mir damit weh.»

Audrey nickte. Sie verließ das Arbeitszimmer ihres Vaters. Der Brief des Fremden knisterte in ihrer Hand. Sie blieb im Gang vor dem Zimmer stehen und drückte ihn an die Brust. Vielleicht war das hier ein Anfang. Einen winzigen Moment lang erlaubte sie sich die Vorstellung, dieser Brief könnte tatsächlich ihre Rettung sein. Vielleicht war dieser Matthew ein guter Mann, vielleicht war er nicht gar so alt.

Sie atmete tief durch, faltete den Brief auseinander und überflog die Zeilen. Dann lächelte sie.

Seine Worte gefielen ihr. Er klang nett und gebildet, und die knappe Seite genügte, ihr Interesse an ihm zu wecken. Wer war er, dass er auf eine Frau hoffte, die bereit war, alles hinter sich zu lassen, um einen Fremden zu heiraten?

Er hatte es sicher auch nicht leicht.

Sie ging nach oben in die Dachkammer, rückte den schmalen Schreibtisch vor die Luke, wischte den Staub ab und holte ihr Schreibzeug hervor. Er suchte eine Frau? Vielleicht war sie ja wirklich die Richtige.

Mehr als die Hoffnung hatte sie ja nicht.

2. Kapitel

Der Sommer zog sich zurück und machte einem goldenen Herbst Platz, dem ein eisiger Winter folgte. Der Frühling aber brach mit Macht über den Osten Englands herein, und schon im März konnte Audrey wieder draußen auf der Bank sitzen. Sie hielt ihr wintermüdes, blasses Gesicht der Sonne entgegen. Schon erblühten die ersten, winzigen Sommersprossen auf der Nase und den hohen Wangenknochen. Ihre Mutter schimpfte und legte ihr einen großen Hut auf die Bank neben die Bücher. Aber Audrey wollte keinen Hut. Sie wollte die Sonne spüren. Die Sonne, die in ihr das Gefühl weckte, lebendig zu sein.

Den Winter hatte sie mit Büchern verbracht. Ihr Vater hatte ein großes Bücherpaket aus London kommen lassen, das sie zunächst nicht angerührt hatte. Doch als ihr das Warten zu lang wurde, begann sie, in den schmucken Bänden zu blättern, und schließlich las sie.

Aber nie verpasste sie den Postboten. Er kam morgens gegen halb elf die Straße entlang. Schon von weitem hörte sie das Liedchen, das er tagein, tagaus pfiff. Sie sprang auf, eilte ans Gartentor, und ihre Hände umklammerten in gespannter Erwartung die Latten des verwitterten Törchens. Sie wartete ungeduldig, bis Mr. Tremayne heran war. Er war nicht mehr der Jüngste, und der Kranz aus grauen Haaren um seinen Glatzkopf stand in alle Richtungen ab. Er strich über seinen silbrigen Heiligenschein und zog dann aus der weichen, dunkelbraunen Posttasche den Stapel Briefe, den er an diesem Morgen für Pastor Collins und seine Familie dabeihatte.

«Na. Miss Audrey.» Er grinste. Die Zähne waren ganz gelb gefleckt vom Kautabak, und sein Atem stank. «Sie warten wohl schon.»

«Guten Morgen, Mr. Tremayne.» Sie hätte ihm am liebsten die Briefe aus der Hand gerissen.

«Heute leider nichts für Sie, Miss Audrey.»

Die Hoffnung, die sie die letzten zwei Stunden auf der Bank gehalten hatte, fiel in sich zusammen. «Schade», sagte sie und versuchte, sich ihre Enttäuschung nicht anmerken zu lassen.

«Vielleicht ja doch?» Er klappte umständlich die Tasche auf und kramte darin. Schüttelte den Kopf und zog schließlich doch einen Brief heraus, den er zu den anderen legte. «Da ist er ja!», rief er hocherfreut, als sei es sein Verdienst, dass dieser Brief wie von Zauberhand aufgetaucht war.

Audrey lächelte.

Alles war gut. Matthew hatte ihr geschrieben.

Er schrieb ihr jede Woche, wie er es in seinem ersten Brief versprochen hatte.

«Danke, Mr. Tremayne.»

«Miss Audrey …» Er tippte sich an die Schläfe. «Grüße an die Frau Mama und den Herrn Pastor», rief er im Gehen über die Schulter zurück.

«Werde ich ausrichten.» Sie drückte die Post an sich und eilte mit gesenktem Kopf zurück zum Haus. Innerlich aber tanzte sie. Dieses flattrige Gefühl, wenn ein Brief kam, war inzwischen für sie der schönste Moment der Woche.

Sie brachte die Post zuerst zu ihrer Mutter in den kleinen Salon, legte die Umschläge dort auf den Sekretär, lief dann zurück nach draußen und setzte sich auf die Bank. Mit zitternden Händen öffnete sie den Brief.

Drei eng beschriebene Seiten. Als sie den Brief auseinanderfaltete, fiel eine getrocknete Blume auf ihren Schoß.

Staunend betrachtete sie sie. So etwas hatte sie ja noch nie gesehen! Und als sie die leuchtend rosafarbene Blüte an die Nase hob, glaubte sie tatsächlich, noch den süßen Duft zu riechen, den sie verströmte.

Meine liebe Audrey,
    siehst du, ich halte mein Versprechen. Einmal die Woche schreibe ich dir einen Brief, damit du nicht so lange warten musst.

Schon in seinem zweiten Brief hatte er sich zu seiner großen Ungeduld bekannt und seine Hoffnung ausgedrückt, dass sie sich schnell kennenlernen würden. Inzwischen schrieben sie sich seit acht Monaten. Audrey bewahrte die zahlreichen Briefe in einem Kästchen in ihrer Nachttischschublade auf, den einzigen Beweis, dass es ihn wirklich gab, diesen Mann am anderen Ende der Welt. Er schickte ihr getrocknete Blüten und schrieb von der wunderbaren, weiten Landschaft, in der, wie er es ausdrückte, «das Herz sich weitet und man wieder frei durchatmen kann». Luft und Freiheit, das war der Geist, in dem seine Briefe gehalten waren.

Er schrieb unterhaltsam über das Leben auf seiner ostafrikanischen Teeplantage, sodass sie bald das Gefühl hatte, Teil seiner Welt zu sein. In seinen Briefen begegnete sie alten Bekannten und neuen Persönlichkeiten, er stellte ihr die Menschen vor, die sein Leben teilten. Wie viel blasser und farbloser war ihr Leben verglichen mit seinem …

Matthew warb nicht offen um sie, er fragte nicht, ob sie sich ein Leben bei ihm vorstellen könnte. Er schien es nicht eilig zu haben; manchmal hatte sie sogar Angst, dass er das Interesse an ihr bereits verloren haben und nicht mehr interessiert daran sein könnte, sie zu sich zu holen und zu seiner Frau zu machen. Und wenn er noch andere Damen hatte, mit denen er korrespondierte?

Doch dieser Brief war anders. Den letzten Abschnitt las sie mit ungläubigem Staunen, und dann las sie ihn ein zweites Mal, weil sie es nicht fassen konnte.

Liebe Audrey, ich weiß, das kommt wohl etwas überraschend, aber was ich bisher über dich weiß, lässt mich hoffen, dass du die richtige Frau bist, um an meiner Seite dieses Leben zu leben. Aus deinen Briefen spricht so viel Begeisterung für Afrika, dass ich hoffe, es ist nicht nur eine geheuchelte Freude um meinetwillen, sondern dass du wirklich den Wunsch hegst, meine Frau zu werden …

Audrey las die Passage atemlos. Dann ließ sie den Brief sinken.

Er erfüllte ihre größte Hoffnung. Und er weckte damit Zweifel, die sie bisher erfolgreich verdrängt hatte.

Wollte sie das wirklich? Wollte sie Matthews Frau werden?

Genügten denn ein paar Briefe, um so eine Entscheidung zu treffen?

Ihr Vater war nicht da. Er war am frühen Morgen zu einer Familie gerufen worden, deren Vater bei den Arbeiten am Dach seines Hauses abgestürzt und kurz darauf an einer Kopfverletzung gestorben war. Also ging sie zu ihrer Mutter.

Eleonore Collins saß im Salon an ihrem Sekretär und schrieb einen Brief. Audrey wartete, bis ihre Mutter den Satz zu Ende geschrieben hatte und aufschaute. «Nun?», fragte sie.

Obwohl sie bereits Anfang vierzig war und fünf Kinder geboren hatte, war Eleonore noch immer schlank wie ein junges Mädchen. Nur winzige Fältchen um die Augen und die Mundwinkel verrieten ihr Alter. Sie hatte die dunkelbraunen, rötlich schimmernden Haare ebenso an Audrey vererbt wie ihre rehbraunen Augen und das leicht spitze Kinn. Sie war keine Schönheit im klassischen Sinne – aber sie war anmutig. Doch diese Anmut war das Einzige, was sie nicht an ihre Tochter vererbt hatte. Andrey wusste, sie war linkisch und ungeschickt.

«Ich habe einen Brief bekommen. Von Matthew.»

«Das ist schön. Er schreibt wirklich regelmäßig, ganz anders als dein Vater damals.» Alle Männer wurden von ihrer Mutter stets an dem gemessen, was ihr Vater tat oder unterließ. «Was schreibt er denn?»

Sie hatte den Füllfederhalter wieder ergriffen, fast als finde das Gespräch gar nicht statt.

Audrey räusperte sich. «Er möchte mich heiraten, Mam.»

Die Hand ihrer Mutter verharrte mitten im Wort. Sie schraubte den Füllfederhalter zu und legte ihn sehr sorgfältig oberhalb des Briefpapiers auf die Schreibtischplatte. Erst dann blickte sie auf.

«So. Will er das.»

Audrey nickte bang.

«Willst du das auch, Audrey?»

«Ich weiß es nicht.»

Wie sollte sie das wissen, wenn sie Matthew noch nie begegnet war? Seine Briefe hatte sie, doch genügten die, um sich ein ausreichendes Bild zu machen von seinem Charakter und darüber, ob eine Ehe zwischen ihnen segensreich sein würde?

Ihre Mutter seufzte. Audrey trat zögernd näher.

«Ich werde dich bei deiner Entscheidung unterstützen», sagte sie dann. «Aber dein Vater hat das letzte Wort. Das weißt du.»

«Ja, Mam.» Audrey nickte.

«Außerdem ist ja noch die Frage, ob er dich wollen wird, wenn er erfährt ...» Sie hielt inne.

«Ich werde ihm davon erzählen», beeilte Audrey sich zu versichern. «Das hatte ich ohnehin vor.»

Er hat das Recht zu erfahren, was für eine Frau er sich ins Haus holt.

«Gut. Dann wird auch dein Vater nichts dagegen haben.»

«Er will, dass ich mit seinem Onkel und seiner Tante reise.»

Das erste Mal lächelte ihre Mutter sie an. «Reggie will dich begleiten? Das ist gut! Ich bin überzeugt, wenn er dich erst kennengelernt hat, wird sich dein Matthew keine Sorgen mehr machen.»

Audrey nickte hoffnungsvoll.

Wenn Matthew sich nur nicht angewidert von ihr abwandte, nachdem er erfahren hatte, wozu sie fähig war.

Ehe sie gehen konnte, rief die Mutter sie zurück. «Was hast du da?», fragte sie streng und zeigte auf Audreys Hand.

Audrey schaute verwirrt nach unten. Ein Splitter war unterhalb des Zeigefingers tief in die Handfläche eingedrungen. Die Haut hatte sich gerötet.

«Ich weiß nicht», sagte sie verwirrt. «Vielleicht ist das passiert, als ich am Gartentor gewartet habe.» Bestimmt war es so. Wenn sie es sich recht überlegte, meinte sie, sich an den stechenden Schmerz zu erinnern. Aber just in dem Moment war Mr. Tremayne aufgetaucht, und danach hatte sie nicht mehr daran gedacht.

«Ach, Audrey ...» Ihre Mutter musterte sie besorgt. «Geht das schon wieder los? Müssen wir uns sorgen?»

Sie schüttelte heftig den Kopf. «Bestimmt nicht», versicherte sie. «Es war nur ein Versehen.»

«Dann geh. Und schick Millie zu mir, ich möchte mit ihr über das Abendessen reden.»

Sie gab in der Küche Bescheid und ging die Treppe hoch.

Oben angelangt, wollte sie sich nach rechts wenden,

wo ihr Zimmer am Ende des Gangs lag. Doch direkt vor ihr stand die Tür zu Alfreds Zimmer halb offen, und drinnen hörte sie das Flüstern der Pflegerin.

«Schau, jetzt nehmen wir deinen Kuschelhasen und legen ihn direkt neben deinen Kopf. So kannst du ihn anschauen. Ja? Ist dir das recht?»

Sie wollte nicht lauschen. Und ins Kinderzimmer schauen wollte sie erst recht nicht. Trotzdem trat sie leise näher und schob die Tür auf.

Alfred war schon zehn, doch er musste betreut werden wie ein Kleinkind. Er machte in die Windeln, musste gefüttert werden und durfte nicht eine Sekunde aus den Augen gelassen werden, damit er nicht aus dem Bett fiel oder sich selbst in Lebensgefahr brachte.

Die Pflegerin drehte sich um, als sie Audrey an der Tür hörte. Auch Alfred hob leicht den Kopf, und als er sie erkannte, krähte er vergnügt: «Dridri!» Er streckte ihr den Stoffhasen entgegen. «Dridri!»

Audrey schluckte hart. «Hallo, Alfred. Emma.» Die Pflegerin nickte und tat einen Schritt zurück, als erlaubte sie Audrey damit, zu Alfred zu gehen.

«Wie geht es ihm?», fragte sie und kam zögernd näher. Doch Alfred ging das alles nicht schnell genug. «Dridri!», schrie er, inzwischen schon fast erbost. «Dridri!!!»

«Still!», fuhr Emma dazwischen und hob die Hand. Es war nur eine angedeutete Bewegung, aber Audrey hatte es gesehen, und Alfred ebenfalls. Er duckte sich, hielt den Stoffhasen vor sein Gesicht und wimmerte. «Dridri», immer und immer wieder wimmerte er das, was ihm von ihrem Namen noch geblieben war.

«Ich bin ja hier, Alfred.» Sie setzte sich auf die Bettkante, warf der Pflegerin einen bösen Blick zu, nahm seine Hand und zog sie sanft von seinem Gesicht, bis sie zwischen den Hasenohren seine großen, grauen Augen sah. «Schau, ich bin bei dir.»

«Entschuldigung», stotterte Emma. Sie war ans Fußende des Betts zurückgewichen und hielt sich am Bettpfosten fest. «Ich wollte nicht ...»

«Schon gut», sagte Audrey leise. «Sie schlagen ihn nicht.» Es war keine Feststellung, eher ein Befehl. Sie hatte schon lange vermutet, dass der Pflegerin hin und wieder die Hand ausrutschte, wenn Alfred für sie zu anstrengend wurde. Seine Pflege verlangte ihr rund um die Uhr alles ab.

«Niemals», beteuerte Emma.

Sie senkte nicht den Blick, sondern reckte trotzig das Kinn. Natürlich. Von Audrey würde sie sich nicht sagen lassen, wie sie mit Alfred umzugehen hatte.

Sie wandte sich wieder ihrem jüngeren Bruder zu. Er strahlte, als sie ihr Gesicht hinter dem Stoffhasen versteckte und dahinter hervorlugte. «Kuckuck!», rief sie, und er lachte ausgelassen.

«Eigentlich sollte Fred gerade seinen Mittagsschlaf machen», bemerkte Emma.

«Morgens um elf?»

«Er wird schnell müde», verteidigte sich die Pflegerin.

Auf Audrey machte Alfred einen recht munteren Eindruck.

«Gehen Sie ruhig. Gönnen Sie sich eine Pause. Ich bin sicher, Millie hat Tee und Kekse unten in der Küche.»

Sie versuchte, der jungen Frau nicht böse zu sein, weil sie versuchte, sich die Arbeit so leicht wie möglich zu machen. Alfred konnte schwierig sein, er tobte manchmal aus unerfindlichen Gründen oder weinte die ganze Nacht. Doch Emma wurde dafür bezahlt, dass sie sich um ihn kümmerte. Und sie wurde gut bezahlt.

Emma zögerte kurz und gab dann nach. «Bin gleich wieder da.»

«Lassen Sie sich Zeit. Wir verstehen uns schon. Nicht wahr, Alfred?»

Der Kleine lachte. Sein Lachen schnitt ihr ins Herz.

Die nächste halbe Stunde vertrieben sie sich die Zeit mit kleinen Fingerspielen. Alfred war flink, wenn er wollte, und wenn seine Muskeln sich nicht in unkontrollierten Zuckungen verhärteten, sodass man glauben musste, er bekäme keine Luft mehr, weil der kleine Körper sich so verzweifelt wand.

«Ich hab wen gefunden, und ich glaube, der mag mich», erzählte Audrey ihrem jüngsten Bruder. «Er heißt Matthew, und er hat mich gefragt, ob ich zu ihm nach Afrika komme.»

«Ika», wiederholte Alfred gehorsam.

«Genau, Afrika.» Plötzlich spürte sie, wie ihr die Kehle eng wurde.

Wenn sie zu Matthew ging, konnte sie nicht mehr stundenlang mit Alfred scherzen und ihn umsorgen. Dann wäre niemand mehr da, um mit ihm Kuckuck zu spielen oder ihm den Kummer von der Stirn zu streicheln, wenn die Schmerzen zu schlimm wurden. Wenn Matthew sie wollte, käme sie vielleicht nie wieder zurück nach England.

Das habe ich verdient, dachte sie betrübt. Ich habe es mir selbst zuzuschreiben, dass mich hier keiner will und ich in die Fremde muss, um einen Mann zu finden.

Nach einer halben Stunde kam Emma zurück, entspannt und freundlich. Eine gute Tasse Tee und ein paar Ingwerkekse wirkten Wunder, das wusste Audrey. Sie verabschiedete sich von Alfred, der in überschwänglicher Begeisterung die Arme um sie schlang und sie kaum loslassen wollte, so als ginge sie jetzt schon ans andere Ende der Welt.

In ihrem Schlafzimmer saß sie lange am Schreibtisch und lauschte auf die Geräusche im Haus. Es wurde zum Essen gerufen, aber sie ging nicht hinunter, obwohl sie Hunger hatte. Millie würde ihr sicher etwas aufheben. Sie legte sich einen Bogen Papier zurecht, schraubte den Füllfederhalter auf und begann zu schreiben.

Mein lieber Matthew,

heute erreichte mich dein Brief vom 17. Februar 1910 – ich danke dir für deine Zeilen. Drei andere Briefe haben ihn überholt.

Doch ehe ich auf deine Frage eine Antwort formuliere – von der ich glaube, dass wir beide sie schon kennen, weil Verstand und Gefühl es einfach gebieten –, muss ich dir etwas erzählen. Etwas, das dich erschrecken wird, und ja, ich fürchte, es wird dich auch an mir zweifeln lassen. Wenn es so ist, Matthew, ich bitte dich: zögere nicht, dies auszusprechen. Ich wäre die Letzte, die kein Verständnis dafür hätte. Ich wäre schon froh und glücklich, dass du mich willst, ohne davon zu wissen. Und wenn du diese Zeilen liest und danach noch immer daran festhältst, mich zu dir nach Afrika zu holen ... dann wäre ich sprachlos, und ich wäre voller Dankbarkeit, weil du bereit bist, eine Frau mit einem solchen Makel zu nehmen. Ich will dir gern versprechen, dass du es nicht bereuen würdest.

Letztes Jahr war ich bereits mit einem anderen Mann verlobt. Im Juli hat er die Verlobung gelöst. Es gab gute Gründe für diese Entscheidung, wenngleich es nicht die Gründe waren, die ein Mann sonst anführt, um ein Verlöbnis zu lösen. (Darum musst du dir keine Sorgen machen.)

Es passierte während der gemeinsamen Sommerfrische an der Ostsee auf der Insel Rügen. Seine Eltern hatten unsere Familie dorthin eingeladen, und ...

Audrey ließ den Füllfederhalter sinken. Los, feuerte sie sich an. Sag ihm die ganze Wahrheit!

Aber sie brachte es nicht über sich.

Dies hier konnte sie nicht aussprechen oder niederschreiben. Es ging einfach nicht.

Sie saß lange da und überlegte. Endlich nahm sie allen Mut zusammen und schrieb. Sie sagte schonungslos die Wahrheit, beschönigte nichts und ließ keinen Zweifel daran, dass sie allein die Schuld an allem trug, was passiert war. Vier Seiten schrieb sie, und als sie fertig war, fühlte sie sich völlig ausgelaugt und irgendwie – friedlich.

Es hatte gutgetan, die Ereignisse niederzuschreiben. Sie musste jetzt nur noch den Mut aufbringen, den Brief abzuschicken.

Morgen, dachte sie. Morgen schicke ich ihn ab.

Als sie am nächsten Tag am Schreibtisch saß, lag dort der Brief. Gestern hatte sie ihn in einen Umschlag gesteckt, an Matthew adressiert und gegen das Tintenfass gelehnt.

Heute aber hatte sie der Mut verlassen. Sie zog ein paar Bögen Briefpapier aus der Kassette und schrieb einen zweiten Brief an Matthew. Kein Wort davon, was vor einem Jahr passiert war. Kein Wort über die Verlobung, kein Wort über Benjamin. Sie schrieb, wie sehr sie sich freute, seinen Onkel Reggie kennenzulernen, und dass ihr Vater bereits Kontakt mit ihm aufgenommen hatte. Sie schrieb davon, wie glücklich sie war.

Den anderen Brief schickte sie nie ab. Eine Woche lang stand er wie eine Mahnung auf ihrem Schreibtisch. Dann legte sie den Brief in ein Buch und stellte es zurück ins Regal.

Sie dachte oft an ihn, doch jedes Mal schreckte sie davor zurück, ihn abzuschicken. Und irgendwann, nach drei weiteren Wochen, hatte sie das Gefühl, nun sei es bereits zu spät, denn inzwischen strebte ihr Leben unaufhaltsam Matthews entgegen. Und der Brief hätte alles nur kaputt gemacht.

Als ihre Mutter nachfragte, nickte Audrey nur.

Es war ja nicht gelogen. Sie hatte ihm ja geschrieben. Sie hatte den Brief nur nie abgeschickt.

3. Kapitel

Ihre Mutter nahm für die geplante Abreise alles in die Hand.

Ende April machte sie sich daran, ihre Aussteuer durchzugehen. Seit einem Jahr hatte sie die Truhe nicht angerührt, und als sie jetzt wieder den schweren Eichenholzdeckel hochstemmte, schlug ihr ein muffiger Lavendelgeruch entgegen.

Sorgfältig breitete sie alles vor sich aus: Tischdecken, Batistservietten, Schürzen, Bettwäsche, Handtücher und Deckchen.

Jetzt konnte sie damit beginnen, die Monogrammstickereien zu entfernen. Sie konnte neue Monogramme einsticken, alles waschen und in eine große Truhe packen. So würden diese Dinge mit ihr nach Ostafrika reisen. Lange Winterabende hatte sie damit zugebracht, das verschlungene A und das verschnörkelte B gemeinsam einzusticken. «Ich glaube, ich werde immer das Gefühl haben, als wäre diese Ehe beschädigt.» Sie seufzte.

Millie, die bei ihr saß und half, sagte nichts.

Was denn auch? Der Gedanke war dumm. Nichts an dieser neuen, zweiten Chance war beschädigt.

Alles war gut.

Und auch der Besuch der Winstons verlief Anfang Mai völlig reibungslos. Die beiden waren Mitte fünfzig, freundlich und voller Güte. Sie blieben über eine Woche und schlossen Audrey sofort ins Herz.

Audrey spürte schon bald eine Veränderung. Ihre Eltern waren plötzlich gar nicht mehr so streng. Die tiefen Falten um den Mund der Mutter wurden weicher, die Schatten unter des Vaters müden Augen blasser.

Das mochte daran liegen, dass sich die Eltern nicht mehr so sehr um Audreys Zukunft sorgten. Was konnte noch schiefgehen, wenn diese reizenden Leute über eine Woche blieben und immer wieder betonten, wie sehr sie sich freuten, wenn Audrey und ihr Matthew endlich zueinander fanden?

Etwas gab es allerdings, das noch im Raum stand. Audrey spürte, wie es ihr die Luft abschnürte, sobald sie an den Brief dachte, den sie Matthew geschrieben hatte.

Der Brief, in dem sie Matthew die ganze Wahrheit erzählte, warum sie nicht den Mann geheiratet hatte, mit dem sie bis vor einem Jahr verlobt gewesen war, lag in ihrer zerlesenen Ausgabe von «Große Erwartungen». Sie konnte ihn einfach nicht abschicken. Zu groß war ihre Angst, er könne sie für das, was sie getan hatte, verurteilen und nichts mehr von ihr wissen wollen.

Matthew war ihre Chance, diesem Leben zu entkommen. Ihre Chance, den Eltern die Last zu nehmen, sich nicht nur um einen behinderten Jungen kümmern zu müssen, sondern auch noch in ständiger Sorge um die ledige Tochter zu sein, die niemand als Gouvernante wollen und die für immer unverheiratet bleiben würde.

Wenn sie nur erst in Ostafrika war, konnte sie ihm immer noch alles erzählen. Und sie hoffte so sehr, er würde es verstehen.

Viel wollte sie nicht mitnehmen. Ihre Wintersachen konnte sie komplett zurücklassen, denn am Fuß des Mount Kenya herrschte tropische Hitze. Zu leicht lasse man sich von den schneebedeckten Gipfeln täuschen, wenn sie aus dem Hochnebel auftauchten, so hatte Matthew es beschrieben.

Sie konnte es kaum erwarten, es mit eigenen Augen zu sehen. Schnee unweit des Äquators! Das schien ihr wie ein Wunder.

Sie sortierte gerade ihre Leibwäsche und die Unterröcke, als ihre Mutter auf das eine Thema zu sprechen kam, über das Audrey nicht reden wollte.

«Du hast es ihm doch erzählt?», begann sie, und Audrey wusste sofort, was ihre Mutter mit «es» meinte.

Sie verharrte einen Moment mitten in der Bewegung. Seufzte, als sei es ihr lästig, schon wieder darüber reden zu müssen. «Ja, Mam», sagte sie schließlich. «Er weiß Bescheid.»

«Und was hat er dazu gesagt?» Ihre Mutter faltete Hemden und schlug sie in Seidenpapier ein. Das zarte Rascheln zerrte an Audreys Nerven, als wäre es ohrenbetäubend.

«Er war natürlich nicht besonders erbaut», log sie drauflos. Woher sollte sie wissen, wie ein Mann auf so eine Nachricht reagieren würde?

«Verständlich.» Ihre Mutter nickte. «Aber er hat trotzdem nichts gegen eure Hochzeit.»

«Nein. Er mag mich, und ich mag ihn.»

Von Liebe sprach sie nicht. Sie glaubte nicht, dass ihr ein zweites Mal im Leben die Gnade zuteilwurde, einen Mann so lieben zu dürfen, wie sie einmal hatte lieben dürfen.

«Das ist mehr, als die meisten Paare vor ihrer Hochzeit verbindet. Auch wenn ich kein gutes Gefühl habe. Er könnte bucklig sein oder hässlich. Das wäre kein Grund, ihn nicht zu mögen», fügte ihre Mutter hastig hinzu. «Aber es ist bestimmt einfacher, ihn lieb zu haben, wenn er ein aparter Kerl ist.»

Audrey antwortete nicht. Sie raschelte besonders laut mit dem Seidenpapier und hoffte, ihre Mutter würde das Thema nun auf sich beruhen lassen.

«Du darfst dir nicht zu viel erwarten, Audrey», fuhr die Mutter beharrlich fort.

Wenn sie doch nur die nächsten Tage überspringen könnte, bis sie an Bord der *S. S. Berwick Castle* gingen, die sie nach Mombasa bringen sollte!

«Das tue ich nicht», erwiderte sie steif.

«Rose und Reginald Winston sind bei dir. Sie werden auf dich aufpassen.»

«Ich werde schon klarkommen.»

Sie musste dieses Gespräch beenden. Matthew würde schon der richtige Mann für sie sein. Wenn er einen Klumpfuß hatte oder hässlich war oder ihr eine charakterliche Schwäche verschwiegen hatte, die ein Zusammenleben, geschweige denn eine Ehe unmöglich machte, dann würde Audrey das ertragen. Sie würde es ertragen, weil sie nichts Besseres zu erwarten hatte vom Leben.

Das hatte sie sich selbst zuzuschreiben.

Außerdem war sie diejenige, die Matthew von Anfang an belog und betrog, indem sie ihm die Wahrheit verschwieg.

«Ich möchte nur nicht, dass du später enttäuscht bist, Kind! Er nimmt dich trotz deines Makels. Macht dich das nicht misstrauisch?»

Audreys Hände zitterten. Trotzdem versuchte sie, ganz ruhig zu antworten. «Bist du vielleicht schon auf die Idee gekommen, dass er mich einfach so sehr mag, dass ihm meine Vergangenheit egal ist?», fragte sie. Ihre Stimme zitterte, und sie musste schwer an den Tränen schlucken, die sich in die Augenwinkel stehlen wollten.

Dies war ihre einzige Chance, dem Elternhaus zu entkommen. Und um nichts in der Welt wollte sie diese Chance verspielen.

Ihre Mutter schwieg lange. Schließlich stand sie auf, räumte den Stapel mit Leibwäsche in den Schrankkoffer und verließ ohne ein Wort das Zimmer.

Er wusste noch, wie es damals gewesen war, als die Weißen nicht hier lebten – damals, als er ein Junge war, später ein junger Mann, der das erste Mal mit seinen Stammesgefährten auszog.

Die Massai, die jenseits des Waldgürtels umherzogen, hatten in der Nacht ihre Krieger ausgeschickt und drei Ziegen gestohlen. Und Kinyua und seine Gefährten wollten diese Ziegen zurückhaben.

Kinyua war der jüngste. Er hatte sich lange gedulden müssen, ehe die anderen Krieger ihn im letzten Mondlauf in ihre Mitte aufgenommen hatten. Er war einer von ihnen, und dies war seine Bewährungsprobe.

Sie ließen ihm den Vortritt. Ngengi, der älteste, hatte schon zwanzig große Regenzeiten in seinem Leben erlebt, und Kinyua wusste, ein Jahr hatte es gegeben, da war die große Regenzeit gar nicht gekommen. Er war also einundzwanzig.

Kinyua hatte dieses Jahr ohne Regen auch erlebt. Es wäre seine siebte Regenzeit gewesen. In diesem Jahr waren viele gestorben, weil das Dorf nicht genug hatte ernten können. Es war schwer gewesen, für alle.

Zwei kleinere Geschwister hatte Kinyua verloren, und der Säugling, der an der Brust seiner Mutter hing in jenem Jahr, hatte geweint und geweint, weil sie ihm nichts hatte geben können. Gestorben war er später als die meisten, aber gestorben war auch er.

Es gab viele Wege, den Tod zu finden, selbst wenn man ihn nicht suchte.

Er wusste, wie gefährlich es war, was sie hier taten. Dass sie den Tod herausforderten, wenn sie sich mit den

Massai anlegten. Die Massai waren große Krieger, und manchmal sprach sich der Ältestenrat des Dorfs dagegen aus, sich mit ihnen anzulegen. Es gab immerhin den Wald zwischen ihren Feldern und der Savanne. Wegen der Massai zäunten sie die Rinder ein und holten die Ziegen nachts in ihre Hütten.

Die Massai waren Diebe. Sie liebten Vieh, doch stahlen sie es nur, um es ausbluten zu lassen, das Herz zu vertilgen und sich an ihrer eigenen Tapferkeit zu berauschen. Sie hatten genug eigenes Vieh. Ihnen ging es bestimmt nicht um die drei Ziegen oder um die Mutterkuh, die sie vor einem Mondlauf einfach fortgetrieben hatten. Sie wollten den Kikuyu etwas nehmen, ohne etwas zurückzugeben.

Sie waren schlechte Menschen.

Und deshalb waren die jungen Jäger heute Nacht aufgebrochen. Weil sie den Massai etwas nehmen wollten. Aber sie wollten nicht die drei Ziegen holen oder eine Kuh. Ihnen ging es nicht ums Vieh.

Die Frauen der Massai waren wunderschöne, stolze Geschöpfe. Und eine von ihnen wollten sie in dieser Nacht rauben. Als Ausgleich für die Ziegen und die Kühe und für die Schmach.

Sie holten eine Frau für Ngengi, der erst eine hatte. Die zweite war gestorben, vor zwei Mondläufen hatte sie ihm einen toten Sohn geboren und war ebenfalls in die nächste Welt gewechselt. Und eine einzige Frau war für einen jungen Krieger wie ihn einfach zu wenig.

Die Massai bewachten ihr Vieh gut, auch nachts. Als die Kikuyu sich näherten, sahen sie fünf oder sechs dunkle Gestalten, die sich am Rand der Fläche aufhielten, auf der sie die Kühe für die Nacht zusammengetrieben hatten. Vielleicht waren es noch mehr. Sie verschmolzen mit der Dunkelheit und rührten sich nicht. Kinyua wusste, dass sie die Augen geschlossen hielten und sich allein auf ihr Gehör verließen.

Die Massai fürchteten die Löwen, die ihr Vieh rissen.

Jeder fürchtete die Löwen.

Ngengi gab Kinyua ein Zeichen. Sie machten einen großen Bogen um das Vieh, das in den Zäunen aus Dornengestrüpp eingepfercht war.

Die Massai waren nicht sesshaft. Und hier, wo sie sich niedergelassen hatten in den letzten Monaten, waren sie nicht willkommen.

Kinyua war der beste Schleicher unter ihnen, darum durfte er den Trupp anführen. Sie waren zu sechst: Ngengi. Iregi, der im Dunkeln besser sah als jeder andere. Der dicke Mokabi, dessen Mutter eine geraubte Massai war. Karimi, der schon drei Frauen hatte und so wenig Land bewirtschaftete, dass er sie kaum satt bekam. Und neben Kinyua Chege, der Kleinste von ihnen, aber auch der Mutigste. Sein Blick traf Kinyuas, und er bedeutete ihm, tief hinein ins Dorf der Massai zu gehen.

Kinyua schüttelte den Kopf. So hatten sie das nicht geplant. Sie hatten es sich genau überlegt, und Ngengi war damit einverstanden gewesen. Um den Erfolg ihrer Mission nicht zu gefährden, wollten sie in eine Hütte am Rand des Dorfs eindringen, in denen die niedrig gestellten Familien untergebracht waren.

Chege aber steuerte jetzt eine große Hütte in der Dorfmitte an.

Nein, das war so nicht geplant gewesen.

Ngengi und Chege schlüpften in die Hütte. Sie bewegten sich so leise, dass Kinyua einen kurzen Moment schon glaubte, sie würden damit davonkommen. Die Stille lastete schwer auf ihnen. Die Geräusche der Nacht waren unerträglich laut. Kinyuas Muskeln spannten sich an. Er fürchtete sich nicht. Sie waren allesamt mutige Krieger, die keinen Kampf scheuten.

Aber einem der höherrangigen Männer des Massaistamms eine Frau oder gar eine Tochter zu rauben ...

So viel Mut hatte er nicht.

Im Innern der Hütte erklang ein Poltern, dann ein Schrei. Eine zweite Stimme zeterte, und dann brach die Hölle los im Dorf der Massai.

Männer stürmten von der Viehweide zurück zum Dorf. Sie stürzten sich auf Kinyua und seine Freunde und schwangen ihre Waffen. Kinyua wehrte einen ersten Angriff mit seinem *Ndome* ab und versuchte gleichzeitig, den Massai mit seinem Speer anzugreifen. Doch sofort tauchten die nächsten drei Krieger vor ihm auf und griffen an.

«Ngengi!», schrie Kinyua in höchster Not. Seine Hoffnung, sich beim ersten Kampf heldenhaft hervorzutun, war dahin. Er sah Chege und Ngengi aus der Hütte huschen, zwischen sich ein Mädchen, das kaum älter als zwölf sein mochte. Aber es lief zwischen den beiden Männern, als gehörte es zu ihnen.

Als sei das alles so geplant gewesen.

Ehe er den Gedanken zu Ende denken konnte, musste er schon den nächsten Angriff abwehren. Die anderen Jäger waren bereits in die Defensive gedrängt. Ngengi und Chege verschwanden mit dem Mädchen in der Dunkelheit.

«Zurück!», rief Kinyua, weil seine Gefährten offenbar gar nicht daran dachten, sich zurückzuziehen. «Schnell, zurück!»

Mokabi wehrte den Angriff von zwei Massai ab. Dann machte er auf der Stelle kehrt und rannte. Kinyua hätte dem Dicken gar nicht zugetraut, dass er so schnell sein konnte. Aber er flitzte hinter Ngengi her, als ginge es um sein Leben.

Kinyua verließ als Letzter das Massaidorf. Die Krieger schrien und tobten, doch keiner setzte ihnen nach. Offenbar fürchteten sie, dass von der anderen Seite der Löwe käme, wenn sie das Dorf im Stich ließen. Oder vielleicht fürchteten sie auch einen Hinterhalt, dass nach diesem kleinen Stoßtrupp eine viel größere Gruppe aus einer anderen Richtung kam und das Vieh stahl, wenn sie ihnen nachsetzten. Und das war weit schlimmer als der Verlust einer Frau.

Frauen konnte man rauben, Töchter zeugen. Das Vieh aber war den Massai von Ngai geschenkt worden. Es gehörte allein ihnen, und deshalb war es ihr gutes Recht, die Rinder und Ziegen der anderen Volksstämme zu stehlen.

Kinyua schaute nicht zurück. Er trabte neben Karimi her. Sie bildeten die Nachhut.

Irgendwo weiter vorn hörte er das Mädchen lachen.

Kinyua verstummte.

«Ganz so machen wir es nicht, wenn wir eine Frau wollen.» Bwana Winston grinste. «Wir klauen sie nicht einem anderen Mann.»

«Ngengi hat erst später zugegeben, dass er sie von Anfang an wollte. Sie und kein anderes Mädchen. Ihr Vater kam zwei Tage später in unser Dorf und forderte von Ngengi den Brautpreis.»

«Hat er ihn bekommen?»

«Natürlich. Ein Kikuyu zahlt immer seine Schuld.»

Es hatte Ngengi zu einem armen Mann gemacht. Fünfundzwanzig Rinder hatte ihn das schöne Mädchen gekostet. Die schönste Massai von allen, sein ganzer Stolz. Was hatte es Ngengi eingebracht, außer dass er danach kaum mehr hatte als Karimi? Seine andere Frau hatte sich nie an die Neue gewöhnt, und obwohl Ngengi inzwischen wieder etwas mehr Vieh hatte, war er immer noch einer der Ärmsten im Dorf.

«Und die Moral von der Geschicht?»

Kinyua grinste. Er hockte auf der Treppenstufe zur Veranda, und der Bwana hatte es sich in einem Korbsessel gemütlich gemacht. So hielten sie es inzwischen, wenn Kinyua einmal pro Woche vorbeikam, damit sie über die Farm redeten – und über Kinyuas Leute, die bei dem Bwana arbeiteten.

«Wenn du dir eine Frau ins Haus holst, lass es eine gute sein. Eine, die ihren Preis wert ist.»

«Ich zahle nichts für sie.»

«Dann ist ihr Vater sehr dumm. Jede Frau ist etwas wert. Eine gute Frau kann dir viele Söhne schenken. Junge Krieger, die auf deine Teeplantage achten und

Löwen jagen. Und viele Töchter, die du an andere Weiße verheiraten kannst. Kinder sind wichtig.»

«Ich mag sie», meinte der Bwana. «Das genügt mir.»

Kinyua schnaubte leise. Genau deshalb hatte er doch die Geschichte von Ngengi erzählt, oder nicht? Er hatte den Bwana warnen wollen. Es war immer gefährlich, wenn man sich bei der Entscheidung für eine Frau nicht von den Vorteilen leiten ließ, die diese Verbindung brachte, sondern auf das schaute, was das Herz bewegte.

«Du wirst jede Frau mögen», prophezeite er. «Nach dem ersten Kind wirst du sie lieben und verehren, weil sie dir eine Zukunft schenkt. Weil ihr Kinder habt, die zu euch sprechen, wenn ihr erst ins Totenreich eingegangen seid.»

Er hatte schon oft versucht, dem Bwana zu erklären, warum Ahnen so wichtig waren. Doch davon hatte der nichts hören wollen. Er hatte auch nicht über seine Ahnen sprechen wollen, fast als sei es ihm unangenehm.

Sie schwiegen.

Schweigen war angenehm mit Bwana Winston. Kinyua kannte nur wenige Weiße, die schweigen konnten.

Schließlich zündete der Bwana sich eine Zigarette an. «Nächste Woche brauche ich deine Leute auf den Feldern.»

«Meine Leute müssen auch auf ihre eigenen Felder», widersprach Kinyua.

«Ich zahle gutes Geld.»

«Sie leben von dem, was sie auf ihren Feldern anbauen.»

«Ich könnte sie von meinem Land vertreiben, wenn sie nicht für mich arbeiten.»

Kinyua antwortete nicht. Sie hatten diese Diskussion schon häufiger geführt, und jedes Mal mit demselben Ergebnis: Der Bwana bekam seinen Willen und so viele Arbeitskräfte, wie er brauchte.

Er saß am längeren Hebel.

Kinyua stand auf. «Dann bist du bald weg, sie holen?»

«Sie kommt in zwei Wochen in Mombasa an.»

«Du holst sie aus Mombasa?»

«Ich hole sie aus Mombasa.»

«Dann wünsche ich dir Glück mit deiner Frau. Dass sie so ist, wie du's gern hättest.»

Die Weißen mochten es, wenn ihre Frauen gehorsam waren.

Kinyua hatte kein Interesse an der Frau des Bwanas. Sie war weiß. Die wenigen weißen Frauen, die er bisher kennengelernt hatte, fürchteten sich vor ihm.

Diese würde keine Ausnahme bilden.

4. Kapitel

Ein Steward führte sie zu den Kabinen in der ersten Klasse. Sie hatten eine Kabine für die beiden Winstons gebucht, und direkt daneben eine zweite für Audrey. Sie waren eng, aber luxuriös ausgestattet. Zwei einzelne Betten, fest an den Wänden verschraubt, dazwischen etwas Platz und sogar zwei Nachttische, darüber ein Bullauge. Audreys Reisetasche hatte man bereits ans Fußende des linken Betts gestellt, und auf dem rechten Bett lagen zwei alte, abgewetzte Taschen, die seltsam fehl am Platz wirkten. Sie würde die Kabine also nicht allein bewohnen.

Nun, das war ihr gleichgültig. Tagsüber wollte sie ohnehin die meiste Zeit an Deck verbringen, da brauchte sie sich um ihre Kabinengenossin wirklich nicht zu sorgen.

Das Gepäck konnte sie später noch auspacken. Jetzt nahm Audrey nur ein gestricktes Schultertuch aus ihrer Tasche und ging wieder an Deck. Ein letzter Blick auf die Heimat. Ein letztes Mal ihren Eltern zuwinken, ehe der Pier am Horizont verschwand und sich das Schiff stampfend und beständig Richtung Afrika aufmachte.

Sie traf vor der Kabinentür Mrs. und Mr. Winston, die ein etwas schrulliges, aber warmherziges und lebenslustiges älteres Ehepaar waren – «Rose und Reggie, Liebes, immerhin sind wir jetzt eine Familie!» –, und gemeinsam gingen sie hinauf zum obersten Deck. Von da oben bot sich ein imposanter Blick auf den Hafen. Auf die vielen Menschen, die über die Gangways an Bord der Schiffe drängten, die sich in der zweiten und dritten Klasse für die Wochen auf See unter beengten Verhältnissen einrichteten. Audrey sah Männer und Frauen in ärmlicher Kleidung, die eine kleine Kinderschar vor sich hertrieben, das Jüngste an der Brust der Mutter, das Zweitjüngste auf den Schultern des Vaters, während das älteste Kind das größte Bündel schleppte.

Jeder hat seinen Platz in der Welt, dachte Audrey.

Dann sah sie ihre Eltern. Sie standen etwas abseits. Nicht mehr dort, wo sie sich voneinander verabschiedet hatten.

Ihre Mutter hatte sich abgewandt, und sie betupfte die Augen mit ihrem Spitzentaschentuch. Audreys Vater hatte in einer hilflosen Geste die Hand auf den Arm ihrer Mutter gelegt, und weil das nichts half, legte er schließlich unbeholfen den Arm um sie und zog sie an sich. Dieser winzige Moment war mehr wert als alle Abschiedsworte, er war schmerzlich und voller Hoffnung für Audrey. Ihre Mutter, die zuletzt immer so hart und unnachgiebig gewesen war, weinte.

Audrey schluckte schwer. Es war, als hebe sich für einen Moment der Vorhang, der seit dem vergangenen Sommer schwer und dicht zwischen Mutter und Tochter gehangen hatte.

Sie riss sich zusammen. «Es tut mir leid. Ich möchte lieber auf die andere Seite des Decks», sagte sie, stieß sich von der Reling ab und marschierte los. Ihr war plötzlich trotz der wärmenden Sonne kalt, und sie hüllte sich in das Tuch, das nach zu Hause roch, nach den Lavendelzweigen in der Wäschetruhe und nach den sauberen Laken, die auf der Wiese hinter dem Haus zum Bleichen ausgelegt wurden.

«Audrey, Kindchen, ist dir nicht wohl?» Rose folgte ihr, und ihre jugendlichen Ringellöckchen wippten keck.

«Es ist nichts.» Sie schüttelte den Kopf. Als ließen sich die Tränen damit aus den Augen schütteln.

«Aber du siehst traurig aus. Komm, du musst doch deinen Eltern zum Abschied winken.» Sanft zupfte Rose an ihrem Ärmel, und Audrey gehorchte. Wie sie es immer getan hatte.

Nachdem das Schiff abgelegt hatte und über die Themse langsam Richtung Meer fuhr, kehrte Audrey in ihre Kabine zurück. Sie hatte brav gewunken, hatte ein Lächeln auf ihr Gesicht gezwungen und gesehen, wie ihre Eltern ebenso winkten und lächelten.

Sie beschloss, ihrer Mutter schon bald zu schreiben. Vielleicht hatte sie ihr unrecht getan im letzten Jahr. Vielleicht hatte sie ihr doch verziehen. Diese Vorstellung war zu überwältigend, um sie wirklich begreifen zu können.

Sie kehrte mit einem Buch an Deck zurück und fand sich mit Rose bei den Liegestühlen ein. Sofort war ein Steward zur Stelle. Er winkte einem jüngeren Kollegen, der sogleich die beiden Liegestühle zurechtrückte, Polster auflegte und fragte, ob die Damen einen Wunsch hätten – eine Decke vielleicht, wenn es zu kühl wurde, oder eine Erfrischung.

Rose strahlte den jungen Mann an und bestellte einen kleinen Imbiss. «Und Champagner!», fügte sie fröhlich hinzu. «Wir haben nämlich was zu feiern, findest du nicht, Audrey?»

Andrey schüttelte verwirrt den Kopf.

«Wir sind unterwegs! Ich finde, das ist ein schöner Grund zum Feiern!» Rose lehnte sich zufrieden zurück. Während Audrey sich in ihren Roman vertiefte, schloss Rose zufrieden die Augen und genoss die kühle Brise. Sie wurde erst wieder munter, als der Steward ihnen eine Etagere mit kleinen Sandwichs, Törtchen und Tee brachte. Der Champagnerkorken knallte leise, und er hielt beiden Damen die Gläser auf einem Silbertablett hin.

«Ah, so lässt es sich aushalten.» Rose hob das Glas. «Auf diese wunderbare Reise! Auf dich und Matthew, Liebes! Mögt ihr glücklich werden.»

«Wo ist eigentlich Reginald?», fragte Audrey. Mit dem ersten Schluck Champagner war ihr Hunger erwacht, und sie nahm einen Teller, um Sandwichs auszuwählen. Es gab alles, was das Herz begehrte: Edelkäse, Räucherforelle und Schinken. Dazu süße Haferbrötchen mit frischer Marmelade und Biskuitschnitten mit Sahnecreme.

«Er erkundet das Schiff. Vor dem Dinner heute Abend sehen wir ihn bestimmt nicht wieder. Und du wirst staunen, was er uns bis dahin alles erzählen wird.»

Audrey lächelte. Das sah Reginald Winston ähnlich. Sie hatte gleich bemerkt, dass der alte Mann den Schalk im Nacken hatte.

«Nun, so wird wenigstens niemandem langweilig.»

«Oh, langweilig wird uns bestimmt! Ich hoffe, du hast

meinen Rat beherzigt und ein paar dicke Bücher mitgenommen, Liebes. Und ich hoffe, du leihst sie mir, wenn ich meine Bücher schon durchhabe. Du kannst gerne welche von meinen ausleihen. Mit etwas Glück gibt es an Bord auch eine Bibliothek, aber unter uns, ich habe da schon schlimme Sachen erlebt. Einmal waren wir mit Matthews Eltern unterwegs nach Amerika, und an Bord gab es wirklich nichts. Kein Buch, keine Zeitung, gar nichts. Die ganzen drei Wochen haben wir Whist gespielt, bis keiner von uns mehr Spielkarten sehen konnte, und die Männer waren ständig betrunken.»

Bei der Erwähnung von Matthews Eltern horchte Audrey auf. «Er hat mir noch nichts von seinen Eltern erzählt», gestand sie. Vorsichtig tippte sie die Krümel vom Teller auf. «Ich weiß auch gar nicht, was mit ihnen passiert ist.»

«Das ist eine traurige Geschichte.» Rose seufzte schwer. «Nicht geschaffen, um dein zartes, unbelastetes Gemüt damit zu beschweren, Liebes. Genieß einfach den Tag. Es muss schwer genug gewesen sein, von deinen Eltern Abschied zu nehmen.»

Sie hatte die Frage geschickt umschifft. Audrey fragte nicht nach. Sie vertiefte sich in ihr Buch und hatte Matthews Eltern schon bald vergessen.

Am späten Nachmittag tauchte Reggie auf. Seine Krawatte saß locker, er war im Gesicht ganz rot und ließ sich schnaufend auf eine Liege neben ihnen fallen. Sofort war der Steward zur Stelle und nahm seine Wünsche entgegen. Audrey lächelte flüchtig und versuchte, sich wieder auf ihr Buch zu konzentrieren.

«Ihr glaubt es nicht. Ihr glaubt nicht, was es auf diesem Schiff alles gibt!»

«Du wirst es uns sicher bald erzählen», bemerkte Rose liebenswürdig.

«Ach, Röschen.» Er seufzte. «Du hättest mitkommen sollen. Die Bibliothek hätte dir gefallen. Oder dass der Kapitän uns für heute Abend an seinen Tisch eingeladen hat, das wird dir auch gefallen.»

Rose tat, als lese sie. Dabei bemerkte Audrey aus dem Augenwinkel, wie sie sich ein Schmunzeln verkniff und es vorsichtshalber hinter dem dicken Buch versteckte.

«Was gibt es denn noch auf dem Schiff?», erlöste Audrey ihn schließlich.

«Eine Hure!», platzte er stolz heraus.

«Reggie!» Empört ließ Rose das Buch sinken.

«Pardon. Ich meine natürlich: eine junge Dame zweifelhaften Rufs», korrigierte er sich.

Audrey spürte, wie sie rot wurde.

«Ich finde, das ist kein Thema, das du mit einer jungen, unverheirateten Dame erörtern solltest.» Was Audrey bisher nicht für möglich gehalten hatte: Rose konnte tatsächlich richtig ungehalten werden. «Eigentlich ist es kein Thema, das du überhaupt mit *irgendwelchen* Damen erörtern solltest. Ich hoffe, du hast nicht schon mit dem halben Schiff über das arme Mädchen geredet.»

«Das arme Mädchen heißt Fanny. Und sie reist in der ersten Klasse. So arm kann sie also nicht sein.»

Selbstzufrieden lehnte Reggie sich zurück und verschränkte die Arme vor der Brust. Der Steward brachte ihm einen Teller, auf dem ein Stapel Schinkensandwiches lag, über die sich Reggie zufrieden hermachte.

Das Schiff hatte im Laufe des Tages freies Gewässer erreicht. England lag hinter ihnen, und das Schiff stampfte fröhlich auf dem Meer dahin Richtung Südost. Der Wind hatte aufgefrischt, es war empfindlich kühl.

Die Möwen hatten den Begleitschutz des Ozeandampfers irgendwann aufgegeben. Was von England blieb, waren die Erinnerungen – und die Fotografien ihrer Familie, die zusamen mit dem Brief an Matthew in ihrem Dickens lagen.

«Ein leichtes Mädchen, das erster Klasse reist?» Rose rümpfte die Nase. «Das sollte der Kapitän erfahren, findest du nicht? Er wird nicht erbaut sein, dass sich inzwischen sogar Prostituierte bei den guten Leuten tummeln. Was kommt als Nächstes? Diebe und Marktweiber?»

Rose hatte natürlich recht. Und dann überlief es sie kalt. Teilte diese Fanny, dieses leichte Mädchen, womöglich mit ihr die Kabine? Hatten diese unordentlichen Sachen auf dem anderen Bett nicht irgendwie ... ordinär gewirkt?

Was sollte sie denn jetzt machen?

«Der Kapitän weiß davon, er hat's mir selbst erzählt.» Geräuschvoll schleckte sich Reggie die Finger ab. «Ah, köstlich. Er meint, sie wird von einem verheirateten Mann ausgehalten, das darf aber eigentlich keiner wissen. Dass sie ausgehalten wird. Und dass sie an Bord ist, sowieso nicht.»

«Dann sollten wir auch nicht weiter darüber sprechen», beschied Rose. «Sieh doch nur, die arme Audrey weiß gar nicht, wohin mit sich vor lauter Verlegenheit. Sie ist ganz rot geworden.»

Audrey tat, als blickte sie erstaunt von ihrem Buch auf. «Was ist denn?», fragte sie.

Reggie zwinkerte ihr zu, und Rose war erleichtert. «Nichts, nichts», erwiderte sie. «Reggie hat mit dem Kapitän geredet, und wir sind heute Abend an seinen Tisch eingeladen. Ich fürchte, wir müssen uns schon bald umziehen und frisieren, damit wir rechtzeitig fertig sind.»

Als Audrey in ihre Kabine kam, stellte sie erleichtert fest, dass die Taschen verschwunden waren. Sie hatte sich bereits umgezogen, saß vor dem Spiegel des winzigen Toilettentischs und steckte ihre schweren, dunklen Haare auf, als ihre Mitreisende endlich auftauchte.

«Oh, ich wollte nicht stören.»

Audrey fuhr auf dem kleinen Hocker herum.

«Ich bin Ihre Mitreisende. Alva Lindström.»

Alva Lindström war mindestens siebzig. Ihr schmales, knittriges Gesicht beherrschten große, graue Taubenaugen, und ihre Haare waren von einem zarten Honigbraun, das von grauen Strähnen durchzogen war. Sie hatte einen Spazierstock in der Rechten, mit dem sie auf den Holzboden klopfte.

«Audrey Collins.» Audrey sprang auf und begrüßte Alva. «Sie sind keine Engländerin, nicht wahr?»

«Das sagt wohl schon der Name, mh? Bin ich nicht. Mein Mann war Däne. Ist vor acht Jahren gestorben, der arme Poppie. Wir haben zeit unseres Lebens in London gelebt.»

Ihr Akzent war ein heller Singsang. Ebenfalls Skandinavierin, tippte Audrey. Schwedin vielleicht oder Dänin.

Kein leichtes Mädchen namens Fanny jedenfalls.

Audrey gestand es sich nur ungern ein, aber irgendwie war sie enttäuscht.

5. Kapitel

Fünf Tage später sollte sie Fanny kennenlernen.

Nachmittags bot die Schiffsbesatzung den Passagieren der ersten Klasse auf dem Oberdeck stets einiges an Unterhaltung, um die lange Schiffsreise etwas angenehmer zu gestalten. Es gab Gymnastik für die Damen und die Herren – natürlich strikt nach Geschlecht getrennt und zu verschiedenen Zeiten –, man konnte kegeln, und im Salon direkt daneben fanden sich die Älteren zu Whist und Canasta ein. Schon bald kannte Audrey viele der Gäste, und sie war eine beliebte Mitspielerin – weniger, weil sie so überragend gut war, sondern weil die meisten es schätzten, dass sie eine verlorene Partie nicht krummnahm.

Andere Leute gewannen gerne, Audrey dagegen mochte es zu verlieren. Das rückte sie wieder an den rechten Ort. Denn dass sie das alles nicht verdiente – die unverhoffte Güte von Rose und Reggie, die Schiffsreise und eine *Zukunft*! –, ließ sie inzwischen fest daran glauben, nichts weiter als eine Hochstaplerin zu sein. Und schon in wenigen Wochen wäre alles vorbei.

Es passierte bei der nachmittäglichen Kegelrunde. Gerade hatte Wendy Thompson, eine stille, schüchterne Amerikanerin, alle Kegel abgeräumt, und zwei Schiffsjungen, die eigens dazu da waren, stellten die Kegel wieder auf. Audrey notierte Wendys Punktzahl auf der Tafel und klopfte sich die Kreide von den Fingern. Sie war schon jetzt hoffnungslos im Rückstand.

«Sehen Sie nur, da steht sie wieder.» Wendy trat zu ihr. «Ich würde sie gern hinzubitten, aber meine Mutter sagt, sie ist kein Umgang für mich.»

«Wen meinen Sie?» Audrey drehte sich suchend um. Dann entdeckte auch sie die schmale Gestalt, die in einiger Entfernung an der Reling stand. Sie war ganz in Schwarz gekleidet. Sogar der Sonnenschirm war aus schwarzer Spitze.

Bisher hatte Audrey sie noch nie gesehen.

«Das ist diese …» Wendy senkte die Stimme. «Leichte Dame», fügte sie dann flüsternd hinzu und wurde knallrot.

Sie sah gar nicht aus wie eine Prostituierte, fand Audrey. Nicht, dass sie schon mal eine gesehen hätte. Sie wusste nicht einmal genau, was so eine Frau machte, dass es ihren Ruf so nachhaltig beschädigte.

«Sie sieht einsam aus», befand Audrey.

Wendy riss die Augen weit auf. «Ist das ein Wunder? Sie ist eine … na, Sie wissen schon. Vermutlich hat meine Mutter recht. Diese Frau hat sich selbst ausgesucht, was sie ist. Sie ist es nicht wert, dass man sich Gedanken um sie macht. Sie sind dran.»

Wendy gewann die Partie. Die anderen jungen Frauen und Wendy beschlossen, nach unten in den Speisesaal zu gehen, wo zu dieser Zeit die Teestunde eingeläutet wurde. Lachend und schnatternd verschwanden sie, nachdem

Audrey sich entschuldigt hatte. Sie wollte noch ein bisschen frische Luft schnappen.

Sie schlenderte an der Reling entlang, blieb hie und da stehen und schaute aufs Meer hinaus. Die *Berwick Castle* machte gute Fahrt. Nach Southampton würde es viele Tage dauern, ehe sie Gibraltar anfuhren, den nächsten Hafen. Rings um das Schiff gab es nichts als Meer und Leere. Diese Leere verstärkte Audreys Einsamkeit.

Was ihr fehlte, waren Matthews Briefe. Sie hatten Audrey in den letzten elf Monaten gerettet, immer wieder. Und nun, da sie auf dem Weg zu ihm war, kam keine Nachricht mehr von ihm.

Unwillkürlich fuhr ihre rechte Hand unter die Manschette ihrer Bluse. Die Fingernägel gruben sich tief ins linke Handgelenk. Ganz langsam auf und ab.

Der Schmerz war eine Wohltat. Er weckte sie auf, schärfte ihre Sinne. Jetzt sah sie die Sonne wieder, die sich über dem milchigen Schleier zu wärmen mühte. Sie sah die Gischt und schmeckte das Salz des Meeres.

«Ein guter Ort, um zu weinen, nicht wahr?»

Audrey fuhr herum. Da war sie, die schwarz gekleidete, junge Frau, von der Wendy behauptete, es handle sich um jene leichte Dame namens Fanny.

«Ich weine gar nicht», erwiderte Audrey reflexartig, doch im selben Moment spürte sie, wie der Wind die Tränen auf ihren Wangen beißend trocknete, und das Salz ihrer Tränen schmerzte unerträglich in den Augenwinkeln. Sie schloss für einen Moment die Augen.

«Natürlich nicht, entschuldigen Sie. Ich wollte mich nicht aufdrängen.» Damit wandte sich die junge Frau ab.

«Weinen Sie oft?», rief Audrey hastig hinter ihr her.

Die andere blieb stehen. Wandte sich ihr halb zu und lächelte traurig. «Tun wir das nicht alle?», fragte sie zurück.

Sie wusste, wie Audrey sich fühlte.

«Doch», antwortete sie leise. «Ständig.»

Nach diesem verwirrenden Gespräch dauerte es weitere zwei Tage, ehe sie sich wiedersahen. Jetzt hielt Audrey nach Fanny Ausschau, doch hatte sie das Gefühl, die andere wolle nicht gefunden werden. Und als Audrey sie endlich in der Ferne am Bug des Oberdecks entdeckte, wandte sich die schwarz gekleidete Gestalt hastig ab und eilte davon.

Sie war wieder allein.

Hatte Reggie nicht erzählt, es gebe einen Begleiter? Wo war er? Ließ er sie etwa die ganze Zeit allein?

Kein Wunder, dass sich die anderen Passagiere das Maul zerrissen und dass Fanny versuchte, ihr aus dem Weg zu gehen.

Audrey schritt aus und eilte zum Heck. Dort war niemand, und auch auf der anderen Seite des Oberdecks lagen nur hell gekleidete Passagiere in ihren Liegestühlen. Die Stewards servierten Erfrischungen. Gedämpftes Lachen und das sanfte Klingen der Champagnergläser schallten herüber.

Audrey trat an die Reling. Tief unter ihr wühlten die Schiffsschrauben das Meer auf, dass es schäumte. Sie starrte in diesen Schlund aus Wasser und Schaum. War Fanny etwa auf der Flucht vor ihr ausgerutscht und gestürzt? Sie strengte die Augen an. Ja, fast glaubte sie, etwas

Schwarzes aufblitzen zu sehen. Konnte das der Sonnenschirm sein?

Sie beugte sich weiter vor. Ihr Oberkörper schwebte über der Leere, und dann rutschte ihre linke Hand vom Geländer.

«Passen Sie doch auf!»

Die Hand, die sie zurückriss, grub sich schmerzhaft in Audreys Oberarm. Sie zuckte zurück. Fast hätte sie das Gleichgewicht verloren und wäre rücklings über die Reling gekippt. Aber Fanny packte beherzt zu. Audrey hörte, wie Stoff riss – ihre Bluse, fuhr es ihr durch den Kopf –, und im nächsten Moment hatte Fanny sie umschlungen und drückte Audreys Kopf gegen ihre Schulter.

«Sie sind ja verrückt», hörte Audrey die andere murmeln. «Sich in den Tod zu stürzen ... Das ist es doch nie wert.»

Audrey wollte widersprechen. Sie hatte sich nicht in den Tod stürzen wollen. Doch ehe sie etwas sagen konnte, setzte der Schock ein, und ihre Knie wurden weich. Fanny hielt sie und schaffte es irgendwie, Audrey zum nächsten Liegestuhl zu bugsieren. Sie selbst setzte sich neben sie. Hier hinten waren sie ganz allein, und erst jetzt fiel Audrey auf, dass sie Fanny vermutlich übersehen hatte, weil diese in einem der Liegestühle gesessen hatte.

«Geht es Ihnen besser?»

Audrey nickte stumm. Sie kam sich so dumm vor! Hatte sie wirklich gedacht, Fanny sei ins Meer gefallen?

«Danke», flüsterte sie.

«Sie sind ja ganz blass um die Nase. Warten Sie, ich hole Ihnen eine Decke und lasse uns Tee kommen.»

Ehe Audrey widersprechen konnte, war Fanny schon verschwunden. Audreys Bluse war tatsächlich zerrissen, als Fanny versucht hatte, sie vor dem tiefen Fall zu bewahren. Der Riss zog sich von der Schulter an der Seite bis zur Taille. So konnte sie unmöglich hier oben sitzen. Sie musste schleunigst in die Kabine und sich etwas anderes anziehen.

Bevor sie sich aus dem Liegestuhl hieven konnte – denn ihre Knie zitterten immer noch, und ihr war kalt, obwohl die Sonne heute unerbittlich brannte –, war Fanny schon zurück. Sie breitete eine Decke über Audrey und zog sie ihr bis hoch zur Brust. «So, das wird gehen», sagte sie zufrieden. «Ich habe uns was zu essen und Tee bestellt. Ihr Engländer trinkt doch so gerne Tee.»

«Mein Zukünftiger … mein Verlobter hat eine Teeplantage.»

«Ah, dann reisen Sie ihm nach. Das ist doch eigentlich kein Grund, sich in die Fluten zu stürzen. Es sei denn, er ist ein Ekel.»

«Das ist er nicht. Bestimmt nicht.» Audrey lachte zittrig. Sie setzte sich auf, als der Steward um die Ecke kam. Er zog ein Tischchen zwischen die beiden Liegestühle und servierte einen Teller mit herzhaften Sandwichs zum Tee.

«Greifen Sie zu», forderte Fanny sie auf. «Nach dem Schreck sollten Sie was essen.»

Audrey gehorchte. Eigentlich hatte sie gedacht, eine leichte Dame – oder «Hure», wie Onkel Reggie sie genannt hatte – sei nicht so … normal.

«Reisen Sie allein?», fragte sie zwischen zwei Bissen.

«Gewissermaßen.» Fannys offenes Gesicht verfinsterte sich, und sofort tat es Audrey leid, so neugierig gewesen zu sein.

«Entschuldigen Sie bitte. Ich bin zu aufdringlich.»

«Nein, ist schon in Ordnung. Tun Sie aber bitte nicht so, als hätten Sie nichts von den Gerüchten über mich gehört.» Fanny biss in ein Sandwich mit Roastbeef. Sie blickte starr geradeaus auf das Meer, das hinter dem Schiff am Horizont verschwand.

Betreten senkte Audrey den Kopf. Sie hätte es besser wissen sollen. Schließlich wusste sie, wie grausam die Leute sein konnten, wenn jemand nicht dem entsprach, was sie als normal ansahen. Oder wenn jemand etwas tat, das zu schwer wog, um jemals verziehen zu werden.

«Es tut mir leid. Ich hätte das nicht sagen sollen.»

«Hören Sie doch auf, sich zu entschuldigen. Wir können beide nichts dazu, wie die Menschen sind. Die Menschen wollen nun mal reden. Vornehmlich darüber, was nicht dem entspricht, was sie erwarten. Und ich bin eben aus der Art geschlagen.» Sie lächelte entschuldigend. «Aber um Ihre Frage zu beantworten: Ja, ich reise allein. Ich habe eine Einzelkabine, und abends sitze ich allein an einem Tisch, während der Mann, der mich aushält, mit seiner hübschen Frau und den beiden wohlgeratenen Kindern am anderen Ende des Speisesaals sitzt. Jeder in der ersten Klasse weiß, dass es mich gibt. Sie ist die Einzige, die mich kennt. Sie toleriert mich. Ich bin die andere. Die Mätresse. Die Hure, für die er niemals seine Frau verlassen würde.»

Es klang nicht verbittert, sondern geradezu fröhlich.

«Aber warum ... warum tun Sie das?», fragte Audrey.

«Irgendwann will man sich nicht mehr damit zufriedengeben, nichts zu haben. Man nimmt das wenige, was man bekommen kann.» Fanny zuckte mit den Schultern. «So geht es Ihnen doch auch, nicht wahr?»

An diesem Tag blieb Audrey mit Fanny auf dem Achterdeck. Sie erfuhr viel über die junge Frau – und das meiste erstaunte sie, weil es so gar nicht dem entsprach, was sie sich unter einem leichten Mädchen vorstellte.

Fanny bevorzugte den Begriff Mätresse oder auch Geliebte – denn sie ließ sich nicht von verschiedenen Männern Geld zahlen, sondern war dem einen unerbittlich treu. Seit drei Jahren kannte sie ihn, dessen Namen sie während des ganzen Gesprächs kein einziges Mal nannte, und etwa ebenso lang war sie nun seine Geliebte. Was anfangs aufregend und abenteuerlich gewesen war, hatte sich in den Monaten und Jahren darauf zu einem ständigen Kampf entwickelt – gegen ihn, gegen seine Ehefrau, gegen die Gesellschaft.

Fanny stammte aus Deutschland. Ihre Mutter war eine preußische Freifrau, ihr Vater ein englischer Offizier. Aufgewachsen war sie in der Nähe von Danzig, doch mit siebzehn hatte ihre Mutter sie nach England auf ein Pensionat geschickt, und kurze Zeit später hatte ihr Vater sie mit *ihm* bekannt gemacht.

«Nennen wir ihn Jack», sagte Fanny, um dem Namen ihres Geliebten nicht länger ausweichen zu müssen.

Jack war reich. Einer der reichsten Männer Englands, einer der bekanntesten Fabrikanten mit Besitzungen in aller Welt. Er war verheiratet (glücklich, wie er immer betonte), und seine zwei Kinder waren sein ganzer Stolz. Seine Frau und er hatten sich auseinandergelebt, und diese entstandene Lücke war gerade groß genug für Fanny.

«Sie toleriert mich», sagte sie leise. «Solange ich unsichtbar bleibe. Ich darf mich tagsüber nicht an Deck zeigen, und abends halte ich größtmöglichen Abstand. Ginge es nach ihr, müsste ich zweiter Klasse reisen. Aber das will er nicht. Er liebt mich, und ich liebe ihn.»

«Sie könnten doch auch heiraten», wandte Audrey. «Einen anderen.»

«Das wäre nicht dasselbe. Ich liebe ihn. Und mich will doch keiner mehr.» Fanny lachte. «Sobald mein Zukünftiger von meiner Vergangenheit erfährt – und das würde er ganz bestimmt –, wäre es doch vorbei, ehe es überhaupt begonnen hätte. Nein, ich werde mir diese Schmach ersparen. Irgendwann, wenn Jack meiner überdrüssig wird, soll er mir einen anständigen Geldbetrag zahlen, und ich werde mir irgendwo ein stilles Plätzchen suchen, an dem ich alt werden kann. So werde ich es machen.» Sie nickte entschlossen.

Audrey antwortete nicht. Sie musste an Matthew denken. Sobald er von ihrer Vergangenheit erfuhr ... Nun, Fanny hatte recht, er durfte es unter keinen Umständen erfahren.

«Aber genug von mir. Erzählen Sie mir lieber von Ihrem zukünftigen Ehemann. Bestimmt ist er ein schneidiger, attraktiver Kerl, der Ihnen jeden Wunsch von den Lippen abliest.»

«Das weiß ich gar nicht so genau.» Audreys Lachen

klang etwas zittrig. «Ich kenne ihn nicht so gut.» Rasch erzählte sie von den Briefen und von Tante Rose und Onkel Reggie, die sie nach Afrika begleiteten.

Fanny riss die Augen weit auf. «Das nenne ich mutig!», rief sie. «Sie sind ihm noch nie begegnet?»

Audrey schüttelte den Kopf.

«Und Fotos? Sie haben doch bestimmt ein Foto von ihm?»

Auch das musste Audrey verneinen.

«Also ... Ich meine, nichts gegen Ihren Zukünftigen, Sie werden schon gute Gründe haben, warum er der Richtige ist für Sie. Aber was machen Sie, wenn er über Kreuz guckt oder einen Buckel hat?»

Audrey lachte. Den Buckel führte so ziemlich jeder an, der von ihrem etwas ungewöhnlichen Arrangement erfuhr. «Das wird er schon nicht», versicherte sie Fanny. «Außerdem zählt doch nur, dass er ein herzensguter Mensch ist. Und das ist er, das weiß ich.»

Doch als sie an diesem Abend mit Tante Rose und Onkel Reggie zum Dinner ging und Fanny ganz allein an einem kleinen Tisch in der dunkelsten Ecke des Speisesaals sitzen sah, gingen ihr die Worte ihrer neuen Freundin nicht mehr aus dem Kopf.

Wir weinen ständig, weil es sonst nicht auszuhalten ist.

6. Kapitel

Die Tage auf See wurden lang und länger. Die Ödnis der ständig wiederkehrenden Zerstreuungen, die sich nach zwei Wochen bereits deutlich abgenutzt hatten, zermürbte die Passagiere. Niemand mochte mehr kegeln, niemand hatte Lust aufs Kartenspielen. In den Häfen, die sie anliefen, kamen nur selten neue Passagiere hinzu und wurden dann nach zwei Abenden ebenfalls langweilig.

Inzwischen hatten sie Gibraltar, Tanger, Marseille und Neapel hinter sich gelassen. Der Dampfer hielt auf Suez zu.

Audrey war ständig mit Fanny zusammen. Tante Rose und Onkel Reggie fragten nicht, wie sie ihre Zeit verbrachte, aber da Onkel Reggie weiterhin über alle Decks streunte, wussten sie es vermutlich – und sagten nichts.

Mit Fanny verging wenigstens die Zeit schneller. Sie war in Audreys Alter, hatte jedoch schon so viel mehr erlebt in ihrem Leben, dass Audrey sich neben ihr wie eine Hinterwäldlerin vorkam.

Und dann kam der Hafen von Suez. Er roch anders als die bisherigen Häfen, es herrschte ein ganz anderes, viel lebhafteres Treiben, und über die Dächer der Stadt schallte das Lied des Muezzins, der in der Abenddämmerung zum Gebet rief. Die Luft schmeckte staubig, und das Salz des Meeres biss in die Augenwinkel.

Audrey stand mit Fanny am Achterdeck. Sie beobachteten das Treiben auf der Pier. Ein Dutzend Maultiere wurde von zwei Jungen herangetrieben. Sie schrien und kreischten, damit die störrischen Tiere sich ihrem Willen beugten. Während einer die Maultiere festhielt, lud der andere die Kisten von den Traggestellen auf den Rücken der Tiere und zog sie barfuß und wieselflink die schmale Gangway hinauf, über die Lasten in den Schiffsrumpf geladen wurden.

Sie bedauerte die beiden kleinen Jungen.

«Wieso? Sie haben wenigstens Arbeit und müssen nicht betteln. Das ist ihnen bestimmt lieber.» Fanny stützte die Arme auf die Reling und beugte sich weit vor.

Audrey entgegnete darauf nichts. Sie kam sich sehr dumm vor.

Als der Dampfer Suez verlassen hatte, vertiefte sie sich in ihr Buch. Fanny klagte über Kopfschmerzen und zog sich für ein vorgezogenes Nachmittagsschläfchen in ihre Kabine zurück.

«Miss Collins?»

Ein Steward stand vor ihrem Liegestuhl. Auf einem Silbertablett ruhte ein Brief.

«Dies war in der Post, die wir in Suez mit an Bord genommen haben. Für Sie.»

Erstaunt nahm sie den Brief. Adressiert war er an «Miss Audrey Collins, S.S. Berwick Castle, Suez».

«Für mich?»

Doch der Steward war schon verschwunden. Er ging

über das Deck und notierte die Bestellungen der anderen Passagiere.

Sie erkannte die Schrift nicht sofort, weil sie nicht damit gerechnet hatte, so bald wieder von ihm zu hören. Aber dann wusste sie, wer ihr geschrieben hatte. Und ihr Herz machte einen Satz. Einen großen.

Matthew.

Warum schrieb er ihr? War etwas passiert? Wollte er sie auf halber Strecke davon abhalten, nach Ostafrika zu kommen?

Bestimmt. Sonst würde er sich kaum die Mühe machen. Es gab doch nichts, das nicht warten konnte, bis sie in Mombasa von Bord ging.

Oder doch?

Er will mich nicht mehr.

Sie riss den Umschlag voller Ungeduld auf, so wie man sich ein Pflaster von der Wunde reißt. Sie musste es schnell hinter sich bringen. Wenn er sie nicht mehr wollte, ertrug sie keine Minute länger die Ungewissheit, die in seinem verschlossenen Brief lauerte.

Meine liebe Audrey,

schrieb er. Sie schloss die Augen. Bis hierher war noch alles ganz und gar normal.

nicht ganz zwei Wochen bist du nun auf See, und zehn weitere Tage liegen vor dir, ehe du in Mombasa von Bord gehst. Ich schreibe dir heute, weil ich vermute, dass dir die Reise wohl irgendwann lang wird, und ich hoffe, mit diesen weni-

gen Zeilen jeden noch so kleinen Zweifel auszuräumen, der sich auf hoher See deiner bemächtigen könnte.

Sie atmete tief durch. Also schickte er sie nicht fort. Im Gegenteil: Als spürte er ihre Unsicherheit und ihre Angst, versicherte er ihr aufs Neue, wie sehr er sich auf sie freute.

Die drei Seiten seines Briefs waren voller Wärme, und er schloss mit Worten, die ihr jeden Zweifel nahmen.

Bald beginnt unser gemeinsames Leben, liebste Audrey. Darauf freue ich mich sehr.

Nicht mehr ganz zehn Tage, bis sie ihn endlich kennenlernen würde. Obwohl sie längst das Gefühl hatte, ihn zu kennen. Sie vertraute ihm.

Er würde schaffen, woran sie nicht mehr geglaubt hatte: dass sie glücklich wurde.

Der letzte Abend an Bord. Audrey machte sich für das Dinner am Kapitänstisch zurecht.

Während der Überfahrt war sie mit ihrer Kabinengenossin Alva Lindström recht gut ausgekommen. Sie hatte das ständige Grollen der alten Frau geflissentlich überhört, wenn sie sich über den Weg liefen. Meist war Alva jedoch vor ihr auf den Beinen und längst verschwunden, wenn Audrey morgens aufwachte. Abends schlief sie schon unter dem Deckenberg, den sie sich über die Wochen hinweg vom Steward erschnorrt hatte, weil sie behauptete, ständig zu frieren. Je weiter sie nach Süden kamen, desto weniger Verständnis brachte sie auf für die fröstelnde, alte Dame, die auf dem Weg zu ihrem Bruder nach Südafrika war.

An diesem letzten Abend aber überraschte Alva sie. Sie polterte in die Kabine, kramte in ihren abgewetzten Reisetaschen, setzte sich auf ihr Bett und schaute erwartungsvoll zu Audrey, bis diese den Wandschirm abrückte und zu ihr sah.

«Ich hab hier was für Sie», sagte Alva. Ihre Stimme klang klar und warm.

«Für mich?» fragte Audrey erstaunt.

«Ich hab Sie in den letzten Wochen immer mit Ihren Büchern gesehen und dachte, das hier könnte Ihnen gefallen. Mein Mann hat es mir geschenkt, Gott sei seiner Seele gnädig.»

Widerstrebend nahm Audrey das schmale Bändchen, das Alva ihr reichte.

«A. E. Housman?» Der Name sagte ihr nichts. Sie wollte das Buch aufschlagen, doch Alva schüttelte den Kopf. «Nicht», sagte sie. «Lesen Sie's, wenn Sie allein sind. Wenn Sie Trost brauchen oder einfach nicht weiterwissen. Diese Gedichte wussten für mich immer eine Antwort.»

Audrey nickte. Zögernd legte sie das Buch auf den Toilettentisch. Doch das genügte Alva nicht. «Stecken Sie es in Ihre Tasche, Miss. Sie dürfen es auf keinen Fall vergessen, hören Sie?»

So eindringlich klang sie, dass Audrey widerspruchslos gehorchte.

Danach frisierte sie sich in aller Eile und kam etwas verspätet und mit geröteten Wangen in den Speisesaal. Tante

Rose und Onkel Reggie saßen bereits am Tisch des Kapitäns. Er machte die Gäste an seinem Tisch miteinander bekannt, soweit sie sich nicht bereits kannten. Ein etwa vierzigjähriger Mann mit schmalem Schnauzbart und pomadierten, schwarzen Haaren erhob sich halb und beugte sich galant über ihre Hand.

«Mr. Jack Elllesborough und Gattin», hörte Audrey den Kapitän sagen. Sie schaute ihn an. Und dann wusste sie es. Sein Blick und die Art, wie er ihre Hand eine Sekunde länger umfasst hielt, als es schicklich war. Sie wusste, wer er war. *Was* er war.

Seine Frau Anne war eine hübsche, nein, eine wunderschöne Rothaarige mit winzigen Sommersprossen auf der Nase. Tante Rose plauderte sofort angeregt mit einem Missionar zu ihrer Linken, während Anne neben ihrem Mann saß und nach der beinahe schon peinlichen Begrüßung in ein brütendes Schweigen verfiel. Die anderen lobten die Ochsenschwanzsuppe, aber Anne aß keinen Bissen. Jack hingegen klapperte laut mit dem Löffel auf dem Porzellan und warf Audrey immer wieder heimliche Blicke zu, wenn er glaubte, seine Frau bemerke es nicht.

Audrey hatte gewusst, wer er war, ehe Kapitän Olsson überhaupt seinen Namen ausgesprochen hatte, und dieser Umstand beunruhigte sie. Wusste er vielleicht auch, dass sie in den letzten Wochen mit seiner Geliebten Fanny so viel Zeit verbracht hatte? Dass sie Freundinnen waren?

Er glaubte vielleicht, dass er sich nichts anmerken ließ, aber Audrey ahnte, was er dachte. Und seine Frau vermutlich auch.

«Haben Sie die Reise genossen?», fragte er, als die Kellner den ersten Gang abräumten und Wein nachschenkten.

Sie konnte nur nicken. Irgendwie hatte sie das Gefühl, er wolle auf irgendwas Bestimmtes hinaus.

«Vielleicht können wir später noch einen Spaziergang machen. Auf dem Oberdeck.» Mit dieser Bemerkung schloss er auch Onkel Reggie und seine Frau ein. Diese hob abwehrend die Hände.

«Du weißt, ich lasse die Kinder nur ungern so lange allein.»

«Ja, natürlich. Entschuldige.» Er lächelte und strich über ihre Hand, eine viel zu intime Geste für die Öffentlichkeit. Mrs. Ellesborough zog die Hand vorsichtig zurück, und Audrey wandte diskret den Blick ab.

«So ein Spaziergang ist gut, er bringt die Verdauung in Schwung. Ich bin dabei!» Onkel Reggie grinste. «Und mein Röschen ist bestimmt auch mit von der Partie.»

So kam es, dass sie nach dem Dinner noch an Deck gingen. Jack Ellesborough brachte seine Frau in ihre Kabine und tauchte kurz darauf wieder auf. Er wirkte seltsam verlegen – wie ein Schuljunge, der wusste, dass er was ausgefressen hatte.

«Entschuldigt bitte, ich habe mein Schultertuch in der Kabine vergessen.» Audrey machte zwei Schritte rückwärts, drehte sich dann um und hastete davon. Tante Rose rief noch erstaunt hinter ihr her, doch Audrey war schon um die Ecke des Gangs gebogen und eilte mit gesenktem Kopf zu den Einzelkabinen. Sie fand Fannys Kabine und klopfte vorsichtig.

«Fanny? Bist du da?»

Die Tür wurde geöffnet. Fanny sah verheult aus. Müde und abgekämpft.

«Audrey …»

«Willst du ihn sehen?», fragte sie. «Jack. Willst du ihn heute Abend sehen? Er ist auf dem Oberdeck. Allein. Nur meine Tante und mein Onkel sind dabei.»

Sofort war Fanny hellwach. Sie wischte mit beiden Händen über das Gesicht. Also hatte sie tatsächlich geweint!

«Ist das wahr?», fragte sie. Ihre Stimme zitterte, als erlaubte sie sich nicht, Hoffnung zu schöpfen.

«Wenn er Jack Ellesborough heißt, ja. Wir saßen heute am Tisch des Kapitäns, und er hat mich die ganze Zeit angestarrt, als hoffte er, ich würde ihm irgendein geheimes Zeichen geben. Er weiß vermutlich, dass wir befreundet sind.»

Fanny strahlte. Sie griff nach ihrem Schultertuch und verließ die Kabine. «Danke», flüsterte sie. «Oh Gott, Audrey, wenn du wüsstest, wie viel mir das bedeutet …»

«Ich kann es mir vorstellen», versicherte Audrey. «Nun komm! Viel Zeit habt ihr nicht.»

Sie wusste selbst nicht, warum sie das tat. Vielleicht aus Mitleid mit Fanny, die ihren Jack nur aus der Ferne sehen durfte. Und dann war immer seine Frau zur Stelle. Ein Blick von ihr genügte, um Fanny zu vertreiben. Er kam nicht mal nachts zu ihr, hatte sie in einem besonders offenen Moment beklagt, nur um im nächsten Augenblick erschrocken die Hand vor den Mund zu schlagen. Das habe sie nicht sagen wollen, beteuerte sie sofort, sie wisse, dass allein der Gedanke unrecht sei.

Audrey hätte es wohl tatsächlich unrecht gefunden, wenn sie nicht gesehen hätte, wie sehr Fanny litt. Wie sehr sie sich danach sehnte, von Jack wahrgenommen zu werden. Ein Blick, ein Lächeln genügte schon, ihr die Zeit erträglich zu machen.

Bisher hatte Audrey immer gedacht, eine Geliebte sei nur eine Dritte, die sich in eine intakte Ehe drängte – nein, wenn sie ehrlich war, hatte sie noch nie bewusst darüber nachgedacht, was einen Mann trieb, sich eine Geliebte zu nehmen, geschweige denn, was eine Frau dazu brachte, sich fernab jeder ehelichen Sicherheit als Mätresse aushalten zu lassen, bis der Mann ihrer überdrüssig wurde.

Bis sie das entdeckte, was Fanny beseelte.

Die Liebe zu ihm.

Als sie an Deck kamen, standen Tante Rose und Onkel Reggie in einiger Entfernung mit Jack an der Reling. Gerade ließ Onkel Reggie sich ausführlich über den Sternenhimmel auf Äquatorhöhe aus. Jack nickte geduldig, doch er drehte sich sofort um, als er Fannys Gegenwart spürte.

Und er lächelte. Ganz anders als vorhin bei Tisch. Ganz weich.

Und auch Fanny veränderte sich. Als fiele jede Spannung von ihr ab. Sie warf Audrey einen entschuldigenden Blick zu und ging auf Jack zu. Und er eilte ihr entgegen.

Auf halber Strecke trafen sie sich. Zögerten, als könnten sie nicht glauben, dass ihnen diese Minuten vergönnt waren. Jack streckte die Hand aus, und Fannys Finger berührten seine. Kein Kuss, keine dramatische Umarmung, nur diese zarte Berührung. Und in dieser Berührung lag alles, was Audrey über die Liebe wissen musste.

Wird es so sein, wenn Matthew und ich uns gegenüberstehen? Wird die Welt für uns innehalten, werden wir sofort wissen, dass wir zueinander gehören?

Oder werden wir um unsere Liebe kämpfen müssen, wie alle Eheleute, bei denen dieses höchste der Gefühle sich erst im Laufe der Jahre einstellt?

Audrey schluckte schwer.

Vielleicht kam es ja auch ganz anders. Vielleicht war Matthew ein Monster, ein Ungeheuer. Einer, der seine Frau verprügelte, der nur nach außen so perfekt schien.

Sie würde alles ertragen, solange er ihr nur ein Zuhause gab.

7. Kapitel

Mombasa war noch lauter, farbenfroher, elender und üppiger, noch intensiver, trostloser und abenteuerlicher als all die anderen Häfen, die sie unterwegs angelaufen hatten.

Staunend stand Audrey auf dem Oberdeck und beobachtete, wie der Dampfer vertäut wurde. Planken wurden in den Schiffsrumpf geschoben, und ameisengleich verschwanden die Hafenarbeiter im Innern des Schiffs. Ihre dunkle Haut glänzte vor Schweiß, und ihre schmuddeligen, hellen Hosen klebten ihnen an der Haut. Ihre Oberkörper waren ebenso nackt wie die Füße, und Audrey wandte beschämt den Blick ab.

Aber vermutlich sollte sie sich lieber an den Anblick gewöhnen. Die Wilden schienen hier alle so herumzulaufen.

Dann siegte die Neugier. Sie beobachtete fasziniert, wie die Arbeiter auf der schmalen Planke einander behände auswichen. Die Lasten und Kisten auf ihren Köpfen und den gekrümmten Rücken schienen nichts zu wiegen, und sie lachten und scherzten ausgelassen, bis ein weißer Mann mit Schlapphut und finsterem Gesichtsausdruck etwas über den Kai bellte. Die Arbeiter zogen die Köpfe ein und arbeiteten noch schneller.

«Komm, meine Liebe. Es ist Zeit, uns zu verabschieden.» Tante Rose war verschnupft, und das im doppelten Sinne. Noch gestern Abend hatte sie Audrey Vorwürfe gemacht, weil sie sich als «Kupplerin» betätigt hatte. Audrey hatte nicht widersprochen. Sie wusste, dass das, was sie getan hatte, falsch war. Aber sie hatte nicht anders gekonnt. Zu sehr hatte Fannys Schicksal sie berührt.

Von Alva Lindström hatte sie sich schon vor dem Frühstück verabschiedet. Die alte Dame war wieder verschwunden – wo auch immer sie sich tagsüber herumtrieb. Onkel Reggie wusste es vermutlich.

Fanny wartete auf dem Achterdeck. Dort, wo sie sich das erste Mal begegnet waren, stand sie auch jetzt. Wieder ganz in Schwarz und mit dem schwarzen Sonnenschirm.

Die beiden Frauen umarmten sich zum Abschied. «Werden wir uns wiedersehen?», fragte Audrey.

Fanny lachte. Sie kniff Audrey in die Wange, als sei nicht sie die um ein Jahr Jüngere. «Aber ganz bestimmt! Ich schreib dir.» Ehe Audrey gehen konnte, rief sie: «Wird er hier sein?»

Sie drehte sich überrascht um. «Wer?»

«Na, dein Zukünftiger. Matthew. Wird er hier in Mombasa auf dich warten?»

Audrey schüttelte den Kopf. «Ich glaube nicht», antwortete sie. Danach hatte sie ihn nie gefragt. Und auch Tante Rose und Onkel Reggie hatten nichts Derartiges erwähnt. Geplant war, dass sie von Mombasa mit dem Zug nach Nairobi reisten, das im ostafrikanischen Hochland lag. Von dort würden sie die Reise mit Pferden und Karren fortsetzen.

«Wäre ich an seiner Stelle, würde ich im Hafen auf dich warten. Und so, wie du ihn mir beschrieben hast ...»

«Aber ich weiß ja gar nicht, ob er wirklich so ist, wie ich ihn mir immer denke», erwiderte Audrey hastig. Die letzten Wochen waren ein stetes Auf und Ab aus Hoffen und Zweifeln gewesen. Mehr als einmal hatte sie, als das Schiff in einem Hafen anlegte, darüber nachgedacht, den Brief, der in ihrem Dickens lag, doch noch an ihn aufzugeben. Und jedes Mal hatte sie diese Idee wieder als Unsinn abgetan. Der Brief wäre in einen Postsack gewandert, an Bord der *S. S. Berwick Castle* bis Mombasa gereist und von dort mit dem Zug nach Nairobi. Er hätte also genau die Strecke genommen, die sie auch nahm, und wäre gleichzeitig mit ihr angekommen.

Fanny legte beide Hände auf Audreys Schultern und sah sie eindringlich an. «Du weißt, dass er gut ist», sagte sie leise. «Sonst wärst du nicht hier.»

Audrey schluckte. Wenn Fanny wüsste ... Sie hatte ihr anvertraut, dass sie mal verlobt gewesen war, aber nicht den Grund, warum die Verlobung gelöst wurde. Warum es für Audrey so schwierig gewesen war, danach neu zu beginnen.

«Und nun geh. Ich bin sicher, er wird irgendwo auf dem Pier stehen und auf dich warten. Ich werde hier oben bleiben und euch beobachten.» Sie zwinkerte ihr zu.

Als Audrey die Gangway hinter Tante Rose nach unten ging, stolperte sie fast über ihre eigenen Füße. Alle Aufregung, die sie in den letzten Monaten verdrängt hatte, ballte sich jetzt in ihrem Bauch. Ihre Knie zitterten. Die

Hitze brannte auf ihren Scheitel. Hastig spannte sie den blassblauen Sonnenschirm auf und ließ ihn kreisen.

Der Lärm auf dem Kai war ohrenbetäubend. Noch immer schleppten die Arbeiter unermüdlich Waren aus dem Schiffsbauch. Andere brachten Kisten, Bündel und Säcke, mit denen das Schiff wieder beladen werden sollte. Audrey blieb dicht bei Tante Rose, die wiederum die Hand auf Onkel Reggies Schulter gelegt hatte, um ihm nicht verlorenzugehen. Er marschierte derweil fröhlich drauflos. Das Durcheinander aus Rufen, dem Rattern von Ketten, dem Kreischen von Maultieren und dem dumpfen Tuten des Dampfers schien ihn überhaupt nicht zu beeindrucken.

Weiter draußen entdeckte Audrey merkwürdig anmutende Segelschiffe mit niedrigem Rumpf, die wie flache Nussschalen wirkten. Das einzige Segel war trapezförmig und blähte sich im heißen Wind. An Deck standen meist zwei oder drei Gestalten und holten Netze ein. Fischer.

Sie hatte sich einen Moment von dem Anblick ablenken lassen, und schon waren Tante Rose und Onkel Reggie im Gedränge verschwunden. Hilflos wandte Audrey sich zu allen Seiten und drängte sich zwischen den Reisenden der dritten Klasse hindurch, die über eine schmalere Gangway auf den Kai strömten, um etwas frische Luft zu schnappen, ehe sie wieder in den Schiffsrumpf gepfercht wurden. Jemand stieß Audrey einen Ellbogen in die Seite, und als sie leise aufschrie, entschuldigte er sich nicht einmal, sondern schob sich rücksichtslos an ihr vorbei. Ein paar Schritte weiter hatte ein Inder einen kleinen Stand errichtet, an dem er fangfrischen Fisch feilbot. Gerade legte eines dieser merkwürdigen Segelboote an, und die beiden halbnackten schwarzen Männer an Bord warfen einen Korb mit rötlich glänzenden Fischen auf den Kai. Der Inder grinste, packte einen der Fische, der verzweifelt in seinem Griff zappelte, und schlitzte ihm mit einer einzigen, fließenden Bewegung den Bauch auf. Mit dem Messer räumte er die Eingeweide heraus und schob sie über den schmalen Tisch direkt in einen Korb.

Audrey wich zurück, aber zu spät. Beim nächsten Fisch holte der Mann zu viel Schwung, die Eingeweide segelten an dem Eimer vorbei und klatschten direkt auf ihre Schuhe und den Saum ihres Kleids. Sie musste unwillkürlich würgen und starrte den Mann wortlos an. Erst jetzt bemerkte er sie, grinste und hielt den Fisch hoch.

Sie fuhr herum – und prallte fast gegen einen Mann, der wie aus dem Erdboden gewachsen plötzlich hinter ihr stand.

Er war ein gut gekleideter Europäer: blanke Schuhe, ein heller Anzug mit Hemd und Krawatte nebst passendem Einstecktuch. Ein Hut gegen die Sonne, der zu dem Anzug passte. Doch das war es nicht, was sie nach Luft schnappen ließ.

Das Braun seiner Augen war es. Oder waren es die dunklen Haare, die hochstanden, als er den Hut lüpfte? Die breiten Hände, der Mund, fast etwas zu voll für einen Mann? Das kantige Kinn? Irgendetwas zog sie schon in diesem ersten Moment zu ihm hin.

«So lernen wir uns also kennen. Audrey.» Winzige Fältchen um die Augen, ein offenes Lächeln. Sie schüttelte den Kopf und wunderte sich, sie hatte ihn sich größer gedacht, aber sie waren auf Augenhöhe, weil sie die unerträglich warmen Schnürstiefel mit Absatz trug.

Er ist überhaupt nicht aufgeregt, fuhr es ihr durch den Kopf. Und: Was soll ich jetzt nur sagen?

«Guten Tag», brachte sie hervor und reichte ihm steif die Hand.

Er lachte. «Guten Tag, Audrey.» Und dann drückte er ihre Hand und fügte hinzu: «Ich bin Matthew, aber ich vermute, das hast du dir schon gedacht. Tante Rose meinte, du wärst verlorengegangen im Gedränge. Aber schau, ich hab dich sofort gefunden.»

Erst dann ließ er ihre Hand los und fuhr sich verlegen über den Nacken.

Sie krauste die Nase. «Ich vermute, du wirst einen schlechten Eindruck von mir haben, aber der Fischhändler ... Ich war unvorsichtig, und ...» Sie verstummte.

Matthew drehte sich halb um und musterte den Inder. Dann rief er ihm etwas zu, und der Fischhändler lachte und antwortete.

«Warte hier.» Matthew trat an den Stand und verhandelte mit dem Mann. Dieser nickte eifrig, und nach zwei Minuten stand Matthew wieder neben ihr. An einem Bindfaden baumelten vier Fische, die der Händler ausgenommen und aufgefädelt hatte.

«Unser Abendessen», erklärte er zufrieden.

Audrey verzog das Gesicht. «Ich dachte, wir übernachten in einem Hotel.» Wollte Matthew etwa die Fische über einem offenen Feuer braten?

Er lachte freundlich. Warm. Seine freie Hand legte sich um ihren Oberarm, und die Berührung elektrisierte sie.

«Keine Sorge», sagte er. «Die Fische bekommt der Hotelkoch. Er wird sie heute Abend für uns zubereiten. Glaub mir, so frisch sind sie am besten.»

Es war merkwürdig, dass diese wenigen Sätze genügten, um zu wissen, dass all ihre Befürchtungen völlig unbegründet waren. Matthew hatte sie im Gedränge gefunden, und er hatte über ihre beschmutzten Stiefel hinweggesehen.

Jetzt führte er sie sicher zum anderen Ende des Kais, wo Onkel Reggie und Tante Rose auf sie warteten. Zwei junge Schwarze hielten riesige Sonnenschirme über die Köpfe der beiden älteren Herrschaften.

«Kind! Dass du uns auch auf dem letzten Stück Wegs verlorengehen musstest! Ist mit dir alles in Ordnung?», fragte Tante Rose bestürzt.

«Es geht mir gut. Matthew hat mich gefunden.» Sie lächelte ihn von der Seite an, und er lachte leise. Es war wie ein geheimer Code. Etwas, das sie schon jetzt mit ihm verband.

Es war, als hätten sie mit ihren Briefen ein Netz über den Abgrund aus Schweigen zwischen zwei Freunden gespannt. Und dieses Netz hielt. Sie waren füreinander bestimmt.

Matthew hatte im Grand Hotel Mombasa drei Zimmer reserviert: eines für Audrey, eines für Tante Rose und Onkel Reggie und eines für sich. Natürlich konnte Reggie es sich nicht verkneifen anzumerken, dass die ältere Generation sehr gern den Jüngeren das Doppelzimmer abtrete. «Wir haben ohnehin keine Verwendung mehr dafür, nicht wahr, Röschen?», bemerkte er und kniff Tante Rose fröhlich in die Hüfte. Sie quiekte verschämt und schlug ihm allen Ernstes mit der flachen Hand auf die Finger.

Audrey wurde rot, Matthew grinste nur.

«Reggie! Nun mach die beiden nicht so verlegen! Die Hochzeit wird doch wohl noch warten können, bis wir auf der Teeplantage sind, oder?»

«Natürlich, Tantchen.» Wieder grinste Matthew und zwinkerte Audrey zu. Sie hätte fast laut losgelacht.

Audreys Zimmer war riesig und luxuriös eingerichtet. Es gab ein großes Bett, in dem ohne Probleme zwei Personen Platz finden konnten, einen Kleiderschrank, Toilettentisch und Polsterbank, zwei Polsterstühle und ein Tischchen. Der Boy zeigte ihr den schmalen Balkon, schlug die Tagesdecke zurück und blieb dann abwartend stehen.

Verunsichert blickte sie den jungen Mann an. Der lächelte und rührte sich nicht von der Stelle.

Audrey war verwirrt. Wollte er vielleicht Geld? Oder erwartete er Anweisungen von ihr?

«Sie können gehen.» Sie machte eine wedelnde Handbewegung. Der Boy verneigte sich und ging, und Audrey atmete auf.

Alles hier war so fremd. So anders! Die Gerüche und Laute dieser Hafenstadt, der Staub, der in der Sonne tanzte. Die Luft war üppiger und legte sich schwer auf ihre Brust. Und als sie die Fensterläden öffnete und auf den kleinen Balkon trat, der an der Schattenseite des Hotels lag, hatte sie das Gefühl, gegen eine Wand aus schwüler Hitze zu stoßen.

War das immer so hier in Ostafrika? Matthew hatte doch von den Savannen geschrieben, über die sich mit der hereinbrechenden Dunkelheit auch eine Kühle senkte, die fast schon frostig war.

Schwer vorstellbar, dachte sie.

Audrey verriegelte die Fensterläden sorgfältig. Sie zog ihr beschmutztes Kleid aus und suchte aus ihrer Tasche ein neues hervor, das aus hellgelber Baumwolle mit den winzigen, aufgestickten Blüten. Sie legte es über einen Stuhl, lockerte ihr Korsett und sank aufs Bett.

Die Müdigkeit fuhr wie ein Beil auf sie nieder. Kurz versuchte sie, die Augen offen zu halten, aber die Wärme, all die neuen Eindrücke und die Erschöpfung der Reise forderten ihren Tribut.

Und im Halbschlaf glaubte sie, Matthews Stimme zu hören.

«So lernen wir uns also kennen.» Und leiser, ein Flüstern nur. «Audrey.»

Sie lächelte im Schlaf.

Als sie aufwachte, war die Luft im Zimmer stickig, und das sanfte Klopfen an der Tür setzte sich schmerzhaft in ihren Schläfen fest. «Audrey, meine Liebe?»

Tante Rose.

«Einen Moment, ich komme gleich.» Schwach setzte sie sich auf und versuchte, ihre Gedanken zu ordnen. Vom Traum waren nur Fetzen geblieben. Sie hatte Matthews Blick auf sich gespürt in diesem Traum, und wären die drückenden Kopfschmerzen nicht gewesen, hätte sie das Lächeln aus dem Schlaf hinüberretten können.

So streifte sie sich hastig das Kleid über den Kopf und stolperte zur Tür. «Kannst du mir helfen?», fragte sie leise, nachdem sie die Tür einen Spaltbreit geöffnet hatte.

Tante Rose schob sich herein. Sie schnalzte ungehalten mit der Zunge. «Diese Hitze», klagte sie. «Bin ich froh, wenn wir morgen aufbrechen.»

Audrey ließ sich von Tante Rose das Korsett wieder zuschnüren, dann ließ sie das Kleid darüberfallen. Es war hübsch, schmal und fließend, fast mädchenhaft.

«So etwas wirst du bald nicht mehr tragen können.» Die kühlen Finger berührten flüchtig Audreys Nacken. «Warum nicht?», fragte sie atemlos. Was war falsch an diesem Kleid?

«Wenn du verheiratet bist, wird es bestimmt nicht lange dauern, bis du guter Hoffnung bist. Aber keine Sorge, ich bin ja da. Ich lasse deine Kleider dann aus und nähe dir neue. Ob die Wilden hier dazu in der Lage sind, wage ich zu bezweifeln.»

«Wir werden sehen», sagte Audrey vorsichtig. Die Vorstellung, Kinder zu bekommen, war ihr seltsam fremd.

«Das wird schon, meine Liebe. Keine Angst. Nach der ersten Nacht tut's auch nicht mehr weh.»

Audrey schloss ergeben die Augen. Es gab Dinge, über die sie mit niemandem reden wollte – schon gar nicht mit Tante Rose, die in ihren Augen viel zu anständig war, um über solche Themen Bescheid zu wissen.

«Ich fand's ja immer sehr schön.» Rose ließ einfach nicht locker.

Wie viele Knöpfe hatte dieses verdammte Kleid denn noch?, dachte Audrey verzweifelt. Hätte sie bloß ein anderes ausgesucht. Eines, das sie selbst schließen konnte. Oder einen Rock mit Bluse. Aber nein, sie hatte ja an diesem ersten Nachmittag für Matthew besonders schön aussehen wollen.

«Nur schade, dass wir nicht gesegneten Leibs waren, also Reggie und ich.» Tante Rose kicherte albern. «Na, wohl eher ich.» Allmählich begann sich Audrey ernstlich Sorgen um sie zu machen. Hatte sie zu viel Sonne abbekommen oder schon so früh am Tag Champagner getrunken? Oder sogar beides zusammen?

«Reggie hat sich immer Kinder gewünscht», fuhr Tante Rose unbeirrt fort. Ihre Hände verharrten mitten in der Bewegung, und Audrey hielt den Atem an. Irgendwie wusste sie, dass das, was Tante Rose jetzt sagte, wichtig war.

«Darum war Matthew für uns immer wie unser eigener Sohn. Vor allem, nachdem seine Eltern bei diesem tragischen Unfall umgekommen sind ...»

Audrey erstarrte. «Unfall?», flüsterte sie. «Was für ein Unfall?»

Sie hatte gedacht, genug über ihn zu wissen. Dass seine Eltern schon vor langer Zeit gestorben waren und dass er früh auf eigenen Beinen hatte stehen müssen. Er hatte sich rührend um seine jüngere Schwester gekümmert, die inzwischen verheiratet war und in Brighton lebte. Und dann war er nach Ostafrika gegangen, weil ihn in England nichts mehr hielt.

Plötzlich begriff sie, dass sie nichts über ihn wusste. Absolut nichts. Er war gezeichnet wie sie, und es kam ihr falsch vor, ihn jetzt noch zu heiraten. Sie war eine

Verräterin, und er konnte unmöglich mit ihr glücklich werden.

Nicht, wenn sie ihm ihre gesamte Vergangenheit enthüllte.

«Ja, eine traurige Sache.» Rose schloss die letzten Knöpfe. «Seine Eltern waren so abenteuerlustig. Du hättest sie gemocht, und sie dich bestimmt ebenfalls. Nun ja, es geschah vor elf Jahren bei einer Bergtour in Schottland. Man sollte meinen, dass Schottland nicht gefährlicher ist als eine Bootsfahrt auf The Serpentine im Hyde Park in London, aber das Wetter schlug um, und sie stürzten ab. Matthews Vater – Reggies Bruder – hat es noch mit dem Bergführer zurück nach Glasgow geschafft. Aber er starb an seinen Verletzungen.» Sie schwieg.

Audrey musste einfach nachfragen. «Und seine Mutter?»

«Claire? Ja, Claire ... Ihren Leichnam haben sie nie gefunden.»

Einen Moment schwiegen beide. Dann legte Rose die Hand auf Audreys Schulter. «Gräm dich nicht», sagte sie leise. «Das ist alles lange her, und er hat sich mit dem Tod seiner Eltern inzwischen arrangiert. Es ist für ihn abgeschlossen. Eine Zeitlang ... war es schwer. Er war wütend, weil er jedem die Schuld an diesem Unglück gab, vor allem sich selbst. Aber inzwischen ist diese Wunde verheilt. Glaub mir, er ist ein guter Kerl.»

Audrey verstand. Sie fröstelte.

«Ich kann ihn nicht heiraten», hörte sie sich sagen.

8. Kapitel

Sie traten auf die Terrasse, die im Schatten des Gebäudes lag. Boys in weißen Uniformen glitten lautlos an ihnen vorbei. In tiefen, weißen Korbstühlen saßen die Hotelgäste, die meisten schwiegen. Manche raschelten leise mit sechs Wochen alten Zeitungen. Die Luft war ebenso schwer und abgestanden wie die Nachrichten der Vergangenheit, und Audrey spürte, wie ein Schweißtropfen langsam ihren Rücken hinunterrann. Hätte sie nur ihren Fächer nicht im Zimmer vergessen!

Tante Rose packte ihren Arm und schob sie zu dem Tisch, an dem Onkel Reggie und Matthew bereits warteten. «Entschuldigt!», zwitscherte sie, als sei gar nichts vorgefallen. «Unsere liebe Audrey war von der Hitze ganz erschlagen. Aber jetzt geht es wieder, nicht wahr, meine Liebe?»

Audrey nickte. Die Zunge klebte ihr trocken am Gaumen, und sie schluckte schwer. Onkel Reggie und Matthew standen auf. Sie rückten die Stühle für die Damen zurecht, und sofort war ein Kellner zur Stelle. Matthew bestellte bei ihm Limonade, Tee und Törtchen.

«Geht's dir gut?», fragte er sie besorgt.

Audrey nickte stumm. Ja, es ging ihr gut. Wenn sie es sich nur oft genug einredete ...

Kaum dass sie saßen, riss Onkel Reggie das Gespräch an sich. Er hatte es sich nicht nehmen lassen, das Hotel zu erkunden, und natürlich wusste er jetzt alles. Tante Rose bremste ihn mit mildem Lächeln. «Ich glaube, das interessiert Audrey und Matthew nicht», bemerkte sie.

Eiswürfel klirrten leise in den Gläsern, in die die Kellner Limonade schenkten, und Audrey nahm dankbar einen großen Schluck.

Und verzog angewidert das Gesicht. Sie hatte mit der milden, gesüßten Säure von Zitronenlimonade gerechnet, aber das hier war ... bitter.

«Was ist das?», fragte sie.

Matthew grinste. «Bitter Lemon», erklärte er, als erkläre das alles. «Eine mit Chinin versetzte Limonade. Wunderbar, falls du deine Malariaprophylaxe mal vergisst.»

Sie runzelte die Stirn. «Und dann trinkt man so etwas freiwillig?»

«Oh, die meisten Leute mögen es, weil es wirklich erfrischt. Du wirst dich bald an den Geschmack gewöhnen.»

Tante Rose kostete ebenfalls, schob aber dann das Limonadenglas weit von sich. «Das ist nichts für mich, ich bleibe bei meinen Tabletten.»

Matthew zuckte mit den Schultern.

«Woher kommt das Eis?», wollte Audrey wissen. «Ich meine, wir sind immerhin am Äquator ...»

«Vom Mount Kenya. Oder vom Kilimandscharo, je nachdem. Aber ja, es ist ein Luxus, da gebe ich dir recht.»

Audrey senkte den Kopf. Das alles war zu viel für sie. Zu viel Neues, und dann auch noch Matthew, der sie beobachtete.

Sie schob es auf die bleierne Müdigkeit, dass sich alles, was geschah, so schwer auf sie legte. Tante Rose ließ sie nicht aus den Augen, als fürchtete sie, Audrey könnte vor Matthew wiederholen, was sie vorhin in ihrem Hotelzimmer so impulsiv hervorgestoßen hatte.

Die Worte hatten Tante Rose zutiefst erschreckt, das spürte Audrey. Besorgt hatte sie sich erkundigt, ob Audrey denn Matthew nicht möge. Ob er «abstoßend» sei, ja, genau das Wort hatte sie verwendet. Audrey hatte hastig verneint, denn ganz im Gegenteil: Matthew war in jeder Hinsicht perfekt.

Dennoch schien ihr die Vorstellung, mit ihm verheiratet zu sein und alles, wirklich alles mit ihm zu teilen, völlig abwegig.

«… lege mich noch ein wenig hin. Die Reise hat mich sehr erschöpft.» Tante Rose trank ihren Tee aus und erhob sich. Die beiden Männer erhoben sich ebenfalls. Audrey schaute hoch.

«Reggie, du bist doch bestimmt auch erschöpft?», fragte Tante Rose.

Onkel Reggie grinste. «Iwo», meinte er gutgelaunt. «Matthew und ich haben uns eine Menge zu erzählen. Ich bleib noch.»

Tante Rose räusperte sich. «Du bist ganz sicher auch erschöpft», wiederholte sie, diesmal strenger.

Reggie, der sich gerade wieder in den Korbstuhl lümmeln wollte, machte: «Hm?»

«Du willst dich jetzt hinlegen, Reginald.»

Audrey musste ein Lachen unterdrücken. Es war überdeutlich, was Tante Rose bezweckte. Sie wollte Matthew und ihr die Gelegenheit bieten, miteinander allein zu sein, und sei es nur für ein Stündchen zwischen Tee und Dinner. Damit sie sich besser kennenlernten.

«Mh? Oh, gut, gut. Wenn du meinst, Röschen ...» Umständlich schälte Onkel Reggie sich aus seinem Sessel und zwinkerte Matthew zu. «Dass du mir nicht die arme Audrey vergraulst!»

«Werde ich nicht.» Matthew lächelte. Zum ersten Mal, seit sie ihm heute früh am Pier gegenübergestanden hatte, fragte sie sich, ob auch er verunsichert war.

«Und du machst mir keinen Unsinn!» Das kam von Tante Rose, und sie drückte Audreys Arm. Ihr Blick wirkte ehrlich besorgt. Dann nahm sie Reggie am Arm und wandte sich zum Gehen

Hätte Audrey doch bloß den Mund gehalten. Denn natürlich hatte sie Tante Rose nicht die ganze Wahrheit sagen können. Sie hatte herumgedruckst, bis diese sie resolut am Arm genommen und nach unten in den Palmengarten gebracht hatte.

Matthew beobachtete sie. Er lächelte verlegen, weil er sich ertappt fühlte.

«Gar nicht so leicht», bemerkte er.

Sie verstand, was er sagen wollte. Es war wirklich nicht leicht. Sie war um die halbe Welt gereist für einen Mann, von dem sie geglaubt hatte, ihn zu kennen.

Aber er war ein Fremder.

Das Schlimmste war, dass sie nicht wusste, wie sie gegen die Fremde anleben sollte. Es war naiv gewesen zu glauben, dass ein Blick in seine Augen genügte, um zu wissen, dass er sie glücklich machte.

So was passierte in Liebesromanen. Das Leben sah anders aus. Und gerade sie hätte doch wissen müssen, dass das Leben sich nicht beeindrucken ließ von den Plänen, die die Menschen schmiedeten.

Sie atmete tief durch. Matthew wartete auf eine Antwort von ihr. Irgendwas, das die Anspannung löste.

«Habe ich dir erzählt, wie dein Onkel über das Schiff gestromert ist? Wie er alles über jeden einzelnen Passagier herausfinden wollte?»

Er lächelte und schüttelte den Kopf. «Nein ...?»

Und sie erzählte es ihm.

Schon bald lachten sie gemeinsam, und über dem Tisch trafen sich ihre Blicke. Nicht mehr scheu oder ängstlich. Sondern gewiss.

Sie konnte ihn spüren, den Mann, den sie aus den Briefen kannte.

Den Mann, in den sie sich verlieben würde.

«Erzähl mir von unserem Leben», sagte sie leise. «Wie wird es sein?»

Und Matthew ließ sich nicht bitten. Er beugte sich vor und schenkte ihr mehr von dieser bitteren Limonade ein, von der sich ihre Gesichtsmuskeln verzogen. «Es wird wunderschön», versprach er ihr. «Wir haben ein Haus, das du lieben wirst. Ich habe es The Brashy genannt.»

«Regnet es dort denn so viel?»

Er lachte verlegen. «Als ich das erste Mal nach The

Brashy kam, herrschte gerade die große Regenzeit. Tagelang goss es wie aus Kübeln. So nass war es, dass die Frösche auf meiner Veranda Zuflucht suchten, und jeden Morgen, wenn ich aus dem Haus trat, begrüßten sie mich mit einem Quakkonzert. Nach einer Woche war der Spuk dann vorbei. Alles grünte, alle Büsche und Bäume blühten, die Teeblätter sprossen zart und von erlesener Qualität. Aber seither war es nicht mehr so. Die Regenzeiten sind launisch, manchmal denke ich, dass ich mit dem Namen für unsere Farm das Schicksal herausgefordert habe. Dass der *Ngai wa Kirinyaga* mir nun zürnt und mir keinen Regen mehr schickt.»

«Der *Ngai wa Kirinyaga*?» Sie stolperte über diesen ungewöhnlichen Begriff.

«Der Gott des Bergs.» Wieder dieses Lächeln. Wissend und ein wenig verloren, als fürchtete er, sie mit seinen Erzählungen zu langweilen. «Die Kikuyu glauben, dass ihr Gott auf dem Berg wohnt. Sie nennen den Mount Kenya den Kirinyaga.»

Sie nickte, als verstünde sie genau, was er sagte. «Wer sind die *Kikuyu*?», fragte sie dennoch, und sie kam sich sehr dumm vor.

«Sie leben am Mount Kenya. The Brashy liegt im Südwesten des Bergs, wo sie auch ihr Land haben. Du wirst sehen, dass sie ihre Häuser allesamt mit der Türöffnung zum Berg ausrichten. Wie ein Muslim, der sich zum Gebet gen Mekka wendet.»

«Haben sie nur diesen einen Gott?» Bisher hatte Audrey gedacht, die Naturvölker hätten viele Götter. So wie die Ägypter einst oder die Römer und Griechen.

«Merkwürdig, nicht wahr? Ihre Religion ähnelt dem Christentum. Sie zu missionieren, ist wohl recht einfach, habe ich mir sagen lassen.»

Audrey lächelte verhalten. Ihr ging plötzlich die Frage im Kopf herum, warum man den Kikuyu nicht ihre Religion ließ, wenn sie dem Christentum doch schon so sehr ähnelte. Oder warum sie sich überhaupt dem anpassen mussten, was die Weißen für gut und richtig erachteten.

Sie war eine Frau, und dieser merkwürdige Gedanke – dass der christliche Glaube nicht richtig sein könnte für diese wilden Menschen – verwirrte sie. Er war zu groß, um ihn zu fassen, und vermutlich war er deshalb auch einfach sehr dumm.

«Sie sind jedenfalls gute Arbeiter. Ihre Hütten sind armselig, aber sie machen auf mich den Eindruck, als seien sie mit diesem Leben glücklich.»

«Ich dachte immer, die Afrikaner lebten als Jäger und Sammler in der Savanne.» Sie hatte sich ein wenig Wissen angelesen, in den Heften des National Geographic. Und musste jetzt feststellen, dass alles ganz anders war, als sie es sich vorgestellt hatte.

«Das tun einige Völker auch. Andere wiederum sind schon seit langer Zeit sesshaft und bearbeiten ihre Äcker und züchten Vieh. Wieder andere treiben nur ihre Viehherden über die Steppe.» Er zuckte mit den Schultern. «Hier wird dir alles begegnen. Unvorstellbares und Unglaubliches.»

Sie nickte nachdenklich. Der Kellner kam an ihren Tisch und fragte, ob sie noch etwas wollten. Matthew nickte und bestellte noch mehr Limonade, Tee und Gebäck.

«Den Tee wirst du mögen», versicherte er ihr. «Er stammt von unserer Plantage.»

Die Selbstverständlichkeit, mit der er «uns» sagte, rührte sie. «Baust du nur Tee an?»

«Wir. Wir bauen Tee an, ja.» Er beugte sich vor, und sie spürte seinen prüfenden Blick. «Willst du nicht mehr?», fragte er leise.

«Wie bitte?» Seine Frage verwirrte sie.

«Ich fragte, ob du nicht mehr willst. Ob du mich so schrecklich findest. Wenn das nämlich so ist, dann musst du es nur sagen, ich würde es verstehen. Also, ich meine ... Ich würde dir das Ticket für die Heimfahrt selbstverständlich bezahlen. Ich kann dich schließlich nicht zwingen, mich zu heiraten.»

Plötzlich schossen ihr Tränen in die Augen. «Oh Gott, nein!», rief sie leise. Hastig fingerte sie das Taschentuch aus ihrem Täschchen und betupfte die Augen. Doch es half nicht; die Tränen flossen ungehindert über ihr Gesicht.

Matthews Hand lag auf ihrem Arm. Eine intime Geste, die unter anderen Umständen völlig unpassend gewesen wäre – wenn sie nicht verlobt wären, wenn sie nicht unter Leuten wären. So war es ein Trost, dass er sie berührte. Sie zitterte und wusste nicht, ob es seine Berührung war oder dieses entsetzliche Gefühl der Schwäche, das sie erfasste.

«Es ist nur ... Ich war schon mal verlobt.»

Er lächelte vorsichtig. «Und?»

«Es hat nicht sein sollen. Und nachdem die Verlobung gelöst war ... Ich hab einfach nicht gedacht, dass ich noch eine zweite Chance bekomme. Dass ein Mann mich wollen würde.»

Er runzelte die Stirn, und sie schloss erschöpft die Augen, weil sie seinen Blick nicht ertrug. Führten sie dieses Gespräch wirklich in der Öffentlichkeit?

Das Klappern von Geschirr ließ sie aufblicken. Der Kellner brachte eine Etagere mit neuem Gebäck. Er schenkte ihnen Tee ein und stellte einen Krug Bitter Lemon in die Mitte des Tischs.

«Komm, probier den Tee.» Matthew gab sich einen Ruck. Der Kellner goss den Tee durch ein silbernes Sieb in die zarte Porzellantasse. Dann trat er zurück, verschränkte die Hände vor seinem Oberkörper und wartete.

Sie nahm einen Schluck. Im ersten Moment schmeckte er noch salzig von ihren Tränen, doch dann schmeckte sie es.

Dieser Tee war sanft und üppig, und er machte glücklich. Zumindest das kleine bisschen, das sie in diesem Moment brauchte.

«Erzählst du mir, was passiert ist?», fragte Matthew. Immer noch so behutsam. Er war gar nicht wütend. Sie hatte gedacht, die Vorstellung, eine Frau zu heiraten, die schon einmal einem anderen versprochen gewesen war, würde ihn endgültig davon überzeugen, dass es eine Schnapsidee gewesen war, sich eine Braut in der Ferne zu suchen.

«Es ist keine große Sache.» Sie knüllte das Taschentuch mit beiden Händen zusammen. «Wir kamen überein, dass es nicht funktionieren würde. Wir kannten uns, seit wir Kinder waren, und irgendwie ... nun. Es war nicht mehr richtig. Wir hatten die Hochzeit noch nicht geplant, es geschah ganz kurz nach der Verlobung.»

Matthew dachte nach. Audrey trank ihr Limonadenglas aus. Sofort war der Kellner zur Stelle und füllte es nach.

«Das mit uns beiden ... Ist das richtig?», fragte Matthew. «Ich meine, kannst du das jetzt schon sagen?»

Die Wahrheit war, dass sie es nicht sagen konnte. Die Wahrheit war, dass sie ihn nahm, weil sie fürchtete, es würde sich ihr kein zweites Mal eine solche Chance bieten. Sie hatte Angst, eine alte Jungfer zu werden. Und sie wollte es dieses Mal besser machen.

«Es fühlt sich jedenfalls nicht falsch an», sagte sie.

«Wenigstens bist du ehrlich.» Er lehnte sich zurück. «Das mag ich an dir. Deine Ehrlichkeit. Du sagst, wie es ist, und du beschönigst nichts. Ich gebe zu, ein bisschen habe ich mich vor dir gefürchtet.» Er lachte. «Bis mir Tante Rose telegrafierte. Sie schrieb: ‹Wunderschön und klug. Du wirst sie lieben.›»

«Das hat sie über mich geschrieben?»

«Es hat mir genügt. Mehr brauchte ich nicht wissen. Denn alles andere wusste ich aus deinen Briefen, Audrey.» Seine Hand schob sich über den Tisch und lag auf ihrer. «Ich weiß, dass du ein herzensguter Mensch bist. Jedes deiner Worte sagt mir das. Und dass du weinst, weil du fürchtest, ich könnte dich wieder fortschicken ...» Er schüttelte den Kopf, ungläubig und staunend. «Ich schick dich nicht fort. Niemals. Nichts könntest du tun oder sagen, das mich davon abbringt, dich zu wollen. Ich hab so lange auf dich gewartet, Audrey. Glaubst du, ich lasse dich wirklich leichten Herzens wieder gehen?»

Sie schwieg.

«Es sei denn, du willst gehen. Dann kann ich dich nicht aufhalten. Ich kann dich nicht zwingen, meine Frau zu werden. Wir sind zwei erwachsene Menschen, die nicht allein sein wollen. Das ist mehr, als viele andere Paare haben. Und es könnte funktionieren. Gefühle kann man nicht zwingen oder heraufbeschwören. Aber wir können uns Mühe geben und gut zueinander sein.»

Sie wünschte sich so sehr, dass es klappen würde.

«Dann lass es uns versuchen.» Ihre Stimme klang rau, und sie räusperte sich. «Ich will hierbleiben. Ich will den Fisch essen, den du am Hafen heute früh gekauft hast, ich will deinen Tee trinken und The Brashy sehen. Ich will das alles.»

Und noch viel mehr.

Vielleicht war es gut, dass sie ihm nicht alles erzählt hatte. Vielleicht war zu viel Wahrheit gar nicht gut.

Und wer wusste schon, was kam? Dieses aufgeregte Kribbeln, das sie in seiner Nähe verspürte, konnte doch mehr sein als bloße Nervosität?

Wenn sie sich in ihn verguckte, war alles gut. Wenn er sie weiterhin so anschaute, war alles gut.

Sie atmete tief durch.

Alles wird gut, sagte sie sich.

Sie musste nur irgendwann anfangen, sich zu glauben.

9. Kapitel

In diesem Teil der Welt, so nah am Äquator, brach die Dunkelheit schlagartig gegen sechs Uhr herein, viel schneller und absoluter als in England. Sie blieben draußen sitzen, um zu Abend zu speisen.

Der Koch des Hotels hatte ihnen die Fische zubereitet, und sie aßen Fisch mit Gemüse und wischten die zarte, süßliche Soße mit Brot von den Tellern. Immer wieder wurde Wein nachgeschenkt. Die anderen Tische nahm Audrey gar nicht mehr wahr. Sie sah nur Matthew, der sie anlächelte.

Im Kerzenlicht war er so wunderschön, dass es ihr den Atem raubte.

Der Wein prickelte auf der Zunge wie Champagner. Nach dem zweiten Glas konnte sie gar nicht genug davon bekommen, und von Matthews braunen Augen schon gar nicht, und ebenso wenig davon, seine Hand zu beobachten, die die Gabel zum Mund führte. Sie war wie hypnotisiert von seinen Bewegungen, und als er sie ansprach, nickte sie nur. Egal, was er sagte, egal, was er tat – sie wäre ihm gefolgt und hätte ihm gelauscht. Er lächelte und unterhielt sich mit Tante Rose, woraufhin Reggie sich einmischte. Die drei hüllten sich in dieses Gespräch wie in einen wärmenden Kokon, und obwohl Audrey sich nicht daran beteiligte, genoss sie es. Früher hätte sie sich in so einer Situation ausgeschlossen gefühlt. Jetzt wurde nichts von ihr erwartet. Alles, was sie sagte und tat, war richtig.

So wurde es immer später, und schließlich waren sie die Letzten, die noch im Speisesaal des Hotels saßen. Durch die offenen Fenstertüren wehte beständig ein salziger Wind vom nahen Ozean. Die Kellner standen wie Schatten an der Wand und warteten.

Als sie aufstanden und aufs Zimmer gehen wollten, hielt Matthew sie fest.

«Was ist?», fragte sie lächelnd. Sie war beschwipst und schwankte leicht. Ihr Oberkörper stieß gegen seine Brust. Seine Hand lag auf ihrem Arm und stützte sie.

«Du siehst manchmal so traurig aus.»

Die ausgelassene Fröhlichkeit, diese innere Ruhe – verflogen. Ein Satz genügte, sie zurückzuweisen auf ihren Platz in der Welt.

Behutsam entzog Audrey ihm ihren Arm. «Das kann schon sein», sagte sie leise.

«Vermisst du deine Familie? Oder deine Freunde? Gibt es irgendwas, das ich tun kann, damit es leichter ist für dich?»

Sie senkte betreten den Blick.

Dass er schon nach so kurzer Zeit mehr sah, als sie preisgeben wollte, beunruhigte sie. Gegen ihre Ängste kam sie nun mal nicht an, und ihre schlimmste, größte, gewaltigste Angst war, dass er sie fortschickte.

«Ich will nur nichts falsch machen», flüsterte sie.

Matthew schaute sich um; Tante Rose und Onkel Reggie strebten zum Ausgang, sonst war niemand mehr da. Zwei halbwüchsige Jungs in Kellneruniform bewegten sich lautlos zum Tisch und räumten ihn ab. Geisterhaft waren ihre Bewegungen, kein Besteck klapperte, kein Glas klingelte.

Er beugte sich zu ihr. Sein Mund so dicht an ihrem, dass sie glaubte, ihn zu schmecken – herber Wein und süße, kandierte Datteln. Ihr Atem stockte.

«Du machst alles richtig.» Seine Lippen auf ihren, nur ganz kurz, und seine Hand zugleich in ihrem Kreuz so glühend heiß wie ein Brenneisen, dass sie unter der Berührung fröstelte. «Du kannst gar nichts falsch machen, hörst du?»

Noch ein Kuss. Sie seufzte. Ihr Körper bog sich seinem entgegen, und ihre Brüste streiften seine Brust. Er löste sich zögernd von ihr, betrachtete sie ernst und nachdenklich.

«Was ist?», fragte sie leise und bang.

Immer diese Angst. Wäre da nur nicht ständig die Befürchtung, er könne ihr an der Nasenspitze ansehen, wer sie war, *was* sie war – sie könnte nachgeben. Diesem warmen Gefühl, das sich vom Unterleib aus in ihr ausbreitete, und diesem seligen Lächeln, das sich auf ihr Gesicht stahl.

«Für mich bist du perfekt.»

Mehr sagte er nicht. Er bot ihr den Arm, setzte eine heitere Miene auf und führte sie aus dem Speisesaal. Audrey schritt an seiner Seite. Hinter ihrem Rücken fiel ein Glas zu Boden; das Klirren auf den Fliesen zerschnitt die Stille und ließ sie zusammenzucken.

Für mich bist du perfekt.

Sie hatte dem Glück nicht trauen wollen, das hier auf sie wartete.

Und jetzt erkannte sie, dass es noch viel größer war als erhofft. Dass er sie ansah, wie ein Mann die Frau anschaute, mit der er den Rest seines Lebens verbringen wollte.

Und sie verspürte das Glück, von dem sie geglaubt hatte, es sei für immer aus ihrem Leben verschwunden.

Dieser Moment war es, in dem sie beschloss: Er muss es nicht wissen. Er darf es nie erfahren. Diese Seite von ihr sollte er nicht kennenlernen. Es hätte ihre Beziehung nur belastet, egal wann er es erfahren hätte. Sie beschloss, es wäre besser, wenn sie weiterhin mit dieser Schuld lebte und nicht Matthew damit belastete.

Ich halte das aus, dachte sie.

Wenn er sie glücklich machte, hielt sie es wohl aus.

Matthew hatte geglaubt, es sei ganz einfach. Er hatte nach einer Gefährtin gesucht, nach einer Frau, die sich ihm und mit der er sich verbunden fühlte. Audrey klang in ihren Briefen so lustig, so klug und ... ja, sie klang wunderschön.

Er hatte sich ein bisschen davor gefürchtet, sie könne nicht seinen Erwartungen entsprechen.

Aber dann stand sie vor ihm, und er spürte seine Unsicherheit, weil ihr Lächeln so offen und so sehr das war, was er sich gewünscht hatte. Er hatte das Gefühl, hier werde ihm etwas zuteil, das er nicht verdient hatte, und er schämte sich sofort für den Gedanken. Denn was müsste sie dann erst denken? Sie hatte doch etwas Besseres verdient.

Aber ihr Lächeln galt ihm, und es war gar nicht schwer, sich sofort darin zu verlieren. Sie plauderte angenehm, und daran, wie Rose und Reggie sie beobachteten, erkannte Matthew, dass die beiden Audrey auch mochten. Das genügte ihm schon fast.

Es war so einfach, sich in sie zu verlieben.

Aber sofort kamen ihm Zweifel, diese kleinen, unbequemen Stimmen, die ihm einflüsterten, das könne nicht so einfach sein. Ein so hübsches Ding, dem mussten daheim in England doch Dutzende Männer hinterherlaufen.

Er wusste, was Tante Rose ihm erzählt hatte. Audrey sei viel daheim bei ihren Eltern, wo sie sich aufopferungsvoll um ihren jüngeren Bruder kümmere, der sehr krank sei. Was genau das für eine Krankheit war, wusste Tante Rose auch nicht. Jedenfalls schien es, als habe

Audrey es einfach versäumt, sich auf den Teepartys und Tanzgesellschaften herumzutreiben, auf denen ihre Altersgenossinnen nach einem potenziellen Ehemann Ausschau hielten.

Und jetzt war sie hier, sie lag im Zimmer neben seinem und schlief, während er sich unruhig hin und her wälzte und vor Aufregung und Freude und vor Angst nicht in den Schlaf fand.

Schließlich hielt er es nicht länger aus und stand auf. Er kleidete sich im Dunkeln an und verließ sein Hotelzimmer. Die Gänge lagen still und dunkel da; das Hotel befand sich in einem Teil Mombasas, der nicht vom aufgeregten Treiben auf den Basaren geprägt war, sondern von Villen und großen Gärten, in denen Springbrunnen plätscherten. Er ging in die Lobby, die in ein warmes, goldenes Licht getaucht war. Der Concierge, ein Inder mit einem roten Turban, schrak auf und trat diensteifrig an den Tisch, doch Matthew winkte ab. Er wollte allein sein.

So richtig allein sein konnte man aber nicht in diesem Hotel. Kaum betrat er die Bar, ging ein Licht an, und auch hier tauchte ein junger Inder auf. Er stellte ein Glas auf den Tresen, und als Matthew nickte, schenkte er eine bernsteinfarbene Flüssigkeit ein.

Es war derselbe Whisky, den er bereits nach dem Essen im Salon für die Herren genommen hatte. Matthew schloss genüsslich die Augen. Ein guter Tropfen.

Was stimmt nicht mit Audrey?, fragte er sich.

Sie war so hübsch. Schlank, aber nicht zu dünn – das mochte er nämlich nicht –, und ihre Haare waren lockig und dunkel und funkelten rötlich, wenn das Licht sie berührte. Ihr Gesicht war zart, aber irgendwie sah sie traurig aus. Am besten gefielen ihm ihre Augen. Groß und taubengrau. Augen, so alt wie die Zeit.

Er fragte sich, was diese Augen gesehen hatten.

Ich werde sie glücklich machen, dachte er. Und sie wird mich glücklich machen. Sie wird den Schmerz vertreiben, der mich ausfüllt.

Konnte eine geschundene Seele die andere heilen? Er hatte auf diese Frage keine Antwort, vielleicht war sie auch rhetorischer Natur, wie so vieles, das er sich zuletzt nur im Stillen gefragt hatte. Kinyua, der war ihm schon lange ein Gesprächspartner, aber was war er für ein Mann, dass er sich mit einem Kikuyu über die großen Fragen des Lebens unterhielt?

Vielleicht war er einfach schon zu wunderlich, um einer Frau wie Audrey ein guter Mann zu sein.

Aber versuchen wollte er's. Das zumindest. Was er nur machen sollte, wenn es ihm nicht gelang ... das wusste er nicht. Denn dann wäre sie an ihn gefesselt und er an sie, und sie würden einander das Leben zur Hölle machen.

Es wird schon irgendwie gehen, dachte er.

10. Kapitel

Am nächsten Tag fuhren sie am späten Nachmittag mit dem Zug am Bahnhof von Mombasa ab. Über Nacht reisten sie in bequemen Schlafwagen nach Nairobi – eine Kabine für die Damen, eine zweite für die Herren – und erreichten die Stadt am kalten Wasser, wie Nairobi übersetzt hieß, am Mittag des Folgetages.

Sie waren nicht die Einzigen, die mit dem Zug von Mombasa in Nairobi eintrafen. Mit ihnen stiegen zwei dickliche Männer mittleren Alters aus, denen man ansah, dass sie ihre hellen Anzüge und die Tropenhelme zum ersten Mal trugen, denn sie zupften ständig daran herum und tupften sich den Schweiß von der Stirn. Sie wurden von einem braungebrannten, hochgewachsenen Mann begrüßt, der ein geschliffenes Oxford-Englisch sprach, mit dem breitkrempigen Hut und dem dreckigen, verschwitzten Hemd allerdings eher wie ein Cowboy aussah.

Verstohlen musterte Audrey die drei Männer. Die beiden dicken Kerle sprachen mit einem harten Akzent. Preußen, vermutete sie. Deutsche.

«Komm, Audrey.» Matthew bot ihr den Arm, und sie hakte sich bei ihm unter. «Was wird mit unserem Gepäck?», fragte sie bang.

«Um das kümmern sich die Leute von der Eisenbahngesellschaft. Ich lasse es zum Haus unseres Gastgebers bringen.»

Nairobi hatte kein Bahnhofsgebäude. Das Gleis führte neben einer Baracke direkt weiter nach Nordosten, vorbei an schäbigen Hütten und von sauberen Weidezäunen eingefassten Gärten.

«Bist du sicher, dass das hier Nairobi ist?» Audrey musste sich beeilen, um mit Matthew Schritt zu halten. Er trat auf den Platz vor dem Bahnhof, rot und staubig und verlassen. Im Schatten einer Schirmakazie dösten ein paar Jungen. Sie hatten Pferdekarren dabei, und die Gäule ließen die Köpfe hängen und waren mit einer rötlichen Staubschicht überzogen. Wie alles hier.

«Wieso?»

«Es ist so klein.» Sie hatte sich unter der Hauptstadt des Protektorats Britisch-Ostafrikas etwas anderes vorgestellt. Eine pulsierende Metropole, ein London der Savanne, wo Hunderte Reisende Tag für Tag eintrafen, wo Tausende Siedler sich in dem Büro für die Landzuweisung drängten und sich die Waren zum Weitertransport nach Mombasa am Bahnhof in riesigen Lagerhäusern stapelten.

«Nairobi gibt es erst seit 1899. Es ist also eine ganz junge Stadt. Aber sie wächst schnell. Glaub mir, schon bald wird sich Ostafrika nicht mehr vor Siedlern retten können.» Er lächelte aufmunternd. «Ich gebe aber zu, dass man hier schon bald die meisten Leute kennt. Vor allem, wenn man wie wir heute Abend im Haus des Gouverneurs eingeladen ist.»

Audrey riss die Augen auf. «Wir sind eingeladen?»

«Habe ich dir das nicht erzählt? Er gibt heute Abend ein Fest.» Matthew pfiff zwei Jungs heran, die auf nackten Füßen herbeigesprungen kamen. Ein dritter zog das Pony vor seinem Kastenwagen am Zügel hinter sich her. «Sir Percy Girouard wird sich freuen, deine Bekanntschaft zu machen. Und die von Onkel Reggie und Tante Rose sicher auch.»

Vom Bahnhof kamen in einer Reihe ein halbes Dutzend Negerjungen angelaufen. Sie hielten ameisengleich und in schnurgerader Linie auf den Kastenwagen zu. Sie brachen schier zusammen unter den Schrankkoffern, waren aber flink unterwegs, und es dauerte keine drei Minuten, bis alles Gepäck sicher auf der Ladefläche verstaut war. Matthew entlohnte die Kinder – denn nichts anderes waren es, Kinder! – mit ein paar Silberrupien. Dann half er erst Tante Rose und danach Onkel Reggie auf die hintere Bank, die auf den Kastenwagen montiert war.

«Danke, ich schaff das allein.» Audrey raffte mit einer Hand den Rock, hielt sich mit der anderen an der Rückenlehne des Kutschbocks fest und kletterte auf die hintere Sitzbank neben Tante Rose. Matthew nickte zufrieden und setzte sich neben den Jungen auf den Kutschbock.

Noch ein Kind, dachte Audrey. Arbeiteten denn hier nur die Kinder?

Mit einem hatte Matthew recht: Nairobi war eine lebendige Stadt. Schwarze Frauen liefen mit Bündeln oder Schüsseln auf dem Kopf über die Straße, ohne nach rechts und links zu schauen, und wenn ein Pferdefuhrwerk vorbeiratterte, hoben sie die Hand und riefen dem Kutscher ihr herzliches «Jambo!» hinterher. Kinder liefen in Scharen hinter den Frauen her, und Männer stolzierten herum, als gehörte ihnen die Welt – und das betraf die Weißen wie die Schwarzen.

Audrey staunte. Sie hatte es sich nicht so vorgestellt. So ... ja, tatsächlich lebendig. Nur wenige Weiße waren unterwegs, zumeist sah sie Schwarze und Inder mit ihren farbenfrohen Turbanen. Nairobi war klein, viel kleiner als Mombasa, und doch hatte diese Stadt etwas, dem sie sich nicht entziehen konnte.

Matthew drehte sich halb zu ihr um. «Es ist die Luft», erklärte er.

Als wüsste er, was sie dachte.

Audrey lächelte. Danke, dachte sie.

Danke, dass du mich ohne Worte verstehst.

Sie kamen für die nächsten beiden Nächte im Haus eines Händlers unter, der im Süden Nairobis lebte. Das Haus war ein einstöckiger Bungalow, der im Laufe der letzten acht Jahre immer wieder erweitert worden war, wie der Mann stolz erzählte. Er handelte mit Tee, Kaffee, Flachs – «mit allem, was dieses Land uns zu bieten hat».

Timothy Ricket war etwa fünfzig Jahre alt und vierschrötig. Sein Lachen war so dröhnend, dass Tante Rose nervös kicherte und Reggies Mundwinkel nach unten wanderten. Er mochte es nicht, wenn jemand anderes ihn überstrahlte. Und Tim Ricket war ein Mann, der sofort im Mittelpunkt stand.

Er hatte ein offenes Gesicht und dunkle, dichte Haare. Er schlug Matthew auf die Schulter, küsste Tante Rose und Audrey die Hand und packte Reggies Hand so fest, dass dieser schmerzlich das Gesicht verzog. Dabei hörte er nicht auf zu reden und betonte, dass Matthew und er sich dringend auch über Geschäftliches unterhalten müssten, nicht dass sein Freund die nächste Teeernte wieder an einen anderen Händler verscherbelte.

Matthew lachte gutmütig.

Ein Diener brachte Audrey zu ihrem Zimmer.

Die Zimmer waren zweckmäßig und schlicht eingerichtet, und auch hier gab es ein halbes Dutzend halbwüchsige Jungen, die sich am Gepäck zu schaffen machten. Als Audrey in ihr Zimmer kam, standen die beiden Schrankkoffer bereits neben dem Paravent, und ein junges Mädchen mit kaffeebrauner Haut im schwarzen Dienstmädchenkleid und mit weißer, raschelnder Schürze stand daneben und hielt den Blick gesenkt.

«Ich bin Mary. Mr. Ricket hat mich zugeteilt, damit ich Ihnen zur Hand gehe. Darf ich Ihnen helfen, Ma'am?», fragte sie. Ihre Stimme war leise und so zart wie ihre schmale Gestalt.

Audrey stellte ihre kleine Reisetasche mit den wichtigsten Habseligkeiten – dem Dickens und den Fotos ihrer Familie – auf die Bank am Fußende des Betts. «Oh, das ist ... danke. Ich weiß gar nicht, wie lange ich Zeit habe? Ich bin müde.»

«Sie haben noch Zeit bis zum Empfang im Haus des Gouverneurs. Wenn Sie sich hinlegen möchten, bin ich Ihnen gern behilflich.»

«Danke, Mary. Weck mich bitte in einer Stunde, ja?»

Nachdem Mary ihr Korsett gelockert hatte und sie allein war, legte Audrey sich aufs Bett. Hier in Nairobi war es längst nicht so schwül wie in Mombasa. Immer noch heiß, aber sie hatte nicht mehr das Gefühl, jeder Lufthauch klebe auf ihrer Haut.

Nach der Stunde klopfte Mary leise und half Audrey beim Umziehen. Sie war ganz still und in sich gekehrt, und sie weinte verstohlen. Audrey fragte nicht. Mary war nur ein Dienstmädchen. Wenn ihr Herr sie zurechtgewiesen hatte, ging es Audrey nichts an. Sie war Gast in diesem Haus, eine Fremde in diesem Land. Millie hätte sie daheim doch auch gefragt, was los sei. Oder Emma. Aber hier?

Zum Haus des Gouverneurs fuhren sie nicht mit einem Kastenwagen, sondern in drei Laufrikschas. Die jungen, schwarzen Männer, die die Rikschas zogen, bewegten sich wie Schatten in der Dunkelheit. Das Scharren ihrer Füße vermischte sich mit ihrem lauten Keuchen. Audrey saß mit Matthew in einer Rikscha, in der zweiten folgten Tante Rose und Onkel Reggie dichtauf.

Matthew nahm ihre Hand und drückte sie. «Alles in Ordnung?», fragte er.

Sie nickte. «Es ist alles so aufregend.»

Er lachte, und seine Zähne blitzten im Dunkeln. «Dann warte nur, wie aufregend es erst im Haus des Gouverneurs wird. Er ist berüchtigt für seine rauschenden Feste. Die Menschen hier sind ein feiner Schlag. Pioniere, Gelehrte und Jäger. Du wirst hier bestimmt bald Freunde finden.»

Zunächst war da Gwendolen Girouard, die zarte, helle Herrin des Hauses. Sie begrüßte an der Seite des Gouverneurs die Gäste, und als Audrey ihr vorgestellt wurde, umfasste sie Audreys Hände und drückte sie. «Willkommen in Ostafrika», sagte sie, und ihre Stimme war warm und herzlich. Ihre Hände aber lagen kühl und spröde auf Audreys, und der Duft nach Zitronenverbene umhüllte sie wie ein Schleier.

«Vielen Dank», sagte Audrey verwirrt.

«Ich hoffe, Sie werden hier in Afrika glücklich. Wir waren ja alle so gespannt, Sie kennenzulernen. Matthew ist ein wichtiges Mitglied unserer kleinen Gesellschaft hier in Ostafrika, und als er erzählte, aus England käme in Kürze seine Braut, waren wir alle ganz aus dem Häuschen.» Verschwörerisch schob sie sich näher an Audrey heran. «Unter uns, es gab einige junge Frauen, die sich Hoffnungen gemacht haben, sie könnten Matthews Herz gewinnen.»

Audrey war verwirrt. Aber hatte man ihr nicht erzählt, in Ostafrika gäbe es nicht genug Frauen, dass Matthew eine fand? Doch bevor sie diesem Gedanken weiter nachgehen konnte, trat Gouverneur Girouard zu ihnen und begrüßte sie. Er hatte einen feinen Akzent, den Audrey nicht recht einordnen konnte, vielleicht französisch, aber nicht so gequält wie bei vielen Franzosen, die sich mit der englischen Sprache abmühten, als sei sie eine Strafe. Sie erfuhr später, dass Percy Girouard aus Kanada stammte.

Das passte. Ein friedfertiger, ruhiger Zeitgenosse. Nicht laut und polternd, sondern besonnen und gefasst. Der Gegenpol zu Tim Ricket, der sich sofort nach der Begrüßung auf einen Boy stürzte, der ein Tablett hielt, das erste Glas Champagner noch neben dem schwarzen Jungen stehend kippte und dann mit Glas Nummer zwei und drei im Gedränge verschwand.

Audrey nahm ein Glas Champagner, als es ihr angeboten wurde. Auch Tante Rose und Onkel Reggie waren verschwunden – Letzterer, so fürchtete sie, um das Haus zu erkunden. Nur Matthew blieb neben ihr.

Nein, nicht nur. Sie war froh um ihn. Er stand neben ihr, während Dutzende fremde Gesichter an ihr vorbeizogen. Man machte sich mit ihr bekannt, die Damen lobten ihr wunderschönes Kleid, an dem Audrey nichts Besonderes fand. Erst später erfuhr sie, dass es eben doch besonders war, weil es nach der Mode des Jahres 1910 geschneidert war und nicht nach der von 1909 oder 1908, mit der sich die meisten Damen im Protektorat zufriedengeben mussten, weil Modezeitschriften selten nach Afrika verschickt wurden. Die Herren waren jovial, sie schlugen Matthew gut gelaunt auf die Schulter und beglückwünschten ihn zu seiner ausgezeichneten Wahl. Audrey verstand, wie es gemeint war, und fühlte sich allmählich immer elender.

Hatte Matthew etwa auch ein Geheimnis? Warum hatte er nicht eine der jungen, unverheirateten Frauen gewählt, von denen es hier einige gab? Die junge Renata Walden zum Beispiel, eine kleine, dunkeläugige Schönheit, die sich ihrer Gesichtsbräune nicht zu schämen schien und deren schwarze Locken sich kaum bändigen ließen. Sie war bestimmt besser geeignet, in der Wildnis Ostafrikas auf einer Teeplantage zu leben. Oder die elfengleiche, helle Babette, die sich Audrey vorstellte und sogleich fragte, welche Bücher sie aus England mitgebracht hatte und ob man sich mal austauschen könne – denn an neue Bücher zu kommen sei hier ebenso schwer wie an eine aktuelle Modezeitschrift.

Aber Matthew blieb an ihrer Seite. Unerschütterlich. Beinahe besitzergreifend. Sie spürte seine Hand in ihrem Rücken. Er winkte die Boys mit den Canapés heran und die mit dem kühlen Champagner. Die anderen Gäste drängten sich um Audrey, stellten ihr Fragen und gaben sich die Antworten gleich selbst.

«Freuen Sie sich auf Ihr Leben hier? Hat Matthew Ihnen schon von The Brashy erzählt?»

Audrey lächelte höflich und wandte sich an Babette, von der die letzte Frage kam. «Er sagt, ich würde es lieben. Waren Sie schon dort?»

«Oh, wir waren alle schon mal dort.» Ein junger Mann trat neben Babette. Abgesehen von der gebräunten Haut und den von der Sonne gebleichten Haaren glich er Babette wie ein Bruder. «Entschuldigen Sie, wie unhöflich von mir. Benedict Tuttlington, Babettes Bruder.» Er grinste frech und beugte sich höflich über Audreys Hand.

«Und die größte Nervensäge, die Sie in Ostafrika finden können», fügte Babette hinzu. «Außerdem der unpünktlichste Mann, dem ich je begegnet bin. Du wolltest heute Mittag zurück sein.» Es klang vorwurfsvoll.

«Schwesterchen, ich erklär dir bei Gelegenheit gerne, was es bedeutet, Elefanten zu jagen. Da kann man keinen Wecker stellen, und es ist ganz und gar unmöglich, einfach aufzustehen und nach Hause zu marschieren, nur weil im Haus des Gouverneurs ein Empfang zu Ehren einer englischen Pastorentochter gegeben wird. Verzeihen Sie, Miss Collins. Nichts gegen Sie, aber manchmal gebärden sich einige Leute hier, als gäbe es keine Menschen in Ostafrika, sondern nur Wilde.»

«Es gibt hier auch kaum Menschen, sondern nur Wilde», erwiderte Babette spitz. Sie machte auf Audrey nicht den Eindruck, als sei sie genau die Richtige für das Leben in diesem Land.

Vielleicht hatte Matthew sie deshalb nicht zur Frau genommen.

Sie wandte sich nach ihm um.

Er war nicht da. Als sie den Blick über die Anwesenden schweifen ließ, konnte sie ihn nicht finden. Auch Renata war verschwunden.

Sie schluckte hart.

Haltung bewahren, sagte sie sich. Das hatte ihre Mutter sie gelehrt. Es war Eleonore Collins immer wichtig gewesen, ihre Kinder auf das Leben vorzubereiten, und zwar in allen Belangen. Audrey konnte daher nicht nur ganz passabel nähen, sehr gut stricken, einen Haushalt führen und kochen, nein: sie hatte auch gelernt, Haltung zu bewahren.

Sie erinnerte sich noch allzu gut an den Tag, als sie mit fünfzehn von ihrer Mutter die erste Lektion in «Haltung» erteilt bekam. Sie musste nicht mit einem Stapel Büchern auf dem Kopf durch den Salon stolzieren, nein, darum ging es nicht. Gemeint war die innere Haltung – ruhig, gelassen und unerschütterlich sollte Audrey ertragen, was das Leben ihr aufbürdete.

«Wenn dein Mann später fremdgeht, machst du ihm keine Szene», so hatte ihre Mutter angefangen. Und Audrey, mit fünfzehn noch weit davon entfernt, sich Gedanken um ihre Zukunft als Ehefrau zu machen, hatte ihre Mutter verwirrt angeschaut. Aber ihre Mutter fuhr unbeirrt fort: «Es gehört sich nicht, schon gar nicht in der Öffentlichkeit. Solltest du ihn bei einer Dinnerparty dabei erwischen, dass er sich einer anderen Frau gegenüber nicht angemessen verhält – und du wirst es merken, wenn er das tut, wenn da also etwas ist, das nicht sein soll –, wirst du dich jeglichen Kommentars enthalten. Und daheim wirst du auch nichts dazu sagen.»

Damals hatte Audrey lange darüber nachgedacht, warum ihre Mutter so genau wusste, wie man sich in diesen Situationen verhielt. Warum sie ihrer Tochter das richtige Benehmen einbläute. In den folgenden Wochen ertappte sie sich immer wieder dabei, wie sie ihren Vater argwöhnisch beobachtete. Die Vorstellung, er gehe nicht nur aus dem Haus, um sich um die Mitglieder seiner Gemeinde zu kümmern, sondern weil er womöglich irgendwo im Ort eine andere Frau besuchte, war ihr unmöglich erschienen. Und dann doch wieder nicht.

Dass niemand darüber sprach und es übersah, gehörte wohl zum Spiel, hatte Audrey schließlich gedacht. Und sie hatte sich diese Lektion zu Herzen genommen.

Wenn Matthew mit Renata verschwunden war, ging es Audrey vielleicht etwas an, aber sie durfte es sich nicht anmerken lassen. Auch wenn die weiße Gesellschaft in Britisch-Ostafrika in vielen Belangen ganz anders war als daheim in England – in dieser Hinsicht war sie gleich.

Aber eine Frage blieb: warum sie? Warum hatte Matthew sie gewählt, seine Entscheidung auf ein paar Briefe gegründet, obwohl es in Ostafrika eine Handvoll junger, unverheirateter Frauen gab? Warum hatte er nicht Renata genommen?

Sie wusste es nicht.

Nur eins wusste sie: Fort von hier wollte sie jetzt nicht mehr.

Also bewahrte sie Haltung.

Er kam erst eine Stunde später zurück. Diese Stunde hatte Audrey genügt, um Babette und Benedict in ihr Herz zu schließen. Das Geschwisterpaar war unzertrennlich, ihre Wortgefechte herzerfrischend und die Wärme, mit der sie Audrey aufnahmen und sofort als Dritte im Bunde akzeptierten, machte sie zusammen mit dem Champagner ganz schwindelig vor Glück.

Das Fest wurde ausgelassener, lauter. Die älteren Gäste verabschiedeten sich bald oder zogen sich in den Salon und das Raucherzimmer zurück. Das junge Volk blieb, und das Lachen hob sich empor zu den hohen Decken des Gouverneurshauses. Als Matthew zurückkam, entdeckte Audrey ihn sofort, er stand in der Tür, als wüsste er nicht, ob er hierhergehörte. Sie winkte ihm, und er lächelte verhalten. Ehe er sich vom Türrahmen abstieß, tauchte Renata hinter ihm auf, legte die Hand auf seinen Ärmel und flüsterte ihm etwas zu.

Er blickte unverwandt zu Audrey herüber. Acht, zehn Meter trennten sie, und doch fühlte sie sich in diesem Moment weiter entfernt von ihm als noch vor Monaten während ihres Briefwechsels. Sie musste nicht mehr wissen, ihr genügte Renatas Hand auf Matthews Ärmel, ihr Mund so dicht an seinem Ohr.

Audrey wandte sich etwas steif ab. Haltung bewahren.

«Was sagst du?» Babette musterte sie fragend.

«Ach, nichts.» Sie schüttelte den Kopf, als müsste sie über sich selbst lachen, leerte das Glas Champagner und winkte einem Boy. Matthew hatte also eine Geliebte. Na und? Er würde sie heiraten, und nur sie.

Trotzdem tat es weh. Matthew kam und legte ihr die Hand auf den Rücken. Wir sind nicht verheiratet, wollte sie ihn anfahren, lass deine Finger von mir, ich will nach Hause!

Aber sie schwieg. Sie konnte nicht zurück nach Hause. Dort erwartete sie nichts. Hier hatte sie wenigstens die schwache Hoffnung auf Zukunft.

Sie drängte ihn in eine Ecke des großen Salons. «Wir müssen reden, Matthew.»

So war sie schon immer gewesen. Selbstbestimmt, beinahe herrisch hatte Renata immer nur gefordert, wenn sie etwas wollte. Und meistens hatte sie es auch bekommen.

Nur ihn, ihn bekam sie einfach nicht, sosehr sie sich auch darum bemühte. Sie war ein Dickkopf mit ihren dreiundzwanzig Jahren und hatte ihren Eltern abgetrotzt, allein in Nairobi leben zu dürfen. Ursprünglich stammte sie aus Durban, aber vermutlich war dort etwas vorgefallen, das es ihr unmöglich machte, länger dort zu bleiben. Matthew vermutete, dass ein Mann sie so nachhaltig enttäuscht hatte, dass sie jetzt ihre eigene Art hatte, Rache an den Männern zu üben.

Sie hatte ihn letztes Jahr auf The Brashy besucht und war wochenlang geblieben. Einmal hatte sie sogar versucht, ihn zu verführen – mit mäßigem Erfolg.

Am darauf folgenden Tag hatte er den ersten Brief von Audrey erhalten und sich nach wenigen Zeilen schon unsterblich in sie verliebt. Nachdem er ihr leibhaftig begegnet war, glaubte er, dass es Schicksal sein musste.

Aber Renata gab nicht auf. Sie spürte, dass ihre letzte Chance verging. Er hatte schon damit gerechnet, dass sie ihm auflauern würde, doch die Heftigkeit, mit der sie sich jetzt auf ihn stürzte, überraschte ihn.

«Wir müssen nicht reden, Renata.»

Sie schaute sich hektisch um. Rote Flecken waren auf ihren sonnengebräunten Wangen erblüht.

«Sie redet mit den Tuttlingtons, also keine Sorge.»
Beinahe belustigt beobachtete er, wie Renata sich den Hals nach Audrey verrenkte.

«Warum sie?», wollte sie wissen. «Warum nicht ich?»

Er seufzte. «Renata, das hatten wir doch schon», sagte er.

Renata Walden war wie ein Wirbelsturm, der über alles hinwegfegte und verbrannte Erde hinterließ. Matthew war nicht der Erste, den sie mit vollem Herzen liebte, doch er hatte gesehen, was sie bei anderen Männern anrichtete. Hatte sie den Auserwählten erstmal dort, wo sie ihn haben wollte – vor ihr auf den Knien und ihr völlig willenlos ergeben –, dann ließ sie ihn fallen und verschwand auf Nimmerwiedersehen. Er hatte gedacht, nach dem letzten Jahr hätte sie ihn als potenzielles Opfer aussortiert.

Aber vielleicht war es, weil er heiraten wollte.

«Macht es dir Spaß, Menschen zu zerstören?»

Sie zuckte zusammen. Ihre dunklen Augen verengten sich zu Schlitzen, und für einen Moment erlaubte Matthew sich zu glauben, dass seine Worte sie wirklich trafen.

Doch dann lachte sie schon wieder. «Was du nur wieder erzählst!» Spielerisch gab sie ihm einen Klaps auf den Oberarm. «Komm, ich weiß einen Ort, wo wir ungestört sind.»

Matthew wollte protestieren, aber sie zog ihn einfach mit sich. Durch eine Tür und den Korridor entlang zur Treppe. Sie lief leichtfüßig voran, und obwohl er zurück zu Audrey wollte, konnte er nicht anders – fasziniert starrte er auf die bestrumpften Waden, die unter dem Kleid hervorblitzten, das sie mehr als nötig anhob, um die Stufen zu bewältigen.

Er schluckte trocken. Sie war eine Sirene.

Aber er würde bald ein verheirateter Mann sein, und niemand zwang ihn, mit ihr zu gehen.

«Ich will das hier nicht», sagte er und blieb einfach auf dem Treppenabsatz stehen.

«Natürlich willst du das.» Sie nahm erneut seine Hand, aber er drehte sich einfach um und ging wieder nach unten.

«Sie wird dich unglücklich machen!», rief Renata ihm nach. «Sie wird dir alles nehmen! Zu mir zurückgekrochen kommst du, weil sie dir das Herz bricht!»

Er brauchte dringend frische Luft, denn im Salon wurde es trotz der hohen Decke stickig. Auf der Terrasse war er völlig ungestört. Ein Boy trat hinaus und bot Matthew Champagner an. Er nahm ein Glas, stellte es auf die Balustrade und zündete sich eine Zigarette an.

Renatas Worte hingen ihm nach, sosehr er auch versuchte, sie zu vertreiben.

Dabei werde wohl ich sie unglücklich machen, dachte er. Weil das Leben hier nicht ihren Erwartungen entspricht.

Er blickte hinauf. Das schwärzeste Schwarz fand man nur an Afrikas Nachthimmel. Er schüttelte den Kopf und musste lachen. Genug finstere Gedanken. Er war bald verheiratet und musste sich dann um Renata keine Gedanken mehr machen.

11. Kapitel

Spät in der Nacht kehrten sie zurück ins Haus von Tim Ricket. Audrey war ein bisschen beschwipst, Matthew merkwürdig still. Sie fragte ihn nicht, ob das mit Renata Walden zusammenhing, die sich ihm beim Abschied an den Hals geworfen und beteuert hatte, dass sie für immer Freunde bleiben würden.

Ihr Gastgeber war schon vor ihnen heimgekehrt, anscheinend über die Maßen betrunken. Im Haus hörte Audrey ein lautes Poltern, gefolgt von schrillem Kreischen. Ein Kreischen, das sie schlagartig ernüchterte. «Was ist da los?», flüsterte sie.

«Das geht uns nichts an, fürchte ich.» Matthew nahm ihren Arm und führte Audrey zur Treppe. «Komm, ich bring dich zu deinem Zimmer.»

Sie machte sich los. «Ich brauche Mary. Sie muss mir aus dem Kleid helfen.» Sie hatte einen schrecklichen Verdacht, und sie hoffte, ihn nicht bestätigt zu sehen.

«Ich schaue, ob ich sie finde.» Matthew verschwand nach links, obwohl der Lärm von rechts kam.

Audrey war nicht dumm. Sie wusste, das Mädchen war hübsch, und Mr. Ricket war ein alleinstehender Mann. Außer Mary gab es noch ein paar Hausboys, aber niemanden, der das Mädchen würde beschützen können. Wie alt mochte sie sein? Fünfzehn? Sechzehn?

Sie folgte dem Lärm. Sie wusste, dass es sie nichts anging. Im Grunde hatte Matthew recht; sie sollten sich heraushalten.

Aber das *konnte* sie einfach nicht.

Der Gang war schmal und dunkel. Über eine steile Treppe gelangte Audrey in den Küchentrakt. Sie brauchte kein Licht; der Mond stand hell und strahlend am Himmel und tauchte die Szene vor ihren Augen in ein gespenstisch bläuliches Licht.

Der Tisch in der Mitte der Küche war leergefegt, Mary lag bäuchlings darauf. Der schwarze Rock war ihr bis zur Hüfte hochgeschoben worden, und hinter ihr stand Tim Ricket, in einer Hand eine halbleere Champagnerflasche. Mit der anderen Hand drückte er Marys Kopf brutal auf die Tischplatte. Die Hände des Mädchens fuhren haltlos durchs Leere.

«Mr. Ricket.»

Er fuhr zu ihr herum, und Audrey wandte instinktiv den Kopf ab und kniff die Augen zu. Trotzdem sah sie, dass er die Hose runtergelassen hatte.

Dieser kurze Moment der Ablenkung genügte Mary, um sich aus Mr. Rickets Griff zu befreien. Flink ließ sie sich vom Tisch gleiten, mit wenigen Schritten war sie an Audrey vorbei, und das Klatschen ihrer nackten Füße auf den Fliesen entfernte sich.

«Eh, ist die Party schon vorbei?», lallte er.

Er war völlig betrunken.

Audrey kannte sich mit Säufern nicht aus. Hin und wieder hatte ihr Vater von den Trinkern seiner Gemeinde erzählt, wenn ihn deren Frauen riefen, um ihnen ins Gewissen zu reden. Er sagte, viele wüssten am nächsten Morgen nicht mehr, was sie getan hätten, und seien sich dann auch keiner Schuld bewusst.

«Es ist spät. Sie sollten lieber zu Bett gehen», sagte Audrey leise.

«Ja, Bett. Gute Idee.» Er rülpste. «Was machen Sie hier eigentlich? Passt Ihr Verlobter nicht auf Sie auf?»

«Matthew sucht Mary. Sie soll mir helfen.» Plötzlich kam ihr eine Idee. «Sie ist sehr anstellig. Könnten Sie sich vorstellen, sie mir zu überlassen?»

«Meine Mary? Meinen Augenstern?»

Er trank, wischte sich über den Mund und stierte Audrey an. Sein Blick gefiel ihr nicht; darin blitzte etwas Gefährliches auf.

«Es wäre wirklich sehr großzügig von Ihnen. Verstehen Sie, ich habe noch kein Mädchen, und jetzt muss ich da hinaus in die Wildnis ...» Ihre Stimme zitterte, aber nicht, weil sie sich vor der Wildnis fürchtete.

Matthew rief nach ihr.

«Bitte?», flehte sie.

«Meine Mary. Die geb ich nicht her.»

«Audrey!»

Matthew kam näher. Wenn sie Mr. Ricket Mary nicht abwerben konnte, würde sich nichts ändern.

«Hier bist du.»

Matthew tauchte hinter ihr auf dem Treppenabsatz auf.

«Ich habe Mary gesucht.»

«Ich hab sie gefunden und nach oben in dein Zimmer

geschickt.» Sie spürte, dass Matthew zwischen ihr und Mr. Ricket hin- und herschaute. «Ist hier alles in Ordnung?»

«Ja», sagte Audrey. «Ich habe Mr. Ricket gerade gefragt, ob er mir Mary länger überlassen würde, damit ich sie nach The Brashy mitnehmen kann. Er ist einverstanden!»

Das war riskant, aber sie wusste sich nicht anders zu helfen.

«Das …» Mr. Ricket klappte den Mund zu. Er bückte sich und zog mit der freien Hand seine Hose hoch. Audrey drehte sich zu Matthew um. «Darf ich sie haben?», fragte sie.

«Natürlich», sagte Matthew geistesabwesend. Sie spürte, dass er starr vor Schrecken war, dass die Situation hochgefährlich werden konnte. Dann raschelte Kleidung, ein Gürtel wurde geschlossen. Matthew nahm ihre Hand. «Komm», sagte er. «Das ist …»

Kein Anblick für eine Dame. Er sprach es nicht aus.

Sie tanzte glücklich neben ihm her. Ich darf Mary mitnehmen, dachte sie zufrieden. Dann bin ich nicht gar so allein auf The Brashy.

Als sie in der Eingangshalle waren, blieb Matthew stehen und ließ ihre Hand los. «Was war das grad da drin?», fragte er.

«Er hat … Mary.» Mehr brachte Audrey nicht über die Lippen. Es war zu unvorstellbar, um es in Worte zu fassen.

Matthew nickte. «Du solltest eins wissen, Audrey. Hier werden einige Dinge anders gehandhabt als daheim in Europa. Das meiste geht uns nichts an. Wir sind hier alle recht geübt darin wegzuschauen, solange die Ungerechtigkeit nicht zum Himmel schreit. Und wir kümmern uns vor allem um unseresgleichen.»

Audrey nickte, obwohl sie nicht verstand.

«Mach das nie wieder, hörst du?»

«Ich versprech's.» Sie senkte verlegen den Blick.

«Ich werde ihm sagen müssen, wie unmöglich ich dein Verhalten finde, aber dass ich dir keinen Wunsch abschlagen kann. Und dass du nun mal neu hier bist und dich nicht auskennst.»

«Dann sag ihm das alles», sagte Audrey. «Aber ich will sie mitnehmen. Sie ... du hättest sehen müssen, wie sie mich angeschaut hat, Matthew. Wie ein geschundenes Tier!»

«Vielleicht, weil du die beiden gestört hast», brummte Matthew. Er führte Audrey zur Treppe. «Bist du schon mal auf die Idee gekommen?»

«Sie hat sich gewehrt!» Audrey blieb stehen. «Sie wollte das nicht, sie ...»

«Ist schon gut. Ich glaub dir ja. Und mir ist's recht, wenn wir sie mitnehmen nach The Brashy. Wenn du nur glücklich bist.»

Am nächsten Morgen fragte Tim Ricket beim Frühstück ganz beiläufig, als sei ihm der Gedanke gerade erst gekommen, ob Audrey nicht daran interessiert sei, Mary mitzunehmen. «Sie können ein Dienstmädchen brauchen, nehme ich an.»

«Können Sie sie denn entbehren?», fragte Audrey.

«Ich werde sie natürlich vermissen», räumte Mr. Ricket

ein. «Aber ich sehe auch, dass eine junge Frau wie Sie für das Mädchen mehr Verwendung hat als ich alter Mann.» Er grinste so selbstzufrieden, dass Audrey genau wusste, woran er konkret dachte.

Sie lächelte schmal. «Dann nehme ich sie gern mit.»

Am selben Nachmittag brachen sie auf. Zehn Tage waren sie unterwegs, über unwegsames Gelände, durch ausgetrocknete Flussbetten, vorbei an einzelnen Schirmakazien, die nur wenig Schatten spendeten. Zehn Tage Richtung Norden, die meiste Zeit auf dem Kastenwagen zusammen mit Onkel Reggie und Tante Rose – die nicht mehr viel sprachen, weil die Reise sie erschöpfte – und manchmal auf dem Rücken einer kleinen, flinken Stute, die Matthew mitführte.

Audrey war noch nie geritten, und als Matthew sie am Tag ihrer Abreise aus Nairobi in den Stall führte und sie mit der Stute bekannt machte, hatte sie sich rundweg geweigert, es ausgerechnet jetzt zu lernen.

Es war alles viel zu viel.

Dieses fremde Land, die Hitze, so viele neue Menschen – sie stieß an ihre Grenzen.

Also brach sie im Stall in Tränen aus.

Matthew nahm sie nicht in den Arm. Er stand neben ihr in der Box der wunderschönen, braunen Stute, die auf den malerischen Namen Cladonia hörte, und hielt ihre Zügel. Mit der Stiefelspitze schob er das Stroh hin und her, und nur ihr erschöpftes, leises Schluchzen war zu hören.

«Geht es wieder?», fragte er, nachdem sie sich beruhigt hatte. Und sie lächelte tapfer und versicherte ihm, dass alles in Ordnung sei, es sei nur eben im Moment *zu viel* für sie. Auf dem Empfang des Gouverneurs hatte sie erlebt, wie alle sie anstarrten wie ein fremdes Tier, und Renata hatte Matthew schöne Augen gemacht, und die Vorstellung, jetzt auch noch nach The Brashy reiten zu müssen, war der berühmte Tropfen gewesen, der das Fass zum Überlaufen gebracht hatte.

Trotzdem hatte sie ihm versprochen, es wenigstens zu versuchen. Alles war nur Versuch – reiten, die Wahrheit sagen. Aber er hatte vor ihr ebenso Geheimnisse wie sie vor ihm. Das war also nur gerecht.

Am dritten Tag saß sie zum ersten Mal im Sattel. Cladonia war trittsicher und brav, und die meiste Zeit ging es nur im Schritt voran. Schnell gewöhnte Audrey sich daran, obwohl hier in Ostafrika wohl keine Rücksicht auf die Befindlichkeiten einer Dame genommen wurde. Einen Damensattel gab es nicht, und weil sie kein Reitkleid besaß, rutschte der Rock hoch, und man konnte mehr als nur eine Handbreit ihrer Stiefel sehen. Sie schämte sich dafür, und es war unbequem. Als sie abends aus dem Sattel stieg, war ihr Körper ganz steif von der ungewohnten Anstrengung.

Das Schlimmste waren aber für sie die Nächte. Es gab unterwegs nicht immer Farmen befreundeter Engländer, die gerne Gäste hatten. Meist campierten sie auf offener Savanne in Zelten. Nachts lag Audrey hellwach in ihrem Schlafsack und lauschte auf die seltsamen Geräusche – ein Sirren lag in der Luft, der Wind raschelte im trockenen Gras, und mehr als einmal glaubte sie, in der Ferne einen Löwen brüllen zu hören.

Tagsüber vergaß sie diese Angst vor den wilden Tieren. Tagsüber war Matthew an ihrer Seite. Er hatte ein Dutzend Kikuyu in Nairobi angeheuert, die ihre kleine Reisegesellschaft begleiteten. Diese Männer waren immer zur Stelle, wenn Audrey etwas brauchte, sogar, wenn sie sich im Busch erleichtern musste. Spätestens am Abend konnte sie es nicht länger verhindern, und jedes Mal begleiteten zwei der Kikuyu sie. Einer von ihnen hatte eine Schaufel dabei, der andere ein Gewehr. Audrey empfand es als schrecklich erniedrigend, sich hinter die Rücken zweier junger Schwarzer zu hocken. Schlimmer war nur noch, dass der mit der Schaufel sich anschließend an ihr vorbeischob und ihre Notdurft mit Erde zudeckte. Dann dachte sie manchmal, sie müsse sterben vor Scham.

Am elften Tag erreichten sie endlich The Brashy. Schon vor Tagen war die Landschaft stetig grüner geworden, üppiger und hügeliger, und am Morgen des letzten Reisetags meinte sie, in der Ferne Nebel zu sehen und etwas Weißes, das nicht sein konnte.

«Schnee», bestätigte Matthew auf ihre Nachfrage. «Das ist der Mount Kenya. Wir sind bald daheim, Audrey.»

«Dann sind wir bald verheiratet», sagte sie verhalten, als könne sie es nicht glauben.

«Das sind wir, ja.» Er griff nach ihrer Hand, und weil Onkel Reggie gerade nicht hinschaute und Tante Rose mit zwei Kikuyus im Gebüsch verschwunden war, beugte er sich zu Audrey und küsste sie auf den Mund.

Für den Rest des Tags war aller Schmerz vergessen. Sie spürte ihren Hintern nicht mehr, der inzwischen wund geritten war, und die schwüle Hitze machte ihr auch nichts mehr aus. Am frühen Nachmittag fragte Matthew, ob sie es auch spüre.

«Was denn?»

«Es ist kühler geworden. Wir sind bald da.»

Und tatsächlich dauerte es nun keine Stunde mehr, bis sie die ersten Ausläufer der Teeplantage erreichten. Links und rechts des roten, staubigen Pfads wuchsen auf den Hügeln die Teesträucher, und zwischen den Pflanzreihen entdeckte Audrey Frauen und junge Männer bei der Arbeit.

Meine Heimat, dachte sie. Hier werde ich leben.

Eine halbe Stunde später erreichten sie das Haus. Es war ein gutes Haus, erbaut aus Stein, mit weiß getünchten Wänden und einem Dach aus schwarz glasierten Ziegeln. Die Veranda umgab das Haus wie die Arme einer Mutter. Bougainvilleen blühten und verströmten einen erdigen, schweren Duft.

Vor dem Haus gab es einen kleinen Vorplatz, sauber geharkt und begradigt. Rundherum kurz gehaltener Rasen, wie sie ihn von daheim in England kannte. Als sie vor dem Haus aus dem Sattel stieg, liefen sofort zwei Schwarze auf sie zu und nahmen Cladonia am Zügel.

Audrey nickte den beiden dankbar zu, worauf sie verlegen den Kopf senkten. Sie waren es nicht gewohnt, dass man ihnen Aufmerksamkeit schenkte, das hatte Audrey schon festgestellt. Aber das würde sie nicht daran hindern.

«Gefällt es dir?» Matthew trat neben sie. «Es ist unser Haus.»

Von außen wirkte es schlicht und unscheinbar. Klein. Audrey wischte sich die feuchten Strähnen aus dem Gesicht. Hinter ihnen hielt nun auch der Karren, auf dem Tante Rose und Onkel Reggie gereist waren.

Matthew nahm ihre Hand. «Komm», sagte er leise. «Ich zeig es dir.»

Sie folgte ihm auf die Veranda. Die Tür stand weit offen, und sie betraten einen großen, gemütlichen Raum. «Das Wohnzimmer. Kein Salon, sondern einfach ein Zimmer, in dem wir zusammenkommen.»

Die Möbel wirkten seltsam zusammengewürfelt, die Sofas waren staubig, der einzelne Sessel vor dem Kamin war mit alten, vergilbten Zeitungen überladen. Sie schaute ihn fragend an, und er grinste entschuldigend. «Hier fehlt die ordnende Hand einer Frau», gab er zerknirscht zu.

«Dafür hast du ja jetzt Audrey.» Tante Rose trat hinter ihnen ins Haus und zog ihre Handschuhe aus. «Und mich. Wir werden das schon auf Vordermann bringen, mein Lieber.» Sie ging an ihnen vorbei und verschwand im nächsten Raum.

Audrey lachte. «Ich hoffe, du hast mich nicht nur deswegen hergeholt.»

«Nicht nur.» Auch Matthew lachte jetzt. Sie folgten Tante Rose in das angrenzende Zimmer.

Ein Esszimmer. Dahinter lag ein kleiner Flur, an den ein Arbeitszimmer für Matthew anschloss. Weiter ging es in den hinteren Teil des Hauses: Küche (mit einem jungen Koch, dessen Schürze für Audreys Geschmack viel zu schmutzig war), zwei Gästezimmer. Schließlich das Schlafzimmer, in das Audrey bald einziehen würde. Bald.

Wenn sie verheiratet waren.

Sie hatte Matthew gefragt, warum sie nicht in Nairobi

geheiratet hatten. Der Gouverneur konnte doch Ehen schließen, und sie hätten bei dem Empfang auch gleich gebührend feiern konnte. Doch Matthew hatte entschieden den Kopf geschüttelt. «Das soll ein Priester machen.» Er hatte sie auf ihre Ankunft in The Brashy vertröstet. Dort gäbe es einen jungen Priester, der sie trauen konnte.

Audrey hatte nicht gefragt, ob es in Nairobi denn keinen Priester gab. Sie wollte nicht kleinlich sein. Matthew hatte alles genau geplant, und sie wollte ihm vertrauen.

«Unser Schlafzimmer.» Er lächelte. Zufrieden.

Das Schlafzimmer war leidlich aufgeräumt, nur die Bettdecken waren noch so zerknüllt, wie er sie vermutlich bei seiner Abreise hinterlassen hatte. Durch das Fenster strömte feuchte, kühle Luft ins Zimmer. Regenzeitluft, hatte Matthew sie genannt. Die kleine Regenzeit im Juli war gerade erst zu Ende gegangen, und die Feuchtigkeit hing noch in allen Textilien und klebte auf der Haut.

«Bald.» Sie drückte seinen Arm. «Wir müssen nur noch heiraten.»

«Das tun wir. Heute Abend noch, wenn du willst.»

Sie schloss für einen winzigen Moment die Augen. Natürlich wollte sie ihn heiraten, aber die Vorstellung, es könnte schon heute Abend so weit sein, war für sie zu groß.

Alles in diesem Land und ihrem neuen Leben war zu groß.

12. Kapitel

Sie schlief früh ein an diesem Abend. Ein aufregender Tag lag hinter hier, ein aufregendes Leben vor ihr.

Die Hochzeit hatten sie auf den morgigen Tag verschieben müssen, weil Matthew den Missionar nicht hatte auftreiben können. Nicht schlimm, redete sie sich ein. Eine letzte Nacht hielt sie es noch im Gästezimmer ohne ihn aus.

Mitten in der Nacht wachte sie auf. Lag in der Stille und versuchte zu ergründen, warum sie aufgewacht war.

Irgendwas fühlte sich nicht richtig an. Außerdem musste sie austreten.

Sie stand leise auf und schlich zur Tür. Lauschte angestrengt, und weil draußen im Korridor alles still blieb, schlüpfte sie nach draußen. Sie hatte sich ein Schultertuch umgelegt und tapste barfuß durchs dunkle Haus. Der Abort war hinter dem Haus in einiger Entfernung aufgestellt. Hier war eben alles noch etwas provisorisch, wie Matthew zerknirscht zugegeben hatte.

Ihr gefiel's.

Sie blieb auf der Veranda stehen. Irgendwie widerstrebte es ihr, barfuß über den Rasen zu laufen. Was, wenn ein Skorpion sie stach oder gerade in diesem Moment ein

Löwe aus dem Gebüsch brach? Sie fröstelte und blieb stehen.

«Was treibt denn meine Frau hier draußen ganz allein?»

Sie fuhr mit einem Aufschrei herum. Matthew lachte. «Entschuldige, ich wollte dich nicht erschrecken. Kannst du auch nicht schlafen?»

Er war noch angezogen – oder schon wieder, das wusste sie nicht so genau. Audrey schüttelte den Kopf. «Ich wollte ... ich muss ...» Beschämt nickte sie zum Klohäuschen rüber. Das hier war ja sogar noch peinlicher als die tägliche Verrichtung im Busch!

«Du kannst unmöglich barfuß da rüber.» Er kam näher, und ihr wurde heiß und kalt. Sie lachte zittrig.

Gott, es war ihr so schrecklich peinlich. Sie drehte sich um, doch Matthew hielt sie am Oberarm fest. Zog sie an sich. Und hob sie einfach hoch.

Audrey schrie auf.

«Still!», schalt er sie zärtlich, und sie schlug sich die Hand vor den Mund. Der andere Arm lag um seinen Hals, ganz automatisch, als müsse es so sein. Als sei es in Ostafrika das Normalste der Welt, dass der Mann seine Zukünftige zum Klohäuschen trug.

Er überquerte rasch den Rasen und stellte sie direkt vor dem Klo auf den Boden. «Beeil dich», sagte er. Sie hatte sicher nicht vor, diese peinliche Episode länger als unbedingt nötig auszudehnen. Sie trat hinter den Vorhang – es gab nicht mal eine Tür, wie schrecklich! –, raffte ihr Nachthemd und hockte sich über das Loch im Boden. Krampfhaft versuchte sie, ihr Wasser möglichst leise zu lassen, aber das war unmöglich, sie hatte es zu lange eingehalten. Es klang schrecklich laut in der nächtlichen Stille, und der Geruch vermischte sich mit dem Gestank der Exkremente in der Grube.

Mit einem Wort: Es war einfach nur widerlich.

Dann war die größte Peinlichkeit vorbei, und sie beeilte sich, den Verschlag zu verlassen. Matthew lehnte draußen ganz entspannt an der Bretterwand.

«Also», sagte sie. «Das da drin.»

«Ja?», fragte er. Sie glaubte, im schwachen Licht sein Grinsen zu sehen.

«Das geht so gar nicht», erklärte sie überzeugt.

«Oh», machte er. «Soll ich etwas ändern?»

«Ja!», rief sie. «Du kannst dich ja hinstellen, aber ich ...» Sie wurde wieder rot. Hatte sie das wirklich gerade sagen wollen? «Na, du weißt schon.»

Jetzt lachte er. Seine Zähne blitzten im Dunkeln. «Ja, ich hab schon verstanden. Und?»

«Ich muss mich hinhocken. Das da», sie zeigte auf das Klohäuschen, «würden nicht mal die armen Bergleute in Wales als ordentliches Klo bezeichnen.»

«So, so. Arme Bergleute in Wales.»

Er machte sich doch tatsächlich über sie lustig! Aber er tat es auf eine so freundliche Art, dass sie ihm nicht böse sein konnte.

«Können wir uns da nicht was Besseres einfallen lassen?», fragte sie flehend. «Bitte, Matthew. Ich will nicht immer nachts von dir über den Rasen getragen werden müssen.»

«Hat dir das etwa nicht gefallen?» Er stieß sich von der Bretterwand ab und warf die Zigarette ins Dunkel. Mit zwei Schritten war er bei ihr, seine Hand suchte ihre und drückte sie zärtlich. Sein Atem schmeckte nach Tabak, und seine Lippen drückten sich auf ihren Mund.

Ihr erster Impuls war, ihn wegzuschieben. Sie fühlte sich schmutzig und überhaupt nicht küssenswert. Aber dann gab sie nach, und in diesem winzigen Moment, in dem sie ihn noch wegschieben und schon küssen wollte, fühlte es sich plötzlich anders an. Als sei alles richtig. Diese Plantage, dieser Mann, und im Grunde war auch dieses Klohäuschen richtig.

Hauptsache, sie war bei diesem Mann.

Atemlos lösten sie sich voneinander. Audrey spürte ihr Herz in der Brust hämmern.

«Wollen wir?», fragte Matthew, und sie nickte. Er hob sie hoch, und diesmal legte sie den Kopf an seine Brust, die Arme um seinen Hals. Das Pochen seines Herzens beruhigte sie. Er schlug nicht den Weg zum Gästeflügel ein, aber sie protestierte nicht. Erst als er sie vor der Tür abstellte, die zu seinem Schlafzimmer führte, erkannte sie, was er vorhatte.

«Wir heiraten morgen», sagte er.

«Morgen», erwiderte sie und lächelte.

«Du bist aber schon heute Nacht so …» Er beugte sich zu ihr herunter und küsste sie. Seine Zunge erkundete ihren Mund. «Süß», fügte er hinzu. «Verführerisch.»

Audrey legte wieder die Arme um seinen Hals. Sie kam sich kühn vor. So war sie doch gar nicht. So war sie auch nie bei …

Schnell weg mit diesem Gedanken. Es war nur ein Aufblitzen, und sie konnte diesen Fetzen Erinnerung schnell wieder zurück in den tiefsten Winkel ihrer Seele schieben, aus dem er kam.

«Und jetzt müssen wir noch einen ganzen Tag warten», sagte er. Obwohl sie nicht so genau wusste, was so schlimm daran sein sollte noch einen Tag zu warten, schien Matthew es kaum auszuhalten.

«Es sei denn ...» Er rückte näher. Sein Körper drückte sich gegen ihren. Er war nicht größer als sie, aber sie spürte seine Kraft.

«Ja?», fragte sie atemlos.

Noch ein Kuss, der ihr Antwort sein sollte. Sie seufzte in seinen Mund, und zugleich spürte sie eine Nässe zwischen den Beinen.

Oh Gott, dachte sie. Ist da etwas Unaussprechliches passiert?

«Matthew, nicht.» Sie schob ihn von sich. «Bitte, es ist ... Ich ...»

Sie wollte vor Scham im Boden versinken. Erst musste er sie zum Klo tragen, und dann machte sie sich bei einem Kuss nass? Sie schlug die Hände vors Gesicht.

«Was ist?», fragte er besorgt. Nahm ihre Hände und schob sie sacht nach unten. «Audrey, du weinst doch nicht?»

Sie schüttelte den Kopf und wandte das Gesicht von ihm ab. Ihre Wangen brannten vor Scham.

«Dann sag es mir. Bitte.»

Sie biss sich auf die Lippe.

«Ich ...» Nein, es ging nicht. Es war zu schlimm. «Es ist unangenehm. Geradezu peinlich.»

«Ich verspreche, dass ich nicht lache», versicherte er

ihr. Seine Hände hielten ihre, und er drückte sie ermutigend. «Also? Was ist es?»

Sie hob den Kopf. «Ich bin nass», sagte sie mit Grabesstimme. «Das ist so peinlich!»

Aber Matthew starrte sie nur ungläubig an.

«Sag das noch mal», forderte er sie auf.

«Ich bin nass!», wiederholte sie. Einmal ausgesprochen, war es gar nicht mehr so schwer, zu dieser Peinlichkeit zu stehen. «Zwischen den Schenkeln. Ich hab mich bei unserem Kuss eingenässt.»

Matthew nahm ihre Hand und führte sie an die Lippen. «Aber weißt du denn gar nicht, was das heißt?», fragte er.

Audrey seufzte. «Das heißt wohl, dass ich schon eine alte Frau bin. Noch kannst du's dir anders überlegen, ob du nicht lieber eine Jüngere haben möchtest.»

Er musterte sie ungläubig. Dann gab er sich einen Ruck.

«Ich glaube, ich möchte dir etwas zeigen», sagte er. Und er öffnete die Tür seines Schlafzimmers und führte sie hinein.

Im ersten Moment hatte sie ihm nicht glauben wollen. Doch dann zeigte er ihr, was er meinte – und sie verstand.

Er drückte ihre Schultern sanft nach unten, bis sie auf seinem Bett saß, und setzte sich neben sie. Seine Hand nahm ihre, und mit dem Daumen streichelte er ihre Handfläche. Audrey schloss die Augen. Wie konnte sich etwas nur so gut anfühlen? Eine harmlose Berührung, die sie durchzuckte wie ein zartes Wetterleuchten.

«Komm.» Er zog sie mit sich auf die Matratze. Sie lagen nebeneinander, die Füße noch auf dem Boden. Audrey zitterte. Sie hatte nur das weiße, bauschige Nachthemd an, und der Teppich kratzte unter ihren Füßen. Unwillkürlich hielt sie den Atem an, als Matthew das Bändchen am Halsausschnitt ihres Hemds aufzog.

Was sie hier taten, war ... nein, *verboten* schien der falsche Begriff zu sein. Morgen Abend durften sie das, morgen Abend waren sie Mann und Frau. Es war verfrüht.

Aber Matthew wollte es heute.

Und sie wollte ihn auch.

Sie wehrte sich nicht, als seine Hand in ihr Hemd wanderte. Seine Finger waren warm und trocken, und er umfasste zärtlich ihre Brust. Audrey stöhnte auf und biss sich sofort auf die Lippe.

«Was ist?», fragte er leise.

Sie wandte den Kopf von ihm weg.

«Ich darf nicht ...»

Er richtete sich auf. «Was denn?» Während er sprach, knöpfte er sein eigenes Hemd auf.

Audrey schüttelte heftig den Kopf. Sie wollte sich aufsetzen, aber Matthew drückte sie sanft zurück in die Horizontale. «Willst du wirklich gehen?»

Nein, ganz im Gegenteil. Aber sie antwortete nicht, sondern blickte ihn nur an. Staunend.

«Dann sag mir, was du nicht darfst. Komm schon. Wir sind doch ... sind wir nicht auch ein bisschen Freunde?»

Der Gedanke gefiel ihr. So hatte sie noch nie über die Ehe nachgedacht.

«Also gut. Ich darf nicht ... stöhnen», wisperte sie.

Matthew lachte. Doch bevor sie sich gekränkt von ihm abwenden konnte, erkannte sie, dass es ein ungläubiges Lachen war.

«Woher hast du denn den Unsinn?»

«Das hat meine Mutter mir gesagt.» Sie runzelte die Stirn. Eigentlich hatte ihre Mutter wenig gesagt oder getan, um sie auf die nächtlichen Geheimnisse des Ehelebens vorzubereiten. Sie hatte Audrey nur ermahnt, nicht zu glauben, dass es Spaß machen würde. Und sie sollte auf keinen Fall *Geräusche machen*, denn das sei undamenhaft und ungehörig, und selbst ein Mann im fernen Afrika, der vielleicht manchmal die Manieren vergaß, würde keine Frau wollen, die nachts im Bett *Geräusche machte*.

Bisher hatte sie damit nichts anzufangen gewusst.

«Und warum hast du ... gestöhnt?»

«Oh, du ziehst mich auf!» Sie schnappte sich eins der kleinen Kissen, die wahllos auf dem Bett verstreut lagen, und warf es nach ihm.

Lachend wehrte Matthew das Kissen ab. Er warf sich neben sie auf die Matratze und strich ihr zärtlich eine Locke aus dem Gesicht. «Nein, ich meine es ernst. Warum sollst du nicht stöhnen?»

Sie brauchte darüber nicht lange nachzudenken. «Es ist falsch. Aber es fühlt sich gut an», gab sie zu. «Ist es falsch? Ich meine, darf es sich nicht gut anfühlen?»

«Nein, Audrey. Wenn es sich gut anfühlt, ist es genau richtig.»

Er küsste sie wieder. Und diesmal verbiss sie sich das Stöhnen nicht. Als seine Hand unter ihr Nachthemd wanderte und sie zwischen den Schenkeln erforschte, machte sie keine Anstalten, sich zu wehren oder sich ihre leisen Laute der Lust zu verkneifen.

«Das meinte ich», flüsterte er beinahe andächtig. «Wer will darauf schon noch eine Nacht warten?»

Sie gab ihm recht.

Denn sie wollte nicht warten. Auf keinen Fall.

13. Kapitel

«Was heißt das, er ist fort?»

Matthew war wütend. So hatte sie ihn noch nie erlebt. Er hatte sich vor dem Verwalter Randolph aufgebaut, der sich verlegen mit dem Elfenbeinstöckchen im Nacken kratzte, und brüllte ihn an.

«Verschwunden halt», meinte dieser. Er war etwa in Matthews Alter, doch das Leben hatte sich über sein Gesicht hergemacht und es zerfressen. Tiefe Pockennarben ließen die strahlend blauen Augen und die blonden Haare wie eine Laune der Natur erscheinen. Ein hübscher Bursche, entstellt von einer Krankheit. «Hat sich mit einer Squatterfrau besoffen und war drei Tage nur in ihrer Hütte. Dann haben die beiden ihre Sachen gepackt und sind verschwunden.»

«Er ist mit einer Schwarzen durchgebrannt?» Matthew fluchte. «Was ist denn bloß los mit den Leuten? Wieso kann denn hier keiner bei Verstand bleiben?»

Audrey blickte betreten zu Boden.

«Ich will mit Kinyua sprechen. Sofort! Hol ihn her, mir egal, wo er sich gerade rumtreibt. Er soll ins Haus kommen, verstanden? Sag ihm das.»

Wütend stapfte Matthew Richtung Haus. Audrey lief

ihm nach. «Ich lass mir doch nicht von den Schwarzen auf der Nase herumtanzen», schimpfte er vor sich hin.

«Was ist denn los?», fragte sie und folgte ihm quer durchs Wohnzimmer in Matthews Arbeitszimmer. Er stand hinter dem Schreibtisch, seine Hand fuhr in den Nacken, und er senkte den Kopf. Schwieg einen Moment, als müsste er angestrengt nachdenken. Dann blickte er auf.

«Nichts», meinte er. «Nur Father Alan, der uns trauen sollte. Er ist verschwunden.»

«Verschwunden?»

Sie musste sich setzen. Verschwunden, das hieß …

Nein. Oh Gott, nein. Das konnte doch nicht heißen, dass …

«Doch, verschwunden. Mit einer Schwarzen durchgebrannt ist er. Ausgerechnet heute Nacht!»

«Aber dann können wir nicht heiraten», sagte sie tonlos.

«Das weiß ich auch!» Er fuhr zu ihr herum. Audrey zuckte zusammen. Sofort wurde sein Blick weicher. «Herrje, tut mir leid. Komm her, Audrey.» Er streckte die Hand nach ihr aus. Aber Audrey konnte sich nicht rühren. Sie blieb wie angewurzelt auf dem schweren Ledersessel hocken und starrte an Matthew vorbei.

Konnte es noch schlimmer kommen?

Andererseits: Das, was gestern Nacht geschehen war, war nun wirklich keine Katastrophe gewesen. Im Gegenteil. Sie hatte es als sehr beglückend empfunden, was er mit ihr gemacht hatte. Der kleine, ziepende Schmerz war schnell verblasst, und er hatte ihr immer wieder versichert, dass es nur beim ersten Mal so weh tat. Und wie um ihr das zu beweisen, hatte er sie im Morgengrauen geweckt, und während der Tag mit Wucht über The Brashy hereinbrach, hatten sie sich ein zweites Mal geliebt.

Sie war verloren. Hals über Kopf hatte sie sich in diesen Mann verliebt. Sie hatte einfach alle Zweifel über Bord geworfen, hatte das Leben hinter sich gelassen, das ihr nichts als Schmerz bereitet hatte, und war hergekommen. Und an diesem Morgen hatte sie das erste Mal nach so langer Zeit wieder das Gefühl, lebendig zu sein.

«Und was machen wir jetzt?»

Ihre Stimme zitterte.

«Ich weiß nicht. Herrgott, keine Ahnung. Wir brauchen einen neuen Missionar oder Priester. Irgendwen, der uns traut. Verdammt, warum hab ich nicht einfach eine zivile Trauung vom Gouverneur erbeten, dann müssten wir uns jetzt keine Sorgen machen!»

Er bemerkte, dass sie wie ein Häuflein Elend vor ihm hockte, und ging in die Knie. «Aber du musst dir keine Sorgen machen, hörst du? Zur Not reite ich los und suche irgendwo einen Priester. Das wird schon klappen.»

«Aber nicht heute», sagte sie leise.

«Nein, heute wird das wohl nichts werden.» Er stand auf. «Ich muss Tante Rose und Onkel Reggie irgendwas erzählen, sie werden sonst denken, du und ich meinten es nicht ernst. Sie sind sehr besorgt um dich. Mehr als um mich.»

Audrey lächelte zaghaft. Er klang so zuversichtlich, dass er das Problem schon irgendwie lösen würde.

«Und wenn wir ihnen einfach erzählen, wir seien schon getraut?», fragte sie. «Wir können ja sagen, wir hätten es heimlich gemacht, weil wir es heute früh nicht hätten abwarten können. Und dass Father Alan verschwunden ist, brauchen sie ja erst morgen zu erfahren.»

«Bwana?» Der Boy tauchte in der offenen Tür auf. «Kinyua ist hier.»

«Er soll reinkommen.»

Der Boy zögerte. Er war kaum älter als zwanzig. Wie die anderen Boys trug er einen weißen Kaftan und eine weite Hose. Sein Schädel war kahlrasiert, doch der erste Flaum wuchs bereits wieder nach. «Er sagt, er geht nicht in das Haus eines Mzungu, Bwana.»

«Dann wird er seine Regeln heute wohl oder übel mal brechen müssen. Ich hab keine Lust, mich auch noch mit ihm rumzuärgern.»

Matthew zündete sich eine Zigarette an. Er setzte sich in seinen Stuhl hinter den Schreibtisch und schlug die Beine übereinander. Audrey erhob sich und wollte das Zimmer verlassen.

«Nein, Liebes, bleib. Dann kannst du gleich Kinyua kennenlernen. Er spricht für die Kikuyu.»

Sie sank zurück in den Sessel.

Der Boy neigte den Kopf und verschwand. Von draußen hörte Audrey leises Murmeln, dann war alles still.

Das Schweigen dehnte sich. Sie zupfte einen Flusen von ihrem marineblauen Rock. Die Bluse war hochgeschlossen, und sie schwitzte. Es war ein heißer Tag, aber welcher Tag war wohl nicht heiß in Afrika?

«Vielleicht ist er wieder fort?», fragte sie nach einer Weile.

Matthew winkte ab. «Glaub mir, er kommt.»

Sie warteten weiter. Matthew zündete sich eine zweite Zigarette an.

Dann nackte Füße auf den Dielenbrettern. Audrey hielt den Blick gesenkt. Aus dem Augenwinkel bemerkte sie die große Gestalt. Stolz stand der Schwarze unter dem Türbogen und rührte sich nicht.

«Ich bin hier, Bwana Winston», sagte er.

Eine Stimme, so dunkel und samtig wie Schokolade.

Er konnte nichts dafür, wenn ein Mädchen nachts verschwand. Er nahm es persönlich, und natürlich machte es ihn wütend, aber er war nicht für alle anderen der Sündenbock.

Natürlich hatte er sich von den Ältesten schon Vorhaltungen machen lassen müssen. Warum die Weißen überhaupt hier waren. Damit ging es immer los. Und wieso Kinyua ihnen erlaubte, ins Dorf zu kommen oder die Mädchen auf den Feldern anzusprechen.

Was dieser Bwana Alan erzählte, war ihnen fremd. Außerdem irrte der Mann, wenn er behauptete, Ngai habe einen Sohn gehabt. Das konnte ja gar nicht wahr sein, denn Ngai war ein höheres Wesen, das sich nicht manifestierte. Wie sollte er da einen Sohn zeugen?

Aber Bwana Alan schien selbst nicht so ganz von seiner eigenen Religion überzeugt zu sein. Anders konnte Kinyua es sich nicht erklären, dass der Mann sich einfach mit einem Kikuyumädchen davonmachte. Ausgerechnet mit Mukami, die der ganze Stolz ihres Vaters Ngengi war. Außerdem war sie bereits einem jungen Krieger im Dorf versprochen. In wenigen Wochen sollte die Zeremonie stattfinden.

Ngengi tobte. Der junge Mann, dem Mukami versprochen war, schwieg betreten. Und jeder, ausnahmslos jeder machte Kinyua für die ganze Misere verantwortlich.

Jetzt also auch der Bwana.

Kamau, der Boy des Weißen, kam heraus und blieb auf der Veranda stehen. «Er sagt, du sollst reinkommen», sagte er und hielt dabei unterwürfig den Kopf gesenkt.

Kinyua schwieg. Er blieb stehen.

Er wartete, obwohl er wusste, dass der Bwana heute nicht vor die Tür kommen würde. Er würde auch nicht mit ihm scherzen oder sich seine Geschichten anhören. Er würde Kinyua keine Zigarette anbieten, die er nie annahm. Er würde erst verstehen, wenn Kinyua ihm eine Geschichte erzählt hatte über sein Volk, eine Geschichte, die erklärte, warum es auch für Ngengi und seine Frau schlimm war, dass Mukami fort war. Warum es für den ganzen Stamm eine Schmach war. Es war nicht das Mädchen, das verschwunden war. Aber Ngengi bekam keinen Brautpreis, und das machte ihn zu einem ärmeren Mann. Dieser Bwana Alan hatte heute Nacht nicht das schönste Mädchen des Dorfs davongeführt, sondern fünfundzwanzig Rinder. Und das Mädchen.

«Er kommt nicht», sagte Kamau schließlich.

Kinyua schwieg.

«Er ist sehr böse. Seine Frau ist bei ihm.»

Ach ja, seine Frau. Der Bwana hatte sich eine Frau geholt.

Kinyua seufzte. Er setzte einen Fuß auf die Veranda. Weiter war er bisher nie gegangen. Die Häuser der Wazungu waren für ihn zu drückend, zu groß und zu kalt. Sie waren nicht beseelt, sondern leer. Keine Ahnen fanden sich ein in diesen hohen Räumen, und die weißen Wände wirkten eisig.

Er mochte nicht ins Haus gehen. Aber er konnte auch nicht zurück ins Dorf, ohne mit dem Bwana gesprochen zu haben. Hier wie dort verlangte man Antworten von ihm.

Er gab sich einen Ruck. Er wusste nicht, wo er den Bwana finden würde, also ging er durch die Räume und staunte. Möbel, deren Sinn und Zweck sich ihm nicht erschlossen. So viel Platz für einen Mann, der nicht einmal Vieh hielt in diesen Räumen, obwohl vermutlich hundert Ziegen und dreißig Rinder allein im ersten Raum Platz gefunden hätten.

An den Raum schloss sich ein zweiter an, und dort sah er den Bwana hinter einem Tisch sitzen. Der Zigarettenrauch biss in Kinyuas Nase.

Er blieb unter dem Türstock stehen.

«Ich bin hier, Bwana.»

Da bewegte sie sich. Sie, die ihm vorher gar nicht aufgefallen war, weil sie mit Blumenmustern, wuchtigen Sitzmöbeln und einem Bücherregal fast verschmolz. Er musterte sie neugierig.

Sie ist schön, dachte er nur.

«Mein Priester ist weg», sagte der Bwana.

«Ich weiß», erwiderte Kinyua. «Er hat Mukami mitgenommen und Ngengi keinen Brautpreis für sie gezahlt.»

Noch immer konnte er den Blick nicht von ihr lassen. Er hatte sich noch nie Gedanken über die Schönheit weißer Frauen gemacht. Aber so eine schöne Weiße hatte er noch nie gesehen.

«Und? Weißt du, wo sie hin sind?»

«Das weiß Ngai allein», erwiderte Kinyua. «Aber wenn du willst, dass ich eine Vermutung anstelle, ist er in Nairobi mit ihr oder in Mombasa. Dort verschwinden sie im Gewühl.»

Der Bwana machte eine ungeduldige Handbewegung. «Ein Priester mit einer Kikuyu? Wohl kaum.»

Kinyua lächelte. «Das passiert häufiger, als wir beide meinen, Bwana. Weiße Männer haben sich immer schon schwarze Frauen genommen, wenn sie ihnen gefielen, ohne Rücksicht darauf zu nehmen, ob sie ein Anrecht auf sie haben oder nicht. Dein Priester bildet da keine Ausnahme.»

«Ich will, dass er zurückkommt.»

«Ich will fünfundzwanzig Rinder. Als Brautpreis für Ngengi.»

Eigentlich hatte er dreißig fordern wollen. Aber wenn Ngengi mehr bekam als das, was üblich war, würde das bei den anderen zu Neid und Missgunst führen. Und dann würden andere Männer ihre Töchter den Weißen zuführen, um eine ähnlich hohe Entschädigung zu bekommen. Manche waren verzweifelt in ihrer Gier und bedachten nicht, was sie damit ihrem Stamm antaten. Dass sie die Frauen entfremdeten und ihnen alles nahmen.

«Meinetwegen. Fünfundzwanzig Rinder für deinen Freund Ngengi. Aber ich will meinen Priester zurück.»

«Ngengi wird Mukami nicht zurückwollen.»

Als er sich umdrehte und gehen wollte, fing er ihren Blick auf. In ihren Augen war ein Glühen, das ihn berührte. Das er nicht benennen konnte, weil es so fremd war wie alles andere an ihr. Aber Kinyua ließ seinen Blick scheinbar gleichgültig über sie hinweggleiten.

Schön, dachte er. Dachte es in ihm.

Aber sicher war sie wie alle weißen Frauen: Sie fürchtete sich vor ihm.

Sie passte zu Bwana Winston. Erstaunlich, dass diese Menschen, die sich nicht auskannten in der Natur, in der Lage waren, richtige Entscheidungen zu treffen.

Diese Memsahib aus der Fremde war die richtige Frau für Bwana Winston.

14. Kapitel

Natürlich ließ Reggie sich nicht täuschen. Bei Rose hätten sie es vielleicht geschafft, aber Reggie war zu klug dafür. Nach einem Streifzug über die Plantage kam er am nächsten Tag zu Matthew und Audrey, die einträchtig auf der Veranda saßen, während Rose sich über den Garten hermachte und drei Boys hin und her scheuchte, die den Jacaranda zurückschneiden und Gladiolen pflanzen mussten.

«Ich hab gehört, der Priester ist durchgebrannt?», fragte Reggie.

Matthew faltete die Zeitung zusammen und legte sie auf das Tischchen zwischen ihnen. «Gestern Mittag hat er sich ein Kikuyumädchen geschnappt, und weg war er», antwortete er unbekümmert.

«Hmhm», machte Reggie. «Ich dachte, das wär schon vorgestern passiert. Ich meine, du hast uns den guten Kerl ja nicht mal vorgestellt, und ich vermute, Audrey ist ihm auch noch nicht begegnet.»

Ihr Silberlöffel klapperte unnatürlich laut auf der Untertasse. Reggie hob entschuldigend die Hand. «Kann mich ja auch irren», fügte er hinzu. «Aber an eurer Stelle würde ich das in Ordnung bringen. Bevor Rose etwas davon erfährt.»

«Das werden wir», versprach Matthew. «Glaub mir, Onkel Reggie. Nichts ist mir wichtiger, als dass meine Audrey schon bald tatsächlich mein ist.»

Er nahm ihre Hand und drückte sie zärtlich. Audrey wurde rot und lächelte verlegen. Heute konnte sie kaum laufen, ohne bei jedem Schritt daran erinnert zu werden, was sie die letzten beiden Nächte getan hatten. Natürlich war ihre Not Matthew nicht entgangen – den sie im Stillen schon ihren Ehemann nannte –, aber er hatte gemeint, das sei die typische Honeymoonkrankheit.

Sie fragte lieber nicht, woher er so intime Kenntnisse der weiblichen Anatomie hatte. Er war nicht bis zu seiner ersten Nacht mit ihr enthaltsam gewesen, so viel konnte sie sich denken. Doch die Vorstellung, dass er all diese Dinge mit anderen Frauen getan hatte, war gar nicht angenehm. Es versetzte ihr einen Stich.

Sie hoffte, dass er nicht irgendwann genug von ihr hatte. Nur zwei Tage, zwei Nächte, und schon wünschte sie, es möge ewig so weitergehen.

«Und schafft das aus der Welt, bevor ein halbes Dutzend kleine Collinsbastarde um eure Füße wuseln», fügte Onkel Reggie mahnend hinzu. «Also, kümmer dich darum, Matthew!»

«Das werde ich tun.»

Am nächsten Morgen schlug Matthew beim Frühstück vor, Audrey und er könnten doch für ein paar Tage auf Safari gehen – damit sie das Land kennenlernte. Damit sie die Tiere in der Savanne beobachten konnte. Er wollte sich von der Arbeit auf der Plantage freinehmen. Der Verwalter konnte ihn leicht vertreten.

«Was ist mit der Sache, die noch erledigt werden muss?», fragte sie leise. Tante Rose raschelte mit der Zeitung und schenkte ihnen keine Beachtung. Onkel Reggie musterte die beiden scharf.

«Darum kümmere ich mich sofort nach unserer Rückkehr», versprach Matthew.

«Wie lange werden wir fort sein?»

«Drei, vier Tage. Je nachdem, wie gut es dir gefällt.»

Sie blieben eine Woche weg. Tagsüber gingen sie auf die Jagd, und Matthew zeigte Audrey, wie man auf eine Elenantilope anlegte und das erlegte Tier ausweidete. Sie hatte keinen Spaß an der Jagd, aber sie schaute zu und lernte, weil er sagte, manchmal sei das Können, ein Wildtier zu schießen, wichtiger als der eigene Ekel. Sie bewunderte seine pragmatische Art. Und abends, wenn sie am Lagerfeuer saßen und Wein aus Blechbechern tranken, setzte sie ein paarmal an, um ihm die Wahrheit zu erzählen über ihre schmutzige Vergangenheit. Sie wollte ihm den Grund offenbaren, warum keiner sie hatte heiraten wollen, obwohl sie aus einer anständigen Familie stammte und sogar schon einen Verlobten gehabt hatte.

Einmal versuchte sie es ernsthaft. Sie erzählte von «einer Freundin, die es nicht so gut getroffen hat». Ein bisschen erzählte sie von sich – ohne ins Detail zu gehen –, ein bisschen glich die Geschichte der von Fanny.

«Das arme Mädchen», sagte Matthew. «Und sie reist jetzt mit diesem reichen Kerl und seiner Frau durch die Welt?»

«Findest du, sie hat es verdient, glücklich zu werden?» Audrey zupfte ein Stück Brot ab und steckte es in den

Mund. Sie hatten heute Abend frisches Antilopenfleisch gegessen, über dem Feuer kross gebraten und ganz zart. Ein köstliches Essen. Dazu hatte Kamau – den Matthew auf die Safari mitgenommen hatte, damit es ihnen an nichts fehlte – Kartoffeln gekocht und irgendwie sogar eine sämige Soße zustande gebracht. Gemüse aus der Konserve hatte das Mahl abgerundet, und zum Nachtisch servierte er ihnen nun kandierte Früchte.

«Warum nicht?» Matthew zuckte mit den Schultern. «Jeder hat es doch verdient, glücklich zu werden.»

«Aber sie hat sich schuldig gemacht. Ich meine ...» Sie biss sich auf die Lippe. Obwohl Matthew aufgeschlossen wirkte, traute sie sich nicht.

Sie waren nicht verheiratet. Er konnte sie immer noch fortschicken.

«Nur weil sie einen Mann liebt, der verheiratet ist? Kein Verbrechen, wenn du mich fragst. Lad sie doch mal zu uns ein. Vielleicht findet sich im Protektorat ja ein junger, netter Mann, der sie glücklich machen kann. So wie ich dich hoffentlich glücklich mache.»

Sie lächelte.

Oh ja, er machte sie glücklich. Tags und ... ja, vor allem nachts, wenn sie in seinen Armen einschlafen durfte.

Sie hatte nicht damit gerechnet, dass es so schön sein würde.

Als sie zurückkamen, redeten sie nicht mehr darüber, dass sie einen Priester brauchten oder einen Regierungsbeamten. Es genügte ihnen zu wissen, dass sie zusammengehörten. Noch am Tag ihrer Heimkehr wurde Matthew wieder zu einem der zahllosen Notfälle gerufen, die auf der Plantage eben passierten – in diesem Fall war ein kleiner Junge in den heißen Dampf der Trocknungsmaschine in der Faktorei geraten und hatte sich jämmerlich den Arm verbrannt.

Die Arbeiter hatten gerade eine ganze Ladung Tee zum Welken draußen auf den dafür vorgesehenen Planen ausgebreitet, als das Geschrei in der Faktorei losging. Sofort liefen alle Arbeiter dorthin, und der frisch geerntete Tee war vergessen. Erst Stunden später erinnerte sie der Vorarbeiter daran, aber da war es schon zu spät. Die Teeblätter hatten sich an den Rändern schon gekräuselt und waren nicht mehr zu gebrauchen.

Matthew nahm es gelassen. Sie schwammen nicht im Geld, aber sie hatten ein sehr gutes Auskommen mit der Teeplantage, und das war für ihn die Hauptsache.

Eine Woche nach ihrer Rückkehr von der Safari schrieb Audrey das erste Mal an ihre Eltern. Sie saß an dem Sekretär im Schlafzimmer, draußen mähten die Boys den Rasen, und die Mittagshitze lastete schwer auf dem Land. Matthew war nach Nyeri gefahren, um sich mit dem Handelsagenten zu treffen, der ihren Tee in Mombasa verschiffte, und würde über Nacht fortbleiben.

Liebe Mutter, lieber Vater,

wir sind wohlbehalten in The Brashy angelangt. Dieser Ort ist so üppig und grün, dass man sich im Paradies wähnt, und der betörende Duft des Jacaranda klebt wie eine zweite Haut an mir. Manchmal sitze ich auf der Veranda und schaue ins Land.

The Brashy liegt auf einer Anhöhe, und hinter den Baumreihen erahnt man, wie das Land leicht nach Südosten abfällt. Wunderschön ist es hier.

Matthew ist ein wunderbarer Mann. Jeden Wunsch liest er mir von den Augen ab.

Sie lächelte.

Nach der Rückkehr von der Safari letzte Woche hatte sie sich beklagt, dass es in The Brashy so wenige Bücher gab. «Hätte ich das gewusst, wären meine Schrankkoffer voll damit gewesen!», hatte sie gejammert.

Am nächsten Tag hatte er Kinyua mit einer Liste nach Nairobi geschickt. Er war mit einem Koffer voller erfüllter Bücherwünsche zurückgekehrt.

Das Verhältnis zwischen diesem Schwarzen und ihrem Mann verstand Audrey nicht so ganz. Waren die beiden befreundet? Oder waren sie Chef und Untergebener? Beides traf nicht zu. Es war eher, als sei Kinyua die Stimme der Kikuyu.

Und Matthew hörte dieser Stimme zu.

Es ist etwas spartanisch hier, aber wir haben es gut. Tante Rose und Onkel Reggie lassen grüßen. Stellt euch vor, er hat seinen Meister gefunden! Vorige Woche wollte er auf Löwenjagd gehen – denn die Schwarzen haben Ärger mit einem Löwen, der ihre Hütten ständig umschleicht, wie sie behaupten –, und er hat angeboten, sich des Problems anzunehmen.

Er wies den Boy an, ihn um vier zu wecken. Doch das war nicht früh genug – der Löwe hatte sich mit seinem

Rudel tief in die Savanne zurückgezogen. Also wollte Onkel Reggie am nächsten Morgen noch früher geweckt werden. Um zwei Uhr nachts stand der Junge in seinem Schlafzimmer, eine Lampe in der Hand und ein schüchternes Lächeln auf den Lippen. «Jetzt ist es sehr früh», sagte er. Womit er zweifellos recht hatte. Onkel Reggie stand auch gehorsam auf und ging auf die Jagd, doch seither ist er mit dem, was er sagt, vorsichtig geworden.

Den Löwen hat er bis heute nicht erwischt.

Leider werden die beiden schon nächsten Monat abreisen, und dann wird es einsam hier draußen. Außer Matthew ist hier kaum jemand, mit dem ich reden kann. In Nairobi habe ich ein Geschwisterpaar kennengelernt. Babette und Benedict Tuttlington. Ich glaube, ich werde sie zu uns auf die Farm einladen. Man muss nehmen, was man kriegen kann.

Sie zögerte. Dann strich sie den letzten Satz.

Matthew hatte sie genommen, weil sie ihn kriegen konnte.

Grüßt alle recht lieb von mir – und gebt Alfred einen Kuss!
Eure Tochter Audrey

Sie seufzte. Schwer vorstellbar, dass die Mutter Alfred einen Kuss gab oder dass der Vater andere von ihr grüßte. Sie hatte das Gefühl, an eine Vergangenheit zu schreiben. Und diese Vergangenheit hatte sie bereits vergessen.

15. Kapitel

An einem trüben Oktobermorgen, an dem die Sonne nur zögerlich aus dem Hochnebel aufstieg, saß Audrey allein auf der Veranda und las zum zwölften Mal seit sechs Wochen das erste Kapitel ihres Dickens.

Sie ließ das Buch sinken und seufzte. Kamau stand neben der Tür, die Hände vor dem Bauch verschränkt, und wartete auf ihre Befehle. Sie hatte sich anfangs nur schwer daran gewöhnen können, dass alles, was sie tat, ihr immer sofort aus der Hand genommen wurde, aber er empfand es als Beleidigung, wenn sie sich nur selbst eine Tasse Tee eingoss.

«Kamau?»

Er trat einen Schritt vor.

«Ja, Memsahib?»

«Du kannst jetzt das Frühstück bringen.»

Er nickte und verschwand auf leisen Sohlen im Hausinnern. Sie hörte seine Schritte. Erschöpft legte sie das Buch beiseite und schloss die Augen

Morgens hatte sie keinen Appetit. Im Laufe des Tages wurde sie von Hungerattacken hinterrücks überfallen, bei denen sie die Küche plünderte, bis der Koch zeterte und ihr mit dem Kochlöffel drohte, weil sie für das Abendessen nichts mehr ließ. Vorgestern hatte sie sich in den Anbau geschlichen und drei Eier in die Pfanne gehauen, die für den Nachtisch reserviert waren.

Sie hoffte, es würde gleich keine Eier geben. Ihr war viel zu übel, um Eier zu essen.

Zum Glück brachte Kamau ihr leichten Oolong und Haferbrötchen mit gesalzener Butter und Mandarinenmarmelade. Sie aß mit großem Appetit, während Kamau sich wieder neben die Tür stellte. Wie eine Statue.

«Kamau, täuschen mich meine Augen?» Sie legte das angebissene Brötchen auf den Teller.

«Ich weiß nicht, was Sie sehen, Memsahib. Ich sehe zwei Reiter und zwei Packpferde.»

Die Besucher kamen rasch näher, und Audrey erkannte Babettes klares Gesicht unter der schmutzigen Hutkrempe, die Wangen gerötet, die Augen fröhlich blitzend. Neben ihr ritt Benedict Tuttlington, gerade so, als sei es das Normalste auf der Welt, dass sie hier draußen zum Frühstück vorbeischauten.

Nur dass es für die beiden eine mehrtägige Reise von Nairobi hinauf nach The Brashy bedeutete.

Audrey stand auf. Sie trat an den Rand der Veranda. «Lass noch mehr Tee und Brötchen bringen, Kamau.»

«Ja, Memsahib.»

Sobald Babette weit genug heran war, riss sie sich überschwänglich den Hut vom Kopf. «Wir sind da!», rief sie. «Schau, wir haben dir sogar was mitgebracht.»

Stolz zeigte sie auf die Packpferde. Audrey lächelte, sie hatte keine Ahnung, was in den Kisten sein konnte.

Sie hatte das Zwillingspaar schon vor sechs Wochen

eingeladen, Matthew und sie auf The Brashy zu besuchen, doch sie hatte auf ihren Brief keine Antwort bekommen und daher angenommen, dass die Tuttlingtons wohl doch nichts mit ihnen zu tun haben wollten. Umso größer und freudiger die Überraschung, dass sie jetzt da waren.

«Entschuldigen Sie, wir hätten vorher schreiben sollen.» Benedict sprang aus dem Sattel und half seiner Schwester, die unwillig schnaubte und seine ausgestreckten Hände ignorierte. Die Art, wie Benedict die Arme sinken ließ – resigniert und fast enttäuscht –, erstaunte Audrey.

«Aber der Brief wäre wahrscheinlich nicht vor uns hier angekommen, und wir fanden, das ist Verschwendung. Außerdem musste ich Ihnen sofort die Bücher bringen.»

«Die Bücher?»

«Ihr Mann hat sie in Europa bestellt. In Nairobi nennen sie ihn jetzt nur noch den Koller-Winston, der seiner jungen Ehefrau telegraphisch fünfzig Bücher bestellt. Allein das hat ein Vermögen gekostet!»

Audrey schüttelte etwas verwirrt den Kopf. Als Matthew sie gebeten hatte, eine Liste aller Bücher zu schreiben, die sie gerne haben wollte, hatte sie nicht damit gerechnet, sie alle zu bekommen. Zwei oder drei wären für den Anfang schön gewesen, fünf mehr, als sie erwartet hätte. Aber fünfzig Bücher?

Sie spürte, wie ihr die Tränen in die Augen stiegen, und sie musste sich schnell abwenden, damit Benedict und Babette es nicht sahen. Babette legte den Arm um ihre Schulter. «Ach je, hab ich was Falsches gesagt?»

Audrey schüttelte heftig den Kopf. Nein, vermutlich

war es genau das Richtige. Was ihre Tränen nur noch schneller fließen ließ.

«Wie lang können Sie bleiben, Miss Tuttlington?», fragte sie.

«Erstens heiße ich Babette», antwortete die blonde Schönheit fest. «Und mein Bruder, der immer so streng tut, heißt Benedict. Merk dir das, meine Liebe. Und wir bleiben natürlich so lange, wie du uns hier haben willst. Wir müssen nirgends hin.»

Sie erfuhr später, dass Babette das nicht nur so dahergesagt hatte. Die Zwillinge mussten tatsächlich keinen Verpflichtungen nachgehen. Ihrem Vater gehörte eine der größten Kaffeeplantagen des Landes, er bebaute Zehntausende Morgen und war der reichste Mann in Ostafrika. Auch er brauchte nicht zu arbeiten, weil er fähige Vorarbeiter hatte, erzählte Babette. «Aber er lässt es sich nicht nehmen. Unsere Mutter ist die meiste Zeit des Jahres auf Reisen. Sie findet Afrika unausstehlich. Kann man sich das vorstellen?»

«Es hat schon einen ganz speziellen Charme», bemerkte Benedict.

«Dein Mann ist verrückt», stellte Babette fest. Sie hatten sich nach dem Mittagessen in das kleine Wohnzimmer zurückgezogen. Benedict warf die Sofakissen auf den Boden, und sie machten es sich um die Holzkiste mit den Bücherschätzen bequem. Babette winkte Kamau, dass er ihnen Wein nachschenkte, und sie trank einen großen Schluck. «Nun mach schon auf, ich will sehen, was ich dir sofort abschwatzen muss.»

Benedict half Audrey, die massiven Holzkisten aufzuheben. Unter einem raschelnden Berg Holzwolle lagen die Schätze verborgen, jedes Buch einzeln in mehrere Schichten Seidenpapier eingeschlagen. Trotzdem stieg ein muffiger Geruch nach Salz und Meer aus der Kiste.

«Das kommt von der langen Überfahrt», bemerkte Babette und rümpfte die Nase. «Du wirst bald feststellen, dass sogar die Kleider, die du dir aus Europa kommen lässt, nach dem dreckigen Hafen von Marseille stinken, als hätten sie dort erst wochenlang in einer Spelunke gelegen, um danach auf einem Schiffskutter eine Hafenrundfahrt zu machen.»

Audrey wollte gerade sagen, dass ihr das egal war – und das stimmte auch, es war ihr egal, Hauptsache, sie hatte endlich mehr zu lesen –, doch genau in diesem Moment stieg die Übelkeit mit solcher Macht in ihr auf, dass sie hilflos nach links und rechts schaute in der Hoffnung, ein Behältnis zu finden, in das sie sich übergeben konnte.

Sie wandte sich ab, nahm die Champagnerflasche aus dem Sektkühler und übergab sich hinein.

Babette streichelte mitfühlend ihren Rücken. «Geht's wieder?», fragte sie besorgt.

Erstaunlicherweise fühlte Audrey sich sofort besser, und sie verspürte sogar Hunger. Kamau nahm ihr den Sektkühler ab, um ihn zu entleeren – zum ersten Mal war sie richtig dankbar, dass er immer zur Stelle war.

«Möchtest du an die frische Luft?»

«Nein, es geht schon.» Sie lachte etwas zittrig. «Meinst du denn, ich lasse dich mit den Büchern allein? Dass du die schönsten gleich wegschnappst?»

Die nächsten Stunden waren wie ein Weihnachtsfest für Audrey. Sie packte Bücher aus, die sie vor langer Zeit gelesen hatte, und andere, von denen sie bisher nur gehört hatte, die sie aber genauso interessierten. Großzügig gewährte sie Babette das Erstleserecht für eine wunderschöne Ausgabe von «Sturmhöhe», und Benedict, den sie aufforderte, sich ebenfalls ein Buch auszusuchen, entschied sich nach langem Zögern für Gedichte von Walt Whitman.

«Liest du gerne Gedichte?», fragte Audrey ihn, und er zuckte mit den Schultern.

Er war eher schweigsam, dieser Benedict. Trotzdem mochte sie ihn. Vielleicht, weil er mit Babette kam oder weil Babette mit ihm so ... vollständig wirkte.

«Ach, er beschwert sich den Kopf immer mit so traurigen Gedanken.» Babette beugte sich zu Benedict und wuschelte ihm durch die Haare. Er verzog das Gesicht, ganz leicht nur, und es ähnelte eher einem scheuen Lächeln. Nicht finster, fast ... glücklich.

Er schien seine Schwester sehr lieb zu haben.

«Wenn du Gedichte magst, musst du unbedingt meine Freundin Fanny kennenlernen. Sie ist sehr belesen und liebt Gedichte und Balladen.»

«Sie hat einen guten Geschmack», bemerkte Benedict.

«Er hat kein Interesse an Frauen.»

«So hab ich das gar nicht gemeint. Ich dachte an einen Austausch zwischen Gleichgesinnten.»

«Ich sagte doch, er interessiert sich nicht für Frauen.»

Babette wirkte beinahe erbost, und sie blätterte mit so viel Verve in dem Buch auf ihrem Schoß, dass eine Seite halb herausriss. Entsetzt schlug sie die Hand vor den Mund. «Das tut mir leid», flüsterte sie.

«Ist nicht schlimm», behauptete Audrey. Aber sie bezweifelte, ob es eine so gute Idee war, die ersten Bücher schon zu verleihen, bevor sie sie gelesen hatte. Wer wusste schon, in welchem Zustand sie sie zurückbekam?

Aber bevor sie diesen dummen Gedanken zu Ende denken konnte – denn er war dumm, jawohl! –, hörte sie draußen das Bellen der Hunde und Rufen der Männer. «Matthew kommt heim.» Erleichtert sprang sie auf und lief nach draußen.

Er kam im Galopp angeritten, sprang aus dem Sattel und eilte auf sie zu. Audrey fuhr der Schreck in die Glieder. Er sah so wild aus, beinahe wütend – war etwas passiert? Hatte sie etwas getan, was seinen Unmut hätte erregen können?

Doch er packte sie nur und riss sie an sich. Sein Mund lag gierig auf ihrem, seine Zunge drängte sich zwischen ihre Lippen, und sie verschluckte sich fast daran, weil es so überraschend kam.

Aber noch viel schlimmer war, dass sein Atem, der nach den Zigaretten roch, die er so gerne rauchte, ihr sofort wieder Übelkeit bereitete. Audrey schüttelte heftig den Kopf, riss die Augen auf und versuchte, sich von ihm loszumachen.

«Nicht!», konnte sie gerade noch rufen, ehe sie sich von ihm löste, einen Schritt beiseite tat und sich auf den Rasen vor dem Haus übergab.

Sie hatte seit dem Morgen nichts mehr gegessen, und das wenige hatte sie bereits dem Sektkübel überantwortet.

Matthews Kuss brachte nur ein wenig übelriechende Flüssigkeit hervor, die sie erneut würgen ließ.

Sie blieb vornübergebeugt stehen und wagte es nicht, sich wieder aufzurichten. Mein Gott, ist das peinlich, dachte sie. Und sie hatte gedacht, schlimmer als der Sektkübel könne es nicht werden.

«Audrey?» Matthew stand mit hängenden Schultern neben ihr. «Liebes, ich …»

Welcher Mann wäre nicht verwirrt, wenn seine Ehefrau den abendlichen Begrüßungskuss im wahrsten Wortsinn zum Kotzen fand?

«Es geht schon wieder», versicherte sie ihm. Blind tastete sie nach seiner Hand. «Mach dir bitte keine Sorgen.»

«Wie soll ich mir keine Sorgen machen, wenn du dich übergibst?» Er zog sie zu sich heran und drückte ihr sein Taschentuch in die Hand. Dankbar presste sie es sich auf den Mund. «Soll ich nach einem Arzt schicken? Es würde einen halben Tag dauern, bis er hier ist.»

«Das wird nicht nötig sein», erwiderte sie fest.

Sie wusste ja, was mit ihr los war. Aber es war noch zu früh, um es aller Welt mitzuteilen.

«Wir haben Besuch», sagte sie stattdessen. «Die Tuttlingtons sind da und haben die bestellten Bücher aus Nairobi mitgebracht. Du hast mir ja gar nicht gesagt, dass du alle bestellt hast.»

«Soll das ein Vorwurf sein?» Behutsam umfasste er ihr Kinn und küsste sie auf den Mund. «Ich darf meine Frau doch so viel verwöhnen, wie ich will, oder?»

«Von mir wirst du keine Klagen hören.» Sie lächelte

schwach, ließ sich von ihm in den Arm nehmen und legte den Kopf an seine Brust.

«Du hast so viel für mich aufgegeben», sagte er leise und drückte seine Lippen an ihre Schläfe. «Deine Familie, dein Zuhause ... Und jetzt sind Tante Rose und Onkel Reggie auch noch abgereist. Ich muss also alles dafür tun, dass du dich bei mir weiterhin wohlfühlst.»

Ihre Familie ... Sie vermisste die Kälte ihres Elternhauses ebenso wenig wie die stummen Vorwürfe und die offene Feindseligkeit dort.

«Und nun komm. Ich möchte unsere Gäste begrüßen.»

Arm in Arm gingen sie zurück zum Haus.

Sie hatten nie über Kinder geredet. Sie hatten nicht geheiratet, fühlten sich aber so, und sie teilten das Bett. Sie liebten sich oft, und Audrey, deren weiblicher Zyklus wie ein Schweizer Uhrwerk tickte, war seit zwei Wochen überfällig.

Es konnte also kein Zweifel bestehen. Sie war schwanger, und das war ein schöner Gedanke. Beängstigend, aber schön. Dennoch scheute sie davor zurück, Matthew davon zu erzählen.

Aber sie konnte es ihm auch nicht ewig verheimlichen. Womöglich würde er ihr das übel nehmen.

An diesem Abend im Bett versuchte sie, das Thema anzuschneiden. «Also, Geschwister», sagte sie und seufzte.

«Was ist damit?» Matthew blickte von dem East African Standard auf. Sie sah es nicht gern, wenn er im Bett die Zeitung las, weil am Morgen immer Druckerschwärze auf den Laken war. Vielleicht hätte sie sich mehr darüber aufgeregt, wenn sie die Bettwäsche hätte selbst waschen müssen, aber das übernahmen die Boys, und sie konnten jeden Abend in ein frisch bezogenes Bett steigen.

«Das muss anstrengend sein.»

«Du meinst, dass sie so aneinander kleben? Sie sind sehr verschieden.»

«Nein, ich meine nur, für die Mutter ...»

Sie verstummte.

Matthew ließ die Zeitung sinken. Er nahm die Brille ab, von der sie vermutete, dass er sie nur aus Eitelkeit trug, denn sie stand ihm so gut, und tagsüber konnte er besser sehen als mancher Kikuyu. «Was genau willst du mir eigentlich sagen, Audrey?»

«Wir haben nie über Kinder gesprochen», platzte sie heraus. «Und ich weiß nicht, ob es dir recht wäre oder ob der Gedanke für dich ganz schrecklich wäre, denn wenn das so ist, müssen wir uns was einfallen lassen, ich fürchte nämlich, es ist schon zu spät, um uns gegen Kinder zu entscheiden.»

Da. Sie hatte es nicht unbedingt so sagen wollen, aber jetzt war es heraus.

«Audrey!» Ungläubig sah er sie an. «Ist das wahr? Bekommen wir ... du bekommst ein Baby?»

Sie nickte. Seine Augen funkelten, und er schien einen Moment nicht zu wissen, was er sagen oder tun sollte. Dann zog er sie ganz nah zu sich, drückte ihr einen Kuss auf die Stirn und hielt sie einfach fest. Und sie genoss seine stille Freude.

Ein Kind ... Ein Kind würde ihr Glück perfekt machen.

16. Kapitel

Die Wehen setzten an einem lichten Maimorgen 1911 ein. Audrey setzte sich im Bett auf und wusste, dass es so weit war.

Sie war mit Matthew allein zu Hause.

Eigentlich hatten sie geplant, dass Audrey übermorgen nach Nairobi übersiedeln und bis zur Geburt bei Babette und Benedict wohnen sollte. Bis zum Termin hatte sie noch drei Wochen Zeit. Aber das Menschlein schien andere Pläne zu haben und drängte auf die Welt.

«Matthew?» Er war sofort hellwach.

Audrey hielt ihren geschwollenen Bauch mit beiden Händen und spürte der Wehe nach.

«Was ist?»

«Es kommt.»

Sofort war er auf den Beinen. «Es ist zu früh», sagte er, und sie nickte ungeduldig. Herrgott, ja, dass es zu früh war, wusste sie selbst.

Bloß keine Panik, dachte sie. Andere Frauen bringen ihre Kinder auch daheim zur Welt, das ist ganz natürlich.

Nur dass ihr Zuhause zwanzig Meilen vom nächsten Ort entfernt war und hundertfünfzig Meilen vom nächsten anständigen Krankenhaus. Sie atmete tief durch. Kein

Gedanke daran, nach Nyeri oder gar nach Nairobi zu fahren. Sie brauchte einen Arzt. Hier auf The Brashy, und zwar schnell.

«Ich reite nach Nyeri.» Matthew war bereits vollständig angezogen. «Heute Abend bin ich mit Dr. Morton zurück.»

«Nein, Matt, nicht!» Audrey packte sein Handgelenk. «Bitte, das darfst du mir nicht antun. Ich darf jetzt nicht allein sein, bitte. Wenn du gehst, ist niemand hier außer ...»

Außer den Schwarzen. Sie sprach es nicht aus.

«Ich sag Kinyua, er soll eine seiner Frauen schicken, dass sie sich um dich kümmern.»

Audrey sah sich schon in einer der Lehmhütten auf dem Boden kniend ihr Kind in die Welt pressen. Sie schüttelte heftig den Kopf. «Nein, nein! Das darf nicht sein», weinte sie.

«Audrey, bitte! Du sagst doch selbst, das Kind kommt. Soll ich dich denn hier allein liegen lassen? Oder möchtest du etwa, dass ich das Kind hole?» Die Vorstellung schien ihn zu entsetzen. Er entriss ihr seine Hand und stürmte aus dem Schlafzimmer.

Sie blieb liegen und lauschte in ihren Körper hinein. Er hatte sich wieder beruhigt. Vielleicht war es nur falscher Alarm gewesen, dachte sie. Entschlossen schlug sie die Bettdecke zurück und setzte sich auf. Sie wollte Matthew nachlaufen, damit er nicht den Arzt holte. Es ging ihr schon viel besser, obwohl ihre Knie noch etwas zitterten, als sie aufstand. Sie ging zur Tür. Draußen war alles still. Nur im Nachthemd bekleidet watschelte sie durch die Räume. In der Küche hörte sie das Lachen und leise Summen der Schwarzen, und über dem Haus sang eine Rotnackenlerche ihr süßes Lied.

Audrey trat auf die Veranda. Ein Stalljunge brachte im Laufschritt das gesattelte Pferd für Matthew. Er griff die Zügel und schwang sich in den Sattel. Sie wusste, in der Nacht hatte es noch einmal heftig geregnet, und die Straßen waren vermutlich knöcheltiefe Schlammpisten

«Du brauchst nicht loszureiten, es geht mir wieder gut», sagte sie.

«Geh wieder ins Haus, leg dich hin.» Matthew wendete das Pferd.

«Aber ich habe keine Schmerzen mehr, alles ist gut. War bestimmt nur ...»

Ehe sie ausreden konnte, hörte man ein lautes Platschen. Zwischen ihren Beinen bildete sich plötzlich eine Pfütze auf den Verandadielen. Sie starrte sprachlos nach unten. Mein Kind ist da, dachte sie und wusste zugleich, wie absurd dieser Gedanke war, denn ihr Kind bestand ja nicht aus dieser hellen, gelblich klaren Flüssigkeit. Sie versuchte, es einzuhalten, doch es lief immer weiter.

Und im nächsten Moment überrollte die nächste Wehe sie mit solcher Wucht, dass sie sich an den Pfeiler neben sich klammern musste.

«Glaubst du jetzt immer noch, du wärst nicht so weit?», fragte Matthew. Sein Lächeln wirkte ... distanziert.

Er hat Angst, erkannte Audrey entsetzt. Ihr Mann hatte Angst.

Matthew war keiner, der sich fürchtete. Er packte an, er regelte alles – aber von der Angst ließ er sich nie übermannen.

«Beeil dich», ächzte sie nur.

Er nickte. «Kamau!», rief er, und sofort war Kamau neben ihr, seine Hand unter ihrem Ellbogen. «Bring sie ins Bett. Ich reite bei den Kikuyu vorbei und bitte Kinyua, ein paar Frauen zu ihr zu schicken.»

Die Wehen kamen jetzt in immer kürzeren Abständen, und jede einzelne zerriss Audrey schier in der Mitte, sodass sie glaubte, nie mehr einen Schritt tun zu können. Aber sie blieb stehen, wartete die Welle ab und watschelte dann tapfer weiter. Kamau hielt sie schüchtern am Ellenbogen; zu leicht, um eine Stütze zu sein. Sie hatte das Gefühl, sie müsse nicht drei Zimmer durchqueren bis zu ihrem Bett, sondern den Mount Kenya besteigen.

Sie saß auf der Bettkante und versuchte, die nächste Wehe irgendwie zu überstehen. Atmen, dachte sie, ich darf nicht vergessen zu atmen. Winzige schwarze und weiße Punkte tanzten vor ihren Augen, und sie fühlte sich ganz leicht, was angesichts ihres Zustands ziemlich absurd war.

Sie schüttelte den Kopf, als Kamau ihr ins Bett helfen wollte. Die Bettkante kam ihr gerade recht.

Das Schnattern der Kikuyufrauen und das Tapsen ihrer nackten Füße näherten sich. Sie waren laut und aufgeregt, es geschah schließlich nicht alle Tage, dass sie ins Haus des Bwana gelassen wurden.

Als erste Frau betrat Wakiuru das Schlafzimmer. Audrey wusste, dass sie Kinyuas ältere Halbschwester war, eine kluge und umsichtige Frau, die den anderen Teepflückerinnen oft auf die Finger schaute, damit sie wirklich nur die zartesten Spitzen ernteten. Außerdem hatte sie bereits sieben eigene Kinder. Ihr ältester Sohn war seit Dezember Küchenjunge und machte sich richtig gut.

Audrey schluchzte auf. Hätte sie sich von den Kikuyufrauen eine wünschen dürfen, die ihr zu Hilfe kam, hätte sie nach Wakiuru gefragt.

«Memsahib?»

«Das Kind kommt.»

Hinter Wakiuru drängten sich drei andere Frauen ins Schlafzimmer. Audrey fragte nicht, ob sie nötig waren. Sie war einfach erleichtert, weil sie nicht länger allein war.

Wakiuru nickte. Sie rief Kamau etwas zu, der vor der Schlafzimmertür wartete. Dann legte sie ein Bündel aus Ziegenleder auf den Fußboden und öffnete es. Sie breitete ihre Utensilien aus, hob ein Beutelchen an die Lippen und drückte es anschließend an die Stirn.

«Du musst aufstehen, Memsahib. Laufen.»

«Ich kann nicht aufstehen», behauptete Audrey. Aber Wakiuru half ihr auf. Die anderen drei Frauen summten leise, und eine erhob die Stimme.

«Warum singen sie?», fragte Audrey, doch Wakiurus Antwort ging in einer erneuten Schmerzwelle unter.

«Sie singen, um dein Kind in diese Welt zu locken.» Wakiuru führte Audrey aus dem Schlafzimmer. «Wir gehen ein bisschen spazieren», beschloss sie. «Dann geht's schneller.»

Schneller, ja, schneller. Aber was, wenn sie es vielleicht nicht rechtzeitig zurück ins Schlafzimmer und ins Bett schaffte, bevor das Kind kam? Doch sie sagte nichts. Sie musste sich auf diese Frauen verlassen, sie hatten schon so viele Kinder geboren.

Sie war immer noch im Nachthemd, und es war ihr peinlich, vor die Haustür zu gehen. Darum wanderten sie langsam und stetig durch Wohnzimmer und Arbeitszimmer. Speisezimmer, Schlafzimmer und den Gästeflügel. Immer wieder musste Audrey stehen bleiben, wenn eine Wehe sie überrollte. «Das ist gut», sagte Wakiuru ermutigend. «Du machst das gut, Memsahib. Dein Kind wird sich bestimmt gerne in diese Welt begeben.»

Ja, aber warum musste das mit so großen Schmerzen verbunden sein?, fragte Audrey sich. Wenn sie ein paarmal ihre Runden durchs Haus gedreht hatte, bat Wakiuru sie ins Schlafzimmer und untersuchte sie. Und jedes Mal nickte sie zufrieden. Die Geburt schien einen guten Verlauf zu nehmen.

Trotzdem waren die Schmerzen mehr, als Audrey ertragen konnte. Sie schrie. Sie weinte. Sobald sie lauter wurde, verstärkten auch die drei Frauen ihren Gesang. Vielleicht waren es die Lieder, die Audrey beruhigten, vielleicht Wakiurus Hand auf ihrem Rücken. Doch irgendwann gab sie nach. Sie ergab sich in das Schicksal, in den Schmerz und in diese Geburt. Wehren konnte sie sich nicht, denn was passieren musste, würde eben passieren.

Es dauerte fünf Stunden, bis Wakiuru bei der Untersuchung zufrieden nickte. «Jetzt bist du so weit», erklärte sie. «Halt dich am Bett fest, und dann darfst du pressen.»

«Ich soll mein Kind im Stehen zur Welt bringen?»

«Wie es dir lieber ist», beschwichtigte Wakiuru sie. «Aber vielen Frauen fällt es im Stehen leichter.»

Audrey hatte bisher gedacht, es sei am leichtesten, wenn sie sich hinlegte – konnte das Kind dann nicht einfach so aus ihr herausgleiten? Sie wollte lieber wieder ins Bett. Doch sobald sie lag, stieg der Schmerz in ihrem Rückgrat bis zum Kopf auf, und ihr wurde schwarz vor Augen. Sie wuchtete sich wieder aus dem Bett. Wakiuru legte ihre Hände auf den Bettpfosten und befahl ihr, die Beine leicht zu spreizen.

«Geh in die Hocke, wenn es dann leichter ist», riet sie Audrey.

Die anderen Frauen rückten näher. Audrey sah ihre freundlichen, schwarzen Gesichter und schluchzte auf. Es war so unerträglich, so unwirklich, und es tat so weh! Sie bestand jetzt nur noch aus diesem Schmerz, der nach unten trieb und sie schier zerriss.

«Du musst es schon selbst auf die Welt bringen!», rief Wakiuru. «Allein wird dein Kind es nicht schaffen.»

Dieser Satz war es, der Audrey half. Sie spürte Wakiurus Hände zwischen ihren Beinen, und dann war da noch etwas – Wakiuru berührte sie, aber nicht sie, sondern ... das Kind.

Eine letzte Anstrengung. Sie schrie, und dann war das Kind heraus, und sie wusste, als würde sie selbst so umfangen, dass Wakiuru das Neugeborene mit den Händen umfing und so davor bewahrte, auf den Boden zu fallen.

«Sieh nur, da ist er. So ein strammer Sohn, da wird der Bwana aber stolz sein!»

Wakiuru hielt Audrey das blutige und schmierige, kleine Wesen hin, und Audrey streichelte über die dichten, dunklen Haare. «Mein Gott», flüsterte sie ergriffen. «Mein Gott, es ist ein Junge.»

«Setz dich erstmal hin.» Wakiuru half ihr, sich mit dem

Rücken gegen den Bettposten gelehnt hinzusetzen. Sie raffte Audreys Nachthemd, das inzwischen völlig verschmutzt war, doch das kümmerte sie nicht. Eine der anderen Frauen tauchte direkt neben ihr auf und wickelte den Jungen in ein Handtuch und reichte ihn Audrey, die ihn nahm. Sie weinte. Vor Freude, vor Erleichterung und weil die Schmerzen jetzt vorbei waren. Ihr Zeigefinger strich andächtig über die Stirn, die sich in winzige Falten zog.

«Noch einmal pressen, dann hast du's hinter dir.»

Die Nachgeburt kam. Und dann war's vorbei, und Audrey hockte auf dem Schlafzimmerboden und staunte über das kleine Wesen, das sich in die Welt und in ihr Leben gedrängt hatte. Nur am Rande bemerkte sie, wie Wakiuru die Plazenta in eine Schüssel gab, sie abdeckte und die Nabelschnur abschnitt, ehe sie die Schüssel beiseite stellte.

«Leg ihn ruhig schon an.»

Wakiuru ermunterte Audrey, und sie öffnete ihr Nachthemd. Der Junge suchte schmatzend und eifrig nach ihrer Brust und fand sie. Fasziniert beobachtete Audrey, wie dieses kleine Wesen, das gestern noch gar nicht auf der Welt gewesen war, das noch keine zwei Stunden alt war, sich mit ihr auf eine ganz neue Art verband.

«Ich geh, die Nachgeburt begraben. Danach waschen wir dich und deinen Knaben. Du hast das gut gemacht, Memsahib. Ging recht schnell bei dir.» Wakiuru nickte zufrieden. «Bist zum Kindergebären geschaffen.»

«Danke», flüsterte Audrey. Sie war ganz ergriffen von diesem kleinen Wesen. Zehn winzige Fingerchen, zehn zarte Zehen und Augenlider, die fast durchsichtig wirkten. Wimpern, so zart und dunkel, dass sie nicht glauben konnte, dass die Natur etwas so Perfektes erschaffen konnte. Eine Nase, so klein, dass sie sich fragte, ob damit überhaupt etwas zu riechen war. Offensichtlich schon, denn zielsicher schnaufend fand ihr Sohn ihre Brust und saugte daran.

Sie schloss erschöpft die Augen.

«Dein Vater wird stolz auf uns sein», flüsterte sie.

Zwei Stunden später kam Matthew zurück, Dr. Morton im Schlepptau. Wakiuru saß in der Zimmerecke auf einem Schaukelstuhl, doch als Dr. Morton ins Schlafzimmer kam, sprang sie auf und wich zurück. Es wurde bereits dunkel, und es schien, als ob die Kikuyufrau mit den Schatten verschmelze.

«Es ist ein Junge», begrüßte Audrey ihren Mann. Sie zeigte auf den Weidenkorb, der neben ihr auf dem Bett stand. Matthew starrte erst sie an, dann beugte er sich über den Korb und betrachtete seinen Sohn, der so winzig klein und zart war. Seine Hand schwebte über der Brust des Kleinen, als traute er sich nicht, ihn zu berühren.

«Du kannst ihn gerne streicheln», sagte sie leise. Dr. Morton trat nun vor. Er weckte den Säugling, was dieser mit lautem Protestgeheul quittierte, holte ihn aus der Decke, in die Wariuku ihn stramm eingewickelt hatte, und untersuchte ihn.

«Ein gesundes Kerlchen», stellte der Doktor zufrieden fest. «Sie sollten ihn nicht so fest einwickeln, das behindert sein Wachstum.»

Audrey hob den Jungen aus seinem Korb und wiegte ihn, bis er sich beruhigt hatte.

«Wo ist die Nachgeburt? Ich muss sie auf Vollständigkeit untersuchen.» Jetzt war Dr. Morton in seinem Element, und er schaute sich suchend um.

Audrey hatte keine Ahnung, wo die Nachgeburt war. «Wakiuru ...»

Die Kikuyufrau trat aus dem Schatten. «Ich habe sie begraben», erklärte sie würdevoll. Ihre dunklen Augen blitzten, und sie hob das Kinn ganz leicht, als wollte sie dem weißen Arzt trotzen.

«Begraben?» Entsetzt starrte Dr. Morton sie an. «Du kannst doch nicht die Plazenta einer weißen Frau nach den dreckigen Ritualen von euch Negern im Busch verscharren ...»

«Es ist kein dreckiges Ritual. Sie liegt hinter dem Haus im Beet.»

Matthew richtete sich auf. Er stand ein wenig ratlos zwischen dem Arzt und der Kikuyufrau und schien nicht zu wissen, was er sagen sollte. Sein Verstand riet ihm wohl, sich auf die Seite des Arztes zu schlagen, der immerhin in England studiert hatte und wusste, wovon er sprach. Doch zugleich war er Wakiuru unendlich dankbar, weil sie seinem Sohn auf die Welt geholfen hatte.

Audrey erriet sein Dilemma, denn sie empfand ähnlich.

«Das ist schon in Ordnung», bemerkte sie betont munter. «Wakiuru hat sie untersucht. Alles dran.» Sie lächelte Dr. Morton an.

Doch der hörte gar nicht hin. Schnaubend baute er sich

vor der Kikuyufrau auf. «Du wirst sie wieder ausgraben», grollte er.

«Das wäre nicht klug», erwiderte Wakiuru. «Dieses Kind ist heute in diese Welt übergewechselt, und indem ich die Nachgeburt neben diesem Haus begrub, wird der Junge immer wissen, wo seine Heimat ist. Außerdem sind wir es den Ahnen schuldig. Wir müssen ihnen etwas zurückgeben.»

«Was würden Sie denn damit machen, wenn Sie dieses ... Ding hier hätten?» Das Thema war Matthew sichtlich unangenehm. Audrey konnte es ihm nicht verdenken. Alles, was mit der Geburt zusammenhing, musste für Männer ein großes Mysterium sein, wenn sie nicht gerade ausgebildete Ärzte waren.

«Nun, ich würde sie auf Vollständigkeit überprüfen, und anschließend müssten wir sie natürlich verbrennen oder auf den Müll werfen. Verbrennen ist allerdings besser, um keine wilden Tiere anzulocken.»

Audrey spürte, wie Wakiuru neben ihr empört nach Luft schnappte. Eine Nachgeburt zu verbrennen schien für einen Kikuyu gänzlich undenkbar zu sein.

«Und wenn wir uns auf das Wort dieser Frau verlassen, dass alles in Ordnung ist?»

Der Arzt kratzte sich im Nacken. «Wissen Sie, wenn sie ... Also, bei einer Freundin Ihrer Frau hätte ich keine Bedenken, oder bei einer ausgebildeten Geburtshelferin.»

Audrey packte Wakiurus Hand. «Aber sie ist meine Freundin!», rief sie. «Ohne sie hätte ich das nicht geschafft, und ... und sie ist meine Freundin!»

«Ihre Frau ist nicht bei Sinnen, Mr. Winston. Das ist die

Geburt, danach sind Frauen oft tagelang völlig verwirrt. Ich empfehle, die Plazenta auszugraben und sie zu untersuchen.»

Matthew zögerte. Er blickte zu Audrey, die noch immer Wakiurus Hand hielt, in ihrem anderen Arm schlummerte der Säugling.

«Ich glaube ihr, wenn sie sagt, alles sei recht gewesen. Kommen Sie, Dr. Morton. Ich lasse Ihnen Abendessen machen. Sie bleiben wohl besser über Nacht, und morgen lasse ich Sie zurück nach Nyeri bringen.»

Erst als die beiden Männer das Krankenzimmer verlassen hatten, ließ Audrey Wakiurus Hand los.

«Danke, Memsahib», sagte sie leise.

«Wofür?», wollte Audrey wissen.

«Du hast mich in Schutz genommen vor dem weißen Daktari. Darum.»

Das Kind wachte auf, und sein Mund suchte nach Audreys Brust. Sie öffnete das Nachthemd und legte es an, wie Wakiuru es ihr gezeigt hatte.

«Wird ein kräftiger Kerl, dein Sohn. Bald kommt die Milch, und dann wächst er schnell.»

Wakiuru stand im Schatten und wartete.

«Was ist?», fragte Audrey. Sie konnte den Blick nicht von dem Jungen lassen. Er war so wunderschön.

«Ich muss jetzt gehen. Ich glaub, wir sehen uns nicht wieder, Memsahib. Aber wenn du Fieber kriegst oder sonst Fragen hast, schick Kamau nach mir.»

Audrey spürte die Enttäuschung wie eine große Welle über sich hinwegschwappen.

«Wir sind also keine Freundinnen», sagte sie leise.

«Nein, Memsahib. Freunde wird man nicht, wenn man es sagt. Freunde werden, dafür muss man etwas tun.»

Aber du hast doch etwas getan!, wollte Audrey widersprechen. Trotzdem spürte sie, dass Wakiuru recht hatte.

«Danke. Für alles. Kann ich ... Gibt es irgendwas, womit ich dir eine Freude machen könnte, Wakiuru?»

Die Kikuyufrau überlegte so lange, dass Audrey schon glaubte, sie würde gar nichts sagen. Schließlich antwortete sie: «Ich hätte so gern ein weißes Laken, wie du sie in deinem Schrank liegen hast.»

«Ein weißes Laken?» Audrey war von diesem Wunsch überrascht. «Natürlich bekommst du eins. Darf ich fragen, wofür du das brauchst?»

Wakiuru schüttelte den Kopf.

«Also gut. Ich werde Kamau sagen, dass er dir ein Laken bringt. Danke, Wakiuru.»

17. Kapitel

«Wie wollen wir ihn nennen?»

Matthew beugte sich über den Korb und betrachtete seinen schlafenden Sohn. Er wirkte geradezu verzückt. Audrey verstand ihn gut – ihr ging es nicht anders. Sie konnte sich gar nicht sattsehen an dem kleinen Kerl. Sie war zwar nach der Geburt erschöpft und müde, doch konnte sie keine fünf Minuten die Augen zulassen, ohne sie aufzureißen und sich davon zu überzeugen, dass dieses kleine Wunder wirklich neben ihr lag.

«Ich weiß nicht. Sag du.»

«Wie wäre es mit Christian?», schlug er vor. «So hieß mein Großvater.»

«Christian ist schön.» Audrey machte keinen Gegenvorschlag. Sie wollte ohnehin nicht, dass ihr Kind nach ihrem Vater oder dem Großvater mütterlicherseits benannt wurde.

Dies war ihr Neuanfang, und wenn ihre Familie nichts mehr mit ihr zu tun haben wollte – dann wollte sie auch nichts mehr mit ihrer Familie zu tun haben.

Christian wachte auf und quengelte, und sie hob ihn aus dem Korb und legte ihn an. Matthew starrte sie verblüfft an.

«Was tust du da?»

«Ich stille ihn.» Sie glühte fast vor Stolz.

«Aber dafür gibt es doch Ammen?»

Sie streichelte den zarten Flaum auf dem Kopf ihres Sohns. Unvorstellbar für sie, dass eine andere Frau dieses Kind säugen durfte.

«Willst du dir eine Fremde ins Haus holen?», fragte sie. «Ich nicht.»

«Dann nimm Flaschenmilch. Ich schicke jemanden nach Nairobi, der dir Flaschennahrung besorgt.»

«Und was macht unser Kind bis dahin? Soll ich ihn hungern lassen in der ersten Woche seines Lebens?»

«Dann lassen wir solange Mukami kommen. Sie ist zurück», fügte er hinzu.

Audrey runzelte die Stirn. «Wer ist Mukami?»

«Ach, du kennst sie ja nicht. Sie ist das Mädchen, mit dem unser Missionar damals durchgebrannt ist. Kurz vor unserer ... Hochzeit.» Er schaute an ihr vorbei.

«Ist er auch zurück?», fragte sie leise.

Sie scheute sich, an dieses empfindliche Thema zu rühren.

«Er hat sie hier abgesetzt und ist wieder verschwunden. Keine Ahnung, wo er sich jetzt herumtreibt. Sollte ich ihn aber jemals in die Finger kriegen, werde ich diesem Mann gehörig die Leviten lesen. Er hat eine junge Kikuyufrau schwanger sitzengelassen, und außerdem schuldet er mir den Brautpreis, den ich an Ngengi habe zahlen müssen.»

«Christian muss getauft werden», sagte sie leise.

«Ich kümmere mich darum.» Er betrachtete sie. Dann

schüttelte Matthew den Kopf. «Ich hätte nicht gedacht, dass es so ist.»

Sie fragte nicht, was er meinte, weil sie glaubte, es genau zu wissen.

Nichts hatte sie auf das hier vorbereitet. Das Muttersein war wie eine Urgewalt über sie hereingebrochen, und plötzlich war jede ihrer Handlungen, jede Bewegung, selbst im Schlaf, davon geprägt, ob es für ihr Kind gut war oder nicht.

«Wir werden uns bestimmt schon bald daran gewöhnen», versprach sie ihm.

«Wenn du möchtest, esse ich heute Abend hier bei euch im Schlafzimmer. Etwas unkonventionell», er lachte verlegen, «aber ich habe einfach keine Lust, allein im Speisezimmer zu sitzen, wenn ich bei euch sein kann.»

«Das wäre schön.»

«Dann gebe ich in der Küche Bescheid. Gibt es sonst noch etwas? Brauchst du irgendwas?»

«Ich habe alles», sagte sie glücklich.

Und nie hatte sie es so ehrlich gemeint wie an diesem Abend.

Mit dem Kind kam Leben ins Haus.

Schon am nächsten Morgen versammelten sich die Teepflückerinnen vor der Veranda, weil sie das kleine Menschenkind begrüßen wollten. Sie sangen für Christian, und Audrey lauschte und lächelte.

Die Liebe zu diesem fremden, schönen Land wurde ihrem Kind mit jedem Lied in die Wiege gelegt.

Am zweiten Morgen kamen die Frauen zurück, und

wieder standen sie eine Stunde vor dem Haus und sangen ihr sonderbares Lied. Es war wie ein Zauber, den sie webten: ein Chor aus Stimmen, aus dem immer wieder eine hervorstach, von einer anderen abgelöst wurde und immer so weiter, ohne dass ein Muster erkennbar war.

Sie zogen nach einer Stunde ab, und Audrey, die im Morgenmantel im Wohnzimmer gestanden und gelauscht hatte, drückte Chris fest an sich. «Morgen begrüßen wir sie», versprach sie ihrem Sohn.

Genauso machten sie es. Als am dritten Morgen die Kikuyufrauen kurz nach Sonnenaufgang im Halbkreis vor dem Haus Aufstellung nahmen und ihr Lied anstimmten, saß Audrey bereits angezogen auf dem Bett und wartete. Sie nahm Chris aus der Wiege und ging nach draußen.

Sie unterbrachen ihr Lied nicht, als Audrey zu ihnen kam. Aber ihre Gesichter strahlten, und sie lächelten und drängten sich um sie. Hände strichen über Christians Köpfchen, und die Frauen nickten Audrey zu, als wollten sie ihr sagen: Das hast du gut gemacht, wir sind stolz auf dich. Du gehörst zu uns.

Aber nicht nur die Kikuyu kamen zu ihr. Eine Woche später traf Besuch ein, mit dem Audrey nicht gerechnet hatte. Und auch Fanny hatte wohl nicht damit gerechnet, dass sie die erste Weiße sein durfte, die Audrey zur Geburt ihres Sohns gratulierte.

Sie hatten in den letzten zehn Monaten versucht, den Kontakt zueinander nicht abreißen zu lassen, was nicht so leicht gewesen war. Denn während Audrey auf The

Brashy weilte und sich höchstens mal für eine Woche nach Nairobi oder auf Safari begab, war Fanny von ihrem Liebhaber und dessen Familie durch die halbe Welt gescheucht worden. Bis, ja ... bis irgendwas passierte, das Fanny nicht ertrug, weshalb sie ihn verließ, ihre Sachen packte und nach Ostafrika reiste. Allein.

Bis sie bei Audrey vor der Tür stand, unangekündigt und nur mit einem kleinen Köfferchen, weil sie alles Gepäck in Nairobi hatte einlagern lassen.

«So konnte ich schneller zu dir kommen», erklärte sie und umarmte Audrey fest. «Du glaubst ja nicht, wie hinderlich es ist, mit drei großen Schrankkoffern zu reisen! Und wie gut es tut, den Ballast abzuwerfen und unter freiem Himmel zu schlafen.»

«Bist du allen Ernstes allein gereist?» Audrey wäre schockiert gewesen, wenn sie Fanny nicht besser kennen würde.

«Ich hab mir in Mombasa ein Mädchen gesucht. Eine Somali, die sehr gut Englisch spricht und ein bisschen Kikuyu. Du siehst, ich war nicht allein.»

Audrey schüttelte den Kopf. Mit einer Somalifrau! Wenn das die Damen in Nairobi hörten, würde Fanny in Rekordzeit den Ruf weghaben, sehr wunderlich zu sein.

«Du hättest dir ein weißes Dienstmädchen nehmen sollen», meinte sie.

«Wieso? Sie ist billig. Du wirst sie mögen, es ist ein reizendes Mädchen.»

Sie setzten sich zum Tee ins Wohnzimmer. Audrey lauschte, doch im Haus war alles still, sie konnte sich entspannen. Ihr Kind schlief, wohlbehütet von dem jungen Mädchen, das Matthew ins Haus geholt hatte – eine Tochter von Wakiuru, weshalb auch Audrey schon bald Vertrauen zu der Kleinen gefasst hatte.

«Aber jetzt erzähl mir alles. Das Eheleben gefällt dir, ja? Du siehst auf jeden Fall wunderbar aus! Und dein kleiner Wonneproppen ist wirklich ganz entzückend!»

Audrey ließ sich nicht täuschen. Sie wusste, dass sie müde aussah und es auch war, und Fannys Fröhlichkeit wirkte aufgesetzt und nicht echt. Noch viel weniger echt als letztes Jahr während der gemeinsamen Schiffsreise.

«Wo ist Jack jetzt mit seiner Familie?», fragte Audrey vorsichtig.

Fannys Blick irrte durch den Raum, sie zog ein Taschentuch aus dem Ärmel und betupfte ihre Augen, gerade so, als sei sie auf Tränen vorbereitet. Doch sie weinte nicht, und schließlich seufzte sie.

«Ich weiß es nicht», antwortete sie. «Letzten Monat waren sie auf dem Weg nach Hause. Nach London.»

«Möchtest du mir erzählen, was passiert ist?»

Fanny schüttelte den Kopf, doch dann antwortete sie: «Anne ist wieder schwanger.»

«Oh», sagte Audrey.

«Weißt du … Er hat mir immer versichert, es sei nicht mehr so zwischen ihnen. Wenn du verstehst.» Fanny lächelte. «Natürlich verstehst du es jetzt. Bist ja nicht mehr die kleine, verschüchterte Verlobte, die Angst vor ihrem eigenen Schatten hat.»

Audrey lachte. «So war ich?»

«Ein bisschen.» Fanny zeigte es mit Zeigefinger und Daumen. «Aber nein, er sagte, er liege nachts nur neben ihr und denke an mich. Gut, er scheint nicht nur neben ihr gelegen zu haben, und an wen er dabei gedacht hat, interessiert mich nicht, ehrlich gesagt. Ich mag nicht mehr die Geliebte eines Mannes sein, der mich belügt. Also hab ich meine Sachen gepackt und ... ja, und ihn um Geld gebeten, damit er meine Heimreise bezahlt.»

Audrey schwieg. Das klang, als habe Fanny nichts, außer dem Köfferchen, mit dem sie gekommen war.

«Es hat nur bis Ostafrika gereicht», fügte Fanny hinzu. «Ich kann wohl nicht so gut mit Geld umgehen.»

Sie klapperte laut mit dem Silberlöffel und versteckte ihr Gesicht hinter der Teetasse.

«Oh, Fanny! Das tut mir so leid.»

«Muss es nicht. Ich komm schon klar. Hey, du hast mir doch erzählt, es gibt im Protektorat so viele ledige, junge Männer! Da wird es doch wohl einen geben, der nichts gegen eine Frau einzuwenden hat, der ein winziges Detail fehlt, oder?»

Audrey wurde knallrot. Fannys Offenheit hatte sie einerseits vermisst, und doch schaffte ihre Freundin es wieder, sie in Verlegenheit zu bringen.

«Wir müssen ihnen ja nicht sagen, dass ich vorher die Geliebte des ehrenwerten Jack Ellesborough war, der lieber seine Frau geschwängert hat.» Sie schwieg einen Moment. Dann zog sie das Taschentuch wieder heraus und schnäuzte sich geräuschvoll. «Was mich am meisten daran entsetzt, ist, wie dumm ich gewesen bin», flüsterte sie. «Ich hab ihm geglaubt, Audrey. Ich hab ihm wirklich geglaubt, und jetzt muss ich mich fragen, ob er mich nur in der einen Sache belogen hat oder bei allem anderen auch.

Er hat meine Liebe beschmutzt und mit Füßen getreten, verstehst du?»

Audrey verstand sie nur allzu gut.

Sie wollte gerade etwas Tröstendes erwidern, doch da drang das Weinen ihres Kindes aus dem Schlafzimmer. «Entschuldige mich», murmelte sie.

Sie spürte Fannys Blick noch im Rücken, als sie längst im Schlafzimmer war. Wakiurus Tochter Njoki hob Chris gerade aus der Wiege. «Er hat Hunger, Memsahib.»

«Ich weiß.» Audrey nahm den Kleinen und setzte sich mit ihm in den Schaukelstuhl. Sie knöpfte ihre Bluse auf und gab ihm die Brust. Njoki verließ das Zimmer. Audrey hörte sie im Wohnzimmer mit Fanny sprechen.

Als sie zurückkehrte und den Säugling an Njoki übergab, die ihn wieder ins Schlafzimmer brachte und in den Schlaf wiegte, schüttelte Fanny ungläubig den Kopf. «Du stillst ihn.»

«Ja, und?»

«Also ... Das nenne ich mal ungewöhnlich. Ich meine, wir kennen uns nicht so gut, aber ich hatte dich bisher anders eingeschätzt.»

«Wie denn?»

Audrey schenkte ihnen frischen Tee ein.

«Weiß nicht. Ich hab wohl geglaubt, du wärst ... konventioneller. Ein kleines, verhuschtes Frauchen, das sich unterordnet und lieber in der Masse untergeht, statt aufzufallen.»

Audrey reichte Fanny den Teller mit Eclairs. «Und dass ich nicht so bin, schließt du daraus, weil ich meinem Sohn die ... Brust gebe.»

Fanny bemerkte ihr Zögern. Sie lächelte. «Siehst du? Irgendwie ist es für dich doch ungewohnt. Aber das gefällt mir an dir. Du lehnst dich auf.»

Ich lehne mich nicht auf, dachte Audrey. Sie hätte genauso gut Mukami ins Haus holen können, die wenige Tage nach Chris' Geburt ein wunderschönes, kleines Mädchen zur Welt gebracht hatte. Sie war mit Wakiuru vorbeigekommen, weil Matthew es so wollte, doch Audrey hatte Mukami weggeschickt. Ihr kleiner, gieriger Sohn sollte diesem süßen Mädchen nicht die Milch wegtrinken. Mukami hatte zwar Milch für zwei, aber Audrey hatte die Erleichterung und Dankbarkeit in den Augen dieser Frau gesehen, als sie das Angebot abgelehnt hatte.

Mukami war eine Verstoßene. Im Dorf wollte keiner mehr mit ihr zu tun haben. Sie war fortgelaufen und hatte ihrem Vater, dem mächtigen Ngengi, Schande gemacht.

Vielleicht sollte ich sie zu uns ins Haus holen, wenn auch nicht als Amme, überlegte Audrey.

Nicht nur Fanny kam zu Besuch. An einem hellen, heißen Juniabend kamen kurz vor Einbruch der Dunkelheit Babette und Benedict aus Nairobi wieder. Sie brachten Geschenke: Bücher, Konfekt für die hungrige Mutter, für Matthew dicke Zigarren und einen feinen Wein, den die Männer am Abend tranken, während die Frauen sich früh zur Ruhe begaben.

Am nächsten Morgen stand Audrey sehr früh auf, weil Chris quengelte. Sie stillte ihn und übergab ihn an Njoki, damit diese ihn wickelte. Inzwischen war ihr Sohn vier Wochen alt, ein aufgeweckter, kleiner Kerl, der manchmal

Stunden wach und still in seiner Wiege lag und beobachtete, was um ihn herum geschah, ehe ihn die Müdigkeit wieder übermannte.

Audrey hatte ihn zum Fressen gern. Sie hatte nicht gewusst, dass es etwas geben konnte, das größer war als ihre Liebe zu Matthew.

Leichtfüßig lief sie in ihren zarten Pantoffeln durchs Wohnzimmer. Auf der Veranda hörte sie Stimmen, obwohl es gerade erst hell geworden war.

«Benedict, nicht!»

Audrey blieb stehen. Meine Güte, war das Fanny? Machte sich Benedict etwa an ihre Freundin heran?

Sie wollte schon auf die Veranda stürzen und ihr zu Hilfe eilen, als Benedict antwortete.

«Warum nicht, Babette? Ich hab dich doch so lieb!»

Babette? Waren das wirklich die beiden Geschwister da draußen?

Audrey hielt die Luft an. Unvorstellbar. Nein, das musste ein Irrtum sein.

«Ich hab dich auch ... lieb.» Audrey hörte Schritte, dann ein Rascheln. «Aber du weißt doch, dass es nicht sein darf.»

«Warum nicht? Weil du es nicht willst? Du erzählst allen, wir wären Zwillinge! Wie ungerecht ist das, dass wir niemandem die Wahrheit sagen dürfen!»

«Du willst die Wahrheit erzählen?» Babettes Stimme war nur ein Zischen. Audrey hielt unwillkürlich die Luft an, damit ihr kein Wort entging. «Bitteschön. Bitte, dann stell dich in Nairobi in den Muthaigaclub und sag ihnen, dass du und ich, dass wir nur Halbgeschwister sind.

Dass unser Vater unbedingt rumhuren musste mit meiner Mutter.»

«Babette ...»

«Und erzähl ihnen gleich auch noch, dass deine Mutter meine Mutter so sehr gehasst hat, dass sie mich ihr weggenommen hat. Dass ich nur deshalb mit dir aufgewachsen bin, weil sie sich an uns allen rächen wollte – an Vater, mir und meiner Mutter.»

«Aber ich würde alles für dich tun ...»

«Wirklich, alles?» Plötzlich klang Babette sehr traurig. «Dann lass mich bitte einfach los. Bitte, Ben, ich will mein eigenes Leben leben dürfen. Ich will vergessen dürfen, dass ich dich so sehr liebe, dass es mir alles andere unmöglich macht. Geh. Verlass mich. Tu irgendwas, damit ich weiterleben kann.»

Stille. Audrey schloss die Augen. Sie drehte sich um und lief ganz leise zurück ins Speisezimmer. Dort öffnete sie die Tür, ließ sie leise ins Schloss fallen und ging zurück zum Wohnzimmer.

Als sie auf die Veranda trat, saßen Babette und Benedict einander gegenüber am Tisch. Benedict las eine Zeitung, während Babette strickte. Als sie Audrey sah, hielt sie das Strickstück hoch. «Sieh nur, das ist für den Kleinen.»

«Es ist wunderschön», sagte Audrey automatisch. Benedict raschelte mit der Zeitung. Er wirkte gänzlich unbeteiligt. Nur Babettes gerötete Wangen und die glänzenden Augen verrieten ihr, dass sie tatsächlich gerade Zeugin eines Streits geworden war.

Jeder Mensch hat Geheimnisse, dachte sie.
Jeder.

Ob nun Benedict und Babette, Fanny oder sie – jeder trug schwer an einer Vergangenheit, die ihnen auch in der Gegenwart keine Ruhe ließ.

Sie fragte sich, was wohl Matthews Vergangenheit mit ihm angerichtet hatte.

Mukami war zurück, von einem Weißen geschwängert und eines Morgens vor dem Dorf ausgesetzt, wie die Wazungu es vielleicht mit ihren Hunden taten, die in den Straßen von Nairobi streunten.

Ngengi hatte sich geweigert, seine Tochter wieder in den Dorfverband aufzunehmen. Er hatte sie bespuckt, und als sie danebenstand, hatte er allen laut erzählt, er habe keine Tochter mehr, sie sei vor Jahresfrist verschwunden. Dann stapfte er davon und blieb wochenlang fort.

Nach zehn Tagen hatte Wakiuru das Mädchen zurück ins Dorf geholt. Sie gab ihr zu essen, einen Schlafplatz in ihrer Hütte und viel Arbeit für Hände, die zu lange müßig gewesen waren. Ein Zuhause.

Kinyua zerbrach sich nicht den Kopf darüber, was aus Mukami werden sollte. Das ging ihn nichts an. Außerdem hatte er Wichtigeres zu tun. Seine Schwester würde schon richtig entscheiden.

Er hatte bei seiner letzten Reise nach Nairobi ein paar Silberrupien zusammengekratzt und sich etwas gekauft, mit dem er nichts anzufangen wusste. Lange hatte er darüber nachgedacht, ob das wirklich so wichtig war für ihn, und noch länger hatte er gehadert und sich geärgert – obwohl ihn daran weniger störte, dass er Geld verschwendet hatte, denn solange die Felder genug Nahrung boten und er nachts ein Dach über dem Kopf hatte, war ihm das, wonach die Wazungu gierten, recht egal.

Nein, er wusste nicht, was er mit diesem fremden Ding machen sollte. Er wusste, welchem Zweck es diente, deshalb hatte er den Händler ja danach gefragt. Doch allein kam er damit nicht weiter, sosehr er sich auch darum bemühte.

Also ging er zu Bwana Winston auf die Farm.

Der Bwana war sehr beschäftigt, aber er war auch sehr glücklich, seit seine Frau ihm einen gesunden Sohn geschenkt hatte. Kinyua hatte Wakiuru und die anderen zum Haus gebracht und vor der Veranda auf dem Boden gehockt und gewartet, bis sie dem Kind des Bwana auf die Welt geholfen hatten. Er hatte die Schreie der Memsahib gehört und sich gewundert. Die Frauen seines Stamms bekamen ihre Kinder leise, sie machten so wenig Lärm wie nur möglich.

Aber vielleicht war für eine Weiße das Kinderkriegen auch anstrengender als für seinesgleichen. Vielleicht gab es deshalb so wenig weiße Menschen auf der Welt und so viele Kikuyu, Massai, Luo oder Somali.

An dem Tag war er heimgegangen und hatte das, was er seit Wochen unter seiner Schlafmatte in ein Tuch eingewickelt verborgen hatte, herausgeholt. Er wollte mehr wissen über die Weißen. Warum sie ihre Geschichten nicht weitergaben, sondern in Büchern versteckten. Was das für Geschichten waren, die sie sich erzählten, dass eine Frau wie die Memsahib sich diese Bücher vom anderen Ende der Welt kommen ließ.

Das mussten schon sehr gute Geschichten sein, wenn sie deshalb so viel Aufwand betrieben.

Kinyua traf den Bwana im Stall an. Der Bwana war ein armer Mann, er hatte gerade mal fünfzig Rinder, die er sein Eigen nannte, Ochsen und ein paar Milchkühe, aus deren Milch der Koch Käse bereitete, Quark und Joghurt.

«Hast du Zeit, Bwana?» Kinyua blieb vor dem Verschlag stehen.

«Ist grad schlecht, Kinyua.»

Das sah Kinyua auch. Der Bwana steckte bis zum Oberarm in den Eingeweiden einer hochträchtigen Kuh. Die Flanken des Tiers zitterten, und Schweiß glänzte auf dem Gesicht des Bwana. Neben ihm hielt ein Stalljunge den Kuhschwanz.

Endlich schien der Bwana zufrieden, er zog die Hand heraus. Jetzt sah Kinyua, dass er einen Gummihandschuh trug, der ihm bis an die Schulter reichte. «Ist es wichtig?»

Die Wazungu ekelten sich vor vielem. Bei Kuhmist konnte Kinyua es ihm wenigstens nicht verdenken.

Bwana Winston zog den Handschuh aus und klopfte dem Stallburschen auf die Schultern. «Lassen wir sie allein, das Kälbchen müsste jetzt ohne Probleme kommen.»

«Es ist sehr wichtig.»

«Dann komm.» Er wusch sich in einem Eimer die Hände, schüttelte sie ab und trat nach draußen. Kinyua folgte ihm. Er hielt das Päckchen eng an sich gedrückt.

«Hier.» Er überreichte es dem Bwana.

Dieser wickelte das Päckchen aus und runzelte die Stirn. «Das ist ... nett», sagte er vorsichtig. «Ist das ...?»

«Ich will lesen lernen», sagte Kinyua hastig. «Bring es mir bei, Bwana.»

«Lesen?» Das überraschte den Bwana. Er wendete das Buch hin und her. «Ich dachte, das sei ... Ah, egal.»

«Der Händler hat gesagt, damit lernen eure Kinder lesen.»

«Das ist richtig.»

«Es sind viele Bilder drin. Aber diese ... Zeichen. Die verstehe ich nicht.»

«Man nennt sie Buchstaben.» Bwana Winston legte die Hand auf Kinyuas Schulter. «Komm, wir gehen zum Haus. Mir fehlt die Zeit, dich zu unterrichten, und wir haben im Moment keinen Missionar hier. Aber es wird sich was finden.»

Auf dem Weg zum Haus schwiegen sie, bis der Bwana plötzlich fragte: «Warum willst du eigentlich lesen lernen?»

Darüber musste Kinyua nicht lange nachdenken. Er schaute auf seine Zehen, die sich in den roten Staub bohrten. «Meine Kinder werden lesen lernen und ihre Kinder ebenso. Überall werden Häuser gebaut, in denen die Missionare den Kindern etwas über eure Religion erzählen und über diese Zeichen und wie man sie deutet.»

Bwana Winston nickte. «Das ist der Fortschritt. Wir leben in einer Zeit des Umbruchs.»

«Ich will nicht irgendwann dümmer sein als meine Kinder oder meine Enkel. Ich will mit ihnen lesen und mit ihnen verstehen, was die weißen Männer sagen. Ihr sagt alles Wichtige nur auf dem Papier.»

«Das stimmt.»

«Und ich will die Geschichten der Wazungu kennenlernen. Ihr könnt sie niemandem erzählen, weil sie in den Büchern wohnen und euer Verstand verkümmert.»

«Wir haben viele Geschichten, die kann sich kein Mensch merken.»

Kinyua warf Bwana Winston einen finsteren Blick zu. «Ihr versucht es ja nicht mal.»

Die Memsahib saß mit einer anderen Weißen auf der Veranda, als sie sich dem Haus näherten. Kinyua blieb in einiger Entfernung stehen. Schönheit, dachte er, findet ein Mann in tausend Gestalten. Ein Löwe, der eine Gazelle reißt, ist wunderschön in seiner Kraft. Das Lied der Frauen auf dem Feld ist schön. Die Luft schmeckt nach langer Dürre saftig, sobald der erste Regen fällt. Auch das ist wunderschön.

Aber für ihn gab es nichts Schöneres auf der Welt als diese Frau in ihrer hellen Bluse und dem dunkelblauen Rock. Er beobachtete sie aus der Ferne. Er hielt Abstand.

In den letzten Wochen hatte er kein Interesse mehr daran, sich eine zweite oder dritte Frau zu nehmen, und die erste besuchte er auch nicht mehr allzu oft des Nachts, weil sie ihn nicht mehr reizte. Sie war nicht so exotisch, so fremd und bezaubernd.

Der Bwana beugte sich zu seiner Frau und küsste sie auf die Stirn. Sie schloss einen winzigen Moment lang die Augen.

«Kinyua möchte lesen lernen.» Bwana Winston setzte sich in den zweiten Korbstuhl. «Ich habe keine Zeit, und unser Missionar kommt wohl nicht wieder. Kannst du es ihm beibringen?»

Sie runzelte die Stirn und schaute von ihrem Mann zu Kinyua. «Ich weiß nicht ...»

Er trat vor. «Ich bin ein eifriger Schüler. Das Jagen habe ich ebenso schnell gelernt wie das Ausweiden der Tiere. Ich bin ein guter Rinderzüchter, und man schätzt mich hoch, weil ich beharrlich bin.»

«Er hat sich eine Fibel gekauft.» Der Bwana legte das Buch auf den Tisch.

Die Memsahib nahm das Buch und blätterte darin.

«Ja, aber warum?», fragte sie.

«Ich will verstehen. Ich will die Geschichten lesen können, die die Weißen sich nicht erzählen.»

Ich will so sein, wie du es bist, dachte er. Aber das auszusprechen wagte er nicht. Er wusste, beide würden ihn missverstehen, und dann wäre seine wunderbare Chance dahin.

Sie als seine Lehrerin – das war mehr, als er erträumt hatte. Tag für Tag neben ihr zu sitzen und ihrer Stimme zu lauschen, die wie die Honigfeigen schmeckte, die er sich bei seinen Reisen nach Nairobi immer kaufte ...

«Das ist ein guter Grund.» Sie nickte zufrieden. «Ich unterrichte dich gerne, Kinyua. Komm morgen früh zur selben Zeit wieder her.»

«Danke, Memsahib.»

Er war beschwingt. Sie unterrichtet mich!, sang es in seinem Herzen, als er zurück ins Dorf lief. Schon bald würde er verstehen, was es war, das diese Menschen sich nicht zu erzählen wagten.

Und dann würde er hoffentlich begreifen, warum sie so waren, wie sie waren.

18. Kapitel

Den Jahreswechsel begingen sie auch dieses Mal in Nairobi. Sie brachen zwei Tage nach Weihnachten auf und fuhren in ihrem neuen Automobil über die neu angelegte Straße, mit einem Zwischenstopp bei Freunden.

Während der Fahrt saß Chris auf Audreys Schoß. Er wurde ihr langsam zu schwer, zumal ihr der dicke Bauch im Weg war. Doch jeder ihrer Versuche, den Jungen nach hinten zu Fanny durchzureichen, wurde mit wütendem Gebrüll abgeschmettert.

«Das kommt davon, wenn man sein Kind zu sehr verwöhnt», brummelte Matthew.

Sie lächelte und legte ihre Hand auf seine. Seit letztem August ließ er sich einen Bart stehen, was ihr sogar richtig gut gefiel. Es verlieh ihm etwas Verwegenes, Abenteuerliches.

Sie bezogen zwei Zimmer im Muthaigaclub, der wie auch der Rest der Stadt völlig überfüllt war. Viele Siedler kamen über den Jahreswechsel in die Stadt, und ein aufgeregtes Summen hatte alle Menschen erfasst.

Nachdem sie sich eingerichtet hatten, fuhren Audrey und Fanny mit einer Laufriksha in den Süden der Stadt, wo die Tuttlingtons ihr Haus hatten. Fanny zupfte nervös an ihrem Kleid herum, und Audrey musste ihr mehrfach versichern, dass sie wirklich fabelhaft aussah.

«Ja, wenn man was für Schreckschrauben und gerupfte Hühner übrig hat.» Fanny seufzte.

Die letzten beiden Jahre waren nicht gut gewesen zu ihr. Sie hatte sich rasch auf The Brashy eingewöhnt, und als Matthew ihr nach vier Wochen anbot, dauerhaft zu bleiben, hatte sie das Angebot gerne angenommen. Doch als sie im Herbst erfuhr, dass Jack Vater einer kleinen Tochter war und die Familie nach New York übersiedeln würde, hatte diese Nachricht sie aus der Bahn geworfen.

Und es hatte sie in die Arme von Benedict Tuttlington getrieben. Allen Warnungen Audreys zum Trotz hatte sie sich auf eine Affäre mit dem Mann eingelassen, der seine Halbschwester so abgöttisch liebte. In den folgenden Monaten hatte Audrey tatenlos dabei zusehen müssen, wie diese drei lieben Menschen sich gegenseitig zerfleischten. Fanny zog sogar in die Stadt, und sie sprach schon davon, dass Benedict und sie heiraten wollten. Und dann war es so schnell wieder vorbei, wie es begonnen hatte, und Fanny kehrte wie ein geprügelter Hund nach The Brashy zurück.

Sie verlor über das, was in Nairobi passiert war, nie wieder ein Wort, und irgendwann gab Audrey es auf, sie danach zu fragen. Es gab wohl Dinge, die man für sich behielt und tief in seinem Innern vergrub.

Trotzdem konnten sie die Einladung von Babette und Benedict nicht ausschlagen.

«Wir bleiben nicht lange», versprach Audrey. «Eine knappe Stunde, danach verabschieden wir uns und verbringen den Rest des Tages im Club.»

«Ich krieg das schon irgendwie hin.»

Fanny war etwas blass um die Nase.

Sie erreichten das riesige Anwesen, das Babette und Benedict allein bewohnten. Sie mussten ein wenig warten, bis sie aussteigen konnten, weil vor ihnen eine lange Reihe Laufrikschas und Kutschen wartete. Offensichtlich hatten die beiden so ziemlich jeden zu dieser Teegesellschaft eingeladen, der in Nairobi und im Protektorat Rang und Namen hatte.

Das Haus erstrahlte in einem schier übernatürlichen Weiß, das in den Augen schmerzte. Fanny half Audrey aus der Rikscha, und sie hakten sich unter, als sie den Steinplattenweg zu der wuchtigen Eingangstür entlangschritten. Ein Inder mit einem roten Turban und weißer Kleidung begrüßte sie. Sein hochmütiger Blick ging geradewegs durch sie hindurch.

«Audrey Winston und Fanny Warham», sagte Audrey so würdevoll, wie sie konnte.

«Dort entlang, Memsahib.» Er wies ihnen den Weg, obwohl sie sich kaum hätten verlaufen können. Im Haus herrschte reges Treiben. Die Doppeltüren zum Salon und zum Speisesaal standen weit offen, und man konnte von der Haustür direkt bis in den großen, üppigen Garten schauen. Einige Gäste gingen die Treppe hinauf, wo sich ihnen weitere Räumlichkeiten öffneten. Junge Inder gingen mit Tabletts durch das Gedränge, boten Champagner und Häppchen dar. Audrey hatte unbändigen Hunger. Kein Wunder, sie musste schließlich schon wieder für zwei essen.

Doch ehe sie Fanny bitten konnte, sich ein ruhiges

Plätzchen zu suchen und dort gleich ein ganzes Tablett mit diesen kleinen Köstlichkeiten zu sich zu winken, spürte sie, dass etwas nicht stimmte.

Sie fühlte sich beobachtet.

Audrey ließ Fanny los, und ihre Freundin wurde sogleich davongetragen – von der Angst, Benedict zu begegnen, und von den Leuten, die sie begrüßten wie eine alte Freundin. Das Jahr in der Stadt hatte Fanny zu einem bekannten Mitglied der kleinen, weißen Gesellschaft im Protektorat gemacht.

Audrey hob den Blick.

Sie traute ihren Augen nicht.

Das kannst du nicht sein. Du bist das nicht. Nicht du.
Nein. Nein, nein, nein.

Aber ihr Körper erkannte ihn. Wie ein Stromstoß durchfuhr sie die Erinnerung an den Mann, mit dem sie sich vor einem ganzen Leben eine Zukunft erträumt hatte.

Da stand er auf halber Höhe auf der Treppe, ein Champagnerglas in der Hand, den Blick auf sie gerichtet. Er hob das Glas, und sie nickte ihm zu.

Sie bemerkte so vieles auf einmal. Seine Haare, die seit der letzten Begegnung vollständig ergraut waren. Seine traurigen Augen. Die Uniform, die er trug. Und ihr entging auch nicht, wie alle anderen Gäste ihn misstrauisch musterten.

Benjamin.

Audrey schüttelte den Kopf. Sie fuhr herum und floh.

Sie wünschte so sehr, Matthew stünde jetzt an ihrer Seite.

Und als Benjamin nun langsam die Stufen hinabschritt und einen Diener passierte, von dessen Tablett er ganz beiläufig ein zweites Glas Champagner nahm, wurden ihr die Knie weich. Audrey wollte weglaufen, schreien, irgendwas tun, damit er sie nicht ansprach, doch sie war so starr wie ein Kaninchen vor der Schlange.

Wenn ich mich nicht bewege, ist er gleich bei mir. Zehn Sekunden noch. Fünf. Jetzt.

«Hallo, Audrey.»

Er reichte ihr das Champagnerglas, beugte sich vor, nahm ihre Hand. Ein vollendeter Handkuss. Dann richtete er sich auf, und er lächelte. «Ich habe gehört, dass du hier bist. Aber ich habe nicht damit gerechnet, dich schon so bald zu treffen.»

«Benjamin ...» Ihre Stimme klang piepsig, und sie nahm rasch einen winzigen Schluck Champagner.

«Euer Freund, dieser Mr. Tuttlington», er machte eine ausholende Bewegung, die das ganze Haus umfasste, «meinte, ihr wäret die meiste Zeit des Jahres auf eurer Farm. Wie heißt sie noch?»

«The Brashy.»

Sie atmete tief durch.

«Richtig, The Brashy. Hübscher Name, übrigens. Nun, ich dachte, du freust dich vielleicht, mich zu sehen, aber gerade siehst du mich an wie sieben Tage Regenwetter.»

Sie senkte den Kopf. Zu viele Gedanken stürzten auf sie ein, und weil sie den ganzen Tag nichts gegessen hatte, tat ihr der Champagner nicht gut. Ihr war schwindelig und übel.

Was tust du hier?, wollte sie ihn fragen. Warum quälst du mich? Wieso können wir uns nicht einfach in Ruhe lassen nach allem, was war?

Am quälendsten aber war die Frage, die sich in ihr festfraß: Warum zittere ich am ganzen Körper, als hätte ich dich wirklich vermisst?

«Warum tust du mir das an?», flüsterte sie.

Er nahm ihren Arm und führte sie fort von dem Gedränge. Durch den schmalen Salon erreichten sie die Terrasse, und stumm gingen sie weiter. Benjamin ließ ihren Arm los, und sie schritt weiter neben ihm her.

Ihr Körper erinnerte sich an seinen. Ihre Schritte fielen mit seinen in einen Gleichschritt, ihr Gesicht wandte sich ihm zu, und sie fühlte sich anders.

Vielleicht der Schluck Champagner, redete sie sich ein.

Aber dieses Flattern tief in ihrem Innern kam nicht vom Champagner.

«Ich bin mit Lettow-Vorbeck hier. Also, nicht hier im britischen Protektorat, sondern im Süden. In Tanganjika.»

Immer noch der tapfere, preußische Soldat. Sie schüttelte den Kopf.

«Ich kann das nicht glauben ...»

«Sieh mich an, Audrey.»

Sie hob den Kopf. Seine Augen hatten das verwaschene Blau von früher. Er wirkte müde, und sie war versucht, die Hand zu heben und seine Wange zu streicheln.

Ich darf das nicht. Er ist ein Fremder. Es ist vier Jahre her.

Das war das Schwierige daran. Früher – vor vier Jahren – war er kein Fremder gewesen. Damals hatte sie sich eine Zukunft mit ihm erträumt, die jetzt Vergangenheit war.

Die nie gewesen war.

«Ich bin nicht deinetwegen hier. Lettow-Vorbeck hat sich seine Leute ausgesucht, wie er es immer tut. Und ich gehöre zu denen, die er schätzt.» Er zuckte mit den Schultern. «Ich möchte auch gar nicht, dass wir uns jetzt gegenseitig Vorwürfe machen oder dass wir peinlich berührt voreinander stehen. Oder uns gegenseitig zerfleischen. Was geschehen ist …»

… ist geschehen, dachte sie, als er den Satz nicht zu Ende sprach.

«Ja.» Sie nickte.

«Wie geht es deiner Familie? Den Eltern? Alfred?»

Sie schüttelte den Kopf. Das geht zu schnell, dachte sie. Zu schnell schlich Benjamin sich wieder in ihr Herz und ihren Verstand, zu schnell vergaß sie, was sie hier in Ostafrika war. «Nicht», flüsterte sie. Suchend schaute sie sich um, aber Fanny war abgetaucht. Jetzt verstand Audrey, warum sie sich so unsichtbar machte wie nur möglich. Sie hatte denselben unbändigen Wunsch, im Boden zu versinken. Alles war besser, als Benjamins peinliche Fragen zu beantworten.

Aber sie waren in Gesellschaft. Allein deswegen kam es nicht in Frage, abzuweichen von dem, was die Höflichkeit gebot.

Sie nippte am Champagner, ohne tatsächlich davon zu trinken. «So weit geht es ihnen gut. Und deine Eltern? Sind sie wohlauf?»

Sein Blick verfinsterte sich. Er blickte an ihr vorbei in

den Salon, dann schüttelte er den Kopf. «Meine Mutter ist sehr krank», erklärte er. «Es ist mir schwergefallen, sie alleinzulassen. Mein Vater ...» Er sprach nicht weiter.

«Das tut mir sehr leid. Grüß sie doch bitte von mir, wenn du ihnen schreibst.»

«Das werde ich tun.»

Beide wussten, dass Benjamin sie mit keinem Wort in den Briefen an seine Mutter erwähnen würde.

Sie standen wohl fünf Minuten schweigend nebeneinander und nippten am Champagner. Audrey schaute sich verstohlen um, doch keine ihrer Bekannten schien sie aus der peinlichen Situation retten zu wollen. Im Gegenteil: Sie glaubte, die Blicke der Frauen zu spüren. Oder bildete sie sich das Getuschel nur ein?

Sie war sich nicht sicher.

«Ich möchte wieder hinein.»

«Natürlich. Ich begleite dich.»

Er blieb an ihrer Seite, als sie in den Salon zurückkehrten. Audrey schaute sich suchend um.

Da entdeckte sie Fanny. Ihre Freundin stand in einer Ecke, halb verborgen hinter einer Zimmerpalme. Und ihr gegenüber, den Rücken zum Raum gewandt, stand Benedict Tuttlington.

«Entschuldige mich bitte. Ich habe unseren Gastgeber noch gar nicht begrüßt.»

Ehe Benjamin etwas erwidern konnte, eilte sie davon. Das war unhöflich von ihr, und es würde das Gerede mit Sicherheit noch befeuern, aber das war ihr egal.

Sie trat zu Benedict und Fanny. «... sie nicht ins Unglück, Ben. Das hat sie nicht verdient», hörte sie noch.

Ehe Benedict etwas erwidern konnte, bemerkte Fanny sie und knipste ihr Lächeln an. «Liebes! Entschuldige, dass ich vorhin so überhastet verschwunden bin. Du bist ja ganz blass um die Nase.»

«Ach, das ...» Audrey machte eine wegwerfende Handbewegung. Aber sie umklammerte das Glas mit beiden Händen, damit man nicht sah, wie heftig sie zitterte.

«Wir besorgen dir erstmal was zu essen.» Ohne auf Audreys Widerspruch zu achten, hakte Fanny sich bei ihr unter.

«Jetzt konnte ich Benedict gar nicht begrüßen.» Sobald sie außer Hörweite waren, ließ Fanny sie los. Jedes bisschen Stärke und positive Ausstrahlung fiel von ihr ab. «Glaub mir, das ist nicht nötig. Du willst mit keinem Mann reden, der so ein Widerling ist. Deine Hände sind ja ganz kalt.»

«Ich bin wohl einfach müde.»

Sie gingen zum Buffet und beluden ihre Teller mit den dargebotenen Köstlichkeiten. Babette und Benedict hatten weder Kosten noch Mühen gescheut, und das Fest versprach, eines der schönsten des Jahres zu werden. Es würde Audrey nicht wundern, wenn das, was ursprünglich nur eine Teegesellschaft hatte sein sollen, bis in die frühen Morgenstunden dauern würde.

«Und wer war der schneidige, junge Mann, mit dem du eine halbe Stunde lang auf der Terrasse gestanden und geschwiegen hast? Übrigens zum Entzücken aller, die jetzt ein neues Thema haben, über das sie sich das Maul zerreißen können? Ich wette, spätestens morgen Mittag wird Matthew davon wissen.»

Audrey lachte freudlos auf. Es klang eher wie ein Schluchzen.

«Das war Benjamin. Wir waren früher einmal verlobt», sagte sie. «Komm, da vorne ist ein Sofa frei. Meine Füße bringen mich um.»

«Benjamin also.» Fanny ließ sich nicht von ihrer Fährte abbringen. Wie ein Bluthund hing sie daran und knüpfte an den losen Gesprächsfaden an, sobald sie sich auf dem mit rotem Samt bespannten Chippendalesofa niedergelassen hatten. «Ein Deutscher.»

«Seine Mutter ist Britin.»

«Das ändert ja wohl nichts daran, dass er Deutscher ist. Magst du die Deutschen?»

«Herrje, was wird das hier? Muss ich jetzt Rechenschaft ablegen, weil ich mit einem Deutschen geredet habe?»

«Du hast mit einem deutschen Mann geredet. Aber du bist mir keine Rechenschaft schuldig. Ich würde es nur gerne wissen. Wir kennen uns jetzt bald drei Jahre, und der Name Benjamin ist nie gefallen in dieser Zeit. Vermutlich ist das absolut nachvollziehbar, wenn du mit ihm verlobt warst. Ich werde auch nicht gerne an Jack erinnert, und Benedict über den Weg laufen zu müssen, wie es in dieser kleinen, weißen Gesellschaft nun mal ständig passiert, trägt auch nicht gerade dazu bei, dass ich das überwinden kann, was mit uns passiert ist.»

«Worüber du übrigens auch nie ein Wort verlierst», erinnerte Audrey sie sanft.

Fanny nahm mit spitzen Fingern ein Pastetchen vom Teller und biss hinein. Sie kaute, schluckte und betupfte den Mund mit der Serviette, ehe sie antwortete. «Stimmt. Du hast auch nie gefragt. Aber ich frage jetzt. Was war das mit dir und diesem Benjamin von Preußen?»

«Das ist eine lange Geschichte», sagte Audrey leise.

«Ich hab Zeit.»

Sie seufzte.

Und dann begann sie zu erzählen.

19. Kapitel

Sie hatten sich in London kennengelernt, im Winter 1908. Audrey war neunzehn und für einige Wochen bei einer Großtante zu Besuch, die langsam zu alt und tattrig wurde, um allein zu leben, die jedoch gleichzeitig mit einem erstaunlichen Altersstarrsinn gesegnet war, weswegen sie jedem, der auch nur andeutete, sie solle vielleicht lieber zu ihrem Sohn ziehen, um dort ihren Lebensabend im Kreise ihrer Lieben zu verbringen, empört von sich wies. Weil sie aber die Angewohnheit hatte, alles zu vergessen, was sie sich nicht aufschrieb – um dann zu vergessen, was sie sich wo aufgeschrieben hatte –, war die Familie übereingekommen, Tante Betty regelmäßig und reihum zu besuchen und ihr die Nähe und Fürsorge angedeihen zu lassen, die sie auf keinen Fall haben wollte.

Audrey war also für drei Wochen in der Hauptstadt. Sie bewohnte in Tante Bettys Wohnung ein kleines, enges Gästezimmer, das sie sich mit drei Katzen teilen musste. Tagsüber bestand Tante Betty darauf, ausgedehnte Streifzüge durch die Stadt zu machen, von der sie behauptete, sie «wie die eigene Westentasche» zu kennen. Sie verliefen sich regelmäßig und mussten dann für den Rückweg eine Mietdroschke nehmen.

Bei einem dieser Ausflüge fing es an zu regnen. Audrey und Tante Betty waren darauf jedoch nicht eingestellt, und die Regenschirme hatten sie zu Hause vergessen. Es war schier unmöglich, eine Droschke zu bekommen, und Tante Betty weigerte sich, in die elektrische Tram zu steigen, mit der sie innerhalb einer Viertelstunde daheim gewesen wären. Also standen sie unter dem kleinen Dach vor dem Schaufenster des Hutmachers «Rhodes & Cie.» und warteten, dass der Regen aufhörte. Audrey trat mehrmals an die Straße und versuchte, eine Droschke heranzuwinken, aber mehr als Schlammspritzer auf dem Rock und einen nassen Hut gewann sie dabei nicht.

Bis tatsächlich eine Droschke heranfuhr und hielt. Heraus stieg Benjamin von Hardeberg und bot den beiden Damen an, sie nach Hause zu fahren. Audrey nahm dankbar an, denn inzwischen begann Tante Betty sogar schon, vorbeieilende Passanten zu beschimpfen und ihnen vorzuwerfen, sie ließen sie verhungern. (Tante Betty hatte stets Appetit, obwohl sie so dürr wie ein Vöglein war.)

Benjamin verhielt sich wie ein perfekter Gentleman. Er brachte sie heim und weigerte sich, von Audrey ihren Anteil an der Droschkenfahrt bezahlt zu bekommen. Und danach verabschiedete er sich sehr höflich.

Zwei Tage später schickte er seine Karte und bat darum, den beiden einen Besuch abstatten zu dürfen.

Es war, so erinnerte Audrey sich, alles perfekt, genau, wie es sein sollte. Er warb ganz vorsichtig um sie, als fürchtete er, er könne sie erschrecken. Und als ihre Abreise näherrückte, bat er, sie daheim besuchen zu dürfen, um bei ihrem Vater vorzusprechen. Es ging so schnell, dass sie gar nicht wusste, wie ihr geschah.

Ihre Eltern waren mit Benjamin hochzufrieden, nein, sie liebten ihn. Er war der perfekte Schwiegersohn. Dass er Deutscher war, Preuße gar, nun gut, das sollte kein Problem sein, wenn er später mit Audrey in England leben würde.

Ein Jahr später wollten sie heiraten, im August. Audrey hatte ein Kleid, eine Aussteuertruhe, sie hatte Pläne für die Zukunft.

Und das alles zerschlug sich an einem Sommertag im Jahre 1909, als die Familien für einen Badeurlaub in Bristol weilten, um sich besser kennenzulernen, bevor Audrey und Benjamin heirateten.

Sie redete sich später oft ein, es sei nicht ihre Schuld gewesen, dabei wusste sie, dass das eine Lüge war. Sie trug alle Schuld, und sie trug schwer daran.

Aber auch jetzt, während sie Fanny erzählte, wie es gewesen war – dieses Leben davor –, brachte sie es nicht über sich, ihr die ganze Geschichte zu erzählen. Sie schaffte es einfach nicht.

«Und dann war es vorbei», sagte sie nur. «Von einem Tag auf den anderen.»

Fanny fragte nicht nach. Sie verstand, dass es Dinge gab, die man nicht aussprechen durfte, weil sie dann jedes Mal ein kleines bisschen wahrer wurden. Ihr genügte zu wissen, dass Audrey diesen Mann mal geliebt hatte. Dass sie ihn hatte heiraten wollen und das Schicksal ihnen dazwischengefunkt hatte.

Mehr brauchte sie nicht zu wissen. Jetzt war ihr klar,

warum Audrey damals an Bord des Schiffes so traurig gewesen war. Warum sie sich zu dieser jungen Frau so hingezogen gefühlt hatte.

Sie beide trugen schwer an dem, was das Leben ihnen aufbürdete.

20. Kapitel

Natürlich behielt Fanny recht. Schon am nächsten Tag erfuhr Matthew, dass da etwas gewesen war bei der Teeparty der Tuttlingtons. Von einem preußischen Offizier wusste er ebenso wie von einer halben Stunde auf der Terrasse, die sich über Nacht auf wundersame Weise zu einer ganzen Stunde ausgedehnt hatte.

Sie hätte es ihm vor dem Frühstück erzählen sollen, denn als er den East African Standard aufschlug, sprang ihm ihr Name auf Seite fünf schon direkt ins Auge.

Sie hörte, wie er sich hinter der Zeitung räusperte. Sie saßen im Frühstückszimmer im Muthaigaclub, und sie waren selbstverständlich nicht allein. An den anderen Tischen saßen einige bleiche Gestalten, die sich gestern doch etwas zu lange bei den Tuttlingtons vergnügt hatten. Indische Diener schlichen lautlos über den dicken Teppich und servierten Tuttlington-Kaffee und Alka Seltzer.

«Möchtest du mir das erklären?» Er lächelte, als er ihr die Zeitung reichte.

Sie nahm die Zeitung und überflog die Gesellschaftsspalte. Natürlich klang es dramatisch, ohne jedoch irgendwelche Lügen zu verbreiten.

«Ich kenne ihn von früher», sagte sie vorsichtig. Das

Beste war, wenn sie nicht zu viel erzählte. Matthew wusste schließlich, dass sie vor der Ehe verlobt gewesen war. Sie hatte aber nie Veranlassung gehabt, ihm von dieser Zeit mit Benjamin zu erzählen. Und jetzt war es dafür zu spät. Er würde es nicht verstehen oder sich unnötig Sorgen machen.

«Was die in der Zeitung draus machen, ist wirklich eine Unverschämtheit», sagte er, als sie ihm die Zeitung zurückgab. Er verschanzte sich wieder dahinter. «Ich werde mit Warren darüber reden. Der soll seine Leute in Zaum halten, dass sie nicht so über meine Frau schreiben.»

Einen Moment lang war es still. Dann schnaubte Matthew. «Ich meine, hör's dir doch an: ‹Die junge, schöne Audrey W. begegnete bei der gestrigen Teegesellschaft im Hause der Geschwister Tuttlington dem deutschen Offizier Benjamin von H. und unterhielt sich stundenlang sehr angeregt mit ihm. Wo ihr Mann derweil war, weiß niemand. Wir fragen: Mögen Sie die Deutschen, Mrs. W.?› – Das ist doch eine Frechheit.»

«Mal abgesehen davon, dass jeder wissen wird, dass ich damit gemeint bin.» Audrey winkte einen Kellner heran und bestellte frisches Rührei und einen kleinen Obstsalat. Jetzt, da Matthew so souverän auf die Zeitungsnotiz reagiert hatte, kehrte ihr Hunger zurück.

Sie hatte wirklich befürchtet, er könne ihr eine Szene machen. Aber das war eben nicht Matthews Art.

Er legte die Zeitung weg und nahm ihre Hand. «Wenn du willst, geh ich noch heute Mittag ins Redaktionsbüro und verlange, dass sie eine Gegendarstellung drucken. Dich in die Nähe dieses ... Preußen zu stellen, ist wirklich eine Frechheit. Wenn das so weitergeht, fragen sie morgen, ob du für die Deutschen spionierst, und übermorgen habe ich keine Frau mehr, sondern nur noch eine ‹falsche Schlange›. Glaub mir, ich weiß, wie diese Leute denken. Und nur weil hier in Ostafrika selten was Aufregendes passiert, müssen diese Schmierfinken wohl kaum anfangen, sich irgendwas aus den Fingern zu saugen.»

«Das ist lieb von dir.» Sie verschränkte ihre Finger mit seinen. «Aber mir ist es lieber, wenn wir kein Aufhebens davon machen. Schau, die werden sich ein anderes Thema suchen, wenn nichts weiter passiert.»

Matthew wollte zu einer Antwort ansetzen, als seine Miene sich verfinsterte. Audrey drehte sich halb um.

In der Tür stand – Benjamin. Schneidig in Uniform, der Schnauzbart akkurat gestutzt, die dunkelblonden Haare sorgfältig gescheitelt. Eine Hand ruhte auf der Hüfte, dort, wo sonst sein Zeremoniensäbel war. Er wandte den Kopf nach links und nach rechts, als wollte er sich die einzelnen Gesichter ganz genau einprägen.

Es wurde plötzlich ganz still im Saal. Ein Löwe hätte geglaubt, in diesem Raum sei niemand. Nur zwei Dutzend Statuen.

Als Benjamin sie bemerkte, gab er sich einen Ruck und ging zu Matthew und Audrey herüber.

«Na, wunderbar», murmelte Matthew.

Sie verstand ihn. Sie hätte die beiden Männer auch lieber miteinander bekannt gemacht, ohne dass halb Nairobi dabei zuschaute.

«Guten Morgen, Audrey.» Benjamin stand vor dem Tisch. Sie wollte sich erheben, ihn irgendwie auf Abstand bringen zu Matthew und sich, doch er winkte ab. «Bleib nur sitzen. Ich bin Freiherr Benjamin von Hardeberg», stellte er sich Matthew vor.

«Matthew Winston.»

Die beiden Männer gaben sich die Hand. «Setzen Sie sich zu uns, Mr. von Hardeberg. Wenn Sie schon mit meiner Frau in der Gesellschaftsspalte so eng zusammenrücken, können Sie auch mit uns frühstücken.»

Benjamin warf ihr einen neugierigen Blick zu, doch er fragte nicht. Der Kellner brachte mehr Kaffee und ein drittes Gedeck.

«Wo ist eigentlich Fanny?», fragte sie, um möglichst rasch von sich abzulenken. Denn sie fürchtete, Benjamin könnte etwas Unbedachtes sagen, oder Matthew könnte die falschen Fragen stellen.

«Ich habe sie noch nicht gesehen.» Matthew wandte sich an Benjamin. «Sie entschuldigen hoffentlich meine Neugier, Mr. von Hardeberg, aber ich habe vermutlich viel eher als die Klatschpresse ein Recht darauf zu erfahren, woher Sie meine Frau kennen.»

«Ach, hat sie Ihnen das nicht erzählt?»

Audrey schüttelte den Kopf. Beschwörend. Nein, sag es ihm nicht, wollte sie Benjamin zurufen, doch er lehnte sich entspannt zurück und sprach es einfach aus.

«Wir waren mal verlobt. Vor ... vier Jahren?»

Sie nickte. Ja, vier Jahre war es her.

Audrey senkte den Blick. Die Rühreier schmeckten fad, das Obst roch faulig, und der Toast war verbrannt. Allein der Tee wurde ihrem Anspruch gerecht, aber der kam schließlich auch von ihrer eigenen Farm.

«Wussten Sie das nicht?», schob Benjamin hinterher.

«Nein.» Matthews Stimme klang ... schwer. Gequält. «Davon hat sie nie etwas gesagt.»

«Ach so. Das ... war mir nicht bewusst.»

Audrey war nicht sicher, ob sie ihm das glaubte. Sie hatte Benjamin zwar nie als einen Mann kennengelernt, der grausam war oder unaufmerksam. Aber was er gerade mit ihr tat, war beides.

«Nun, das ist lange her.»

Für sie nicht.

Für sie brach an diesem Morgen am Frühstückstisch die ganze Vergangenheit wieder über sie herein. Wie eine Welle, die jedes bisschen Fassung mit sich riss. Sie zitterte am ganzen Körper, und als sie es nicht länger ertrug, erhob sie sich. Pflichtschuldig erhoben sich die Männer halb aus ihren Stühlen.

«Entschuldigt mich bitte.»

«Ist dir nicht wohl, Liebes?» Matthew wollte besorgt nach ihrem Arm greifen, doch sie entzog sich ihm.

«Es geht schon», behauptete sie. «Mir ist nur schwindelig.» Und mit den Lippen formte sie «mein Zustand». Sie sprach es nicht laut aus, weil das so unschicklich war und sie sich ohnehin schon völlig danebenbenahm. Doch Matthew verstand auch so.

«Leg dich am besten hin. Ich komme gleich.»

Ja, darauf mochte sie wetten, dass er so schnell wie möglich nachkommen würde.

Und dann würde er Antworten von ihr verlangen.

Sie saß auf dem Bett und wartete.

Als Matthew zwanzig Minuten später ins Zimmer kam, hatte sie in Gedanken schon den schlimmsten Fall durchgespielt: Sie sah sich mit Chris an der Hand und dickem Bauch durch die Straßen von Nairobi irren, auf der Suche nach Freunden, die sie aufnahmen, nachdem Matthew sie vor die Tür gesetzt hatte. Sie sah sich vor dem Muthaigaclub jeden ansprechen, der ihr auch nur entfernt bekannt war, und jeder senkte den Kopf und eilte weiter, als habe er sie nicht verstanden.

Keine schöne Vorstellung.

Schlimmer wäre nur, wenn er Benjamin zum Duell forderte. Aber nein, so barbarisch war er nicht. Oder doch? Hatte Benjamin seine und ihre Ehre verletzt, indem er zugab, ja, diese Frau wäre fast meine geworden?

Ihr war entsetzlich schlecht. Sie konnte nicht anders, sie musste immerzu weinen.

In diesem völlig aufgelösten und verzweifelten Zustand fand Matthew sie. Er eilte zu ihr, setzte sich neben sie aufs Bett und zog ihren Kopf an seiner Brust. «Nicht weinen», flüsterte er, und sie schluchzte und weinte und heulte wie noch nie zuvor in ihrem Leben.

«Aber es ist so schrecklich», flüsterte sie.

«Nicht weinen.»

«Jetzt magst du mich bestimmt nicht mehr.»

Er wurde einen Moment ganz starr, doch dann wanderten seine Hände wieder über ihren Rücken. Beruhigend. Stark.

«Wieso sollte ich dich nicht mögen?» Sanft schob er sie von sich weg und reichte ihr sein Taschentuch. Sie wischte die Tränen ab und schnäuzte sich recht undamenhaft, was ihm ein Lächeln entlockte.

«Weil ich mit ihm verlobt war und weil ich dir nicht davon erzählt habe.» Sie schniefte.

«Das macht mir nichts. Schlimm wäre es, wenn du ihn lieber hättest als mich.»

«Auf keinen Fall! Ich hab ihn doch seit Jahren nicht gesehen, und überhaupt. Es gab ja einen guten Grund dafür, dass wir die Verlobung gelöst haben.»

«Ja, das hat er mir auch gesagt.» Er legte den Arm um ihre Schulter.

Sie ließ sich nur widerwillig von ihm umarmen, und fast im selben Moment sprang sie wieder auf. «Was hat er dir erzählt?», fragte sie so leise, dass Matthew nachfragen musste. Sie räusperte sich und wiederholte die Frage.

«Er hat nur gesagt, es sei schwierig gewesen. Und dass Umstände eingetreten seien, die es euch beiden unmöglich gemacht hätten, miteinander glücklich zu werden.»

Sie nickte. «Das stimmt.»

«Keine Sorge. Es interessiert mich wirklich überhaupt nicht, was damals war.» Seine Hand umfasste ihre, und der Daumen strich beruhigend über ihren Handrücken. Hin und her, bis sie glaubte, die Haut müsse unter der Berührung spannen und reißen. «Ich weiß, dass ich für dich der erste Mann war. Und das genügt mir. Alles andere ist unwichtig. Lass sie doch reden. Die Leute brauchen irgendwas, woran sie sich reiben können.»

«Sie werden mich zerfleischen», prophezeite Audrey. Sie fürchtete sich davor.

«Wir werden jedem Gerücht mit einem Lächeln begegnen. Und ich werde Benjamin einladen, mich auf die Safari zu begleiten. Danach wird das Gerede bestimmt bald aufhören.»

Sie lächelte tapfer.

«Genau so.» Er kniff sie in die Wange. «Siehst du?»

Wenn Benjamin nur nicht auch noch Deutscher wäre! Was, wenn jetzt jeder im Protektorat glaubte, sie halte zu den Deutschen?

Und wenn es zum Krieg kam ...

Unwillkürlich legte sie die Hand auf den Bauch. Nein. Über Krieg wollte sie nicht nachdenken.

Silvester wurde mit einem rauschenden Fest im Muthaigaclub gefeiert. Einige hundert Kolonisten und ihre Frauen versammelten sich im großen Saal und begrüßten das neue Jahr laut und jubelnd.

Benjamin war nicht da, was vermutlich auch besser war. Trotzdem ertappte Audrey sich dabei, wie sie ständig nach ihm Ausschau hielt, als hoffte und fürchtete sie, er könne irgendwann zwischen den hohen Säulen auftauchen und ihr zulächeln.

Stattdessen tanzte sie mit Matthew, bis ihr schwindelig war, und von dem einen Glas Champagner hatte sie einen kleinen Schwips. Als sie am späten Abend in ihr Zimmer zurückkehrten, kicherten beide haltlos, fielen ins Bett und übereinander und lagen mit erhitzten Gesichtern nebeneinander. Matthew hob die Hand und streichelte ihre heiße Wange. Sie seufzte. Seine Hand war kühl und trocken, ihr Gesicht verschwitzt.

Er beugte sich über sie, und ihre Lippen trafen sich zu

einem Kuss. Seine Hand glitt über ihren Hals hinab zu dem hochgeschlossenen Kleid aus schwarzer Wildseide. Audrey drückte sich an ihn, und er begann, die winzigen Jettknöpfe zu öffnen. Sie ließ es freudig geschehen.

Während ihrer ersten Schwangerschaft hatte Matthew sie in Ruhe gelassen. Manchmal hatte sie nachts wach gelegen und ihn schmerzlich vermisst. Seine Zärtlichkeiten waren für sie nach einem anstrengenden Tag zu einem Trost geworden, und so hatte sie zu Beginn dieser zweiten Schwangerschaft all ihren Mut zusammengenommen und ihn gebeten, dieses Mal nicht neun Monate lang Verzicht zu üben.

Er hatte darauf verwirrt reagiert, fast verstört. Er fürchtete um das Kind. Audrey hatte kein zweites Mal gefragt. War sie zu unverschämt und unanständig, wenn sie von ihrem Mann ein bisschen mehr Nähe forderte? Setzte sie die Gesundheit des Ungeborenen damit wirklich aufs Spiel?

Jetzt fragte sie ihn nicht, ob er das wirklich wollte, sondern ließ sich von ihm ausziehen. Die Schuhe polterten auf den Boden, sie lachte leise. Er schälte sie aus dem Kleid, der Unterwäsche und den Strümpfen. Zog sie vollständig aus, bis sie nackt vor ihm lag.

«Du bist so schön.» Seine Stimme klang rau.

Sie breitete die Arme aus. «Komm», lockte sie ihn.

Wenn sie zurückdachte, hatte sie sich selten so sinnlich gefühlt wie während ihrer zweiten Schwangerschaft. Während der ersten hatte sie zu verzweifelt in sich hineingehorcht, ob auch alles mit ihr in Ordnung war. Diesmal war das anders. Sie wusste, was sie erwartete. Alles verlief unkompliziert und in geregelten Bahnen.

Vielleicht waren es die Schwarzen, die sie darin bestärkt hatten, dass die Natur schon wusste, was richtig war. Und deshalb hatte sie sich getraut, ihrem eigenen Verlangen eine Stimme zu verleihen.

Matthew zog sich in aller Hast aus und kam zu ihr. Er war über ihr. Sie genoss es, von ihm umarmt zu werden. Ehe er jedoch in sie eindrang, hielt er inne.

«Und es wird ihm wirklich nicht schaden?» Seine Hand glitt über ihren gewölbten Bauch. «Ich habe Angst, es zu zerquetschen, wenn ich mich auf dich lege.»

Sie schüttelte den Kopf. Herrje, komm her!, dachte sie verzweifelt. Ich will dich so sehr, Matthew …

«Hast du keine Angst?»

Wieder schüttelte sie den Kopf.

«Wir können es anders machen», flüsterte sie. So kurz vor dem Ziel wollte sie nicht scheitern.

Statt auf seine Antwort zu warten, drehte sie sich auf die Seite. Er verstand, legte sich hinter sie wie ein zweiter Löffel in der Schublade. Sie spürte ihn in sich eindringen und sog scharf die Luft ein.

Es war so lange her.

Seine Hände umfassten ihre Brüste, und er ruhte tief in ihr. Sie schloss die Augen.

Dies hier ist richtig, dachte sie. Es ist richtig und gut und alles, was ich will.

Trotzdem dachte sie, während er sich in ihr bewegte, an Benjamin.

Und sie schämte sich zutiefst.

Am vierten Januar kehrten sie nach The Brashy zurück. Der Hochnebel hing zwischen den Teesträuchern, und die Pflückerinnnen zogen bereits vor Anbruch des Tages hinaus auf die Felder. Ihre Gesänge drangen bis ins Haus und erfüllten es mit Harmonie.

Audrey nahm ihre täglichen Aufgaben wieder auf. Sie spazierte über die Farm, redete mit den Pflückerinnen und hörte sich ihre Sorgen und Nöte an. Wenn sie etwas tun konnte, tat sie das auch. Manchmal begleitete Fanny sie, manchmal auch Kinyua.

«Was wird nur aus mir?», fragte Fanny sie eines Morgens. Sie saßen am Frühstückstisch, und Audrey hatte gerade überlegt, ob sie sich ein drittes warmes Haferbrötchen mit Marmelade gönnen sollte oder nicht.

«Hm?», machte sie und genehmigte sich das Brötchen. Die Butter schmolz darauf, und sie gab einen großzügigen Klecks Orangenmarmelade dazu.

«Was aus mir wird. Ich kann doch nicht ewig bei euch bleiben.»

Darüber hatte Audrey schon lange nicht mehr nachgedacht. Fanny war Teil ihrer Familie geworden, und sie gehörte zu The Brashy wie Kinyua oder die Pflückerinnen, wie die Wolken am Mount Kenya und wie die rote Erde, die nach jedem Regen so schwer und so süß roch, als sei sie frisch gewaschen.

«Warum nicht?», fragte Audrey.

«Irgendwann … Ich muss doch irgendwann auch heiraten.»

Fanny schenkte ihnen frischen Tee nach. Sie schwieg lange.

Audrey verstand Fanny. Wäre Matthew nicht gewesen, säße sie jetzt noch bei ihren Eltern, oder sie müsste bei irgendwelchen fremden Leuten als Gouvernante arbeiten. Fanny tat im Grunde genau das. Sie hatten irgendwann eine stillschweigende Vereinbarung getroffen, und Audrey wusste, dass Matthew ihr jeden Monat einen Umschlag mit Silberrupien zusteckte. Sie hatte nicht das Gefühl, sich damit die Freundin zu erkaufen, doch sie verstand sehr wohl, was Fanny Kummer bereitete.

«Gibt es denn da jemanden?», fragte sie vorsichtig.

Fannys Lächeln war sehr traurig. «Du weißt, wen es da gegeben hätte.»

Benedict Tuttlington. Der Mann, über den Fanny nicht mehr sprach.

Der ihr das Herz gebrochen hatte.

«Ja, ich weiß», sagte Audrey sanft. «Aber es gibt viele alleinstehende Männer in der Kolonie. Jeder wäre froh, dich zur Frau zu haben.»

«Was denn, soll ich mich dem alten Waters an den Hals werfen? Über ihn erzählt man sich, dass er Ziegen hält, und zwar nicht wegen der Milch.»

Audrey wurde rot. Seit Fanny aus Nairobi zurück war, hatte sie manchmal grobe, geradezu grausame Umgangsformen, und sie nahm kein Blatt vor den Mund.

«Aber was ist mit Wim Corneli?», schlug sie vor.

«Bist du verrückt, ein holländischer Krämer! Da könnte ich mir auch gleich Benjamin von Hardeberg angeln, der immer noch in Nairobi herumschwänzelt und die Damen bei den Teegesellschaften ganz kribbelig macht.»

Audrey wurde plötzlich kalt. «Ich dachte, er sei längst nach Tanganjika abgereist.»

«Das dachte ich auch. Babette schrieb mir, er sei noch da. Das gibt natürlich Gerede.»

Audrey konnte es sich vorstellen. Aber sie hatte keine Lust, mit Fanny über Benjamin zu reden. Zu ihrem Glück kam gerade Kinyua den Kiesweg entlanggeschlendert. «Entschuldige mich, ich will sehen, was Kinyua will.»

Sie legte die Serviette auf ihren Teller, stand auf und ging ihm entgegen.

Auch jetzt noch weigerte sich Kinyua, das Haus zu betreten, und wenn es sich vermeiden ließ, trat er auch nicht auf die Veranda. Er hatte ihr erklärt, das Haus sei zu groß, um es mit Leben zu füllen. Sie hatte darauf erwidert, sie gebe sich alle Mühe, dieses Haus mit Leben zu füllen. Das war vor einigen Monaten gewesen, als sie gerade erst von ihrer zweiten Schwangerschaft erfahren hatte.

«Es ist ein heißer Tag, Memsahib.»

«Heiß und feucht, ja.» Sie blieb vor ihm stehen und wartete. Kinyua brauchte Zeit. Wenn er mit einem Anliegen zu ihr kam, redete er zunächst meist über alles Mögliche, über das Wetter, über Bücher, die Teefaktorei, über Ngai und darüber, welches Vieh sich letzte Nacht ein Löwe geholt hatte. Erst dann kam er auf sein Anliegen zu sprechen. Es hatte lange gedauert, bis sie begriff, warum er das tat, doch dann gefiel es ihr. Denn sie erfuhr so vieles über ihn und fühlte sich ihm näher. Manchmal reagierte sie inzwischen auf die direkte, unumwundene Art ihrer europäischen Freunde, sofort zur Sache zu kommen, fast verschreckt, weil sie es von Kinyua so anders gewohnt war.

«Du solltest nicht über die Felder laufen heute.»

Sie musterte ihn überrascht. «Warum nicht?»

«Kein schöner Anblick im Dorf für eine Memsahib. Wir schlachten Ziegen.»

«Ah, vielen Dank.» Seit sie einmal ins Dorf spaziert war, als die Frauen gerade drei Ziegen die Kehle aufgeschlitzt hatten, warnte Kinyua sie jedes Mal. Sie hatte sich fast übergeben müssen, weil der Anblick und der schwere Geruch von geronnenem Blut zu viel für sie waren.

«Wenn du das nächste Mal vor deinem Bücherregal stehst, Memsahib, vielleicht fällt dir dann ein Buch auf, von dem du denkst, ich könnte es lesen.» Er sagte das so vorsichtig, dass Audrey sich das Lachen verbeißen musste.

Er war ein gelehriger Schüler gewesen. Nach wenigen Wochen konnte er lesen, und er schrieb auch ganz passabel, wenngleich seine Buchstaben tanzten wie «die Pranken einer Löwin, die sich an eine Gazelle heranschleicht», wie er es nannte. Doch sie war stolz auf ihn, und wenn er sie bat, ihm ein Buch auszuleihen, tat sie das gerne. Seine Wissbegier rührte sie auf seltsame Art.

Langsam, während ihrer Unterrichtsstunden, war ihr die Erkenntnis gekommen, dass er nicht anders war. Nicht klüger, nicht dümmer. Nicht überlegen oder unterlegen, nur weil er als Kikuyu geboren war. Es war eine überraschende Erkenntnis gewesen, aber auch befreiend und beglückend. Und doch ertappte sie sich dabei, wie sie voller Stolz an ihn dachte, nicht wie sie an einen erwachsenen Mann denken sollte, der sein eigenes Leben auf der anderen Seite des Wäldchens in seinem Dorf führte, sondern wie an einen Wilden, den sie bezähmt hatte.

Dann schämte sie sich manchmal. Matthew und alle anderen Siedler dachten so über ihre Kleinbauern, die Tee- und Kaffeepflücker, die Boys und Lastenträger. Und es war irgendwie nicht richtig.

«Ich kann dir auch jetzt ein Buch holen, wenn du fünf Minuten wartest.»

Er schüttelte den Kopf. «Du suchst das Buch aus, Memsahib. In Ruhe. Und ich komme morgen wieder und hole es ab.»

«Gut», sagte sie. Sie freute sich immer, wenn er kam.

«Und geh heute nicht zum Dorf.»

«Das werde ich nicht», versprach sie.

Kinyua nickte. Er drehte sich um und ging wieder. Audrey blieb stehen. Sie bewunderte seine geschmeidigen Bewegungen, seine hohe, schlanke Gestalt und den rasierten Kopf, den er stolz erhoben trug. Seine Schritte waren ganz weich, als berührten die nackten Füße kaum den Rasen, und er überquerte den Kiesweg, ohne zu zögern, obwohl sie aus eigener Erfahrung wusste, dass die Kiesel sich schmerzhaft in die Fußsohlen bohrten.

Erst als er verschwunden war, kehrte sie zur Veranda zurück. Sie setzte sich und biss in ihr Haferbrötchen.

Fanny fragte nicht nach. Sie beendeten das Frühstück, jede hing dabei ihren eigenen Gedanken nach.

Matthew hielt sein Versprechen. Er lud Benjamin zur nächsten Safari ein, die sie ins Masai Mara führte.

Audrey hatte lange gezögert, ehe sie sich einverstanden erklärte, die beiden Männer mit Fanny zu begleiten. Allein wollte Fanny nicht mitkommen, aber Audrey wusste, mit welcher Leidenschaft ihre Freundin diese Reisen genoss. Jedes Mal schwärmte sie noch Wochen später von der Lagerfeuerromantik, von Tagen auf der Pirsch und Nächten im Zelt. Von den Löwen, die sie im Morgengrauen an den Wasserstellen beobachteten, oder von den Gnuherden, die über die weite Ebene zogen.

Das Masai Mara lag im Südosten, zweihundert Meilen Weg lagen zwischen ihnen und dem Wildparadies, das nach der kurzen Regenzeit für wenige Wochen erblühte, ehe es wieder vollständig verdorrte. Die Zeit zwischen dem Regen im Januar und im Juni war für die Wildtiere die härteste des Jahres. Nur die Löwen machten dann reiche Beute. Und manchmal erlegten sie selbst einen Löwen.

Matthew wusste, dass es keinen Zweck hatte, Audrey davon abhalten zu wollen, mit auf Safari zu kommen. «So kenne ich meine störrische Frau», sagte er zärtlich, und danach sprachen sie nie wieder über die Gefahren einer Safari. Allein der Abschied vom kleinen Chris für so lange Zeit fiel ihr schwer. Doch auf einer Safari hatte der Junge wirklich nichts zu suchen, wenngleich er immer wieder jammerte, er wolle auch «Fanten schießen» wie der Papa.

Benjamin traf an einem Tag in der ersten Februarwoche ein. Als Audrey ihn begrüßte, musste sie sich ein Lachen verbeißen.

«Du siehst gut aus», behauptete sie und ließ zu, dass er ihre Hand küsste.

«Du bist das blühende Leben, Audrey.» Er hielt ihre Hand länger als schicklich. Sie ließ es geschehen. Erst als Matthew auf die Veranda trat, ließ er sie los, und beide drehten sich verlegen halb voneinander weg.

Matthew begrüßte Benjamin mit einem festen Handschlag. «Bereit fürs große Abenteuer?», fragte er. «Morgen brechen wir auf.»

«Ich habe alles dabei, was ich brauche. Meine Gewehre und mein Pferd.»

«Und einen albernen Tropenhut.» Audrey konnte sich das Kichern nicht verkneifen.

Benjamins Hand fuhr zum Hut, und er grinste verlegen. «Ich hielt ihn für praktisch.»

«Das ist er wohl, wenn Sie in Uganda sind und die Affen mit Steinen nach Ihnen werfen. Von den Zebras und Antilopen haben Sie das hier eher nicht zu erwarten», sagte Matthew und grinste.

Aber es war ein gutmütiges, freundliches Grinsen, und Audrey lächelte ihn dankbar an. Er stand neben ihr, sein Arm lag um ihre Schulter. Nicht besitzergreifend, sondern eher, als wollte er eine Selbstverständlichkeit ausdrücken: Diese Frau gehört zu mir.

Sie aßen auf der Veranda zu Abend. Es war ein kühler Tag gewesen, und Audrey fröstelte, als es dunkel wurde, doch Matthew holte ihr ein Schultertuch, und danach hielt sie es aus. Sie nippte an ihrem mit Wasser verdünnten Wein, während Benjamin Fanny und sich immer wieder nachschenkte. Matthew brachte Brandy auf den Tisch – einen guten, den Reggie ihnen geschickt hatte und der wie durch ein Wunder die lange Reise heil überstanden hatte –, und zu später Stunde, als sie längst in den Betten hätten liegen müssen, plauderten und lachten sie noch, als seien sie die besten Freunde.

Die gute Stimmung hielt, bis Benjamin sich zurücklehnte, mit den Fingern am Stiel seines Weinglases spielte und den Blick in die Dunkelheit schweifen ließ, die hinter dem Fackelkreis rund um die Veranda unheimlich und drohend wirkte. «Ich hätte nie gedacht», sagte er leise, «dass ich mit dir noch mal an einem Tisch sitzen und fröhlich sein könnte.»

Ihr blieb das Lachen im Hals stecken. Die anderen beiden schwiegen verlegen. Benjamin trank sein Glas leer, und einen Moment lang glaubte Audrey, er wolle es in die Dunkelheit schleudern.

Flehend sah sie ihn an. Bitte, sag nichts, dachte sie. Aber sie wagte nicht, es auszusprechen. Wenn sie es sagte, fürchtete sie, Matthew könne später fragen, was Audrey damit gemeint hatte.

«Ich bin müde», sagte sie in das Schweigen und fügte hinzu: «Mir ist kalt.»

Sie stand auf, und die Männer erhoben sich höflich. Fanny, die sich einen kleinen Schwips angetrunken hatte, sprang ebenfalls auf. «Wenn wir morgen früh rauswollen, sollte ich wohl lieber auch schlafen», sagte sie fröhlich. Ihre Hand legte sich um Audreys Arm, und sie verließen Seite an Seite die Veranda.

Vor Fannys Schlafzimmertür blieben sie stehen. «Willst du darüber reden?», fragte Fanny leise. Ihre Stimme klang schleppend, und sie schüttelte den Kopf, als versuchte sie, einen klaren Gedanken zu fassen.

«Nein», sagte Audrey entschieden.

«Also schön. Irgendwann wirst du mir aber erzählen, was zwischen dir und deinem Preußen gewesen ist, oder?»

Audrey wollte aufbegehren, dass Benjamin nicht «ihr

Preuße» war. Aber sie schüttelte nur den Kopf. Ehe Fanny in ihrem Zimmer verschwinden konnte, fragte sie hastig: «Sie reden über uns, nicht wahr?»

Fanny hatte von ihnen die intensivsten Kontakte nach Nairobi. Wenn zweimal die Woche die Post aus Nyeri zur Farm hinaufgebracht wurde, war nicht nur oft eine Zeitschrift für Fanny dabei, sondern mit Sicherheit auch ein Stapel Briefe.

«Natürlich reden sie», sagte Fanny. «Was denkst du denn, Täubchen?»

«Und was genau sagen sie?»

Fanny zögerte.

«Sag schon, Fanny.»

«Sie erzählen Geschichten, die ich so recht nicht glauben kann. Über ihn und dich und eure gemeinsame Vergangenheit. Die alte Mrs. Olivers hat eine Nichte, die nach Berlin geheiratet hat. Und die hat ihr wohl erzählt, was war.»

Audrey wurde eiskalt.

«Dass er und du ... Wie es mit euch zu Ende ging.»

«Mein Gott.» Audrey glaubte zu spüren, wie ihre Beine nachgaben. «Bitte, Fanny. Du darfst kein Wort davon glauben.»

«Keine Sorge, das klang selbst für mich zu abwegig.» Das Lächeln, mit dem Fanny versuchte, den Worten die Schärfe zu nehmen, misslang. «Ich glaube doch nicht allen Ernstes, dass du mit dem Pastor durchgebrannt bist, der die Trauung hätte vornehmen sollen.»

Audrey runzelte verständnislos die Stirn. Sie erinnerte sich gut an den Pastor. Er hatte damals nicht nur vor der

Trauung ein Gespräch mit ihnen geführt, sondern auch später, nachdem alles zerbrochen war. Sie hatte bei ihm in dem kleinen, beengten Wohnzimmer auf dem Rosshaarsofa gesessen und auf den Knien eine Tasse Tee balanciert, während er versucht hatte, sie zu trösten. Er hatte immer wieder betont, dass es nicht ihre Schuld war.

Obwohl beide wussten, dass es so war.

«Eins wirst du mir aber noch irgendwann erklären müssen», fügte Fanny hinzu. «Und darauf brauchst du jetzt nicht zu antworten, denn ich bin beschwipst und weiß morgen ohnehin nichts mehr davon. Aber wo hast du so gut Deutsch gelernt?»

Ehe Audrey darauf antworten konnte, verschwand Fanny grußlos in ihrem Schlafzimmer. Die Tür klickte leise ins Schloss. Audrey stand davor, und sie legte die Hand auf das Holz.

«Von Benjamin», flüsterte sie.

Er hatte es ihr beigebracht. Und dann hatte sie diese Sprache so schnell wie möglich vergessen wollen.

Sie ging nicht zurück auf die Veranda, sondern direkt ins Schlafzimmer. Dort zog sie sich im Dunkeln aus, kroch unter die Decke und schloss die Augen. Sie schlief nicht ein, sondern lag so lange wach, bis Matthew ins Zimmer stolperte und versuchte, sich leise auszuziehen. Sie spürte sein Gewicht neben sich auf der Matratze. Erst als seine Hand auf ihrer Hüfte ruhte und er sich an sie kuschelte, konnte auch sie einschlafen.

Am nächsten Morgen teilte sie ihm mit, sie könne nicht mitkommen auf die Safari. Sofort war er besorgt.

«Geht es dir nicht gut, Liebes?», fragte er. Sie lagen noch im Bett. Die Sonne war gerade aufgegangen und fiel in das nach Osten ausgerichtete Schlafzimmer. Audrey schüttelte den Kopf. «Ich bin nur müde. Es ist nichts», versicherte sie ihm. «Ich glaube, ein paar Tage ganz für mich allein werden mir guttun.»

«Ich werde Fanny bitten, bei dir zu bleiben», sagte Matthew.

«Und dann? Gehst du etwa allein mit Benjamin auf Safari?»

«Sollte ich nicht? Ich mag ihn, obwohl er ein Deutscher ist. Mir gefällt es nicht, dass er und ich früher oder später auf zwei Seiten einer Front stehen werden, aber so laufen die Dinge nun mal. Deutschland will den Krieg, und es wird diesen Krieg bekommen. Man muss sich ja nur mal anschauen, wie sie in Tanganjika die Truppen verstärkt haben im letzten halben Jahr.»

Audrey schwieg. Die Vorstellung von Krieg war zu groß für sie, und sie versuchte, ihm das zu erklären. Doch alle Sätze, die sich in ihrem Kopf formten, klangen bestenfalls hysterisch.

«Was werden sie in Nairobi darüber sagen?» Ihre Stimme klang piepsig, und die Frage war irgendwie falsch.

«Wer sie?»

«Na, alle.»

«Ach, Audrey ...» Er strich ihr die verschwitzten Haare aus der Stirn. «Kümmer dich einfach nicht um das, was die anderen Menschen sagen. Wichtig ist, dass wir beide glücklich sind und dass unsere Kinder gesund bleiben.» Er beugte sich vor und küsste sie auf den Mund. «Ich verspreche dir, Benjamin und ich werden uns nicht im Busch duellieren, und ich werde ihn nicht hinterrücks erschießen. Wir sind zwei Gentlemen, die gemeinsam einer Leidenschaft nachgehen.»

Sie nickte stumm.

«Und jetzt muss ich los, sonst schaffen wir es heute nicht mehr wegzukommen. Du schläfst viel und passt auf unseren zweiten Sohn auf, hast du verstanden?»

Sie blieb liegen. Das Fenster stand einen Spaltbreit offen, und sie konnte hören, wie die Männer sich vor dem Haus versammelten. Die Träger murmelten, ein Pferd wieherte schrill. Dann rief Matthew etwas, ein vielstimmiger Chor antwortete ihm.

Nun setzt sich der Zug in Bewegung, dachte sie. Die Pferde mit den Lasten – Zelte, Decken, Gaskocher, Gewehre, Proviant und Ausrüstung – trotteten den Kiesweg entlang. Audrey lächelte. Bestimmt wurden in fünf Minuten die Boys nach draußen gejagt, um den Kies zu harken, bis nichts mehr von den zwei Dutzend Pferden zeugte, die darübergegangen waren.

Dann war es still.

Sie rollte sich unter der klammen Bettdecke ein und war im nächsten Moment eingeschlafen.

Drei Wochen blieb Matthew fort, und als er heimkam, war Benjamin nicht bei ihm. Als Audrey ihn fragte, antwortete Matthew ausweichend: Benjamin sei von Masai Mara bereits nach Tanganjika aufgebrochen, weil er Anfang März dort sein musste.

Es erleichterte sie, dass Benjamin bis auf weiteres verschwunden war.

Und er blieb fort. Nachdem Benedict Tuttlington sich angeblich mit einer Somali eingelassen hatte (was wohl nicht stimmte, aber im ersten Moment für große Aufregung sorgte), hatte die weiße Gesellschaft ein neues Thema, über das sie sich das Maul zerreißen konnte. Audrey blieb auf der Farm, als Fanny im Mai mit Matthew in die Stadt fuhr. Sie saß ganze Tage auf der Veranda, Kinyua saß zu ihren Füßen auf der obersten Stufe, und sie redeten über all die Bücher, die sie ihm auslieh und die er getreulich zurücktrug, sobald er sie ausgelesen hatte.

Ende Mai brachte sie einen gesunden Jungen zur Welt. Dieses Mal hatte sie darauf verzichtet, überhaupt eine Reise in die Stadt in Erwägung zu ziehen. Sie hatte die Kikuyufrauen, das genügte ihr.

Sie nannten den Jungen Thomas. Er war ein friedliches Baby, und Matthew musste Chris oft hochheben, damit er in die Wiege schauen konnte.

Audreys Glück war perfekt.

Und dann kam der August 1914, und mit ihm der Krieg.

Zwei Frauen waren ihm gestorben, nur wenige Monate lagen dazwischen. Erst hatte sich die jüngere, die gerade seine kleinste Tochter stillte, am Abend mit Fieber hingelegt, und am Morgen war sie tot. Genauso erging es ihm wenige Mondläufe später mit der älteren Frau. Danach war ihm nur noch die dritte Frau geblieben, die er mehr aus Pflichtbewusstsein zu sich genommen hatte. Sie war noch ein halbes Kind. Nachts ließ er sie in einer Hütte schlafen, während er sich in der anderen zur Ruhe begab. Die fünf Kinder seiner verstorbenen Frauen hatten sich wie durch ein Wunder in andere Familienverbände eingefügt.

Wakiuru brachte ihm zu essen, wenn sie meinte, er bekäme nicht genug, und die anderen Männer des Dorfs ließen ihre heiratsfähigen Töchter vor seiner Hütte ihre Arbeiten erledigen, damit er sich in ihre breiten Hüften und die spitzen Brüste verguckte, und hofften, dass ihn der Verlust des Brautpreises nicht so sehr schmerzte wie das Ziehen in seinen Lenden.

Keine von ihnen reizte ihn. Er lag nachts nicht allein, aber es war keins der jungen Mädchen, Mukami kam zu ihm in der Dunkelheit. Beim ersten Mal hatte er sie nicht erkannt, bis er ihre Brüste schmeckte und ihm die süße Milch in den Mund schoss. Sie stillte das kaffeebraune Kind noch, mit dem der Missionar sie ausgesetzt hatte. Für den Mann war sie nicht mehr als eine Hündin gewesen, und für Kinyua konnte sie jetzt auch nicht viel mehr sein: eine, die keine ehrenwerte Zukunft mehr hatte und sich von ihm Schutz und ein bisschen Wärme erhoffte.

Nachdem sie miteinander geschlafen hatten, blieb sie, bis er eingeschlafen war, und wenn er morgens aufwachte, war er wieder allein. Begegnete er ihr auf dem Dorfplatz, weil sie auf dem Weg zur Wasserstelle oder zu ihrer Arbeit auf dem kleinen Stück Land war, das sie von ihrem Vater bekommen hatte, schaute sie an ihm vorbei. Ihm war's recht. So musste er sich Ngengi gegenüber keine Erklärung einfallen lassen – obwohl er vermutete, dass sein Freund längst wusste, wohin sich seine Tochter abends schlich.

Die weiße Memsahib. Sie war so ein zartes Pflänzchen, das man nicht zu großen Schrecken aussetzen durfte. Darum warnte er sie, wenn die Frauen schlachteten, und er brachte ihr kein Gepardenfell mehr als Geschenk. Beim letzten Mal hatte sie es angewidert angestarrt, als sei es dreckig und verlaust. Dabei war es ein feines Fell, und von Bwana Winston musste sie es doch eigentlich gewohnt sein, dass Jagdtrophäen ins Haus kamen.

Einmal hatten die jungen Leute des Dorfs ein Ngoma gegeben, einen rituellen Tanzabend, bei dem sie sich bis spät in die Nacht berauschten und zum Takt der Trommeln tanzten, bis sie in kollektive Trance verfielen. Anschließend hatten sie mit ihren Liebsten eine rauschende Liebesnacht gefeiert. Jungvermählte hatten sich daran ebenso beteiligt wie jene, die noch nicht miteinander verheiratet waren; jene hatten sich darauf beschränkt, miteinander zu kuscheln. Als er am nächsten Tag zum Haus der Memsahib kam, war sie sehr müde und erklärte, sie habe die ganze Nacht wach gelegen, weil die Musik zu hören gewesen sei.

Kinyua hatte ihr daraufhin zu erklären versucht, was ein Ngoma war. Doch sie verstand nicht, dass es nur gefeiert wurde, um die Lebensfreude auszudrücken, die Gemeinschaft zu stärken und die Gesellschaft anderer zu genießen. «Das ist doch unanständig!», hatte sie empört gerufen, als er andeutete, manchmal komme es in solchen Nächten vor, dass Männer nicht bei ihren eigenen Frauen lagen, sondern sich eine andere suchten.

«Was soll daran unanständig sein?»

Sie hatte ihm daraufhin erklärt, wie die Wazungu es machten. Dass ein Mann eine Frau in seine Obhut nahm – was bei den Kikuyu ebenso war – und dass sie bei ihm blieb bis zu ihrem Tod.

«Und sie schaut nie einen anderen Mann an?»

Sie hatte heftig den Kopf geschüttelt, als sei der Gedanke völlig abwegig. Dabei hatte er selbst gesehen, wie die Memsahib diesen anderen Mann angeschaut hatte, der mit Bwana Winston nach der kleinen Regenzeit auf Safari gegangen war. Als wollte sie lieber in seiner Obhut sein, und wenn es nur für eine Nacht war.

Aber was so ganz und gar verrückt war an den Wazungu, das war dieser Krieg, von dem jetzt alle redeten. So ganz hatte er nicht verstanden, worum es dabei ging, aber es gab wohl in der Heimat der Wazungu verschiedene Königreiche. Der Thronfolger des einen Königreichs war erschossen worden, woraufhin dieses Reich einem anderen den Krieg erklärt hatte – auch ein Konzept, das sich ihm völlig verschloss. Waren die Kikuyu auf einen anderen Stamm nicht gut zu sprechen oder kamen ihnen die Massai wieder zu nahe, dann gingen sie nachts los und klauten den anderen Rinder oder Frauen, damit war der Blutschuld zumeist Genüge getan. Dass sich einzelne Stämme miteinander verbündeten und gegen andere Stämme kämpften, war so abwegig wie die Idee mancher abenteuerlustiger Wazungu, die auf dem Weg nach Norden im Dorf auftauchten und den träumenden Berg besteigen wollten. Der träumende Berg war keiner, den man besteigen durfte, denn dort oben wohnte Ngai. Hätte er gewollt, dass die Menschen ihn besuchten, hätte er ihnen einen Weg hinauf gezeigt.

Das Verrückteste aber war, dass die Wazungu ihren Krieg nicht auf ihre eigene Heimat beschränkten, sondern dass sie dort, wo ihre Gebiete in Afrika aneinander grenzten, ebenfalls miteinander Krieg führen wollten. Kinyua hatte es sich von Memsahib Audrey erklären lassen, die von dieser Nachricht völlig aufgelöst war, weil der Bwana wohl in den Krieg ziehen wollte, obwohl er nicht vor seiner Haustür stattfand und ihn doch eigentlich nichts anging. Im Süden waren demnach noch andere Wazungu, Männer wie der Bwana Benjamin, den sie so angeschaut hatte, als wüsste er mehr über sie. Und dieser Mzungu und viele andere kämpften gegen Bwana Winston und seine Freunde, die in dem Protektorat rund um den träumenden Berg lebten.

Kurz: Es war verwirrend.

Was aber für Kinyua der endgültige Beweis dafür war, dass Bwana Winston ebenso wie seine Landsleute nicht ganz bei Trost war, erlebte er an einem Tag Anfang August. Da kam der Bwana in sein Dorf und fragte, wer von den Kikuyu ihn in den Krieg begleiten wolle.

Kinyua drängte sich nach vorne. Die anderen machten ihm Platz, weil sie ihn respektierten und wussten, dass er mit dem Bwana auf gutem Fuß stand.

«Keiner von uns wird dich begleiten», sagte er, verschränkte die Arme vor der Brust – wie er es von Bwana Winston abgeschaut hatte, wenn der etwas nicht wollte – und schaute ihn finster an.

«Ich denke, das können die jungen Leute ruhig selbst entscheiden. Es ist ein gerechtes Abenteuer!»

«Woher sollen wir das wissen? Würden wir weiter im Süden leben, wo die Wadachi herrschen, würden wir für sie in den Krieg ziehen, oder?»

Bwana Winston nickte zögernd. «Kann schon sein.»

«Wo ist dann der Unterschied? Für sie ist es ja auch gerecht.»

«Ihr seid nun mal hier und nicht dort. Darum müsst ihr doch mitkämpfen wollen! Oder wollt ihr, dass General von Lettow-Vorbeck eines Tages zwischen den Teepflanzen steht, eure Frauen raubt und eure Kinder totschlägt?»

Die Jüngeren murrten, die Älteren blickten ängstlich Kinyua an. Sie fürchteten diesen General aus dem Süden, wenn er so war, wie Bwana Winston ihn beschrieb.

«Wer mit dir gehen will, den halte ich nicht auf», sagte Kinyua nach kurzem Überlegen. «Aber ich werde bleiben.»

Bwana Winston nickte. Die Antwort schien ihn zufriedenzustellen.

Es waren vor allem die jungen Männer, die sich um den Bwana drängten, frisch vermählte oder ledige Männer, die sich noch beweisen mussten. Er wies die jungen Leute an, sich am nächsten Morgen bei seinem Haus einzufinden, wo jeder, der mitkommen wollte, eine Uniform und ein Gewehr bekommen sollte.

«Du bleibst wirklich hier, Kinyua?» Bwana Winston trat zu ihm. Kinyua schaute sich um. Seine Leute hockten in Grüppchen beisammen, sie schnatterten aufgeregt und waren ganz erhitzt von der Aussicht auf ein großes Abenteuer, Heldengeschichten und ... Tod.

«Nicht jeder von ihnen wird zurückkehren», stellte er fest.

«Nein, vermutlich nicht», gab der Bwana bedauernd zu. «Ich werde auf sie aufpassen, aber so ist nun mal der Krieg.»

Kinyua antwortete nicht. Als könnte der Bwana auf seine Leute so aufpassen, wie er es tat. Aber es hatte keinen Sinn, sich mit ihm zu streiten.

«Wenn du bleibst, habe ich eine Bitte an dich. Mein Verwalter will auch mitkommen. Ich kann ihn aber nicht mitnehmen, wenn ich keinen neuen Verwalter finde für die Farm.»

«Ich versteh nichts von Tee. Und von Verwaltung genauso wenig.»

«Meine Frau wird dich unterstützen. Ich kann Bwana Randolph nicht zwingen hierzubleiben. Wenn ich das tue, kündigt er seine Stelle und sucht sich nach dem Krieg eine andere Arbeit.»

«Dein Tee wird verrotten, wenn keiner darauf aufpasst.»

«Darum bitte ich dich ja darum.»

Kinyua wusste nicht, was er davon halten sollte. Er hatte wirklich keine Ahnung vom Tee, diese Arbeit hatte ihn nie interessiert. Die jungen Männer, vor allem aber viele Frauen waren dort beschäftigt. Sie pflückten Tee, trugen die Körbe zur Faktorei und halfen bei der Weiterverarbeitung, die von den alten Männern besorgt wurde. Was genau dort passierte, wusste er nicht.

Vielleicht konnte Mukami ihm helfen. Sie band sich jeden Morgen ihre Tochter auf den Rücken und lief zur Faktorei. Sie kam am frühen Abend von der Arbeit zurück, bestellte ihr kleines Stück Land und schlüpfte dann nachts in seine Hütte. Sie sprachen kaum miteinander. Auf ihn machte sie einen recht zufriedenen Eindruck.

Er beschloss, sie um Hilfe zu bitten.

«Ich kann es versuchen.»

«Danke. Mehr verlange ich ja auch gar nicht. Ich bin froh, wenn jemand da ist und sich kümmert.» Bwana Winston nickte. «Außerdem wird es nicht allzu lange dauern. Zwei, drei Monate, danach bin ich wieder hier und nehme die Sache selbst in die Hand.»

Er klang sehr zufrieden mit sich.

Am nächsten Tag ging Kinyua zum Haus des Bwanas. Drinnen weinte der Säugling, und der ältere Sohn saß auf der Verandatreppe und malte mit einem Stock Kreise in den Staub. Kinyua setzte sich zu dem Dreijährigen.

«Mama sagt, ich warte.» Der Kleine kniff die Augen zusammen und schaute zu Kinyua hoch.

«Dann warten wir.»

Sie saßen schweigend beisammen. Das Weinen verstummte, und irgendwann klappte die Tür auf, und als er sich umdrehte, stand die Memsahib hinter ihnen. Sie hatte das Baby auf dem Arm. Nach der zweiten Geburt war sie noch nicht wieder so schlank wie ehedem, doch so gefiel sie ihm sogar noch besser. Die dunklen Haare hatte sie im Nacken zu einem Knoten gebunden, und das Waschkleid sah zerknittert aus.

«Chris, geh rein und wasch dir die Hände, gleich gibt's was zu essen.»

Sie wartete, bis der Kleine ins Haus geflitzt war.

«Kinyua.»

«Dein Mann hat mit mir geredet, Memsahib. Über den Krieg und dass er fortmuss.»

«Er muss gar nichts», sagte Audrey leise. «Er will nur so unbedingt, wie alle Männer.»

Kinyua nickte. «Wir werden die Farm leiten, solange er fort ist. Du und ich.»

Die Memsahib sank in einen Korbstuhl und wiegte gedankenverloren den Säugling. «Nur habe ich keine Ahnung von der Farmarbeit, und wie's um dich gestellt ist, weiß ich nicht.»

«So ähnlich», gab er zu. «Aber ich kenne jemanden, sie hilft uns.»

Sie nickte und seufzte müde. «Ich habe versucht, nach England zu kommen», sagte sie leise. «Meine Eltern hatten telegraphiert und gebeten, dass ich heimkomme, solange Krieg ist.»

«Es ist ein weiter Weg nach England.» Das wusste er vom Bwana.

«Es geht auch nicht. Der Suezkanal ist gesperrt, und es fahren keine Schiffe mehr. Nur noch Truppentransporter, so nennen sie die Schiffe für die Soldaten. Und Matthew sagt, es sei zu gefährlich.» Sie schwieg einen Moment, dann fügte sie leise hinzu: «Ich wäre jetzt gern bei meiner Mutter.»

Er blieb sitzen und schwieg. Die Memsahib wiegte das Kind, und im Haus war das Trappeln nackter Füße zu hören, weil der kleine Junge in die Küche lief. Er kam mit einem Teller zurück, auf dem zwei Scheiben Brot mit Butter und Honig lagen. Chris setzte sich neben Kinyua und bot ihm von den Broten an. Er nickte, wählte das kleinere und aß es langsam. Der Honig war süß, die Butter darunter leicht gesalzen.

«Wann hast du gelernt, so gut unsere Sprache zu sprechen?», fragte die Memsahib.

«Dein Mann hat es mir beigebracht. Und seine Missionare. Sie mussten uns ihre Sprache lehren, um uns von eurem Gott zu erzählen.»

«Und gefällt dir, was sie über unseren Gott erzählt haben?»

Kinyua dachte lange darüber nach. Er wusste, es machte der Memsahib nichts aus, wenn er lange schwieg. Sie wiegte den kleinen Kerl in ihrem Schoß und summte leise. Eine friedliche Stimmung, ganz anders als bei ihm im Dorf, wo die Weiber sich ständig ankeiften.

«Ich verstehe euren Gott nicht», sagte er schließlich. «Eure Missionare sagen, er tue das alles, was er tut, aus einem bestimmten Grund. Wieso dann dieser Krieg? Und ergreift er in diesem Krieg für eine

Seite Partei? Oder wird er einfach zusehen und nichts tun?»

«Was würde dein Gott denn tun?»

Kinyua schüttelte den Kopf. «Solche Fragen stellen wir uns gar nicht. Was Ngai auch tut, ist gut und richtig. Er ist nicht mehr für die Kikuyu Gott oder mehr für die Massai oder die Luo. Und er hat keine Gründe. Er ist. Das genügt uns.»

«Siehst du ... wir Weißen glauben, es muss immer für alles einen Grund geben, ein Ziel und eine Erkenntnis aus dem, was geschieht.»

«Dann beantwortet das deine Frage. Ngai, wie ich ihn kenne – und nicht euer Gott – ist der wahrhaft richtige Gott.»

Sie stritt nicht mit ihm, sondern lächelte nur. Chris hatte sein Brot aufgegessen. Er sprang auf und trug den Teller zurück ins Haus.

«Sie werden so schnell groß ...», hörte er die Memsahib seufzen.

«Keine Angst», sagte er. «In diesem Krieg muss er nicht kämpfen. Er wird überleben.»

21. Kapitel

Ein kalter Schauer überkam Audrey, als Kinyua das sagte.
Er wird überleben ...

Es war ihre größte Angst, ihrem Kind könnte irgendwas zustoßen. Aber sie machte sich nicht mehr nur Sorgen um Chris und Thomas, sondern auch um Matthew, der spätestens übermorgen nach Nairobi aufbrechen wollte. Von dort in den Süden, zur Grenze nach Tanganjika. Dorthin, wo auch Benjamin stationiert war – auf der anderen Seite der Grenze.

Diese beiden Männer, vereint in ihrem Kampf. Aber auf gegnerischen Seiten.

Mein Sohn wird leben ...

Chris saß dicht neben dem Kikuyu. Er kannte keine Scheu vor den Schwarzen. Wenn sie ihn ließe, würde er jeden Tag durch den Wald streifen und zum Dorf laufen oder durch den Garten zu den Hütten, um dort mit den anderen Kindern zu spielen. Dort war er der Außenseiter mit seiner weißen Haut, aber die anderen Kinder schlossen ihn nicht aus von ihrem Spiel, sondern erhoben ihn zu ihrem König, womit sie unwillkürlich das nachahmten, was in der Welt der Erwachsenen bereits Realität war. Sie flochten einen Hocker aus Schilfgras und setzten Chris darauf, und dann trugen sie ihn durch das Dorf und sangen ihre Lieder.

Audrey konnte den Kindern ihr Spiel nicht verbieten, doch sie überkam immer ein ungutes Gefühl, wenn sie sie dabei beobachtete.

Und nun war sie bald ganz allein auf der Farm. Nicht mal Fanny konnte sie unterstützen. Die Freundin war bei einem ihrer Besuche in Nairobi vom Kriegsausbruch überrascht worden, und sie hatte geschrieben, es gehe in der Stadt einfach gruselig zu. Frauen und Kinder aus dem Umland wurden in die Stadt geholt, weil man behauptete, dort sei es für sie sicherer. Weil aber die Stadt zu klein war für so viele Menschen, wurden am Stadtrand in aller Hast Baracken errichtet und Zelte für die Siedlerfrauen, in denen sie hausten wie im Wilden Westen. Fanny war bei den Tuttlingtons untergekommen, die in ihrem Stadthaus etwa zwanzig Frauen Unterschlupf boten. «Für dich ist hier auch ein Plätzchen», schrieb Fanny. Doch Audrey wusste, dass die Flucht in die Stadt für sie kein Ausweg war.

Sie musste sich um die Teeplantage kümmern, obwohl sie sich damit überhaupt nicht auskannte. Sie war wütend auf Matthew, der sie damit allein ließ, aber genauso war sie auf sich selbst wütend. Seit vier Jahren lebte sie nun auf The Brashy, aber ihr anfängliches Interesse war bald erloschen, und sie hatte die Plantage und alle damit verbundenen Aufgaben Mr. Randolph und Matthew überlassen.

Wer hätte denn ahnen können, dass ein Krieg kommen würde?

«Ich hab ein Mädchen», sagte Kinyua plötzlich. Er drehte sich halb zu ihr um. «Ein gutes Mädchen, du wirst sie mögen. Sie arbeitet auf der Plantage. Ich glaube, sie kann dir viel über Tee erzählen.»

Manchmal war das so, wenn sie mit Kinyua beisammensaß. Sie hatte einen Gedanken, und ohne ihn laut auszusprechen, wusste er die Antwort auf ihre Probleme und Sorgen.

«Schick sie zu mir», sagte sie dankbar. «Ich kann jede Hilfe brauchen.»

Kinyua stand auf. «Betest du, Memsahib?», fragte er.

Die Frage verwunderte sie. Wenn sie ehrlich war, hatte sie bisher nicht darüber nachgedacht. Betete sie? Manchmal, ja. Aber weniger, weil sie das Bedürfnis danach hatte, sondern weil sie im Gottesdienst saß oder mit Chris das Nachtgebet sprach. Nie, weil sie es wirklich so meinte.

Sie, die Tochter eines Pastors, hatte das Beten verlernt.

«Zu selten», antwortete sie.

«Es wird Zeit, dass du es wieder tust.»

Mit den Worten ging er. Sie schaute ihm lange nach, selbst dann noch, als er längst verschwunden war.

Lieber Gott, lass uns das bitte heil überstehen.

Komisch. Das Beten war gar nicht so schwer, wie sie es sich vorgestellt hatte.

Die letzte gemeinsame Nacht verbrachten sie wach im Bett, jeder auf der Seite liegend, einander zugewandt. Sie redeten und schwiegen, und manchmal fielen Audrey die Augen zu, weil sie von dem Tag und von den schlaflosen Nächten mit dem Säugling so ausgelaugt war. Doch in dieser Nacht schlief Thomas durch, so als spürte er, dass seine Eltern diese letzte Zeit für sich brauchten.

Audrey erzählte Matthew, was in Nairobi los war.

«Die Menschen dort sind verrückt.» Er schüttelte missbilligend den Kopf. «Du musst mir versprechen, dass du nicht in die Stadt gehst, hörst du? Der Tee muss von den Sträuchern, er muss fermentiert, getrocknet und verpackt werden. Wir können es uns nicht leisten, auf nur eine Ernte zu verzichten.»

«Steht es so schlimm um uns?», fragte sie besorgt.

Er hob die Hand und streichelte die Sorgenfalten von ihrer Stirn. «Nicht doch», beruhigte er sie. «Die Preise werden sogar steigen. Aber wenn wir Pech haben, werden wir lange nichts nach Europa verschiffen können. Dann sind wir auf den hiesigen Markt beschränkt.»

Der nur einen Bruchteil ihres Umsatzes ausmachte, das wusste Audrey.

«Kinyua kennt ein Mädchen, das auf der Plantage arbeitet. Er sagt, sie kenne sich gut mit Tee aus.»

«Dann lass nach ihr schicken. Vielleicht kann sie dir etwas beibringen.»

Sie schloss die Augen und döste ein. Plötzlich schrak sie hoch. «Die Kinder.»

«Den Kindern wird es gut ergehen, wo du auch mit ihnen sein wirst. Mach dir darum keine Sorgen. Ich habe Vertrauen in dich.»

Er streichelte ihre Schulter.

«Aber eins musst du mir versprechen, Audrey. Wenn sie kommen und versuchen, dich in die Stadt zu holen … geh nicht! Bleib auf der Farm, hörst du? Sie werden dir keine Gewalt antun, wenn du dich weigerst. Zumindest hoffe ich das», fügte er hinzu.

«Warum sollten sie das tun?» Audrey setzte sich alarmiert auf. Matthew wirkte seltsam ernst.

«Du weißt, wir haben ...» Er seufzte. «Benjamin von Hardeberg.»

«Ja.» Sie nickte.

Die Stimmung war schon vor dem Kriegsausbruch nicht besonders deutschenfreundlich gewesen, und in den letzten Wochen hatte sie sich noch verschärft. Die Zeitungen waren voll mit Hetzschriften gegen Lettow-Vorbeck im Süden, gegen die Deutschen in Europa und deren Kriegstreiberei.

«Er ist Offizier. Und ich war mit ihm auf Safari.»

«Aber du hast gesagt, dort sei nichts passiert, was irgendwie Anlass zur Sorge geben könnte?»

«Leider habe ich keinen Zeugen dafür außer unsere Lastenträger, und die wird niemand als Leumundszeugen durchgehen lassen. Dein Benjamin ist ein feiner Kerl, aber leider ist er Deutscher.» Matthew seufzte. «Ich fürchte, ich habe einen Fehler gemacht, als ich ihn auf die Safari einlud.»

«Den Fehler habe wohl eher ich gemacht, als ich mich auf ihn eingelassen habe.»

«Denkst du manchmal darüber nach, wie es wohl wäre, jetzt mit ihm verheiratet zu sein?»

Sie schüttelte den Kopf, obwohl das nicht stimmte.

«Ich bin mit dir verheiratet. Und glücklich», sagte sie. «Wir haben zwei wunderbare, gesunde Kinder, und nichts an unserem Leben wollte ich anders haben. Der Krieg, nun ja ...»

«Er wird nicht bis zu uns vordringen.»

«Aber du gehst fort.»

«Ich werde aufpassen», versprach er ihr. Sanft zog er Audrey an sich. «Und ich werde zurückkommen. Dann wird alles gut.»

Der Abschied am nächsten Morgen war kurz und schmerzvoll. Audrey drückte Matthew an sich, dann nahm er Thomas hoch und streichelte ihm das Köpfchen. Er küsste den Säugling, gab ihn zurück an Audrey und ging in die Hocke, um sich von Chris zu verabschieden.

«Wirst du gut auf Mama aufpassen, solange ich fort bin?», fragte er. Chris nickte ernst.

«Ich komme ganz bald wieder», versprach Matthew. Wieder nickte der Kleine tapfer. Audrey legte die Hand auf seinen Kopf, ganz sanft nur. Er drängte sich gegen sie und hielt sich an ihrem Kleid fest.

Wir müssen alle viel zu schnell erwachsen werden, um das hier zu ertragen, dachte sie.

Matthew küsste sie ein letztes Mal auf die Wange. Er nahm die Zügel von einem der jungen Askari – bewaffnete Kikuyu, die mit ihm nach Nairobi ritten, um sich dort zum Krieg zu melden – und schwang sich in den Sattel.

«Sieh hin, Chris.» Sie ging in die Hocke, drückte ihre beiden Söhne an sich und schluckte die aufsteigenden Tränen herunter. Später, wenn sie allein war, konnte sie weinen, so viel sie wollte.

Sieh hin, mein Sohn. Vielleicht siehst du deinen Papa heute das letzte Mal.

Später dachte sie oft an diesen Tag zurück. Und sie fragte sich, ob sie mit diesem Gedanken das Unglück heraufbeschworen hatte.

Eine Woche später brachte Kinyua das Mädchen mit, das auf der Plantage arbeitete.

Er schob sie vor sich her zur Veranda, auf der Audrey allein frühstückte. Ohne Fanny und ohne Matthew, ohne einen Missionar auf der Plantage war sie die einzige Weiße im Umkreis von zwanzig Meilen. Manchmal empfand sie diese Vorstellung als bedrohlich. Was sollte sie tun, wenn die Kikuyu plötzlich beschlossen, dass sie nicht mehr für sie arbeiten wollten? Schlimmer noch: wenn sie sie vertreiben wollten? Sie hatte den Männern nichts entgegenzusetzen außer ihre Mutterliebe. Denn das Leben ihrer Söhne würde sie um jeden Preis verteidigen.

Das Mädchen war hübsch. Es trug ein dreijähriges Kind auf dem Rücken und hielt den Kopf verlegen gesenkt.

«Mukami», sagte Kinyua nur. Er gab ihr einen Rippenstoß. «Sie weiß alles über Tee.»

Audrey ließ die Zeitung sinken. Es stand ohnehin nichts Neues darin. Sie war vier Tage alt, und aus dem Grenzgebiet wurden keine Neuigkeiten veröffentlicht, wohl aus Angst, die Deutschen könnten zwischen den Zeilen lesen.

«Sprichst du meine Sprache?», fragte Audrey das Mädchen.

«Ja, Memsahib.»

«Das ist gut. Ich habe keine Ahnung von Teeanbau, und wir brauchen jemanden, der uns etwas darüber beibringt.»

Jetzt hob Mukami den Kopf. Sie hatte wunderschöne, große Augen, eine breite Nase und einen vollen, sinnlichen Mund. Ihr Kleid war aus rotem Stoff, und sie trug reichlich Schmuck: Perlen aus Holz und Horn, bunt bemalt und aufgefädelt an den Handgelenken und um den Hals. Die Haare glänzten ölig, und als sie lächelte, sah Audrey, dass ihren beiden Schneidezähnen in der Mitte je ein Eckchen fehlten, was ihr etwas Verschmitztes, Fröhliches verlieh.

«Ich weiß genug über Tee», sagte sie bescheiden.

«Mukami wird dich morgen zur Plantage begleiten, Memsahib. Und wenn du willst, jeden weiteren Tag», sagte Kinyua.

«Ich werde dein Schatten sein, Memsahib. Wenn ich darf.»

Ihre Stimme war sanft, und sie schaute Audrey fragend an.

Audrey war erleichtert. «Ich nehme dein Angebot sehr gerne an, Mukami», sagte sie.

Mukami schaute zu Kinyua hoch, und er nickte. Sie senkte den Kopf wieder, machte zwei Schritte zurück und drehte sich dann um. Sie strebte zurück zum Wald, und ihre Schritte raschelten auf dem trockenen Gras. Sie schaute nicht zurück. Erst als sie verschwunden war, ergriff Kinyua das Wort.

«Sie ist eine gute Arbeiterin.»

Mehr nicht.

Audrey schaute dorthin, wo Mukami verschwunden war. Etwas an der Art, wie die junge Frau zu Kinyua aufgeschaut hatte, rührte sie an.

«Sie mag dich sehr», sagte sie langsam.

Kinyua zuckte die Schultern. «Sie ist ein nettes Mädchen.» Es klang gleichgültig. «Sie hat wenig Glück gehabt im Leben.»

«War sie das Mädchen, das unser Missionar mitgenommen hat?»

Kinyuas Miene verfinsterte sich, und hastig fügte sie hinzu: «Es geht mich ja gar nichts an. Hauptsache ist, dass sie uns helfen kann.»

Jäh wurde ihr bewusst, dass sie sich noch nie Gedanken darüber gemacht hatte, wie oder wo Kinyua lebte. Sie wusste, er wohnte im Dorf, er hatte drei Frauen, von denen zwei kürzlich verstorben waren, und die dritte war fast noch ein Kind. Das hatte er ihr erzählt. Aber Mukamis Blicke ... Ja, sie wusste nun auch, dass Mukami für ihn sorgte auf ihre Art oder dass sie es zumindest gern tun würde.

Was störte sie an dem Gedanken nur so sehr? Warum war es ihr nicht egal, mit wem er seine Zeit verbrachte, wenn er nicht bei ihr war?

Er war ihr Schutz. Wenn die Kikuyu sich gegen sie wandten, war er immer noch ein Anführer des Stammes und konnte das Schlimmste verhindern.

22. Kapitel

Es war schwer. Wenn Audrey nach einem anstrengenden Tag auf der Plantage zum Haus zurückkehrte, warteten zwar ein warmes Abendessen auf sie und ein sauberes Haus, doch ebenso wartete ein quengeliger Dreijähriger, der keine Lust hatte, den ganzen Tag ohne die Mutter auskommen zu müssen, und der sich abends kaum zur Ruhe bringen ließ, obwohl er schon fast im Sitzen einschlief.

Und die Geschäftsbücher, Kontenlisten, Bestellungen und Briefe warteten: von ihrem Bruder aus dem französischen Schützengraben und von den Eltern aus Southwold, die sich besorgt zeigten über alles, von Matthew aus dem Süden, der nicht viel schrieb, außer, dass er sie vermisste. Von Fanny in Nairobi, die jammerte, weil Benedicts Gesellschaft ihr inzwischen unerträglich wurde, zumal er mit so ziemlich jeder anderen Frau, die in seinem Haus Unterschlupf gefunden hatte, schäkerte. Von Babette, die sich über Fanny beklagte und anklingen ließ, dass die anderen Frauen Fanny das Leben schwer machten, weil sie eine halbe Deutsche war. Von Rose kamen nur selten Briefe aus England. Matthews Tante schwieg den Krieg tot; für sie schien er nicht zu existieren.

Audrey beantwortete all diese Briefe und versuchte, so

heiter zu klingen wie möglich. Ihrem Bruder versprach sie, der Krieg sei bald zu Ende. Den Eltern versicherte sie, dass es ihr gut gehe und dass sie allein zurechtkomme, obwohl Matthew ihr fehlte (die einzige Wahrheit, die sie zuließ). Sie berichtete Matthew von den Ereignissen auf der Plantage, spielte Katastrophen herunter und ließ kleine Erfolge größer erscheinen, als sie waren. Sie ermutigte Fanny, sich gegen diese albernen Weiber aufzulehnen oder, noch besser: gleich nach The Brashy zu kommen. Und Babette schließlich: Da wusste sie nicht, was sie Positives schreiben sollte. Also schrieb sie: «Ich habe mir schon gedacht, dass ihr irgendwann eine andere findet, der ihr etwas vorwerfen könnt, wofür sie so gar nichts kann.»

Danach kamen von Babette keine Briefe mehr.

Im November wurden die Nachrichten insgesamt spärlicher, und sie fühlte sich einsamer denn je, obwohl sie ständig von Menschen umgeben war. Es fühlte sich nicht so schlimm an wie die letzten Monate im Haus ihrer Eltern. Aber schlimm genug, dass sie versuchte, daran irgendwas zu ändern.

«Setz dich zu mir auf die Veranda», forderte sie daher Kinyua auf, als er das nächste Mal kam. Er schüttelte entschieden den Kopf. «Das ist nicht recht, Memsahib», sagte er.

«Recht ist, was ich für richtig halte. Du bist meine rechte Hand, Kinyua. Ohne dich könnte ich das alles doch gar nicht bewältigen.»

Was nicht mal gelogen war. Ohne ihn hätte sie längst aufgegeben und wäre auch in die Stadt geflohen.

Er stand vor der Veranda, unter dem Arm eine Mappe,

in der er inzwischen die Zettel sammelte, auf denen er all das notierte, was er ihr vorlegen wollte. Er merkte sich alles, was er sah. Als er das erste Mal mit der Mappe zu ihr kam, hatte sie sich ein Lachen verbeißen müssen. Dieser amtliche Auftritt passte so gar nicht zu ihm. Und es hatte gedauert, bis sie dahinterkam, wieso er sich mit Notizen abgab, obwohl er alles im Kopf hatte. Bis sie ihn eines Tages dabei ertappte, wie er zufrieden lächelte, weil sie seine schöne Handschrift lobte. Er war stolz auf diese «weißen» Fähigkeiten, und er wollte sie ihr zeigen.

Er versuchte ein bisschen, wie sie zu sein, ohne sich aufzugeben. Und genau das tat er, wenn er ihr Notizen vorlegte, statt aus dem Gedächtnis vorzutragen, was getan werden musste. Überall im Haus flogen inzwischen diese Zettelchen herum, Chris bemalte ihre Rückseiten, und Audrey stellte sich vor, wie Kinyua abends am Feuer saß und konzentriert aufschrieb, was wichtig war.

«War es denn recht, dass ich dir lesen und schreiben beigebracht habe?»

«Das wollte ich lernen.» Er lächelte. Aber etwas Unsicheres hatte sich in den letzten Monaten seiner bemächtigt. Der stolze Krieger und Anführer seines Stammes hatte sich verändert. Geblieben war ein Mann, der seinen Platz in der Welt erst wiederfinden musste.

«Bitte komm her und setz dich», sagte Audrey. «Ich habe sonst das Gefühl, als wären wir nicht ebenbürtig.»

«Das sind wir auch nicht, Memsahib. Du bist eine Mzungu. Ich bin ein Kikuyu.»

Sie runzelte die Stirn. «Das gefällt mir nicht», erwiderte sie scharf.

«Es ist die Wahrheit», erwiderte er sanft.

Trotzdem machte er einen Schritt nach vorne. Seit er regelmäßig für sie arbeitete und sie ihm dafür Lohn zahlte, hatte er sich bei Mr. Noori Stoff gekauft und von Mr. Nooris Tochter westliche Kleidung nähen lassen: eine Hose, ein Hemd. Außerdem trug er Schuhe.

Sie musste zugeben, dass er richtig gut aussah.

«Kamau kann dir ein Gedeck bringen. Hast du schon gefrühstückt, Kinyua?»

Er schüttelte den Kopf. Jetzt stand er tatsächlich auf der Veranda, und sie lächelte ihm aufmunternd zu.

Weil er nichts sagte, aber auch nicht ging, beugte sie sich wieder über die Zeitung. Sie tat so, als bemerkte sie nicht, wie er sich langsam näher schob und in den Korbstuhl gegenüber von ihrem rutschte. Erst dann schaute sie auf und lächelte.

Wie ein wildes Tier, das man vorsichtig zähmen muss ...

Kamau trat auf die Veranda und brachte frischen Tee. Als er Kinyua in dem Korbsessel sah, erstarrte er mitten in der Bewegung, und Kinyua sprang hastig auf, als habe er sich verbrannt.

«Bring ein zweites Gedeck für Kinyua», sagte Audrey sanft. «Er wird mit mir frühstücken.»

Kamau gehorchte. Kinyua ließ sich wieder auf die vorderste Kante seines Sessels sinken, jederzeit zur Flucht bereit.

Mary kam mit den beiden Kindern heraus. Chris kletterte auf seinen Stuhl, und Audrey nahm den kleinen Thomas auf den Schoß. Doch sofort wurde Chris eifersüchtig und wollte seinerseits auf Mamas Schoß. Er quengelte so lange, bis Audrey aufstand, um den Kleinen wieder zu Mary zu bringen.

«Gib ihn mir, Memsahib.» Kinyua streckte die Hände aus. «Kinder mögen mich.» Er lächelte.

Nur zögernd gab Audrey ihm den Kleinen. Thomas gluckste vergnügt und krallte sich in Kinyuas Hemd. Er fühlte sich sofort wohl, und der Anblick der beiden berührte etwas in Audrey.

Kamau brachte ein Gedeck für Kinyua, frische Haferbrötchen und für Chris eine Schale Porridge, die dieser heute ohne Gezeter auslöffelte. Das Frühstück verlief friedlich, und nachdem sie gegessen hatten, holte Kinyua die Zettelchen aus der Mappe und ging sie nacheinander durch.

«Und du solltest Mukami auch im Lesen und Schreiben unterweisen, Memsahib», schloss Kinyua. «Sie will es lernen, und ich glaube, es würde dir sehr helfen.»

«Inwieweit würde es mir helfen?» Darüber hatte sie noch nicht nachgedacht.

«Sie kann dich bei allem unterstützen. Ich glaube, sie ist eine bessere Verwalterin als ich.»

«Du machst deine Sache sehr gut», sagte sie zweifelnd.

«Ja. Weil ich Mukami habe.»

Die Art, wie er es sagte ... Audrey schloss für einen winzigen Augenblick die Augen. Ja, er hatte Mukami, in mehr als einer Hinsicht. Das hatte sie inzwischen begriffen.

Momente wie diese waren es, in denen sie Matthew schmerzlich vermisste.

«Sie soll ab morgen dreimal die Woche abends zu mir

kommen. Gib ihr deine Fibel», fügte sie ruppiger als nötig hinzu. «Ich werde sie unterrichten.»

Sie stand auf, riss ihm Thomas aus den Armen und rief Chris zu sich, der auf dem Boden mit den Zetteln spielte.

Kinyua stand ebenfalls auf. «Ich hoffe, ich habe dich nicht verärgert, Memsahib.»

«Nein, hast du nicht.»

Sie ärgerte sich über ihre Sentimentalität. Herrje! Matthew stand im Süden an der Front, und sie dachte nur daran, wie schön es wäre, endlich wieder in seinen Armen zu liegen. Sie sehnte sich so sehr nach ihm, dass sie einen anderen Mann zum Frühstück einlud.

Ich bin einsam, und wenn ich nicht aufpasse, werde ich noch wunderlich.

Sie lächelte traurig. Ohne sich von Kinyua zu verabschieden, verschwand sie im Haus.

23. Kapitel

Schlimmer als die Tage waren die Abende und die Nächte. Sobald die Kinder schliefen, begaben sich auch die Schwarzen zur Ruhe, und wenn das Klappern von Geschirr aus der Küche verklungen war, trennte sie nichts mehr von diesem abgrundtiefen Gefühl der Einsamkeit.

Meist las sie bis spät in der Nacht gegen die Müdigkeit an, sobald alle Korrespondenz erledigt war. An diesem Abend aber hatte sie keine Lust, auf Matthews letzten Brief zu antworten. Was sollte sie ihm erzählen? Dass sie Kinyua auf die Veranda eingeladen hatte? Sie wusste, Matthew hatte jahrelang versucht, Kinyua dazu zu überreden, und bisher war es ihm nie gelungen. Wie er es wohl aufnahm, wenn sie ihm erzählte, dass es ihr endlich gelungen war?

Bestimmt nicht gut. Er könnte die falschen Schlüsse ziehen.

Andererseits hatte er auch bei Benjamin keine falschen Schlüsse gezogen, obwohl er dazu jedes Recht gehabt hatte.

Es war schon kurz nach elf, und sie war immer noch nicht müde. Audrey klappte das Buch zu und stieg wieder aus dem Bett. Irgendwas musste sie tun, damit dieses Gefühl der Einsamkeit endlich von ihr wich.

Sie ging ins Wohnzimmer.

Die vier Jahre, in denen sie nun auf der Plantage lebte, hatten ihre Spuren im Haus hinterlassen. Die abgestoßenen, alten und staubigen Sessel waren neuen Sitzmöbeln gewichen, es gab Bücherregale und Beistelltischchen. In den letzten Jahren hatte sie jedes Mal, wenn sich die Gelegenheit ergab, Porzellan und Kristall aus Europa kommen lassen.

Der Teppich, dachte sie. Den Teppich müsste ich unbedingt neu machen lassen.

Aber das musste bis nach dem Krieg warten, fürchtete sie.

Sie hatte dem Haus ihren Stempel aufgedrückt.

Barfuß lief sie ins angrenzende Arbeitszimmer. Matthews Reich. Der Schreibtisch, wuchtig und uralt, war noch derselbe wie früher, und die zwei halbhohen Regale dahinter waren mit seinen Sachen vollgestopft.

Eine kleine Holzkiste, Mappen und Stapel von Zeitschriften. Seine Sachen. Sie hatte sich nie dafür interessiert, und sie fand auch, in einer Ehe musste der eine nicht alles vom anderen wissen, solange nur das Vertrauen da war. Und Matthew hatte ihr mehr als einmal gezeigt, wie groß sein Vertrauen zu ihr war.

Aber inzwischen war er seit drei Monaten fort. Ein bisschen war es, als sei er für immer aus ihrem Leben verschwunden, und was ihr blieb, waren seine Habseligkeiten.

Sie stellte die Kiste auf den Schreibtisch und setzte sich auf seinen Stuhl. Langsam drehte sie sich darauf hin und her, ließ die Finger über den Deckel der Kiste gleiten. Kein Schloss, nur ein Schnappverschluss.

Was wohl darin war? Vielleicht Briefe und Fotografien, ein Teil seiner Vergangenheit.

Sie öffnete die Kiste. Schon während sie es tat, fühlte Audrey sich schrecklich schlecht, weil das *seine* Sachen waren. Es ging sie nichts an. Wenn er gewollt hätte, dass sie diese Dinge sah, hätte er sie ihr sicher gezeigt, oder?

Obenauf lag ein Foto. Es zeigte Matthew zusammen mit einer jungen Frau, die ihm wie aus dem Gesicht geschnitten war. Seine Schwester Celia, die inzwischen in Edinburgh lebte. Audrey hatte sie nicht kennenlernen dürfen. Sie kannte nur die Briefe, die Matthew regelmäßig von ihr bekam und Audrey zu lesen gab. Sie selbst korrespondierte nicht mit Celia, und sie fragte sich unwillkürlich, warum das wohl so war. Wäre es nicht natürlich, wenn die Schwägerinnen sich schrieben? Verband sie als Mütter nicht ebenso viel wie Matthew und Celia als Geschwister?

Darunter lag ein zweites Foto. Es zeigte Matthew neben einem Mann und einer Frau. Er war auf diesem Foto deutlich jünger; achtzehn oder neunzehn, schätzte Audrey. Sie studierte die Gesichter der anderen beiden. Sie waren in den Vierzigern, der Mann vielleicht etwas älter. Er hatte gütige Augen, eine gerade Nase – genau wie Matthew – und war etwas kleiner als die Frau. Dunkle Haare hatten beide, und alle drei strahlten so glücklich, dass es Audrey ins Herz schnitt. Sie brauchte das Foto nicht umzudrehen, um zu wissen, dass es sich um eines der letzten Fotos handelte, das von ihm und seinen Eltern aufgenommen worden war.

Dolomiti, im Juni 1903 stand auf der Rückseite. Und darunter, etwas kleiner: *Pa, Maman und Matti.*

Die Handschrift kannte sie von Celias Briefen.

Darunter war nichts mehr, das irgendwie geheimnisvoll wirkte: Celias Briefe, sortiert nach Datum. Der neuste lag obenauf; er war kurz nach Kriegsausbruch gekommen. Audrey runzelte die Stirn. Sie konnte sich nicht erinnern, wann Matthew ihr zuletzt einen Brief von Celia gezeigt hatte. In den letzten Wochen vor seiner Abreise jedenfalls keinen. Sie zögerte.

Wenn ich den Brief nun nicht kenne, verletze ich seine Privatsphäre. Aber warum hat er ihn mir nicht gezeigt, wenn er mir doch bisher sonst alle Briefe von Celia zu lesen gegeben hat?

Oder hat er mir gar nicht alle Briefe von ihr gezeigt, sondern nur die, von denen er glaubte, ich könne sie ruhig lesen?

Sie drehte den Brief in den Händen hin und her. Er war nicht an The Brashy adressiert, sondern an den Muthaigaclub. Es gab viele Siedler, die sich wichtige Post dorthin schicken ließen und sie jedes Mal bei ihrem Aufenthalt in der Stadt dort abholten.

Warum lässt er sich Celias Post nach Nairobi schicken?

Entschlossen klappte sie die Kiste zu.

Wenn Matthew meinte, dieser Brief ginge sie nichts an, wollte sie das auch respektieren.

Aber wie eine schwärende Wunde setzte sich bei ihr der schreckliche Gedanke fest, dass Matthew ein Geheimnis vor ihr haben könnte. Sie verließ das Arbeitszimmer, und weil sie immer noch nicht schlafen konnte, genehmigte sie sich im Wohnzimmer ein Schlückchen Sherry. Sie schlich durch das Haus und blieb vor dem Kinderschlafzimmer stehen. Die Tür war nur angelehnt. Sie stieß sie weiter auf und lauschte auf das regelmäßige Atmen ihrer Söhne.

Er darf Geheimnisse vor mir haben. Es ist nichts Schlimmes daran.

Andere Männer hielten sich in Nairobi eine Geliebte, reisten sogar mit ihr durch die Welt. Sie musste gegen ihren Willen lachen, weil sie an Fanny und ihren Jack denken musste. Oder an Fanny und Benedict.

Fanny ist so eine Frau, die sich von verheirateten Männern aushalten lässt, dachte sie. Und irgendwann ist sie wieder schrecklich unglücklich.

Sie beschloss, etwas zu unternehmen. Fanny musste zurück nach The Brashy, auch wenn sie sich hier so schrecklich langweilte, wie sie behauptete. Aber sie länger in der Stadt zu lassen, kam Audrey grausam vor.

Außerdem war Fanny – wenn sie auch einen leichtfertigen Lebenswandel führte – in jeder anderen Hinsicht ein Musterbeispiel an Anstand. Mit ihr im Haus würde Audrey sich bestimmt nicht trauen, noch einmal in Matthews Arbeitszimmer zu gehen und in seinen Sachen zu wühlen.

Entschlossen trank sie den Sherry aus, zog die Tür wieder zu und ging zu Bett. Schon morgen wollte sie alles für ihre Reise nach Nairobi in die Wege leiten.

«Wieso genau sollte ich mir das antun?»

Audrey seufzte. Sie hatte natürlich damit gerechnet, dass ihr Vorschlag bei Fanny nicht auf Gegenliebe stoßen würde.

Sie saßen im privaten Salon im Haus der Tuttlingtons beim Kaffee. Sie waren allein. Die anderen Frauen, die sich in der großen Villa eingenistet hatten, schnatterten im großen Salon und zerrissen sich vermutlich das Maul über sie beide – die eine halbe Deutsche, die andere mit zweifelhaften Verbindungen zu einem deutschen Offizier. Wahrscheinlich witterten sie Verrat.

Audrey stellte sich vor, wie sie von den anderen Frauen mit Mistgabeln und Fackeln vom Hof gejagt wurden. Sie lächelte und rückte Thomas zurecht, der auf ihrem Schoß eingeschlafen war. Chris hatte sie auf The Brashy unter Marys Obhut zurückgelassen.

«Wieso tust du dir das hier an?», antwortete Audrey mit einer Gegenfrage. Sie verzog das Gesicht. Der Kaffee schmeckte bitter. Auch an den Tuttlingtons ging der Krieg nicht spurlos vorbei. Sie rösteten ihren Kaffee immer noch selbst, doch er schmeckte längst nicht mehr so gut wie vor dem Krieg. Woher das wohl kam?, fragte Audrey sich. Vielleicht war ihnen der Röstmeister fortgelaufen, um im Krieg zu kämpfen, wie bei ihnen daheim der Verwalter.

Sie nahm sich vor, darauf zu achten, ob der Tee auch anders schmeckte. Minderwertige Ware zu produzieren wäre genauso schlimm, wie gar keinen Tee zu verkaufen – vielleicht sogar noch schlimmer, denn wenn sie Pech hatten, ruinierten sie so den Ruf von Winston's Tea.

«Benedict passt auf mich auf», erwiderte Fanny.

«Benedict …» Audrey musste sich Mühe geben, nicht zu schnauben. Sie hielt ihn für einen Luftikus, einen Tagträumer. Er war seiner Schwester treu ergeben. Was Babette nicht guthieß, gab es für Benedict nicht. Und sollte Babette irgendwann etwas gegen Fanny sagen, würde er sie so schnell fallen lassen wie eine heiße Kartoffel.

Sofort fiel ihr wieder die Frage nach dem Verhältnis Matthews zu seiner Schwester Celia ein.

«Er ist für mich da. Soweit es ihm möglich ist», fügte Fanny hinzu.

«Ich habe schon einmal gesehen, wie ein Mann dich unglücklich gemacht hat», erinnerte Audrey sie sanft.

«Jack war etwas völlig anderes.»

«Ja, weil er verheiratet war, schon klar. Wieso heiratet Benedict dich nicht? Er könnte damit das Gerede ein für alle Mal aus der Welt schaffen. Und niemand würde es wagen, einer Tuttlington zum Vorwurf zu machen, dass ihre Mutter Deutsche ist.»

Das Lächeln gefror auf Fannys Gesicht. «Ich habe seit Monaten nichts mehr von meinen Eltern gehört», sagte sie leise. «Seit Ausbruch des Kriegs, um genau zu sein.»

«Ach, Liebes …» Jetzt tat es Audrey leid, was sie gesagt hatte.

«Weißt du, der Krieg macht uns Frauen so einsam. Die Männer haben es gut. Sie können hinaus in die Welt.»

«In die französischen Schützengräben», warf Audrey trocken ein. Sie musste an John denken. «Wenn du mich fragst, ist das nicht unbedingt der gemütlichste Teil der Welt.»

«Meinetwegen, sie sitzen also in den Schützengräben. Aber sie sind nicht allein! Wir Frauen bleiben zurück. Wir sitzen dort fest, wo uns der Krieg überrascht hat. Kein Schiff verkehrt mehr zwischen Europa und dem Rest der Welt, und wenn es welche gäbe, wäre eine Reise doch zu gefährlich wegen der U-Boote.»

«Du willst doch nicht zurück nach Europa!»

«Nein, natürlich nicht. Aber allein, dass sie uns der Möglichkeit berauben! Und dann dieses Eingesperrtsein! Denn nichts anderes machen sie mit uns. Du hast es gut, du tust einfach, wonach dir der Sinn steht, und jeder hat Verständnis, dass du auf der Plantage bleibst, obwohl sie sich natürlich auch über dich das Maul zerreißen.»

«Tun sie das?», fragte Audrey gleichgültig. Es interessierte sie eigentlich nicht, was die Leute sagten.

«Einige denken, es ist ganz gut, dass du da draußen bleibst. Sie finden, das Weib eines deutschen Offiziers gehöre nicht nach Nairobi.»

Audrey wurde wütend. Betont behutsam setzte sie die Tasse auf die Untertasse. «Ich bin nicht ‹das Weib eines deutschen Offiziers›», erwiderte sie nachdrücklich. «Ich bin mit Matthew verheiratet.»

«Das ist für die da», Fanny nickte zum anderen Salon, der sich irgendwo hinter der Wand befand, «egal.»

Sie nahm aus einem kleinen, silbernen Etui eine Zigarette und Streichhölzer. Dass sie rauchte, war für Audrey neu, aber sie sagte nichts dazu. Der Krieg veränderte die Menschen. Bei manchen brachte er die schlechte Seite zutage. Bei anderen die gute Seite.

Fanny und sie schienen eher ihre schlechten Seiten zu zeigen. Ihre Freundin rauchte und sie ... nun, sie schnüffelte dem eigenen Ehemann hinterher.

«Du musst zu uns kommen», flehte Audrey. «Ich halte es allein nicht aus.»

«Ich kann hier nicht weg», beschied Fanny sie entschlossen. «Wenn ich jetzt gehe, werden sie glauben, ich sei weggelaufen.»

«Sollen sie's doch glauben!», rief Audrey heftig. «Die halten dich ohnehin für eine Verräterin, für eine Spionin. Na und? Wenn wir draußen auf The Brashy sind, kann uns doch ihr Gerede egal sein.»

«Benedict ist aber nicht auf The Brashy», erklärte Fanny leise.

Audrey fragte nicht, ob die Liebe zwischen Fanny und Benedict wieder aufgeflammt war. Es ging sie ja eigentlich gar nichts an. Und wenn sie Fanny so anschaute, erübrigte sich die Frage auch.

«Ich brauche dich.» Sie atmete tief durch. «Ich ... Es ist einsam ohne ihn, und ich fange an, Gespenster zu sehen.»

«Spukt es auf The Brashy?» Fanny kicherte albern. Sie hätte den zweiten Sherry wohl besser nicht trinken sollen.

«Es spukt eher in meinem Kopf», erwiderte Audrey düster.

Kurz darauf verabschiedete sie sich enttäuscht. Ihre Hoffnung, mit Fanny heimzukehren, war zerschlagen.

Fanny aber zog sie in einer plötzlichen Gefühlswallung eng an sich, und sie flüsterte Audrey etwas zu.

«Wenn ich nicht mehr glücklich sein kann, dann komm ich zu dir nach The Brashy. Das ist dann, als würde ich heimkommen.»

Audrey hatte ein Zimmer im Club bezogen, und als sie die Eingangshalle durchquerte, rief ihr der hochgewachsene Inder nach, der am Tresen stand und die Gäste betreute.

«Nehmen Sie die Post für Ihren Mann auch mit, Memsahib?»

Er hielt einen Packen Briefe in der Hand. Viele Briefe. Und der eine obenauf trug Celias Handschrift.

«Natürlich», sagte sie fröhlich, nahm den Stapel und drehte sich rasch um.

Schrecklich, dachte sie, kaum dass sie im Zimmer angelangt war und Thomas absetzte. Jetzt hatte sie hier Briefe von Celia, die Matthew noch nicht kannte. Es wäre kein Problem, sie verschwinden zu lassen.

Und dann?, fragte sie sich. Was wird dann?

Wenn nur Belanglosigkeiten in diesen Briefen standen, konnte sie sich darauf herausreden, dass sie ja bisher auch immer Celias Briefe hatte lesen dürfen. Wenn nicht …

Darüber wollte sie nicht nachdenken, denn dann wäre der Drang zu groß, diese Briefe zu lesen.

Es gibt kein Geheimnis, beschloss sie. Es sind nur die Briefe zweier Geschwister, denen nach dem Tod der Eltern nicht viel Familie geblieben ist.

Ich werde heimfahren und die Briefe auf seinen Schreibtisch legen. Und ich werde vergessen, dass es sie gibt.

Mukami war eine gelehrige und eifrige Schülerin. Sie war so begierig auf das Lesen und Schreiben, dass sie an den Tagen, an denen Audrey sie unterrichtete, schon eine halbe Stunde früher kam, sich auf die Verandastufe hockte und Buchstaben auf ihre Schiefertafel malte. Dabei schob sie die Zungenspitze aus dem Mund und runzelte konzentriert die Stirn.

Ihr kleines Mädchen ließ sie während der Unterrichtsstunden im Dorf bei einer der anderen Frauen, erzählte Mukami, als Audrey danach fragte.

Sonst war die junge Frau verschlossen und gab selten etwas von sich preis.

Schon nach wenigen Wochen konnte sie erste Sätze in der Fibel lesen, und im Februar beherrschte sie das komplette Alphabet. Sie war so wissbegierig, dass Audrey bald schon vor dem Bücherregal im Wohnzimmer stand und darüber nachdachte, welches Buch sie Mukami ausleihen sollte.

Bei einer dieser Gelegenheiten fiel ihr der Dickens in die Hände.

Wann war er in dieses Regal gewandert? Vielleicht hatte Kamau oder einer der anderen Boys das Buch irgendwo rumliegen gesehen und es ins Wohnzimmer getragen. Sie schlug das Buch auf und blätterte darin; der Brief lag ganz hinten. Sie hatte ihn damals zugeklebt und «für Matthew» daraufgeschrieben. Was hatte sie sich dabei gedacht? Hatte sie geglaubt, eines Tages werde sie nicht mehr sein, und dann konnte Matthew den Brief finden und erfuhr dann nachträglich ihr Geheimnis?

Sie fächelte sich mit dem Brief Luft zu und dachte darüber nach.

Überhaupt: Sie dachte viel zu viel nach. Ständig kreiste sie in Gedanken um ihre Einsamkeit, immer wieder machte sie sich Sorgen. Und ja, allmählich hatte sie auch das Gefühl, wirklich zu vereinsamen.

«Memsahib?»

Kinyua.

«Ich komme», rief sie, doch er war schneller und stand schon da, als sie auf die Veranda trat. «Mukami kann heute nicht kommen», sagte er. «Sie hat Fieber.»

«Ich hoffe, es ist nichts Schlimmes.»

«Sie wird bald wieder gesund. Dann kommt sie wieder. Ich kümmere mich um die Teepflücker und die Faktorei.»

«Gut.» Audrey war erleichtert. Die Vorstellung, ganz allein für alles verantwortlich zu sein, ängstigte sie noch immer. «Was hat sie denn?», fragte sie.

Kinyua, der sich bereits halb abgewandt hatte, drehte sich noch einmal um. «Bwana Winston sagte mal, ihr nennt diese Krankheit gelbes Fieber.»

Gelbfieber.

Audrey erschauerte. Natürlich hatte Matthew auch sie vor dieser Krankheit gewarnt, die die Stechmücken übertrugen. «Ja», sagte sie. «Kommt es bei deinen Leuten häufig vor?»

Kinyua wiegte den Kopf. «Manchmal. Einmal im Jahr, zweimal. Je nachdem.»

«Sind viele andere erkrankt?»

«Es sind genug krank von uns.»

Mehr war ihm nicht zu entlocken. Audrey ging ins Haus und rief nach Mary. Sie sollte die Kinder nach Mückenstichen absuchen.

Ihr war plötzlich ganz flau.

Wenn jetzt einer von ihnen krank wurde ... Sie blieb stehen. Ihre Knie zitterten. Herrje, dachte sie. Ich darf nicht in Panik geraten.

Wäre Matthew hier, würde er sie beruhigen, dass alles wieder gut wurde. Aber er war nicht hier, und im Kikuyudorf war das Gelbfieber ausgebrochen.

24. Kapitel

Am selben Tag wies Audrey die Boys an, die Moskitonetze über den Betten der Kinder ebenso zu kontrollieren wie ihr eigenes. Kamau kam nach einer Stunde und erklärte, alles sei in bester Ordnung, die Memsahib müsse sich keine Sorgen machen.

Sie ging trotzdem noch mal in das Schlafzimmer der Kinder und sah nach. Erst dann war sie halbwegs beruhigt.

Von Matthew wusste sie, dass das Gelbfieber von Mücken übertragen wurde. Wenn eine Mücke eine erkrankte Person stach und danach eine gesunde, erkrankte diese.

An diesem Abend betete sie wie jeden Abend mit Chris. Sie baten den lieben Gott, er möge den Papa in der Ferne beschützen und alle auf The Brashy und den kleinen Bruder und die Soldaten, die für ihr Land kämpften. Anschließend legte sich ihr Ältester brav ins Bett und schlief sofort ein. Thomas lag im Babybettchen unter seinem Netz und schlief bereits.

Audrey ging zurück auf die Veranda. Sie hüllte sich in ein wärmendes Schultertuch und saß in der Dunkelheit. Sie musste allein sein. Ihr Herz beruhigen, das seit der Nachricht vom Ausbruch des Gelbfiebers vollkommen aufgewühlt war.

Wäre doch nur Matthew hier. Ein Wort von ihm, eine Umarmung, und ich wüsste, dass alles wieder gut wird.

Aber er war nicht hier. Und wer wusste schon, wann er zurückkam? Zu Weihnachten, hatte er versprochen, aber das war wohl nur ein Wunsch gewesen, die Hoffnung, den Deutschen schnell einen gehörigen Dämpfer zu versetzen und dann siegreich heimzukehren. Stattdessen waren die Nachrichten, die aus dem Süden kamen – selten genug, und noch viel seltener drangen diese Nachrichten bis nach The Brashy vor –, eher entmutigend. Die Briten bezogen Prügel.

Der Himmel spannte sich sternenhell über das Land. Audrey atmete tief durch. Es war die Zeit des Jahres, in der es überhaupt nicht mehr abkühlen wollte. Die kleine Regenzeit im Januar würde nur wenig Abhilfe schaffen, das wusste sie schon jetzt.

«Memsahib?»

Sie schrie auf.

«Entschuldigung, Memsahib. Ich bin's, Kinyua.»

Jetzt erkannte sie auch seine Gestalt. Das Weiß seiner Augen war das einzig Helle, und als er den Mund öffnete, glaubte sie seine Zähne aufblitzen zu sehen. Aber er lächelte nicht.

«Ich glaube, du solltest kommen, Memsahib. Es ist Mukami.»

«Himmel, Kinyua. Du hast mich aber erschreckt.» Sie stand auf. Ihre Knie waren weich, und sie glaubte, keinen Schritt tun zu können. Was hatte sie denn gedacht, wer ihr nachts auflauerte? Die Deutschen? Wohl kaum.

«Sie hat so hohes Fieber, und sie phantasiert.» Nach einer kurzen Pause fügte er hinzu: «Ich fürchte um sie.»

«Ich hole meine Tasche. Warte hier.»

Sie eilte ins Haus.

Seit sie auf The Brashy die Hausherrin war, hatte sie sich im Laufe der Zeit einige Fertigkeiten in Erster Hilfe angeeignet, und im Schlafzimmer stand immer eine Tasche mit einer Notfallapotheke bereit, falls sie zu den Kikuyu gerufen wurde. Vieles konnten die Leute allein mit ihrer Naturmedizin lösen. Aber bei manchen Verletzungen oder wenn jemand ernsthaft krank wurde, riefen sie Audrey. Dass die weiße Frau oft nicht viel ausrichten konnte, störte die Kikuyu nicht. Für sie war Audrey der letzte Strohhalm, ehe sie sich ganz in Ngais Hände gaben.

Es musste schlimm stehen um Mukami.

Da lag Panik in Kinyuas Stimme. Er war kein Mann, der seine Angst offen zeigte, das tat kein Kikuyu. Aber sie kannte ihn inzwischen gut genug, um zu wissen, wann er sich ängstigte.

Sie weckte Mary und sagte ihr, sie werde noch mal weggehen. Mary war sofort hellwach. Sie setzte sich auf und versprach, auf die Kinder aufzupassen.

Audrey trat aus dem Haus. Kinyua war auf die Veranda getreten. Er packte ihre Hand und zog sie einfach mit sich. In der Schwärze der Nacht stolperte sie hinter ihm her, und einmal wäre sie fast gestürzt. Es war ihr ein Rätsel, wie er im Dunkeln überhaupt etwas sehen konnte.

Zehn Minuten liefen sie so durch den Busch, und Audrey fragte sich schon, ob sie sich verirrt hatten, als vor ihnen die Umrisse der ersten Hütten auftauchten. Kein Licht brannte im Dorf.

Sie kamen an zwei Kriegern vorbei, die stumm und reglos Wache standen. Kinyua flüsterte etwas, und die beiden Männer bewegten sich kaum merklich, als erwiderten sie seinen Gruß.

Er führte Audrey zu einer kleinen Hütte am Rand des Dorfs. Sie traten nacheinander ein. Drinnen war die Decke so niedrig, dass Audrey kaum stehen konnte.

Kinyua hockte sich hin. In der Mitte des einzigen Raums glomm ein Feuer aus Ziegenmist, das er rasch schürte. Dann zeigte er auf das kleine Bündel, das reglos auf dem Boden direkt neben dem Feuer lag.

«Sie zittert, als hätte sie von der Kälte des träumenden Bergs gekostet.»

Schüttelfrost. Das war nicht gut. Mukami musste wirklich hohes Fieber haben.

Audrey ging neben der Kranken in die Knie. Ihre Augen hatten sich an das spärliche Licht gewöhnt. Sie tastete nach Mukamis Stirn, die kalt, verschwitzt und zugleich glühend heiß war.

«Ich gebe ihr etwas gegen das Fieber.» Sie nahm ein fiebersenkendes Pulver aus der Tasche und gab es Kinyua. «Alle sechs Stunden – weißt du, wann sechs Stunden rum sind?»

Er nickte. «Ja, Memsahib. Der Tag hat viermal sechs Stunden.»

«Gut. Dann gib ihr alle sechs Stunden etwas davon in Wasser aufgelöst. Einen Löffel voll. Hast du einen Löffel?»

Er schüttelte den Kopf. «Keine Löffel wie du.»

«Ich schicke Kamau mit einem Löffel. Mehr kann ich für sie nicht tun.»

«Danke, Memsahib. Ich bringe dich zurück, Memsahib. Dann brauchst du Kamau nicht zu schicken. Es ist zu dunkel, du siehst nichts.»

Audrey warf einen letzten Blick zurück, ehe sie die Hütte verließ.

Armes Ding, dachte sie betrübt. Es wäre ein Wunder, wenn Mukami die Nacht überlebte.

Die Nacht war nicht still in diesem Teil der Welt. Wenn Audrey an ihre Heimat dachte, an das Rauschen des Meers, das nachts alles war, was man hörte ... Die kenianische Nacht war voller Geräusche. Der Wind, den sie nicht auf dem Gesicht spürte, bewegte die Bäume leise, und im Unterholz raschelte kleines Getier. In der Ferne hörte sie das Grollen des Löwen, und unwillkürlich tastete sie nach Kinyuas Hand.

Er drückte sie einmal ganz fest. Dann ließ er wieder los, als habe er sich an ihr verbrannt. Sie zog fröstelnd die Strickjacke enger um ihre Schultern. Trotz der Hitze war ihr kalt.

Sie erreichten wohlbehalten das Haus, und Audrey holte ihm einen Löffel aus der Küche. «Du kannst ihn behalten», sagte sie.

«Danke, Memsahib.» Er blieb vor der Veranda stehen, und sie meinte, er wolle ihr noch irgendwas sagen. Doch dann nickte Kinyua und gab sich einen Ruck. «Gute Nacht, Memsahib. Es war gut, dass du kommen konntest. Ich bin sicher, jetzt wird sie gesund.»

«Das wünsche ich mir sehr, Kinyua.»

Erst nachdem er im Dunkeln verschwunden war, ging sie zurück ins Haus. Die Tür zum Kinderzimmer stand offen, und Chris' Bett war leer. Thomas schlief friedlich. Er hatte sich freigestrampelt, und sie deckte ihn sorgfältig wieder zu und zog das Moskitonetz wieder um ihn.

Sie machte sich auf die Suche nach Mary und Chris. Manchmal konnte der Kleine nicht schlafen und hielt sie die ganze Nacht auf Trab.

«Mary?», rief sie leise.

«Hier!», hörte sie die Stimme des Kindermädchens aus ihrem Schlafzimmer. Audrey trat leise ein.

Chris lag quer in ihrem Ehebett, die Augen fest geschlossen, den Stoffbären an die Brust gepresst. Ohne Mister Trotzig konnte ihr Sohn nicht schlafen.

«Er hat nach dir gesucht, Memsahib.» Das Mädchen stand auf. Es hatte im Sessel gesessen und über Chris' Schlaf gewacht.

«Armer Kerl. Ich musste ins Dorf, das Gelbfieber …»

«Ich hab davon gehört. Mukami ist krank.»

Woher sie das auch haben mochte. Aber zwischen den Feldarbeitern und den Hausdienern bestanden genug Verbindungen.

«Sie ist meine Freundin», fügte Mary hinzu.

«Armes Ding», sagte Audrey. «Sie ist sehr krank.»

«Aber du machst sie wieder gesund. Schlaf jetzt, Memsahib. Morgen schläfst du etwas länger, der Tag heute war für dich anstrengend.»

«Erstmal müssen wir den kleinen Mann hier in sein

Bett legen.» Audrey hob Chris hoch. Er seufzte im Schlaf, und seine Arme legten sich um ihren Hals. Sie trug ihn ins Kinderzimmer. Mary folgte ihr mit Mister Trotzig.

Als sie Chris hinlegte, entdeckte sie am Halsausschnitt seines Nachthemds eine gerötete Schwellung. «Was ist das, Mary?», fragte sie.

Mary beugte sich über das Kind. Audrey spürte, wie das Mädchen sich versteifte, doch seine Antwort klang gelassen: «Sieht für mich wie ein Mückenstich aus, Memsahib.»

«Hat er denn nicht unter dem Netz gelegen?»

«Nicht die ganze Zeit, nein. Er hat getobt, ich hab ihn im Schoß gewiegt, bis er eingeschlafen ist.»

Audrey strich über die Rötung.

Das muss nichts heißen. Nur ein Mückenstich. Nichts Schlimmes. Ein harmloser Mückenstich, wie er im Laufe des Jahres schon Dutzende gehabt hat.

Sorgfältig legte sie die Netze um das Bett. «Lassen wir ihn schlafen», sagte sie leise.

Falls er von einer Gelbfiebermücke gestochen worden war, konnte sie nichts unternehmen.

Aber in dieser Nacht fand sie zum ersten Mal keinen Schlaf. Sie wanderte hin und her, sie versuchte zu lesen, aber nichts half. Immer wieder schlich sie ins Kinderzimmer und legte die Hand auf Chris' Stirn, die kühl und verschwitzt war.

Es ist nichts, redete sie sich ein.

Die Memsahib hatte Mukami das Leben gerettet. Davon waren alle Dorfbewohner überzeugt. Die Memsahib und Ngai hatten für Mukami entschieden.

Danach wurde es für Mukami leichter. Sie hatte seit Jahren um Anerkennung kämpfen müssen, und keiner hatte sie ihr geben wollen. Aber wenn die Memsahib ihr Leben rettete, wenn sie das überlebte, was so viele das Leben kostete, hatte Ngai für sie entschieden.

Plötzlich öffneten sich ihr Türen, und junge Männer fragten bei Ngengi, ob Mukami zu haben sei. Sie waren bereit, den vollen Brautpreis für ein Mädchen zu zahlen, das bereits beschädigt war.

Kinyua sah es nicht gern, dass Mukami sich von ihm abwandte. Aber er verstand, was sie bewegte. Sie wollte einen Mann haben, der ganz für sie da war. Keinen, der sie in ihrer Hütte am Dorfrand leben ließ. Und das hatte sie verdient: einen, der ihr Platz einräumte in seinem Leben.

Also blieb Kinyua nur noch die kindliche Nyakio. Sie war inzwischen mit über zwanzig Regenzeiten in einem Alter, in dem viele Frauen schon zwei oder drei Kinder hatten, doch Kinyua hatte es irgendwann aufgegeben, sich nachts zu ihr zu legen. Sie kicherte immer nur albern. Oder sie weinte. Irgendwas stimmte nicht mit ihr.

Vielleicht wusste die Memsahib auch eine Antwort darauf, was mit Nyakio nicht in Ordnung war.

Er nahm sie daher mit, als er das nächste Mal zu der Memsahib ging.

Es war früher Morgen, und Nyakio hatte sich den Bauch ordentlich mit Hirsebrei vollgeschlagen – denn essen konnte sie immer. Sie hüpfte fröhlich neben Kinyua her und sang leise. Er bat sie, still zu sein. Für ihn war der morgendliche Gang zum Haus der Memsahib ein Ritual unter vielen, und dieses beging er schweigend. Erst wenn er die Memsahib auf der Veranda sitzen sah, wachte etwas in ihm auf.

Auch an diesem Morgen saß die Memsahib auf der Veranda. Kinyua packte Nyakios Hand und zog sie mit. Die Memsahib war nicht allein wie sonst. Neben ihr saßen das Luomädchen Mary und ihr älterer Sohn. Kinyuas Schritte verlangsamten sich.

«Guten Morgen, Kinyua.» Sie schaute auf, und ihre dunklen Augen blitzten. Sie sah müde aus, fand er. Ihre Augen waren von Schatten umrahmt, und um den Mund war ein bitterer Zug erblüht, der sie fremd wirken ließ.

«Guten Morgen, Memsahib.» Er gab Nyakio einen Rippenstoß, damit sie die Memsahib auch begrüßte, doch seine letzte Frau kicherte nur und wandte sich verlegen ab.

«Du kommst nicht alleine, wie ich sehe.»
«Das ist meine Frau. Nyakio.» Er atmete tief durch.
«Guten Morgen, Nyakio.»

Wieder kicherte seine Frau so albern, dass Kinyua am liebsten im Boden versunken wäre. Er packte ihre Hand fester und führte sie auf die Veranda. Nyakio nahm die Stufen etwas ungelenk, und als sie vor der Memsahib stand, faltete sie die Hände hinter dem Rücken und wippte auf den Fußballen vor und zurück. Das hatte sie sich beim Verwalter abgeschaut, der früher oft so auf dem Dorfplatz gestanden hatte, wenn er mit Kinyua über die Plantage redete. Nyakio hatte sich dieses Verhalten gemerkt und glaubte wohl, das sei für einen Mzungu angemessen und richtig.

«Ich möchte mit dir sprechen, Memsahib.»

«Mary wollte ohnehin gerade mit Chris zur Faktorei gehen. Er möchte heute sehen, wie die Teeblätter gerollt werden.»

Mary erhob sich sofort. Sie half Chris vom Stuhl und führte ihn an der Hand von der Veranda. Sie sagte kein Wort. Doch als sie an Kinyua vorbeikam, spürte er ihren Blick.

Er wusste, dass sie mit Mukami befreundet war. Und die Frauen redeten, das war nun mal so. Er schien, diesem Blick nach zu urteilen, nicht allzu gut dabei weggekommen zu sein.

Er wartete, bis Mary verschwunden war.

«Nyakio macht mir Sorgen», sagte er. Seine Frau hatte sich derweil auf die Verandastufe gehockt, fuhr mit den Fingern durch den Staub und fegte ihn in die Ritzen der Bretter. Sie lächelte einfältig.

Bisher war ihm gar nicht aufgefallen, wie ... dumm sie wirkte. Es kam ihm so vor, als hätte er sie erst in dieses Haus bringen müssen, bevor er ihr wahres Wesen erkannte.

«Sie macht doch einen ganz zufriedenen Eindruck. Setz dich, Kinyua.» Einladend wies die Memsahib auf den freien Stuhl. Kinyua setzte sich, und sofort kam Kamau, legte für ihn ein neues Gedeck auf und räumte das schmutzige Geschirr ab. Er brachte eine Kanne frischen Tee und ließ sie wieder allein.

Die ganze Zeit sprachen sie kein Wort, sondern beobachteten Nyakio, die zufrieden und selbstvergessen den Sand von den Brettern fegte.

«Sie ist wie ein Kind», sagte er leise, als fürchtete er, Nyakio könnte verstehen, was er sagte. «Ich habe das nie so gesehen, aber sie ist wie meine Kinder.»

«Ein Kind im Körper einer Frau.» Die Memsahib nickte. Dann fügte sie leise hinzu: «Ich habe einen Bruder daheim in England. Er ist ... wie ein Zweijähriger. Obwohl er inzwischen schon vierzehn ist.»

«Wie ist das möglich?» Kinyua schien das schwer vorstellbar.

Die Memsahib zögerte. Schließlich gab sie sich einen Ruck. «Es war ein Unfall», sagte sie. «Es passierte, als er neun war. Am Meer ... Hast du schon mal das Meer gesehen?»

Er schüttelte den Kopf. Für ihn war das Meer ungefähr so phantastisch wie das kalte Weiß auf dem Gipfel des Leuchtenden Bergs.

«Er ist mit einem Boot hinausgerudert. Das Boot kenterte, und er ... er ertrank beinahe.»

Ihre Hand zitterte, als sie nach der Teetasse griff. Kinyua beugte sich vor und legte seine Hand auf ihre. «Das tut mir so leid», sagte er leise.

Sie zuckte unter seiner Berührung zusammen.

Beide schwiegen lange, ehe die Memsahib wieder das Wort ergriff. «Wir holten ihn aus dem Wasser, und er war so bleich, die Lippen blau. Wir haben versucht, ihn wieder zum Leben zu erwecken, aber ... Und dann gelang es, irgendwie fing er wieder an zu atmen, aber er war nicht mehr bei Verstand. Erst schlief er tagelang, und wir wussten nicht, ob er überhaupt wieder aufwacht. Ich hatte solche Angst um ihn. Und als er wieder wach war ...» Sie schluckte und zog aus der Schürzentasche ein Taschentuch. Kinyua wartete, bis sie sich geschnäuzt hatte und weitersprach. «Er ist seither wie ein Kleinkind. Sein Verstand ... die Ärzte sagen, sein Verstand habe gelitten, weil er so lange ohne Sauerstoff war.»

So ganz verstand Kinyua nicht, was sie damit meinte. «Nyakio war nie im Meer. Sie war nicht so tot wie dein Bruder, Memsahib.»

«Nein ...» Sie blickte auf, und ihr Blick wirkte alt. «Wir brachten Alfred danach in ein Sanatorium, und dort haben sie uns viel über Geisteskrankheit ... über den kranken Geist erzählt. Manche Menschen sind von Geburt an so. Und andere erst nach einem Unfall, oder man merkt es erst, wenn sie älter werden, weil ihr Geist in einem Alter verharrt oder sich so viel langsamer entwickelt als der aller anderen Menschen.»

Das verstand Kinyua. «Sie ist ein Kind. Im Herzen und im Verstand.»

Vieles war ihm jetzt verständlicher. Warum sie nicht taugte, die Pflichten im Haus zu erfüllen, oder die Arbeit, die man ihr auftrug, immer wieder vergaß oder schludrig ausführte. Ein Kind würde ähnlich handeln.

«Was kann ich dagegen tun? Sie ist ein liebes Mädchen, ich will sie nicht verstoßen.»

«Dann behandle sie eher wie deine Tochter und nicht wie eine deiner Frauen. Das wäre mein Rat», sagte sie leise.

Er nickte. «Dann habe ich wohl keine Frau mehr», sagte er leise.

Und Mukami war fort.

«Dann bin ich jetzt so einsam wie du, Memsahib», sagte er.

«Wir sind nicht einsam», erwiderte sie leise. «Wir sind nur etwas verloren in dieser Welt, in der sich alles um den Krieg dreht. Wir sind an den Rand gedrängt. Aber einsam sind wir nicht.»

Er widersprach nicht. Doch als er später ging und Nyakio an der Hand mit sich führte, fühlte er sich ganz allein. Und er war sicher, ihr ging es nicht anders.

Früher war Bwana Winston für ihn ein Stern in der Ferne gewesen, um den sich alles drehte. Die Memsahib aber war seine Sonne. Sie bestimmte seine Tage, und an sie dachte er nachts, wenn er nicht einschlafen konnte. War ihm anfangs der Gang zum Haus schwergefallen, weil alles so fremd war, saß er jetzt wie selbstverständlich mit ihr beim Frühstück. Ging er danach über die Felder, war sie an seiner Seite, den Jüngsten auf dem Arm, während der Dreijährige um sie herumlief und im Gebüsch winzige Echsen fing oder Teeblätter abriss und sie ihr stolz zeigte. Seine Tage waren gefüllt mit ihrer ruhigen Stimme und ihrem traurigen Lachen. Die Nächte waren leer ohne sie.

Er vergaß den Bwana. Für ihn gab es nur noch Memsahib Audrey.

Bis er an einem Morgen im Mai zum Haus kam und sie nicht allein auf der Veranda saß.

Er verlangsamte seine Schritte und blieb stehen. «Guten Morgen», sagte er, und beide schauten auf.

Bwana Winston war braungebrannt, seine Augen funkelten. Er sprang sofort auf. «Wenn das nicht der beste Verwalter ist, den die Farm bekommen konnte!» Er sprang die Stufen herab und streckte Kinyua die Hand entgegen. «Sei bedankt für deinen Einsatz, Kinyua.»

«Das meiste macht die Memsahib», behauptete Kinyua, obwohl auch das nur die halbe Wahrheit war. Das meiste machten sie nämlich gemeinsam.

«Das hat sie von dir auch behauptet.»

Die Memsahib saß auf der Veranda. Kinyua blieb unten stehen. «Wir können später zur Plantage gehen», sagte er, gerichtet weder an den Bwana noch an die Memsahib. «Bist du jetzt für immer zurück, Bwana Winston?»

«Längst nicht. Ich bin nur heimgekehrt, weil ich Sehnsucht nach The Brashy hatte. Und nach meiner Frau», fügte der Bwana hinzu.

Kinyua nickte. Das verstand er. Sehnsucht nach der eigenen Frau.

«Wir sehen uns später.» Er drehte sich um und ging Richtung Faktorei. Den Bwana auf der Veranda sitzen zu sehen, hatte in ihm etwas geweckt. Ein nagendes Gefühl, das er nicht deuten konnte. Eines, das ihm so ganz und gar fremd war.

Es musste ein weißes Gefühl sein.

Ngengi hatte recht. Wenn er nicht aufpasste, wurde er wirklich wie die Wazungu.

25. Kapitel

Audrey schrak auf. Mitten in der Nacht lag sie mit laut pochendem Herz in ihrem Bett und lauschte.

War ein wildes Tier ins Haus eingedrungen? Oder kamen Diebe? Vielleicht war Kinyua wieder gekommen, weil einer von seinen Leuten krank war und ihre Hilfe brauchte.

Sie stand auf und warf sich den Morgenmantel über. Barfuß lief sie durch den Flur zum Wohnzimmer. Im Arbeitszimmer brannte Licht. Sie ging zur Tür, die nur halb offen stand, obwohl sie selbst sie am Vorabend fest ins Schloss gezogen hatte.

Sie atmete tief durch. Neben der Tür zum Arbeitszimmer befand sich der Waffenschrank. Jemand hatte ihn geöffnet und die beiden Gewehre hineingestellt, mit denen Matthew vor Monaten fortgegangen war.

«Matthew?» Sie stieß die Tür auf.

Er saß hinter seinem Schreibtisch, den Kopf in die Hand gestützt. Als er sie hörte, schaute er auf. Sein Gesicht war bärtig, die Haare viel zu lang und verfilzt. Die Augen funkelten, und sie wusste einen Moment nicht, ob es Sonnenbräune oder Dreck war, was sein Gesicht so dunkel wirken ließ. Vielleicht eine Mischung von beidem.

«Ich wollte dich nicht wecken», sagte er leise.

Neben seinem Ellbogen stand ein Glas Whisky, die Flasche war offen. Er hielt einen der Briefe in der Hand, die sie vor Monaten aus Nairobi mitgebracht und auf seinen Schreibtisch gelegt hatte. Sie hatte gehofft, diese Briefe zu vergessen, und genau das war auch geschehen.

Und jetzt wusste sie nicht, ob es der Krieg war, der ihn so müde aussehen ließ, oder die Briefe seiner Schwester.

«Ich wache beim kleinsten Geräusch auf», erklärte sie.

Er trank den Whisky aus und stand erst dann auf. Audrey ging zu ihm, und er umarmte sie.

Er hat abgenommen. Und er riecht.

Aber es war Matthew, ohne jeden Zweifel. Sie barg den Kopf an seiner Schulter. «Ist der Krieg jetzt vorbei?», murmelte sie.

Er schob sie etwas von sich weg und küsste sie auf den Mund. Hungrig und voller Sehnsucht. Audrey stöhnte. Gott, wie sehr sie ihn vermisst hatte! Ihr Körper erkannte seinen wieder, und sie wurde ganz weich in seinen Armen. Seine Hand glitt hinab und packte ihren Hintern. Er drückte sie an sich, und sie spürte seine Erektion. «Audrey.» Seine Stimme klang ganz heiser.

«Ich bin hier.» Sie packte sein Gesicht mit beiden Händen. «Musst du wieder fort?»

«Nicht jetzt», flüsterte er.

Und dann sprachen sie nicht mehr.

Matthew hob sie auf den Tisch. Mit einem Arm fegte er die Briefe von der Tischplatte und drückte sie nieder. Seine Hand glitt unter den Saum ihres Nachthemds, und er berührte sie. Audrey konnte nur noch daran denken, wie sehr er ihr gefehlt hatte.

Seine Hände löschten alles aus, was dazwischen gewesen war. Sein Mund brandmarkte sie, und er nahm sie mit solcher Wucht in Besitz, dass Audrey glaubte, ihre Schreie müssten das ganze Haus aufwecken. Er drückte die Hand auf ihren Mund, als er in sie eindrang, und sie verbiss sich in seiner Handfläche. Seine Stöße waren erbarmungslos, fast schmerzhaft, und sie wollte ihm entgegenkommen. Wollte ihn so sehr spüren, dass es sie zerriss.

Ihre Lust gipfelte in einem gemeinsamen Höhepunkt. Es ging so schnell, es berauschte sie und ließ sie völlig erschöpft zurück. Matthew war über ihr. Sein Gesicht dicht an ihrem, sein Mund an ihrem Ohr. «Ich liebe dich so sehr», flüsterte er.

«Ich liebe dich auch.»

Er zog sich aus ihr zurück und knöpfte die Hose wieder zu. Audrey brachte Nachthemd und Morgenrock wieder einigermaßen in Ordnung.

Matthew reichte ihr die Hand und half ihr vom Schreibtisch. Sie drehte sich zu ihm um und küsste ihn auf den Mund. Der Bart kitzelte, und sie musste kichern.

«Mama? Mama, ich kann nicht schlafen.»

Sie fuhren beide herum. In der offenen Tür stand der kleine Chris. Er hielt Mister Trotzig am Teddyohr fest und hatte den Daumen im Mund.

Hatte er schon die ganze Zeit da gestanden?

Audrey ging rasch zu ihm und hob ihn hoch. «Schau doch nur, Chris. Dein Papa ist zurück.»

Chris barg den Kopf an ihrer Schulter und betrachtete Matthew misstrauisch.

«Hallo, kleiner Mann. Du bist groß geworden.»

«Ich bin fast vier, und ich bin nicht klein.»

Matthew lachte leise. «Natürlich nicht. Darf ich dich auf den Arm nehmen, solange deine Mama dir was zu trinken holt?»

Zu Audreys Erleichterung nickte Chris. Sie gab das Kind an Matthew. Gemeinsam gingen sie in die Küche.

«Es ist noch nicht vorbei», sagte er, während Audrey aus einer Kanne Milch schöpfte und das Herdfeuer schürte, um die Milch in einem Topf zu wärmen. Matthew saß derweil auf einem Hocker und wiegte Chris, dem die Augen schon fast wieder zufielen. «Ich bin nur heimgekommen, um zu sehen, ob alles gut ist.»

«Da war Post für dich im Muthaigaclub, aber ich nehme an, die hast du schon gesehen.»

«Ja», sagte er nur. Kein Wort davon, dass die Briefe von seiner Schwester kamen oder was darin stand. «Ich glaube, unser Sohn braucht nichts mehr zu trinken.»

Tatsächlich war Chris auf seinem Schoß eingeschlafen.

«Ich habe mir vor ein paar Wochen große Sorgen um ihn gemacht», sagte sie leise. Sie zog den Topf von der Herdplatte und erstickte das Feuer. «Im Kikuyudorf grassierte Gelbfieber, und eine Mücke hatte ihn gestochen.»

Sie sagte es beiläufig, als sei es eine Sorge von vielen. Sie wollte nicht zugeben, dass sie tagelang Todesangst um Chris ausgestanden hatte. Und dass sie seither kaum mehr schlief.

«Nicht jeder Mückenstich führt zu Gelbfieber.»

«Das weiß ich», erwiderte sie empfindlich. «Aber ich hatte nun mal Angst um ihn.»

«Es ist ja nichts passiert.»

Sie flüsterten nur noch, um den Jungen nicht aufzuwecken. Gemeinsam brachten sie Chris zu Bett und gingen anschließend ins Schlafzimmer. Schweigend zog Matthew sich aus, und sie legten sich ins Bett. Er hielt sie im Arm, und zum ersten Mal seit Monaten schlief sie ein und wachte erst am nächsten Morgen wieder auf.

Am Morgen weckte Matthew sie ganz sanft, und sie schliefen noch vor dem Aufstehen ein zweites Mal miteinander. Sie kam sich so unglaublich verdorben vor, weil sie diese Stunden mit ihm mehr genoss als alles andere.

«Wie lange kannst du bleiben?», flüsterte sie danach.

«Höchstens drei Tage. Länger nicht.» Matthew küsste sie ein letztes Mal und stieg aus dem Bett. Er zog sich eine saubere Hose an und wusch sich über der Waschschüssel den nackten Oberkörper. Dann rasierte er den Bart ab und bat Audrey, ihm die Haare zu schneiden.

«Möglichst kurz», bat er. «Ich habe das Gefühl, es juckt mich überall. Flöhe und Läuse, das sind unsere Gefährten in diesem Feldlager», seufzte er und kratzte sich. «Irgendwie krabbelt es ständig.»

«In meinem Haus krabbelt nur der Jüngste», erwiderte sie lächelnd, holte die Schere und schnitt ihm die filzige Mähne. Jetzt sah er wieder aus wie Matthew, der Teeplantagenbesitzer, Vater und Ehemann. Nicht wie Matthew, der verwahrloste Soldat.

Als Kinyua an diesem Morgen kam, bemerkte sie sein Zögern. Er betrat die Veranda nicht und verabschiedete sich hastig, sobald es angemessen schien. Audrey fühlte sich schlecht, ohne genau zu wissen, warum.

Kinyua und sie teilten ein Leben, an dem Matthew keinen Anteil mehr hatte. Sie hatten in den letzten neun Monaten zu einem stummen Einverständnis gefunden. Wenn einer von ihnen eine Idee hatte, kam der andere meist gleichzeitig darauf, und sie überraschten einander immer wieder damit. Seine ruhige, unaufgeregte Art nahm ihr die Angst vor der großen Aufgabe, die Plantage zu führen. Als Matthew sie bat, die Rechnungsbücher zu holen, tat sie das gerne. Sie wusste, es stand recht gut um sie. Wenn jetzt noch der Krieg zu Ende ging, konnten sie den Tee nach Europa verschiffen und gutes Geld verdienen.

Sie saßen dicht beisammen auf dem Sofa im Wohnzimmer. Die beiden Jungen spielten auf dem alten Teppich, und Kamau brachte frischen Tee – denn wenn sie etwas im Überfluss hatten, war es Tee. Audrey hatte die Schuhe abgestreift und die Knie angezogen, und während Matthew im Geschäftsbuch blätterte, schmiegte sie sich an ihn.

«Das sieht gut aus», stellte er schließlich fest. Er klappte das große Kontenbuch zu. Sie schaute ihn verwundert von der Seite an. Er klang so ... überrascht.

«Wir könnten mehr machen», sagte sie. «Wenn der Krieg nicht wäre.»

«Ich habe doch gesagt, es sieht gut aus.» Matthew beugte sich zu ihr und küsste sie auf den Mund. «Wirklich, ich bin stolz auf dich. Wie du das alles meisterst, ganz allein hier draußen ...»

«Ich hab doch Hilfe», wehrte sie bescheiden ab.

«Trotzdem. Andere Frauen verkriechen sich in der Stadt, und die Plantagen liegen brach, wenn es keinen fähigen Verwalter gibt.» Er wurde ernst. «Randolph ... Wir haben bisher nur wenige Verluste erlitten, aber er gehörte dazu.»

Audrey schlug die Hände vor den Mund. Sprachlos starrte sie Matthew an. Sie hatte nie viel zu schaffen gehabt mit Randolph, und sie hatte ihn auch nicht besonders gemocht. Er war ein grobschlächtiger, widerlicher Kerl, der sich viel zu gerne als Herr einer Welt aufschwang, die ihm nicht gehörte. Aber von seinem Tod zu erfahren, empfand sie als schreckliche Ungerechtigkeit. Niemand sollte in diesem Krieg sterben.

«Hast du gewusst, dass er verheiratet war? Mir kam die Aufgabe zu, seiner Witwe zu schreiben und ihr seine Sachen zu schicken. Ich sag's dir, das war der schrecklichste Brief, den ich je schreiben musste, und jetzt noch wird mir heiß und kalt, wenn ich nur daran denke.»

«Hoffentlich ist der Krieg nur bald vorbei», murmelte sie.

Matthew seufzte. «Liest du die Zeitungen?»

«Ja, aber ich verstehe nicht alles, was sie schreiben.»

«Ich glaube nicht, dass dieser Krieg schnell zu Ende geht. Was in Nordfrankreich passiert, ist so anders als alle Kriege zuvor.»

Audrey nickte beklommen. Sie musste an John denken. Ihr Bruder und sie hatten sich nie besonders nahegestanden, aber seine Briefe klangen so aufgesetzt fröhlich, dass sie spürte, irgendwas war da im Norden Frankreichs, das die Männer veränderte. Sie hätten sich eingebuddelt, schrieb John, und sie warteten auf den Fritz, der kam oder eben nicht. Scharmützel hätte man es früher genannt. Jetzt schrieb John von einem Stellungskrieg. Für die Gräuel fand er keine Worte. Er deutete sie nur an.

«Dann kommst du also nicht so bald wieder heim», seufzte sie.

Er zog sie in die Arme. «Jetzt bin ich ja hier.»

«Und dann bist du wieder fort.»

«Dann lass uns die Zeit genießen, die wir haben.»

Und das taten sie. Drei Tage, an denen Audrey sich nicht sorgen musste. Sie überließen die Plantage sich selbst und Kinyuas Aufsicht und verbrachten diese Zeit fast ununterbrochen zu viert. Nach anfänglichem Fremdeln war Chris glücklich, seinen Vater wieder zu haben, und Thomas, der seinen Vater noch gar nicht hatte kennenlernen dürfen, freundete sich schon nach wenigen Stunden mit ihm an, als gebe es für ihn nur diesen Mann auf der Welt.

Den Nachmittag verbrachten sie draußen. Die Boys spannten auf dem Rasen ein Sonnensegel auf, sie servierten Limonade und Kekse, und die Familie lümmelte sich auf eine Decke. Während Chris ausgelassen tobte und Thomas sich abwechselnd an Audrey oder Matthew schmiegte, erzählten sie einander, was sie erlebt hatten.

Viel zu schnell vergingen die drei Tage, und schon stand Audrey im Morgengrauen des vierten Tages vor dem Haus. Dichter Nebel war vom Berg herabgekrochen. Matthew schwang sich in den Sattel und tippte ein letztes Mal zum Gruß an den Hut, und sie fragte sich, warum das alles so war.

Sie hatte ihn nicht nach Celias Briefen gefragt, und er hatte nicht erzählt, dass er etwas von ihr gehört hatte. Sie schlichen um dieses Thema herum, ignorierten es wie den Krieg. Wie ihre Vergangenheit.

Unser gemeinsames Leben hat erst damals im Hafen von Mombasa begonnen, dachte sie traurig. Was immer davor war, teilen wir selbst heute nicht miteinander.

Aber sie hatte es so gewollt. So und nicht anders.

Erst als Matthew fort war, kam Kinyua wieder und setzte sich morgens zu ihr auf die Veranda. Und jetzt erst ging ihr auf, wie merkwürdig es war, dass er bei ihr saß, mit ihr frühstückte und dass sie den ganzen Tag zusammen waren. Sie vermisste Matthew, aber zugleich wusste sie, dass es für sie nach Matthews endgültiger Heimkehr nicht mehr so sein würde wie jetzt. Dass dann Kinyua verschwinden würde aus ihrem Leben, ebenso wie Mukami. Dann wäre da wieder diese Grenze zwischen ihr und der Teeplantage, die sie nur verwalten durfte, weil sonst niemand da war, der sich kümmerte.

Sie hatte Kinyua ihr Geheimnis anvertraut. Ihm hatte sie von dem tragischen Unfall vor fünf Jahren erzählt, der Alfred fast das Leben gekostet hatte. Nicht Matthew. Auch Kinyua kannte nicht alle Details, aber sie hatte sich zuerst ihm geöffnet.

Warum? Tat sie das, weil sie es einfach irgendwem hatte erzählen müssen, der sie nicht verurteilte? Oder weil sie ihm tatsächlich vertraute?

Auf wen würde sie sich verlassen, wenn sie jetzt in eine Situation geriet, in der Vertrauen so wichtig war? Auf Matthew oder Kinyua?

Die Antwort machte ihr Angst.

Als er an diesem Tag ging, bat sie Kinyua, zukünftig nicht mehr morgens zum Haus zu kommen. «Es ist besser», sagte sie, und er nickte nur, als sei ihm klar, was sie damit sagen wollte. Als sehe er, wie sie ins Verderben rannte zwischen Herz und Verstand.

Und dann kam alles ganz anders. Es geschah am dritten Tag nach Matthews Abreise. Am frühen Nachmittag, als Audrey sich gerade hingelegt hatte, um ein wenig auszuruhen, hörte sie Stimmen vor dem Haus. Und als sie hinaustrat, sich hastig die Müdigkeit aus dem Gesicht wischte und versuchte, ein Lächeln aufzusetzen, erstarb es gleich wieder auf ihren Lippen.

«Sie kann nicht länger in der Stadt bleiben», erklärte Benedict Tuttlington und führte Fanny am Arm auf die Veranda.

Fanny mit dem gebrochenen Blick einer Frau, die alles verloren hatte.

26. Kapitel

Audrey führte Fanny zu einem der Korbsessel und schob die Freundin einfach hinein. «Kamau, Tee!», rief sie über die Schulter, denn sie wusste, er war in der Nähe. Er war immer in der Nähe, wenn sie ihn brauchte.

«Liebes, was ist passiert?»

«Die Weiber der sogenannten Gesellschaft von Nairobi», antwortete Benedict Tuttlington statt ihrer. «Sie haben ihr zugesetzt, und ich wusste mir irgendwann nicht mehr anders zu helfen.»

Audrey warf ihm einen stechenden Blick zu. «Wenn du nicht helfen kannst, kann's wohl keiner», erwiderte sie scharf. Sie war es leid zuzusehen, wie die Männer sich erst an Fanny schadlos hielten und dann selig ihre Hände in Unschuld wuschen, weil eine stärkere Frau hinter ihnen stand. Benedict war in dieser Hinsicht keinen Deut anders als Jack. Dabei war er einer der einflussreichsten Männer in der Kolonie und hätte zumindest die Frau schützen können, mit der er zusammen war. Oder auch nicht, so genau wusste das wahrscheinlich nicht mal Fanny.

«Was ist passiert?», fragte sie an Fanny gewandt. Ihre Freundin starrte sie jedoch nur müde an. «Sprich mit mir, Fanny», flehte Audrey.

«Gib's auf. Sie hat sich verändert in den letzten Monaten.»

Dabei war es gar nicht so lange her, dass Audrey mit Fanny beisammengesessen hatte. Nicht mal drei Monate.

«Kannst du dich um sie kümmern?», fragte Benedict. Kamau brachte ein Tablett mit frisch aufgebrühtem Tee. Audrey drückte Fanny eine Tasse in die Hand. Die Freundin war geradezu apathisch. Wie sollte sie sich neben der Farm und den Kindern auch noch um Fanny kümmern?

«Irgendwie schaffe ich das schon», versprach sie. Auf keinen Fall wollte sie zulassen, dass Benedict Fanny mit zurück nach Nairobi nahm. Irgendwas in der Stadt tat der Freundin nicht gut, und Audrey befürchtete, dass Tuttlington daran nicht so unschuldig war, wie er vorgab.

Sie trat einen Schritt zurück. Benedict beugte sich über Fanny, die leblos im Korbsessel hing. «Ich lass dich hier», hörte sie ihn flüstern. «Audrey wird sich um dich kümmern, hörst du?»

Ob Fanny nickte oder sonst wie auf seine Worte reagierte, konnte Audrey nicht sehen, weil er ihr den Blick versperrte. Er richtete sich auf, nickte Audrey zu und sprang von der Veranda. Einer der Boys lud die große Kiste mit Fannys Sachen von der Kutsche.

«Das war alles?», rief Audrey erbost. Sie eilte hinter Benedict her. «Mehr hast du nicht zu sagen? Du kommst her, lädst Fanny ab und bist keine fünf Minuten später wieder auf dem Weg nach Hause?»

Sie packte seinen Arm. Wütend fuhr er zu ihr herum. «Es geht nicht anders!», rief er erbost. «Siehst du denn nicht, was aus ihr geworden ist? Ich kann das nicht. Ich kann nicht für einen Menschen die Verantwortung übernehmen, der so ... so hilflos ist.»

Er schob Fanny einfach ab. Audrey ließ ihn los. «Solange sie fröhlich war, hat sie dir wohl gefallen?»

«Das ist es nicht», erwiderte er müde.

«Nein, das ist es ja nie.» Sie war enttäuscht von ihm, obwohl sie vermutlich nichts anderes hätte erwarten dürfen von einem Mann, der so einen lockeren Lebenswandel pflegte, und als sie schon glaubte, schlimmer könnte es für Fanny nicht werden, sagte er leise: «Mir tut das ja auch so leid, aber meine Frau ...»

Und davon hatte sie nichts gewusst.

«Du hast geheiratet», sagte sie leise.

«Ja», erwiderte er. «Vor vier Wochen.»

Sie dachte wieder an Fanny, die bei ihrem letzten Besuch in Nairobi so fröhlich gelacht hatte. Sie hatte geraucht, und zum Abschied hatte sie so heiter gewirkt und gesagt: «Wenn ich nicht mehr glücklich sein kann, dann komm ich zu dir nach The Brashy. Das ist dann, als würde ich heimkommen.»

Audrey hatte man gar nicht eingeladen. Irgendwie war sie abgeschnitten vom Rest der Welt, seit sie nicht länger als für ein paar Tage fortkonnte. Dieser Krieg isolierte sie zunehmend.

Aber Fanny war heimgekommen. Und sie war unglücklich.

«Ich will es gar nicht wissen», sagte Audrey müde.

«Es tut mir leid», sagte Benedict hilflos, aber sie hatte sich schon abgewandt und stapfte grußlos zurück auf die Veranda.

Sie gab Fanny das schönste Zimmer im Haus. Es hatte einen kleinen Erker, in dem ein alter Sessel stand, den Audrey für teures Geld neu hatte beziehen lassen. Sie ließ das Zimmer herrichten, und während sie darauf warteten, setzte sie sich zu Fanny auf die Veranda.

Sie schwiegen.

Schließlich fand Fanny die Worte wieder.

«Er hat sich einfach davongestohlen. Wie Jack.»

Audrey wartete.

«Weißt du, er ist ein Feigling. Ein richtiger Feigling, das ist Benedict Tuttlington. Er ist ja nicht mal in den Krieg gegangen wie Matthew und all die anderen. Nein, er hat sich rausgeredet.» Fanny schluchzte auf. Sie tastete nach einem Taschentuch, fand aber keins. Audrey gab ihr ihres und streichelte vorsichtig Fannys Arm.

Ihre Freundin schnäuzte sich und tupfte sich die Tränen aus den Augenwinkeln. «Ich hab ihn immer für einen Gentleman gehalten. Ich hab gedacht, irgendwann wird er mich schon noch heiraten. Das habe ich wirklich geglaubt. Er hatte es versprochen! Aber als diese blöden Weiber in Nairobi immer wieder gegen mich hetzten, hat er nur tatenlos zugeschaut. Er hat nichts getan. Und irgendwann hab ich es eben nicht mehr ausgehalten und ihn gebeten, mich herzubringen.»

Das war nicht die Version, die sie von Benedict gehört hatte, aber Audrey stellte die Geschichte ihrer Freundin nicht in Frage.

«Du kannst bei uns bleiben», sagte sie nur. Trotz aller Belastung war sie auch erleichtert, dass Fanny zurück war.

Wenn sie hier war, wenn sie mit Audrey morgens am

Tisch saß und tagsüber die Plantage besuchte, würde sie für Audrey wie ein Schutzschild sein. Kinyua würde nicht mehr so mit ihr reden, als wäre sie seinesgleichen.

«Seine Frau, das arme Ding.» Fanny seufzte. «Sie ist achtzehn Jahre alt und ihm vollkommen verfallen. Ich habe keine Ahnung, wie sie das geschafft haben, aber irgendwie haben sie dieses Mädchen aus Europa hergeschafft, damit er endlich eine Frau hat, und ich glaube, seiner Familie war es letztlich egal, wer sie ist. Hauptsache, ich werde nicht seine Frau. Eine Deutsche wollten sie nicht.»

«Du bist genauso wenig eine Deutsche wie ich», protestierte Audrey.

«Tatsächlich?» Fanny lachte bitter auf. «Die sehen das anders. Allen voran unsere über alles geschätzte Gwendolen. Ich wusste nicht, dass in diesem zarten Persönchen so eine Giftspritze steckt.» Fanny seufzte müde. «Der Krieg bringt die schlechten Seiten an uns allen zutage.»

Darüber sprachen sie nicht das erste Mal. Ehe Audrey darüber nachdenken konnte, stieß sie hervor: «Ich fühle mich zu unserem Vorarbeiter hingezogen.»

Und bereute es im selben Moment.

«Was denn, Mr. Randolph? Ich wusste nicht, dass er zurück ist. Und ich muss schon sagen, Audrey: Dein Männergeschmack war schon mal besser.»

Wenigstens lächelte Fanny jetzt wieder. Sie stand auf und begann, ihre Sachen auszupacken. Audrey beobachtete sie dabei.

«Mehr hast du nicht zu sagen?», stammelte sie.

«Was soll ich sagen? Du bist allein, Matthew ist weit weg … Meine Güte, du hast auch Bedürfnisse.»

«Fanny! Es ist doch nicht so, dass ich ihn ... Außerdem ist es nicht Randolph. Der ist nämlich tot.» Fast trotzig sagte sie es.

«Oh», sagte Fanny nur. Sie zog eine Schublade auf und räumte ihre Leibwäsche hinein. «Wer ist es dann?»

Schon jetzt bereute Audrey, überhaupt etwas gesagt zu haben. «Schon gut», sagte sie.

Aber sie hatte es gesagt. Die Worte waren in der Welt und schlugen Wurzeln.

Zum Glück hatte Fanny schon bald vergessen, was Audrey gesagt hatte, und als sie am selben Nachmittag zur Plantage gingen und Kinyua dort trafen, schien sie keine Verbindung zwischen ihm, dem Vorarbeiter, und Audreys Äußerung herzustellen.

Es war ja auch zu absurd: dass sie, Audrey, sich zu einem Kikuyu hingezogen fühlte! Einem Mann, den sie nicht kannte, den sie schon gar nicht begriff! Trotzdem schlug ihr Herz jedes Mal wild, wenn sie ihn sah. Chris, der bisher brav an Fannys Hand gelaufen war, riss sich los und lief Kinyua entgegen, der ihn hochhob und durch die Luft wirbelte. Kind und Mann lachten ausgelassen, und Audrey schloss kurz die Augen. So soll es sein, dachte sie. So sollen Vater und Sohn miteinander umgehen. Der Vater gehört nicht in den Krieg.

Kaprizierte sie ihre Gefühle nur auf Kinyua, weil er da war? Weil Matthew so weit fort war, dass sie ihn gar nicht mehr spürte? Manchmal kam es ihr vor, als wäre sie schon allein auf dieser Welt. Außer Fanny, Kinyua und Mukami hatte sie niemanden.

Und die beiden Letzten zählten nicht. Sie waren Kikuyu.

Dass Fanny doch nicht vergessen hatte, was Audrey gesagt hatte, musste sie feststellen, als sie sich auf den Rückweg machten. Wie immer war die Runde über die Plantage für Chris anstrengend gewesen, und Audrey trug ihn das letzte Stück. Thomas hatten sie im Haus zurückgelassen. Mary kümmerte sich um ihn.

«Der Vorarbeiter, Audrey? Du meinst aber nicht *ihn*?»

Fanny klang so entsetzt, dass Audrey den Kopf schüttelte. «Herrje, natürlich nicht. Was denkst du denn von mir?»

«Ich denke», sagte ihre Freundin langsam und bückte sich, um ein Zweiglein wilden Thymian zu pflücken, «dass du sehr einsam bist. Höchste Zeit, dass ich wieder Leben nach The Brashy bringe.»

Audrey schwieg dazu. Fanny hatte natürlich recht. Und in ihrer Stimme glomm wieder diese Leidenschaft auf.

«Ich werde schon dafür sorgen, dass uns hier nicht die Decke auf den Kopf fällt.» Fanny hakte sich bei ihr unter. «Versprochen.»

Und sie hielt Wort. Später sollte Audrey sich fragen, wie Fanny das geschafft hatte. Sie war in Nairobi genauso geächtet wie Audrey, niemand wollte mit ihnen etwas zu schaffen haben, solange der Krieg dauerte. Jeder begegnete ihnen mit Misstrauen. Und trotzdem gelang es Fanny, irgendwie. Schon eine Woche später verkündete sie, eine Gruppe unternehmenslustiger Freunde sei unterwegs nach The Brashy – unter ihnen auch Babette, die es in Nairobi nicht mehr aushielt.

«Da haben wir ja die Richtige», meinte Audrey säuerlich. Sie hatte nicht vergessen, wie eifersüchtig Babette über ihren Bruder wachte.

«Ihr geht's mindestens so mies wie mir», erwiderte Fanny nur. «Ich finde, wir Frauen sollten in schlechten Zeiten zusammenhalten.»

So kam Babette wieder nach The Brashy. Sie kam mit vier Freunden, drei Männern und einer Frau, die Audrey allesamt nicht kannte. Und schon am ersten Abend bereute sie, das Haus voller Gäste zu haben. Die Männer waren laut und vulgär. Sie brüsteten sich mit ihren Kriegstaten, obwohl sie kaum länger als zwei Wochen in Tanganjika gewesen waren, ehe jeder von ihnen eine «schreckliche Verletzung» oder eine «fiebrige Erkrankung» erlitt und «schweren Herzens» heimkehren musste. Sie taten, als sei es allein ihr Fehlen an der Front, das zum Stillstand führte und dazu, dass die Briten Prügel bezogen.

Babette und die andere Frau – eine Cousine der neuen Mrs. Tuttlington, wie Fanny ihr erzählte – waren laut und tranken zu viel Alkohol. Sie schrien, statt zu lachen, sie rauchten und schliefen bis weit in den Tag hinein, weil sie einen Brummschädel hatten. Erst abends wurden sie wieder munter und flirteten so schamlos mit den Männern, dass Audrey es nicht verwundert hätte, wenn in den eher beengten Gästequartieren nachts ein stetes «Bäumchen wechsle dich» ging und die Frauen in ihren Zimmern Besuch empfingen. Schon am zweiten Abend bereute sie ihre Einladung.

Sie saßen zu siebt beim Dinner: Fanny und Babette, Ella und Audrey, die drei Männer Rick, Steve und Dan. Rick hatte in Oxford studiert – wie er nicht müde wurde zu betonen –, und Steve konnte gar nicht oft genug die Geschichte erzählen, wie er in London dem Premierminister über den Weg gelaufen war. Allein Dan war schweigsamer, und Audrey hätte ihn vielleicht gemocht, wenn er nicht in dieser Gruppe nach The Brashy gekommen wäre.

Ella mäkelte am Essen herum, und Babette stimmte in die Litanei ein. Fanny machte einen Scherz, und die Männer lachten beifällig. Audrey biss die Zähne zusammen. Sie beherrschte sich nur mühsam. Am liebsten hätte sie alle zurechtgewiesen, jeden Einzelnen.

Das Fass zum Überlaufen brachte aber Steve. Erst ließ er sich drei verschiedene Weine aus dem schnell schrumpfenden Vorrat bringen, die er allesamt zurückwies. Der eine sei korkig, der nächste zu sauer, der dritte zu klebrig und süß. Audrey gab es auf, seinen anspruchsvollen Gaumen zufriedenstellen zu wollen. Als er jedoch Kamau mit den Worten «He, Sklave! Gib mir mehr Kartoffeln!» herbeizitierte, reichte es ihr endgültig.

«Kamau ist kein Sklave», erklärte sie ruhig.

Sofort war es am Tisch mucksmäuschenstill. Nur Ella, die schon viel zu viel Wein gehabt hatte – vom sauren, vom korkigen und auch vom süßen –, kicherte.

«Wie bitte?» Steve blickte sie an. «Was hast du gesagt?»

«Ich sagte, du sollst meine Boys nicht wie Sklaven behandeln», sagte sie. «Das sind sie nämlich nicht.»

«Ach was.» Er machte eine wegwerfende Handbewegung. «Wir sind doch die Herren in diesem Land, da können sie sich gefälligst auch unterordnen.»

«Wir sind nur zu Gast in diesem Land», erwiderte Audrey eine Spur zu scharf. Sie knallte ihr Weinglas auf den Tisch und erhob sich. Dan erhob sich als einziger von den Männern, Steve und Rick blieben stur sitzen.

«Meine Güte. Hätte ich gewusst, dass hier so eine Negerfreundin im Busch hockt, wäre ich lieber in Nairobi geblieben», ätzte Steve.

Ella, die zwar angeheitert war, aber noch nicht vollends den Verstand verloren hatte, legte beruhigend die Hand auf Steves. Mit ihm steigt sie also abends ins Bett, dachte Audrey. Dann widmet Babette sich bestimmt Rick.

«Ich bin sicher, das hast du nicht so gemeint», sagte Ella.

«Was weißt du schon. Natürlich habe ich das so gemeint!» Zufrieden verschränkte er die Arme vor der Brust. «Und dein *Sklave*», er wandte sich wieder an Audrey und betonte das Wort, «hat mir immer noch keine Kartoffeln aufgetan.»

Kamau, der hinter Audrey an der getäfelten Wand stand und mit ihr zu verschmelzen schien, wollte einen Schritt nach vorne machen. Doch Audrey hob die Hand und hielt ihn zurück.

«Ich verbitte mir, dass du in meinem Haus so über meine Angestellten redest», sagte sie zu Steve. Ganz ruhig war sie jetzt. «Meine Boys sind weder Sklaven, noch hast du das Recht, mit ihnen umzuspringen, als gehörten sie dir.»

«Meine Boys», äffte Steve sie nach.

Sie hatte genug davon. Genug von den Menschen, die Fanny ins Haus gebracht hatte. Aber statt auf den Tisch zu hauen und sie fortzuschicken, ging sie selbst. Sie verließ das Esszimmer, durchquerte das Wohnzimmer und trat auf die Veranda. In der Ferne hörte sie die Trommeln aus dem Dorf und Gesang. Ein Ngoma war im Gang, ein rituelles Tanzfest. Davon hatte Kinyua ihr gar nichts erzählt. Aber sie hatten in den letzten Tagen auch nicht allzu oft gesprochen. Mit jedem neuen Gast, der ins Haus kam, zog Kinyua sich weiter zurück. Wie ein scheues Tier.

Sie setzte sich in einen der Korbsessel. Es war erstaunlich kühl an diesem Abend, und sie fröstelte. Das betörende Trommeln und die Stimmen der Kikuyu wirkten einschläfernd. Erschöpft legte sie den Kopf in den Nacken und versuchte, den Ärger zu vergessen.

Sie fühlte sich einsamer als noch vor einer Woche, als niemand hier gewesen war.

«Störe ich?» Dan stand in der offenen Tür.

Sie schüttelte schweigend den Kopf. Natürlich störte er. Jeder von ihnen störte sie, aber für den Moment war es ihr ganz angenehm, nicht allein hier sitzen zu müssen.

Dan trat auf die Veranda. Er setzte sich in den Korbstuhl direkt neben ihrem, und sie widerstand dem Impuls, von ihm abrücken zu wollen.

«Ich muss mich für Steve entschuldigen. Wenn er trinkt ...»

«Jeder von uns hat getrunken», erwiderte sie ungnädig.

«Ich weiß, es ist nicht zu entschuldigen.»

Audrey wollte nichts mehr hören. Sie stand auf und überquerte die Rasenfläche. Sie schaute sich nicht um. Es war ihr egal, ob Dan ihr folgte.

Sie tauchte in den Wald ein. Wann hatte sie die Angst

vor dem Dunkeln verloren? Vor den Geräuschen der Nacht und den Tierlauten, vor dem unwegsamen Pfad und davor, angegriffen zu werden?

Der Ngoma lockte sie. Der hypnotisierende Rhythmus der Trommeln, das Auf und Ab der Stimmen, die Triller, mit denen sie ihren Gesang krönten, jeder einzelne einem Muster folgend, das keiner durchschaute, am wenigsten die Tanzenden selbst.

Sie war noch nie Zeugin eines Ngomas gewesen. Heute wollte sie es sehen.

Von hinten hörte sie Dans Stimme. Er rief ihr zu, sie sollte auf ihn warten. War er so langsam, oder ging sie so schnell? Audrey fühlte sich ganz leicht. Der Wein, dachte sie. Ähnlich Pembe, dem Bier, mit dem sich die Kikuyu bei ihren Festen berauschten, schien der Wein in ihren Adern zu tanzen.

Sie blieb erst stehen, als sie den Rand des Dorfs erreichte. In der Mitte standen alle Dorfbewohner auf dem Platz in Kreisen – außen die Zuschauer, innen die Tanzenden.

«Was ist das?», fragte Dan. Er stand neben ihr und keuchte. Audrey sah ihn von der Seite an. Schweiß glänzte auf seiner Stirn. Waren sie gerannt?

«Ein Ngoma», sagte sie, als sei damit alles geklärt.

Sie hatte Kinyua entdeckt. Er stand in der Mitte der Kreise, zwischen den jungen Leuten, er hielt einen Stab in der Hand und hüpfte auf und ab. Und dann machte er den Mund auf, und sie glaubte, dass der Schrei, der sich dem Himmel entgegenhob, nur von ihm kommen konnte. Sie sah nur noch ihn. Dans Hand lag auf ihrem

Arm. Er versuchte, sie wegzuziehen, als fürchtete er, die Kikuyu könnten sich im nächsten Augenblick auf sie stürzen.

Audrey machte sich von ihm los. Sie wusste, diese Menschen, diese wunderbaren Leute, die mit ihr diese Einsamkeit am Fuß des Mount Kenya teilten, waren sich ihrer Gegenwart gar nicht bewusst. Sie spürte das Blut in den Ohren rauschen. Ein wildes Pochen in ihren Schläfen, ihrer Brust und im Bauch, das von den Trommeln erzeugt wurde und ein Summen aufsteigen ließ, das sie nicht länger zurückdrängen konnte.

Schweiß glänzte auf den nackten Körpern. Audrey beobachtete die Tanzenden und glaubte, auch erfasst zu werden von diesem Gefühl der Leere. Es erfüllte sie so vollständig, dass sie einen Schritt vormachte, und hätte Dan sie nicht zurückgehalten, wäre sie auf den Platz getreten und hätte begonnen, mit den Kikuyu zu tanzen.

Er zog sie zurück in den Schatten. Die Fackeln rund um den Dorfplatz schickten ihren goldenen Schein bis an die Baumgrenze, und als sie sich zu Dan umdrehte und er sie anlächelte, hob sie sich auf die Zehenspitzen und drückte die Lippen auf seinen Mund.

Er packte ihre Arme, schob sie sanft von sich weg und betrachtete sie prüfend. «Audrey», sagte er leise.

«Bitte», flüsterte sie. Diese Sehnsucht, die in ihrem Unterleib entfacht war, ließ sie aufschluchzen, und Dan kam ihrem Flehen nach. Er umfasste ihren Oberkörper und küsste sie. Audrey seufzte in seinen Mund, und während der Kuss noch andauerte, erkannte sie, was sie tat, und stieß ihn von sich.

«Entschuldige.» Dan stand etwas verwirrt vor ihr, und sie hob die Hand und streichelte seinen Unterarm. Sie musste sich entschuldigen, denn sie hatte ihn einfach geküsst.

«Ich bin verheiratet», murmelte sie. «Und ich bin glücklich mit ihm.»

Sie wandte sich ab und ging zurück zum Haus. Die Tränen, die haltlos über ihre Wangen rannen, wischte sie wütend weg.

Herrje, sie und glücklich? Sie war alles andere als glücklich. Sie war so unendlich traurig und allein. Und weder Dan noch Kinyua konnten diese Traurigkeit überwinden.

Wenn nur Matthew wieder zurückkam.

Als sie das Haus erreichten, hatten die anderen den Tisch verlassen und sich auf einem Kissenlager vor dem Kamin niedergelassen. Inzwischen hatte Steve so viel getrunken, dass er nur noch auf den Polstern hing und Audrey mit glasigem Blick beobachtete.

Dan setzte sich zu den anderen, und Babette drückte ihm ein Glas Wein in die Hand, das er hastig trank. Er wich Audreys Blick aus.

«Ich bin müde», sagte sie.

Keiner nahm Notiz von ihr. Sie ging ins Schlafzimmer und schloss die Tür hinter sich. Mit dem Rücken lehnte sie gegen die Tür und wartete, dass dieses Chaos tief in ihrem Innern zurückwich. Schmerz, Trauer, Erleichterung …

«Matthew», flüsterte sie.

Er fehlte so sehr.

Sie wusch sich das Gesicht mit kaltem Wasser, zog sich aus und streifte das Nachthemd über den Kopf. Dann kroch sie unter die Bettdecke und löschte das Licht. Erschöpft schloss sie die Augen und versuchte, Schlaf zu finden. Das schrille Gelächter aus dem Wohnzimmer klang gedämpft zu ihr herüber.

Sie wollte gar nicht wissen, was dort vor sich ging.

Am nächsten Morgen war sie die Erste, die aufstand, und das blieb lange so. Den Vormittag verbrachte sie mit den Geschäftsbüchern in Matthews Arbeitszimmer, und manchmal drehte sie sich um, und ihr Blick fiel auf das Kästchen, in dem er Celias Briefe aufbewahrte.

Am frühen Nachmittag kam Fanny mit den Kindern zu ihr.

«Wir wollen einen Ausflug machen, zum Mount Kenya. Dürfen die Jungs mit?»

Thomas wackelte auf unsicheren Füßen auf Audrey zu und wollte auf ihren Schoß klettern. Sie hob ihn hoch. Chris drückte sich an der Tür herum und war ganz still.

«Ist alles in Ordnung mit dir, Liebes?» Fanny hob Chris hoch und strich ihm die dunklen Haare aus der Stirn. Audrey fiel auf, dass er stark schwitzte, und auch Fanny runzelte die Stirn.

«Hat er Fieber?», fragte sie, statt auf die Frage zu antworten.

«Höchstens etwas erhöhte Temperatur.»

«Dann lass ihn hier, wenn ihr zum Berg wollt. Und Thomas bitte auch. Ich fürchte, das wird für ihn zu viel.»

«In Ordnung.» Fanny zögerte. «Du willst lieber allein sein, richtig?»

«Ich brauche im Moment einfach Ruhe. Tut mir leid.»

«Macht nichts. Ich hab dir ja das Haus mit diesen unmöglichen Leuten vollgestopft.» Sie verzog das Gesicht.

«Muss dir nicht leidtun.» Audrey seufzte. Thomas war bereits auf ihrem Schoß eingeschlafen.

«Wir sind heute Abend zum Essen wieder da.» Fanny ließ Chris vorsichtig zu Boden gleiten, der sich hinhockte und müde gegen den Türrahmen sank. Dann ging sie.

«Komm her, Chris. Komm, ich bring dich zu Mary.» Audrey stand mit Thomas auf dem Arm auf. Sie hockte sich neben Chris und fühlte seine Stirn.

Er war glühend heiß.

«Erhöhte Temperatur», murmelte sie. «Von wegen.» Sie ließ Thomas auf den Boden und wollte Chris hochheben, doch als sie ihn berührte, heulte er verzweifelt auf, als bereite ihre Berührung ihm Schmerzen.

«Komm schon, Chris. Stell dich nicht so an. Wir bringen dich ins Bett, und dann hole ich Mary, dass sie dir was vorliest. Ja?»

«Neiiiiin!» Chris kreischte und wehrte sich.

Sie trug das sich wehrende Kind ins Kinderzimmer. Thomas krabbelte hinterher und jammerte leise. Audrey rief Mary, doch das Kindermädchen blieb verschwunden. Sie legte Chris ins Bett und deckte ihn zu, doch er warf die Bettdecke sofort wieder von sich.

«Mama, ich hab Durst!», jammerte er.

«Ich hol dir gleich was, mein Schatz.» Sie streichelte seine verschwitzte Stirn. Kam es ihr nur so vor, oder war das Fieber in diesen wenigen Minuten noch gestiegen?

Endlich tauchte Mary auf. Sie war zerzaust und lehnte im Türrahmen.

«Mary, er hat Fieber. Bleib bei ihm, ich hole was zu trinken.»

«Ja, Memsahib.» Das Mädchen hob Thomas hoch, der sofort wieder fröhlich gluckste. Nichts konnte dieses Kind erschüttern, dachte Audrey. Sie lächelte auf dem Weg in die Küche.

Musste sie einen Arzt holen? Dass Kinder Fieber bekamen, war völlig normal. Sie wollte sich auch nicht von jedem Infekt verrückt machen lassen. Aber dass es so schnell stieg, war schon ungewöhnlich.

Wenn sie den Arzt aus Nyeri kommen lassen wollte, sollte sie das schnell entscheiden. Es war ein weiter Weg.

Sie brachte Chris das Wasser, und Mary flößte es ihm ein. Dann machte Audrey sich auf die Suche nach Fanny. Vielleicht konnte einer der Männer nach Nyeri reiten, dann brauchte sie keinen von den Feldarbeitern schicken, die zu Fuß um einiges länger brauchten, obwohl sie ausdauernde Läufer waren.

Das Wohnzimmer und das Esszimmer waren verwaist, auf der Veranda war niemand. Sie lief zum Stall. Vielleicht hatte sie Glück, und die Gruppe war noch nicht aufgebrochen.

Im Stall fehlten sieben Pferde.

Warum sieben?, überlegte sie. Blieben sie etwa über Nacht auf dem Berg? Hatten sie ein Packpferd mitgenommen?

Audrey hetzte zurück ins Haus. Schon von weitem hörte sie Chris heulen und darüber Marys Stimme, die beruhigend auf ihn einzureden versuchte, aber das schrille Kreischen kaum zu übertönen vermochte.

Audrey schickte einen der Hausboys nach Nyeri. Das Schreien ihres Kindes brachte sie um den Verstand, und sie war außer sich vor Sorge um Chris.

Am Nachmittag wurde Chris ganz still. Er lag apathisch im Bett, hatte Fieberkrämpfe und Schüttelfrost, und das Wasser, das sie ihm mühsam einflößten, erbrach er sofort wieder. Audrey war verzweifelt. Immer wieder trat sie auf die Veranda und hielt nach dem Arzt Ausschau. Aber niemand kam.

Es wurde Abend, und Chris war inzwischen nicht mehr ansprechbar. Audrey blieb bei ihm sitzen und schickte Kamau nach Kinyua. Sie hoffte und betete. Inzwischen glaubte sie, alles tun zu müssen, um Chris zu retten. Dieses Fieber war nicht normal, und obwohl sie es nicht aussprach, wusste sie, was ihr Sohn hatte.

Gelbfieber.

Kinyua kam. Sie hörte ihn auf der Veranda mit Kamau sprechen. Der Boy kam ins Kinderzimmer, wo Audrey inzwischen auf dem Boden neben dem Bett hockte. Chris war endlich eingeschlafen, doch er warf sich so unruhig hin und her, dass sie fürchtete, er werde aus dem Bett fallen.

«Memsahib, Kinyua wartet draußen.»

«Er soll bitte ins Haus kommen.» Sie spürte, wie ihr Tränen in die Augen stiegen. Das nicht auch noch, dachte sie verzweifelt. Ich schaffe es nicht, mich jetzt auch noch mit dem Obersten der Kikuyu zu streiten.

«Ich sage es ihm, Memsahib.»

Sie wartete. Draußen wieder Stimmen. Sie erkannte den zarten Singsang zweier Kikuyu, und dann nackte Füße auf den Dielenbrettern.

«Er kommt nicht, Memsahib. Aber vielleicht brauchst du auch eher mich.»

Audrey blickte auf. In der Tür stand, stark und schön, Wakiuru.

Die Halbschwester Kinyuas hatte sich in den Jahren, seit Audrey sie zum letzten Mal gesehen hatte, überhaupt nicht verändert. Sie war noch genauso üppig, fröhlich und alterslos. Wie alt mochte sie sein? Dreißig? Fünfunddreißig? Ihr schien die Zeit nichts anzuhaben.

«Mein Junge ist krank», flüsterte Audrey.

Wakiuru trat näher. Sie hatte ein Bündel unter den Arm geklemmt, das sie jetzt auf den Boden legte. «Ich weiß», sagte sie leise. «Das wissen wir alle.» Und nach einer kurzen Pause fügte sie hinzu: «Das Fieber ist zurück in unserem Dorf.»

Dann war Chris nicht der Einzige.

«Hast du versucht, ihm die Medizin zu geben, mit der du Mukami geheilt hast?»

Audrey schüttelte den Kopf. «Das war alles, was ich noch davon hatte. Ich ...» Sie verschluckte sich an den Tränen. Herrgott, wieso nur hatte sie Kinyua dieses fiebersenkende Mittel gegeben! Damit könnte sie Chris jetzt Linderung verschaffen.

Wakiuru und sie blickten einander an. Sie wussten beide, dass nicht die Temperatur das Problem war. Es gab Mittel und Wege, auch ohne die Segnungen moderner Medizin Fieber zu senken. Aber das Gelbfieber war tückisch, und manchmal kam es mit noch mehr Wucht zurück und tötete den Kranken, der sich schon auf dem Weg der Besserung wähnte.

Trotzdem empfand sie plötzlich unbändige Wut. Auf Kinyua, der sie gebeten hatte zu helfen. Auf Mukami, die gesund geworden war. Auf Wakiuru, die sie daran erinnerte.

Am meisten aber hasste sie sich selbst, weil sie das alles zugelassen hatte. Nach Mukamis Genesung hatte sie viel zu schnell vergessen, dass das Gelbfieber überall lauerte. Dass es jederzeit wieder zuschlagen konnte.

«Wir kümmern uns um ihn.» Wakiurus Stimme klang sehr sicher. Sie öffnete ihr Bündel, in dem sich verschiedene verkorkte Beutel und Päckchen befanden. Sie wählte ein Päckchen aus. «Davon einen Sud», sagte sie. «Den soll er trinken, dreimal am Tag.»

Audrey nickte. Wakiuru war hier, das war besser als nichts. Solange der Arzt nicht kam, konnte Wakiuru sich um Chris kümmern.

Alles wird gut, redete sie sich ein.

Doch als sie in der Küche stand und den Wasserkessel erhitzte, ertappte sie sich dabei, wie sie die Hand an seine Metallwand legte. Wie sie der Hitze nachspürte, die nach oben stieg und immer schlimmer wurde, bis sie es kaum mehr aushielt. Und dann ließ sie die Hand so lange dort ruhen, bis sie weinen musste, weil es so verdammt weh tat.

Bitte, lieber Gott, lass ihn nicht sterben.

Sie hatte schon einmal dieses Gebet geflüstert, vor vielen Jahren immer wieder, als sie Alfred aus dem Wasser gezogen hatten. Damals hatte sie geglaubt, etwas Schlimmeres könne ihr im Leben nicht mehr widerfahren.

Sie hatte sich geirrt.

Das Fieber sank nicht, sosehr Wakiuru auch ihre Zauber wob und ihm den Kräutersud einflößte. Audrey wachte die ganze Nacht an seinem Bett, und am nächsten Morgen war sie so verzweifelt, dass sie sich am liebsten ein Pferd genommen und nach Nyeri geritten wäre, um diesen verdammten Arzt eigenhändig herzuschleifen.

Er traf am Nachmittag ein, mit einer glänzenden, schwarzen Arzttasche, im Sattel eines Pferds, das am Zügel tänzelte, einen Kneifer auf der Nase und einer hochmütigen Miene auf dem Gesicht, in die sie am liebsten geschlagen hätte.

«Warum kommen Sie erst jetzt?», fragte sie. Er ließ sich den Weg zum Krankenzimmer zeigen und schritt voran, als habe er sie gar nicht gehört. «Wer sind Sie?», fragte er.

«Das sollte ich eher Sie fragen! Sind Sie etwa Arzt? Wo ist Dr. Morton?»

«Ah, da haben wir ja den kleinen Patienten.» Der Mann ignorierte sie völlig. Audrey packte ihn am Arm und riss ihn zu sich herum. «Sprechen Sie mit mir!», verlangte sie.

Erst jetzt sah er sie an. Er erfasste ihre fettigen, rötlich braunen Haare, das magere Gesicht und das Kleid, das in den letzten vierundzwanzig Stunden sichtlich gelitten hatte. Aber was erwartete er denn von ihr? Dass sie ihm im besten Kleid entgegentrat und das Kind mied, nur weil es krank war und sich auf ihren Rock übergeben könnte?

«Sie stinken, junge Frau», erklärte er. «Ich bin hier, weil

so ein Neger meinte, hier sei das Gelbfieber ausgebrochen und der Sohn seiner Memsahib sei erkrankt. Wissen Sie, Frauen aus der Oberschicht neigen oft zu Hysterie, deshalb habe ich mir Zeit gelassen. Ihre Herrin wird das sicher verstehen, denn ich bin überzeugt, der Junge ist bereits auf dem Weg der Besserung.»

Sie ließ die Hand sinken. Er hielt sie für ein Dienstmädchen. Allenfalls für die Gouvernante der Kinder.

«Und wenn Sie schon fragen: Ich bin Dr. Markham. Dr. Morton ist im Grenzgebiet zu Tanganjika, und er hat mich während seiner Abwesenheit mit der Betreuung des Bezirks beauftragt. Und jetzt gehen Sie mir aus dem Weg, damit ich mich um den kleinen Jungen kümmern kann, der angeblich Gelbfieber hat.»

Er schob sich an ihr vorbei und öffnete die Tür zum Kinderzimmer. Wakiuru stand neben dem Bett und reckte trotzig das Kinn. Ihre Haltung drückte deutlich aus, dass sie auf keinen Fall weichen würde. Aber Audrey hatte jeden Kampfgeist verloren. Es ging Chris nicht besser, und sie war bereit, alles zu tun, damit das nicht so blieb. Auch den unerträglichen Dr. Markham zu Chris lassen.

«Das dauert hier einen Moment», erklärte er und knallte ihr die Tür vor der Nase zu. Audrey protestierte nicht.

Sie ging in ihr Schlafzimmer und schälte sich aus dem verdreckten Kleid. Irgendwo im Haus hörte sie Thomas greinen, und als sie am Waschtisch stand und sich über die Schüssel beugte, tropfte nicht nur Wasser hinein. Aber sie schniefte, wusch sich das Gesicht kalt ab und zog ein frisches Kleid an. Ihre Haare frisierte sie notdürftig. Für mehr blieb ihr keine Zeit.

Sie ging zurück zum Kinderzimmer und klopfte.

«Herein!» Er benahm sich schon so, als sei er der Herr im Haus. Ein fremder Arzt.

Sie trat ein und blieb in der offenen Tür stehen. Dr. Markham drehte sich um, legte das Stethoskop auf den Nachttisch und musterte Audrey. Kurz glaubte sie zu sehen, dass er seinen Irrtum erkannte, doch dann trat er ihr entgegen.

«Sie müssen Mrs. Winston sein.» Er gab ihr die Hand.

Audrey nahm sie verblüfft. War das wirklich noch derselbe Mann, der sie vorhin angeblafft hatte? Und hatte er sie wirklich nicht erkannt?

Merkwürdig.

Und nicht gerade vertrauenerweckend.

«Wo ist denn dieses Mädchen, das vorhin hier rumgelaufen ist? Ihr Dienstmädchen mit einem dreckigen Kleid und einem frechen Mundwerk.»

«Keine Ahnung», stotterte Audrey.

«Egal. Es ist gut, dass Sie mich gerufen haben. Ihr Sohn hat Gelbfieber, Mrs. Winston.»

Ach, dachte sie. Dafür hätte sie ihn nicht gebraucht. Aber sie beherrschte sich. «Können Sie irgendwas tun?»

«Ich lasse Ihnen etwas gegen das Fieber da. Ansonsten ... nein. Wir müssen abwarten.»

Er gab ihr ein Glas mit einem weißen Pulver, erklärte ihr die genaue Dosierung und räumte seine Instrumente wieder in die Tasche. Und die ganze Zeit stand Wakiuru in der Zimmerecke, funkelte ihn wütend an und schwieg bedrohlich.

Audrey gab ihr das Fläschchen. «Gibst du ihm das Fiebermittel?»

«Ja, Memsahib.» Doch Wakiurus umwölkte Stirn ließ keinen Zweifel daran, dass sie bezweifelte, dieses Mittel könne irgendwas bewirken.

Vielleicht kann gar nichts mehr helfen, dachte Audrey. Sie begleitete den Doktor in das Wohnzimmer und wies Kamau an, ihnen bittere Zitronenlimonade und Gebäck zu bringen.

Wie schrecklich von ihr. Sie beschwor das Unglück herauf, wenn sie auch nur den Gedanken zuließ, dass Chris es nicht schaffen könnte.

Ich muss Matthew schreiben, dachte sie. Er sollte wissen, dass sein Kind so krank ist.

Aber sie folgte dem Arzt ins Wohnzimmer und blieb drei Stunden bei ihm sitzen, während er erzählte, wie sehr er das Leben am Fuß des Mount Kenya verabscheute. Sie fragte ihn nicht, warum er hier blieb, wenn er doch so kreuzunglücklich war. Sie gab die perfekte Gastgeberin und bot ihm an, über Nacht zu bleiben, obwohl ihr der Gedanke zuwider war, diesen Mann noch länger als nötig unter ihrem Dach zu beherbergen.

Er konnte ohnehin nichts tun.

Und im Nebenraum starb ihr Kind.

Am frühen Abend kamen Fanny und die anderen zurück, erhitzt und ausgelassen, weil sie nicht nur das Packpferd hatten mitgehen lassen, sondern auch einen beträchtlichen Teil des Weinvorrats. Sie lärmten auf dem Platz vor dem Haus, lachten mit den Stalljungen und stürmten hungrig und durstig das Haus.

Dr. Markham sah den rechten Moment gekommen,

um sich zu verabschieden. Audrey bot ihm halbherzig an, über Nacht zu bleiben, doch er lehnte dankend ab. Er wolle lieber noch zurück nach Nyeri reiten. Er schien mit der afrikanischen Nacht ebenso wenig vertraut zu sein wie mit den Krankheiten, die hier herrschten.

«Was war das denn für ein komischer Kauz!» Steve fläzte sich lachend auf das Sofa und pfiff nach Kamau, der ihm Brandy bringen sollte. Verärgert sah Audrey, wie ihr Hausboy gehorchte.

«Dr. Markham hat nach Chris gesehen», sagte sie nur.

«Geht es dem Kleinen nicht wieder besser?» Fanny hockte sich zu Audrey auf die Sofalehne. Ihre Wangen waren gerötet.

Audrey wollte gar nicht wissen, was bei diesem Ausflug alles passiert war. Sie kannte Fanny – passiert war bestimmt irgendwas.

«Er hat Gelbfieber», sagte sie leise.

Das Lachen wurde aus den fröhlichen Gesichtern gewischt.

Dan sprach zuerst. «Das ist schlimm.» Er nahm ein Glas Brandy von dem Tablett, das Kamau herumreichte. Steve, der vorhin noch am lautesten geschrien hatte, wehrte dankend ab, und Babette stand auf und setzte sich zu Audrey auf die freie Sessellehne. Sie streichelte unbeholfen Audreys Rücken.

«Entschuldigt mich bitte. Ich möchte nach ihm sehen.»

Sie verließ fluchtartig das Wohnzimmer. Zurück blieb betretenes Schweigen.

Wakiuru schüttelte stumm den Kopf, als Audrey in das Kinderzimmer kam. Chris lag inzwischen nur noch blass und apathisch im Bett, und als sie sich neben das Bett kniete, flatterten nur kurz seine Lider.

«Mein Liebling», flüsterte sie.

Die Angst um sein Leben schnürte ihr die Luft ab.

Sie bemerkte nicht, dass Fanny das Zimmer betrat. Die Arme, die um ihren Oberkörper lagen, tröstend und fest, nahm sie kaum wahr.

«Er stirbt», flüsterte sie irgendwann.

«Ich weiß», flüsterte eine Stimme hinter ihr.

Sie war nicht allein.

Nie war sie so einsam gewesen.

Die Memsahib hatte ihn gebeten, nach Süden zu gehen, dorthin, wo der Bwana Winston irgendwo war. Mehr wusste Kinyua nicht, aber er hatte nur genickt, das wenige zusammengepackt, was er für so eine Reise brauchte, und sich von Mukami verabschiedet.

Er war ein guter Läufer und schnell unterwegs, doch das letzte Mal, dass er sich so weit von seinem Dorf entfernt hatte, war viele Jahre her, und er hatte jeden Einzelnen seiner Familie vermisst. Ein Kikuyu war nicht geschaffen für das einsame Leben.

Er lief frühmorgens los und machte nur in der größten Mittagshitze eine kurze Rast, um etwas zu essen. Schon kurz darauf war er wieder unterwegs. Teils auf Straßen, die die Wawingereza angelegt hatten, teils auf den Schienen der Ugandabahn. So arbeitete er sich vor Richtung Süden, bis es weder Straßen noch Schienen gab, sondern nur die Savanne und ihn.

Es war die Zeit des Jahres, zu der alles blühte und gedieh. Er durchquerte riesige Felder der Wandelblume, die sich teppichartig ausbreitete und ihm bis an die Hüften reichte. Auf einem Termitenhügel entdeckte er eine Gabelracke. Der prächtige blaue Vogel lauerte dort auf Insekten.

Seine Schritte führten ihn durch hügeliges Gelände. Wenn er rastete, ließ er sich nur selten Zeit genug, das wenige Essen herunterzuschlingen, das Mukami ihm in die kleine Tasche gepackt hatte. Er trank an kleinen Tümpeln, und nachts lief er, bis ihm die Muskeln schmerzten, ehe er sich für die dunkelsten Stunden in seinen Umhang wickelte und versuchte, ein bisschen Schlaf zu bekommen.

Diese einsamen Stunden bescherten ihm erstaunlich viel Zeit zum Nachdenken, und er nutzte sie.

Er dachte an die Memsahib. Sie war außer sich vor Schmerz und Trauer. Er hatte nie begreifen können, warum die Weißen so viel Aufhebens um ihre Kinder machten. Überall wurden sie von Kindermädchen überwacht, und dass man sie allein irgendwo hingehen ließ, war absolut ausgeschlossen. Die ständige Angst, ein Löwe könne sich das Kind holen.

Dabei trauten sich die Löwen nur selten in die Nähe menschlicher Behausungen. In Zeiten großer Dürre vielleicht, oder in den Jahren, in denen die großen Zebra- und Gnuherden zu spät nach Norden zogen und die Löwen hungern mussten. Nur dann wurden sie gesichtet, und meistens spürten die Kikuyu das, bevor es passierte. Dann passten sie natürlich auf, denn Kinder waren die Zukunft eines Stammes.

Oder das Gelbfieber. Der kleine Junge der Memsahib hatte seit seiner Geburt immer unter einem Netz geschlafen, das ihn angeblich vor Mückenstichen schützen sollte. Und was hatte es ihm genutzt? Was hatte es der Memsahib geholfen?

Trotzdem kam er nicht umhin, die Memsahib für ihre Stärke zu bewundern. Für ihren Mut und ihren unerschütterlichen Glauben, ihr Gott werde sich das Kind schon nicht holen. So sprachen nämlich die Weißen vom Tod – dieses Kind ging nicht zu den Ahnen, sondern es wurde von ihrem Gott geholt. Das fand Kinyua so grausam, aber er wusste, dass auch manches, was die Kikuyu mit ihren Toten machten, für die Weißen unverständlich war. Dabei war es so viel besser – sie brachten ihre Toten zurück in den Busch, zu Ngai, und Ngai nahm sich der Toten an, und sie wurden mit dem Übertritt in die neue Welt zu den Ahnen der Lebenden. Auch ein kleiner Junge gehörte nun zu den Ahnen der Memsahib.

Außerdem, und er wusste nicht, ob das für sie ein tröstlicher Gedanke war, konnte sie noch viele Kinder bekommen. Sie trug doch bereits wieder eins unter dem Herzen, gesät vom Bwana, als dieser vor einiger Zeit zu Besuch gewesen war. Wusste sie das denn nicht? Spürte sie nicht, dass da ein Kind in ihr heranwuchs? Oder war sie vor Trauer so außer sich und vom Schmerz geblendet?

Das war die Kehrseite, wenn die Weißen sich so sehr an ihre Kinder hängten. Kinyua hatte auch Kinder. Er liebte sie von ganzem Herzen und überwachte aus der Ferne ihr Wachsen und Wohlergehen. Doch wenn eines von ihnen starb, ehe es das Jugendalter erreichte, durfte er sich nicht allzu sehr grämen. Manchmal besann sich Ngai, manchmal war ein Kikuyu in die Welt gekommen, der nicht hierhergehörte.

Und der kleine Chris Winston hatte nicht hierhergehört. Darum war er gestorben, am dritten Tag seiner Krankheit, und die Lücke, die er in das Herz der Memsahib gerissen hatte, war so groß und ihre Verzweiflung so heftig, dass Kinyua nicht fragte, als sie ihn nach Süden zu Bwana Winston schickte. Er fragte nicht, was es brachte, wenn Chris' Vater doch erst eintraf, nachdem sie das Kind begraben hatten.

Er gehorchte.

Denn ihm zerschnitt es das Herz, sie so leiden zu sehen. Er wollte sie in den Arm nehmen und sie trösten, auch wenn er wusste, dass sie bei jeder Berührung zusammenzucken würde. Noch dazu von ihm.

Er war nur der schwarze Verwalter. Nur der Neger, der jeden Tag aus dem Kikuyudorf kam und ihr half, die Teeplantage zu führen.

Aber er war auch ihr Freund. Und wenn er sie so leiden sah, wollte er mehr sein als nur ein Freund. Sie sollte Trost finden bei ihm. Sie sollte sich ihm anvertrauen können, und er wollte sie trösten.

Er wusste, nichts davon war möglich.

Trotzdem wünschte er es sich so sehr.

Die Grenze zu Tanganjika war nicht als solche zu erkennen. Er überquerte sie am frühen Abend, und dann wandte er sich Richtung Osten und lief weiter. Unterwegs hatte er Massai getroffen. Sie teilten mit ihm ihr Mahl und berichteten, die Engländer hätten eine halbe Tagesreise von hier im Osten ihr Lager aufgeschlagen.

Er war also schon fast da, als er sich das erste Mal darüber Gedanken machte, was er sagen sollte.

Bwana, dein Kind ist tot.

Bwana, du musst nach Hause kommen.

Konnte er das einfach so aussprechen? Wohl kaum.

Schließlich war es einfacher, als er gedacht hatte. Als er sich dem Lager näherte, blieb er nicht unbemerkt. Sofort liefen die Männer zusammen, und ihm stellte sich eine weiße Wand aus Misstrauen entgegen. Kinyua versuchte, an den Männern vorbeizugelangen, doch ein Hüne stellte sich ihm in den Weg und drückte ihm die Hand auf die Brust.

«Wo willst du hin?», schnarrte er. Sein Gesicht war dreckig, die Kleidung abgerissen und verschmutzt. Trotzdem erkannte Kinyua ihn wieder. Er gehörte zur weißen Gesellschaft Kenias, und er besaß große Ländereien, auf denen er Sisal anbaute.

«Ich bin Bwana Winstons Mann», sagte er. Zu kompliziert, diesen Männern zu erklären, dass er niemandem gehörte, außer sich selbst. Sie mochten es außerdem, wenn man sich unterwürfig zeigte. «Bitte, darf ich zu ihm?»

Der Hüne trat einen Schritt zurück. Er spuckte aus, strich sich über den Schnurrbart. «Hm», machte er. «Komm mit.»

Er führte Kinyua zu einem Zelt in der Mitte des Lagers. Die ganze Zeit spürte Kinyua die misstrauischen Blicke der Männer in seinem Rücken.

Im Zelt war es stickig, und der Mann, der hinter einem klapprigen Tisch saß, der mit Karten übersät war, kam Kinyua nicht bekannt vor.

«Der hier will zu Winston, Sir», sagte der Hüne. Er verbeugte sich vor dem kleinen, dürren Mann, der zustimmend nickte.

«Ich kümmere mich darum.»

Kinyua wartete, bis die Zeltklappe sich hinter dem Riesen geschlossen hatte. Er wartete, während der Kleine sich einen Becher Wasser einschenkte und trank. Natürlich bot er Kinyua nichts an. Auch sitzen durfte Kinyua nicht, aber das wollte er auch gar nicht. Er setzte sich nur zur Memsahib, wenn sie ihn dazu aufforderte.

«Wie heißt du?»

«Kinyua, Bwana.»

«Du willst also Mr. Winston sehen?»

«Bwana Matthew Winston, ja.»

«Hm.» Der Mann nickte. «Ist eine dumme Geschichte. Wir haben keine Ahnung, wo er ist.»

Kinyua schwieg. Der Bwana sprach weiter: «Er ist nicht zurückgekommen von seinem kurzen Heimaturlaub. Ist einfach … verschwunden. Unerlaubte Entfernung von der Truppe. Oder, in weniger schönen Worten: Er ist desertiert. Ein Verräter.»

Nur die Hälfte von dem, was der Bwana sagte, verstand Kinyua. Nur so viel wusste er: Bwana Winston war nicht hier.

«Dann müssen wir ihn suchen!»

Der Offizier schüttelte bedauernd den Kopf. «Dafür haben wir weder die Zeit noch die Mittel. Vielleicht war er unvorsichtig, vielleicht hat ihn ein Löwe erwischt, wer weiß das schon hier draußen. Solange wir nichts Genaues wissen, lautet die offizielle Version, dass er desertiert ist.»

Und dieses Wort klang ganz und gar nicht, als sei es eine Auszeichnung, dachte Kinyua.

Wie sollte er das nur der Memsahib beibringen?

27. Kapitel

Sie lebte in einem Kokon aus Schmerz, und darin war sie ganz allein gefangen. Sie lag in dem kleinen Bettchen, in dem Chris gestorben war, und sie klammerte sich an sein Kopfkissen, das diesen sauberen, kindlichen Duft verströmte. Mit jedem Tag wurde dieser Duft weniger, und irgendwann, das wusste sie, würde von ihrem Sohn nichts mehr bleiben außer der Erinnerung und ein paar verblassenden Fotografien, die sie bei der letzten gemeinsamen Reise nach Nairobi in einem Studio hatten aufnehmen lassen.

Nur die Erinnerung und ein paar Fetzen Papier. Mehr blieb nicht vom Leben eines Kindes.

Am zweiten Tag war das Fieber gesunken, und sie hatte Hoffnung geschöpft, dass Dr. Markhams Medizin tatsächlich wirkte. Sie hatte sich sogar zwischendurch ein, zwei Stündchen Schlaf genehmigt, und sie hatte bei dem völlig verstörten Thomas gesessen, der litt, weil sein großer Bruder nicht bei ihm war und weil alle im Haus sich so merkwürdig verhielten. Aber dann war er doch dem Ansturm der Krankheit erlegen.

Die Reisegesellschaft war vollständig und beinahe fluchtartig abgereist. Nur Fanny war geblieben. Fanny mit ihrem unerschütterlichen Optimismus. Sie hatte sich bei Audrey entschuldigt, weil sie «diese Leute» ins Haus gebracht hatte, die in Nairobi vielleicht angenehme Gesellschaft waren, hier draußen in The Brashy aber mit ihrer schrillen, rechthaberischen Art einfach unerträglich.

Audrey hatte nicht so recht zugehört. Sie hatte Chris' Taufkleid zerschnitten, um ihm daraus ein Leichenhemdchen zu schneidern.

Ich habe ihn geboren, wir haben ihn getauft, und nun trage ich ihn allein zu Grabe.

Sie vermisste Matthew. Sollte er jetzt nicht bei ihr sein und ihren Schmerz teilen? Sollte er sie nicht trösten? Sollte die Last nicht auch auf seinen Schultern liegen?

Sie schickte Kinyua nach ihm und bereute es schon eine Stunde später, weil ihr jetzt auch er fehlte. Ihr blieb nur Fanny. Doch ihre Freundin war dem Tod noch nicht allzu oft begegnet, was sie in Zeiten der Trauer zu einer lausigen Gefährtin machte.

Audrey musste die Beerdigung organisieren. Es war ihre Aufgabe, einen Platz zu finden, wo sie Chris beisetzen konnten, und sie musste einen Brief an den Tischler in Nyeri schreiben, damit dieser für sie einen Sarg fertigte und nach The Brashy brachte. Sie gab ihn einem Läufer mit. Dann stand sie an diesem winzigen Grab und beobachtete, wie dieser kleine, viel zu kleine Sarg in die Grube hinabgesenkt wurde. Und ja, sie schrieb Briefe, an Matthews Schwester Celia, an Rose und Reggie und ihre eigenen Eltern. Sie informierte sie über den Tod ihres Kindes.

Danach war alles, was sie an Kraft hatte aufbringen können, verbraucht, und sie ging in das Kinderzimmer, legte sich ins Bett und stand nicht mehr auf. Mary schlich sich auf Zehenspitzen zu ihr, stellte Tabletts mit Essen und starkem Tee hin, und ein paar Stunden später räumte sie die unangetasteten Tabletts wieder weg. Fanny blieb bei ihr sitzen, und wenn sie das Elend nicht länger mit ansehen konnte, holte sie etwas zu essen aus der Küche und fütterte Audrey mit Leckerbissen, und auch das ließ Audrey geschehen, denn im Grunde war doch alles egal.

Sie hatte schon wieder versagt.

Zum zweiten Mal hatte sie ein Kind, das in ihrer Obhut war, verloren. Zum zweiten Mal trug sie die Schuld am Tod eines kleinen Jungen.

Beim ersten Mal hatte sie irgendwann das Unmögliche geschafft. Sie hatte sich verziehen. Weil Matthew da war, weil er sie rettete, ohne zu wissen, welche dunklen Geister sie mit sich schleppte. Aber das Leben lachte ihr höhnisch ins Gesicht und nahm ihr das Liebste, was sie hatte.

Zwei Wochen ging das so. Zwei Wochen, in denen sie einfach nur an die Wand starrte und darauf wartete, dass der Schmerz nachließ. Dann erkannte sie, dass dieser Schmerz niemals von ihr weichen würde. Dass sie wohl lernen musste, damit zu leben.

Das war der Tag, an dem sie wieder aufstand, an dem sie sich wusch und ein frisches Kleid anzog. An dem sie sogar zu Chris' Grab ging und eine Hibiskusblüte auf den frischen Erdhügel legte. Jemand hatte – sie vermutete, das war Fannys Werk – ein schlichtes Kreuz aus Holz auf den Grabhügel gesetzt, darauf Chris' Name und sein Todesdatum.

Kein Geburtsdatum. Denn im Tod sind alle gleich, egal wie lange sie gelebt haben.

Sie blieb ein paar Stunden dort sitzen und dachte nach. Sie versuchte, die flüchtigen Erinnerungen an ihren Sohn festzuhalten, aber sie wusste schon jetzt, dass vieles ihr bald entgleiten würde. Dass vieles, was sie jetzt noch so klar sah, bald verblassen würde angesichts von nichts. Denn da war nichts mehr.

Sie dachte auch an Alfred und an Rudolf, Benjamins jüngeren Bruder. Das erste Mal seit jenem Badeunfall gestattete sie sich, die Erinnerungen ganz bewusst an sich heranzulassen. Und erst hier, am Grab ihres Sohns, konnte sie weinen – um Chris, um Alfred und um Rudolf, die viel zu früh aus dem Leben gerissen worden waren – zwei von ihnen tot, der dritte gefangen im Körper eines Kleinkinds und für immer auf die Pflege und Fürsorge seiner Familie angewiesen.

Ihre Schuld.

Auch bei Chris. Hatte sie sich, nachdem das Gelbfieber im Kikuyudorf abgeklungen war, jeden Abend aufs Neue gewissenhaft vom Zustand der Moskitonetze über den Kinderbetten überzeugt? Nein, hatte sie nicht. Und als sie Besuch hatte, hatte sie es sogar Mary überlassen, die Jungs ins Bett zu bringen.

Mary traf keine Schuld. Sie kannte die Ängste einer Mutter nicht. Nein, ihr durfte Audrey keinen Vorwurf machen.

Sich selbst dafür umso mehr.

Sie kniete vor dem Grab, bis ihre Knochen zu schmerzen begannen. Als sie aufstand, wurde ihr schwindelig, und sie hätte sich fast am Holzkreuz abstützen müssen, um nicht zu stürzen. Audrey blieb stehen, den Blick nach unten gesenkt lauschte sie in sich hinein. Irgendwas war da ... Es fühlte sich komisch an. *Anders.*

Sie kannte dieses Anderssein, sie hatte es schon zweimal erlebt.

Auf ein drittes Mal war sie nicht vorbereitet.

Das kann doch nicht sein, dachte sie.

Andererseits: Vor fünf Wochen war Matthew hier gewesen. Und wenn sie überlegte ...

Sie schüttelte den Kopf. Nein.

Dabei kannte sie die Wahrheit.

Sie bekam erneut ein Kind. Ihr drittes.

Gott lachte sie aus.

Audrey öffnete den Mund. Sie hörte den erstickten Laut, der ihr entwich, hielt ihn für die Klage eines Tiers und erkannte dann, dass es ein Lachen war, ein atemloses Lachen, ganz verzerrt von ihrem Schmerz. Wie komme ich nur darauf, so etwas zu denken?

Gott lachte sie aus?

Das war ein Gedanke, den eigentlich nur ein Kikuyu haben konnte.

Es passierte auf dem Rückweg zur Truppe, so unspektakulär und plötzlich, dass Matthew sich später oft fragte, warum er die Deutschen nicht hatte kommen sehen.

Vielleicht hatte er sie nicht sehen wollen.

Er war nicht bei der Sache, und er ritt langsam, als könne er so noch ein bisschen Zeit herausschinden, ehe er sich wieder in diesem verlausten, dreckigen Loch einrichten musste, das das Feldlager und der Kommandoposten der Engländer war. Diese Front zwischen Britisch-Ostafrika und Deutsch-Ostafrika war ein Witz. Keiner wollte sich totschießen lassen, und eigentlich spielten sie mit Oberstleutnant Lettow-Vorbeck nur Katz und Maus, während im Hintergrund die Briten ihre Truppen verstärkten und den Deutschen hoffentlich bald endgültig zurückdrängen konnten.

Bis dahin aber jagten sie die Deutschen, und die entzogen sich ihnen immer wieder. Ein ermüdendes Spiel. Nur drei Tage hatte Matthew bei seiner Familie sein können, und diese kurze Zeit hatte ihm genügt, um ihn am Sinn eines Kriegs zweifeln zu lassen, den niemand wollte.

Vermutlich würde er das anders sehen, wenn die Deutschen vor The Brashy standen.

Dieser Gedanke führte ihn bald zu Benjamin von Hardeberg, dem schneidigen, jungen Offizier, mit dem er zusammen auf Safari gegangen war. Ein netter Kerl, aber eben ein Deutscher. Und ein Mann, mit dem Audrey ein Stück Vergangenheit teilte, über das beide nur ungern redeten.

Wenn Matthew genau darüber nachdachte, störte ihn letztere Tatsache viel mehr als die erste.

Ein Knacken im Unterholz ließ ihn aufblicken. Sein Pferd scheute, und er nahm es behutsam am Zügel. Löwen? Eigentlich weder die richtige Tageszeit noch die richtige Gegend. Löwen griffen keine Menschen an, wenn es sich vermeiden ließ.

Wenn er allerdings unbeabsichtigt in die Nähe einer Löwin mit ihrem Wurf Junge gekommen war ...

«Ruhig.» Er streichelte den Hals seines Braunen.

Wieder ein Knacken, diesmal aus einer anderen Richtung. Stimmen flüsterten.

«Hallo?», rief Matthew. «Ist da jemand?»

Der Wind rauschte im Geäst der Affenbrotbäume, und in weiter Ferne hörte er das Lachen einer Hyäne. Matthew zügelte sein Pferd. Er schaute sich nach allen Seiten um, doch da war nichts.

Einbildung. Zeit, dass er wieder zu seiner Truppe kam.

Er hatte den Gedanken noch nicht ganz zu Ende gedacht, als um ihn herum die Hölle losbrach. Aus dem Unterholz stürzten sich vier jämmerliche Gestalten in grauen Uniformjacken auf ihn, sie zogen und zerrten ihn von zwei Seiten aus dem Sattel, und im nächsten Augenblick lag er auch schon im Staub. Zwei deutsche Soldaten durchsuchten seine Jackentaschen, während ein dritter sich die Satteltaschen gesichert hatte und mit Triumphgeheul davonstürmte. Die letzten beiden setzten ihm wütend nach.

Deutsche Soldaten so weit im Norden? Oder hatte er

sich verirrt und war zu weit in den Süden geraten? Das konnte doch nicht sein ...

Irgendwie schaffte er es, sich aus der Umklammerung der beiden Soldaten zu befreien. Er stieß den einen von sich, der völlig entkräftet zu Boden stürzte. Der andere wich zurück und hob abwehrend die Hände. «Nicht schießen», sagte er.

So viel Deutsch verstand Matthew.

Er zog die Pistole aus seinem Gürtel. «Warum nicht? Ihr raubt mir Pferd und Proviant, da habe ich doch das Recht, mich zu wehren?»

«Du solltest wirklich lieber nicht schießen.»

Matthew fuhr herum.

Auf einem verlassenen Termitenhügel stand Benjamin von Hardeberg.

«Du ...?»

Der einfache Soldat, dem er den Rücken zugewandt hatte, nutzte die Gelegenheit. Er zog ihm eins mit dem Kolben seines eigenen Gewehrs über.

Während Matthew zu Boden sank, dachte er: Das kann doch nicht sein.

Als er wieder zu sich kam, war es dunkel. Matthew lag auf dem Rücken, und ein kühler Wind strich über sein verschwitztes Gesicht. Sein Schädel dröhnte, und er hatte Durst. Beim Versuch, sich aufzurichten, drehte sich alles um ihn.

«Ruhig.» Das war Benjamins Stimme. Eine Hand stützte seinen Nacken, mit der anderen wurde ihm eine Feldflasche an die Lippen gedrückt.

«Wenn wir eines haben, dann Wasser», murmelte der Deutsche. Matthew schluckte gehorsam, und danach versuchte er ein zweites Mal, sich aufzusetzen.

Diesmal ging es besser.

«Tut mir leid, dass Schmitz dir eins übergebraten hat. Die Männer sind ...» Benjamin von Hardeberg verstummte.

Matthew rieb sich den schmerzenden Hinterkopf. «Ich hab jedenfalls eine ordentliche Beule.» Nach kurzer Pause fügte er hinzu: «Dann bin ich wohl dein Gefangener.»

Benjamin zuckte mit den Schultern. «Eher der meiner Männer. Ginge es nach mir ...»

Sie schwiegen. Matthew bekam Hunger, aber er wagte nicht, nach Essen zu fragen. Benjamins Männer wirkten so verhungert. Sie schienen mit der Wildnis nicht zurechtzukommen, und Vorräte hatten sie anscheinend auch nicht. «Was ist hier passiert?», fragte er schließlich vorsichtig. «Ich war auf The Brashy, aber ich habe nicht damit gerechnet, dass die Front sich in so kurzer Zeit so weit nach Norden verschiebt.»

Benjamin lachte auf. Es klang eher wie ein Bellen. «Nein, es hat alles seine Ordnung. Wir sind ein Spähtrupp. Haben uns nachts an deinen Leuten vorbeigeschlichen und sind tief ins britische Protektorat vorgedrungen.»

«Hm», machte Matthew. «Auskundschaften?»

«Auch.»

«Gefangene zu machen gehörte wohl nicht zu deinen Aufgaben.»

«Tut mir leid. Ich fürchte, wir haben uns erst verirrt, und dann haben wir es nicht mehr geschafft, an deinen Leuten vorbeizukommen. Wir sitzen in der Falle. Kaum Vorräte mehr.»

«Können deine Männer nicht jagen?»

Benjamin lächelte. «Das sind einfache Burschen. Sind eher Schlägereien gewohnt, als mit einem Gewehr umzugehen. Glaub mir, hätte ich nicht Angst, dass sie sich gegenseitig abknallen ... Außerdem haben wir bald keine Munition mehr.»

«Ich hab Munition.» Matthew hatte keine Lust zu hungern. «Wir beide könnten auf Jagd gehen. Frisches Fleisch könnte deine Truppe besänftigen.»

Benjamin stocherte mit einem Stock in der Glut. Funken stiegen zum Himmel auf. «Du weißt, dass ich mir deine Munition einfach nehmen kann. Du bist unser Gefangener.»

Matthew zögerte. «Wir waren auch mal ... na ja, vielleicht sogar Freunde.»

Der Blick, mit dem Benjamin ihn maß, war fast bedauernd. «Wir können keine Freunde sein», sagte er leise.

Wegen Audrey.

Er brauchte es nicht auszusprechen.

Auf der gemeinsamen Safari ins Masai Mara hatten sie nie über Audrey gesprochen. Sie war Matthews Frau, und damit erübrigte sich jedes Gespräch über sie.

«Also? Was wird jetzt aus mir?»

Benjamin schaute sich um. Seine Männer saßen am anderen Lagerfeuer. Ihr raues Lachen und die dunklen Stimmen drangen von dort herüber.

«Morgen gehen wir auf die Jagd. Aber ich warne dich. Wenn du auch nur versuchst, auf einen von uns zu schießen, haben meine Männer Befehl, dich zu erschießen. Wir sind zu viele, du hättest keine Chance.»

Das wusste Matthew. «Ich gebe dir mein Wort.»

Benjamin nicket. Aber er sah nicht so aus, als bedeute Matthews Wort hier allzu viel.

«Und dann bringst du uns nach Süden zur Grenze. Irgendwo muss sich Lettow-Vorbeck ja herumtreiben. Wir finden ihn, und ich setze mich bei ihm für dich ein.»

Matthew seufzte. «Wir wissen beide, dass dein Oberstleutnant den Teufel tun wird, mich auf freien Fuß zu setzen.»

«Wer weiß ...» Benjamin wiegte den Kopf. «Er ist ein erstaunlicher Mann. Du würdest Gefallen an ihm finden.»

«Ich habe mich genauso verirrt wie ihr», log er. «Wie soll ich schaffen, was dir seit Wochen nicht gelingt?»

«Du verirrst dich nicht», erwiderte Benjamin scharf. «Verkauf mich nicht für dumm, Matthew. Ich war mit dir auf Safari. Selbst aus den Spuren eines Löwen könntest du noch den richtigen Weg ablesen.»

Damit stand er auf und ließ Matthew allein.

Wenigstens hatte er eine dünne Decke. Mühsam wickelte er sich darin ein. Einer von Benjamins Männern kam zu ihm herüber, einen langen Strick zwischen den Händen. Matthew streckte schicksalsergeben die Hände aus und ließ sich fesseln.

Ein Gefangener war er also, und wenn er Pech hatte, würde sich daran bis zum Ende des Krieges nichts ändern.

Am nächsten Tag gingen sie tatsächlich auf die Jagd, und sie schossen einen Büffel und zwei Antilopen, die sie am Lagerfeuer brieten. Die Männer waren völlig berauscht von diesem Festmahl, und am Abend feierten sie so ausgelassen, als hätten sie nicht drei Wildtiere abgeschlachtet, sondern die ganze britische Armee.

Erst am darauffolgenden Tag zogen sie weiter Richtung Süden. Matthew führte den kleinen Spähtrupp nah an die Grenze nach Tanganjika. Dort machten sie wieder Rast. Die Männer waren ausgesprochen guter Laune. Sie hatten Essen, einen britischen Kriegsgefangenen und waren auf dem Weg zurück auf sicheres Terrain.

An diesem Abend blieb Matthew nicht allein an seinem kleinen Lagerfeuer. Benjamin tauchte wieder aus den Schatten auf, und wie schon vor zwei Tagen schwieg er lange, als müsste er sich die Worte zurechtlegen.

«Könnte sein, dass ich dich laufen lasse», sagte er schließlich.

«Dein Oberstleutnant wäre darüber nicht sehr glücklich.»

Benjamin zuckte mit den Schultern. «Ich denke nicht an Lettow-Vorbeck.»

Sondern?, wollte Matthew fragen, verkniff es sich aber. Er wartete.

«Als Audrey und ich unsere Verlobung lösten, nein ...» Er schüttelte den Kopf. «Als ich die Verlobung gelöst habe. So ist es richtig. Da habe ich mir geschworen, dass sich unsere Wege nie wieder kreuzen sollten. Darum ging ich nach Afrika, als sich mir die Möglichkeit bot. Ich hatte geglaubt, Europa sei zu eng für uns beide, dabei war sie längst hier. Und ich habe gesehen, wie die Ereignisse sie verändert haben, und ich hatte plötzlich Mitleid mit ihr. Ich habe versucht, ihr ein Freund zu sein. Oder dir. Man kann mir also nicht vorwerfen, ich hätte es nicht versucht.»

«Der Krieg ...», wollte Matthew einwenden.

«Glaub mir, mit dem Krieg hat das nichts zu tun. Es ist ganz allein die Sache zwischen Audrey und mir, die uns immer im Weg stehen wird.»

Aber was genau ist das für eine Sache?, wollte Matthew fragen. Er hatte nicht übel Lust, Benjamin am Kragen zu packen und ihn ordentlich durchzuschütteln.

Vielleicht war es für beide ganz gut, dass ihm die Hände gebunden waren.

«Du redest gerade schlecht über meine Frau», murmelte Matthew. «Unter anderen Umständen ...»

«Ich weiß.» Benjamin lächelte. «Unter anderen Umständen würdest du mir an die Gurgel gehen.»

Er beugte sich vor und lockerte die Knoten von Matthews Fesseln. «Warte, bis alle schlafen. Ich will nicht, dass einer von meinen Jungs dir in den Rücken schießt.»

Matthew starrte auf seine Hände. «Warum tust du das?»

«Für Audrey. Man kann sich wohl nie so ganz davon losmachen, wenn man sich jemandem einmal so verbunden gefühlt hat, nicht wahr?»

Benjamin nickte ein letztes Mal, dann stand er auf und ließ Matthew allein. Mit gelockerten Fesseln, einem Stück feinem Bratenfleisch in der Schüssel auf seinen Knien und mit tausend wilden, ungestümen Gedanken, aus denen sich vor allem einer herauskristallisierte.

Was hast du diesem Mann angetan, Audrey? Er fühlt sich dir so verbunden und hasst dich dennoch so sehr.

Seine Flucht gelang ihm mit Leichtigkeit. Die Männer schnarchten längst satt und zufrieden, als Matthew sich kurz nach Mitternacht davonstahl.

Sein Pferd musste er zurücklassen, ebenso den Kompass und die Gewehre. Ein bedauerlicher Verlust, und wäre er nicht mit dem ostafrikanischen Busch so vertraut gewesen, hätte er Mühe gehabt, seinen Weg zu finden. Aber so lief er einfach Richtung Osten und wartete, bis die Sonne aufging und erste Wegmarken vor seinen Augen auftauchten. Er kannte sich hier nicht aus, aber er würde es schon irgendwie schaffen, den Weg zurück zur Truppe zu finden.

Letztlich fanden sie ihn, aber erst nach drei Wochen, in denen er völlig ausgehungert durch die Savanne schlich. Sein Schädel dröhnte, und er glaubte, den Verstand zu verlieren, als ein Trupp Männer vor ihm auftauchte. Einen kurzen Augenblick glaubte er sogar, das müsse wieder Benjamin mit seinen Männern sein, und er wollte schon umdrehen und weglaufen. Doch dann rief ihn eine Stimme, und es war eine englische.

Erleichtert blieb er stehen. Er hatte alles verloren, aber er lebte. Er war der Gefangenschaft entkommen und drei Wochen allein durch die Savanne geirrt. Wäre er einem Löwen begegnet, der Hunger hatte – er hätte keine Chance gehabt.

Jetzt konnte ihm nichts mehr passieren. Alles war gut.

Als die Männer erfuhren, wer er war, reagierten sie ... zurückhaltend. Sie gaben ihm Wasser und Brot, einer hatte ein paar Stücke kalten Braten dabei, die Matthew herunterschlang.

«Wir haben gedacht, Sie wären tot», sagte der junge Offizier, der den Trupp anführte. «Waren in großer Sorge, Sir.»

«Ich hoffe, das haben Sie nicht meiner Frau gemeldet.» Frisch gestärkt fühlte Matthew sich bereit, sofort in die nächste Schlacht zu ziehen. Diesen Deutschen würde er's schon noch zeigen!

Die Männer wechselten verlegene Blicke. Dann schüttelte der Offizier den Kopf. «Keine Meldung nach Hause gemacht, Sir. Das passiert erst nach vier Wochen.»

«Dann gibt's keinen Grund, mich anzusehen, als sei die Welt untergegangen.»

Der junge Oberst räusperte sich. Er sah Matthew nicht an.

«Ist was passiert?», fragte er. «Ist irgendwas mit unserer Truppe?»

«Unsere Truppe ist in hervorragender Verfassung. Wir konnten Lettow-Vorbeck erfolgreich zurückdrängen.»

«Verdammt, Mann, sprechen Sie! Was ist es dann?»

«Ihre Frau. Es ist ...»

Aber mehr hörte Matthew nicht. Das Blut rauschte

ihm in den Ohren, und das wenige, was er gegessen hatte, kam ihm wieder hoch.

Großer Gott, es ist Audrey. Ich bin nicht da, und jetzt ist ihr etwas Schreckliches passiert.

Später wusste er nicht so genau, wie die Männer ihn zurück ins Lager gebracht hatten. Aber an diesem Abend, nachdem er ein zweites Mal gegessen und getrunken hatte, nachdem er sich rasiert und gewaschen hatte und in einer leidlich sauberen Uniform steckte, stand er im Zelt des Kommandanten.

«Sagen Sie mir einfach, dass meine Frau lebt», verlangte Matthew.

Nach seinem Fortgang auf The Brashy musste irgendwas vorgefallen sein. Etwas Schlimmes.

Lord Delamere war ein Engländer vom alten Schlag, zweiter Sohn eines Peers, und, weil die Heimat ihm nichts geboten hatte, früh nach Ostafrika ausgewandert. Er war eine Institution in Nairobi, und viele sagten, er sei der Gouverneur hinter dem Gouverneur. Matthew mochte ihn, obwohl sie bisher wenig Gelegenheit gehabt hatten, miteinander näher bekannt zu werden.

Das liegt daran, dass Delamere in einer anderen Welt lebt als ich, dachte Matthew. Auch in Ostafrika gibt es diese Grenzen zwischen der Gesellschaft und dem Rest. Wir sehen die Grenze nur nicht so klar, und es gibt Menschen, die sich darüber hinwegsetzen wollen.

«Gut, Sie wieder dabeizuhaben, Winston. Wir haben Sie schmerzlich vermisst.» Delamere reichte ihm jovial die Hand. «Möchten Sie Kaffee? Oder lieber Tee? Hab gehört, Sie haben da oben am Mount Kenya eine florierende Teeplantage.»

«Kaffee wäre mir gerade recht, Sir.»

Delamere schenkte aus einer Blechkanne in zwei emaillierte Becher tiefschwarzen, duftenden Kaffee. «Den müssen Sie probieren. Ein Genuss.»

Delamere bot Matthew einen Platz an, und sie tranken den Kaffee schweigend. Matthew wippte unruhig mit dem Fuß. Er hielt diese Anspannung nicht länger aus.

«Sir, entschuldigen Sie, wenn ich unhöflich bin ...»

«Ja. Ich muss mich entschuldigen.» Delamere stellte den Becher auf ein kleines Tischchen und beugte sich vor. Er faltete die Hände.

«Kennen Sie einen Kikuyu namens Kinyua?»

«Natürlich. Kinyua ist der Dorfvorsteher meiner Kikuyu. Er unterstützt meine Frau bei der Farmarbeit.»

«Vor drei Tagen kam er her und wollte Sie sprechen.»

«Kinyua ist hier?»

«Er ist noch am selben Tag zurückgelaufen. Ein Teufelskerl, ist eine Woche durch den Busch getrabt und ließ sich durch nichts davon abhalten. Wir haben ihn anständig mit Vorräten versorgt.»

«Oh», sagte Matthew. «Was ... Also, ich bedanke mich natürlich für Ihre Unterstützung, aber ich möchte jetzt wirklich gern wissen, was genau ... Es ist etwas passiert?»

«Es ist etwas passiert, Matthew. Ihr Ältester. Wie heißt er? Chris?»

«Chris, ja.» Matthew spürte, wie etwas nach ihm

griff. Ihm wurde eiskalt, und die Worte des Lords drangen wie durch einen Blutschleier zu ihm.

«Ihr Ältester ist an Gelbfieber erkrankt und nach drei Tagen gestorben. Es tut mir leid, Winston. Wären Sie hier gewesen, ich hätte Sie sofort heimgeschickt. Jetzt sollten Sie nach Hause zurückkehren. Mein Beileid. Ich glaube, niemand kann nachvollziehen, was Sie jetzt empfinden ...»

Mehr hörte Matthew nicht.

Mein Kind ist tot.

Mein Sohn.

Er versuchte, etwas zu sagen, aber aus seinem Mund drang nur ein unartikuliertes Gurgeln, ein unmenschlicher Laut.

«... verstehen Sie?»

Nein. Er verstand nichts.

Audrey, wie konnte das nur passieren?

Später fehlte ihm ein Teil seiner Erinnerung, nur Fetzen blieben. Er wusste noch, dass er aus dem Zelt stolperte. Er übergab sich schon wieder, und keiner lachte. Die Männer im Halbkreis um ihn, einer half ihm auf. Matthew schüttelte ihn ab. «Alles gut», hörte er sich sagen.

Als er wieder klar denken konnte, saß er im Sattel eines fremden Pferdes und jagte nach Norden.

Heim.

28. Kapitel

Gott lachte sie wahrhaftig aus. Er schenkte ihr in diesem Jahr die beste Ernte, die sie seit ihrer Ankunft auf The Brashy hatten einfahren können.

Gott lachte sie aus. Die Teemanufaktur produzierte den besten Tee, den sie je getrunken hatte.

Die Preise waren im Keller. Keine Kiste Tee, keinen Sack, kein Bündel konnte sie nach Europa verschiffen. Sie hatte die beste und größte Ernte seit Bestehen von The Brashy, das Lager platzte aus allen Nähten, und die Pflückerinnen waren auch nach Einbruch der Dunkelheit noch im Licht des Mondes auf den Feldern unterwegs, um die zartesten Blätterknospen mit dem Fingernagel abzukneifen. Nie war der herbsüße Duft frischer Teeblätter verführerischer gewesen.

Noch nie war eine Ernte so wertlos gewesen.

Und Gott hatte seinen Spaß. Audrey saß abends auf den Verandastufen und wartete. Sie hatte Kinyua nach Süden geschickt, damit er Matthew heimholte. Sie wollte trauern mit ihm, nicht mehr allein sein mit dem Schmerz. Neben ihr lag Thomas in einem großen Weidenkorb, den sie nicht mehr aus den Augen lassen wollte, seit sie ihre Kraft wiedergefunden hatte. Tagsüber, wenn sie auf der

Farm unterwegs war, band sie ihn sich wie eine Kikuyu auf den Rücken, und abends schlief er mit ihrem Finger in der kleinen Hand ein, während sie die großen Kontobücher auf dem Schoß balancierte und mit einem Bleistift die Reihen füllte.

Die Arbeit war im Grunde sinnlos, denn der Tee mochte auf dem Papier ein kleines Vermögen wert sein – in Wahrheit stand ihnen inzwischen das Wasser bis zum Hals. Sie seufzte.

Mary kam aus der Küche und hockte sich neben sie. Seit Audrey das Kind die meiste Zeit des Tages bei sich hatte, fehlte Mary eine Aufgabe. Sie hatte sich daher daran gemacht, das komplette Haus zu schrubben und Fannys exzentrische Wünsche zu erfüllen, die sich die meiste Zeit des Tages in ihrem Zimmer einschloss.

Jeder ging auf seine Art mit diesem Schmerz um.

«Die Küche ist sauber, Memsahib.»

«Danke, Mary. Du kannst jetzt schlafen gehen.»

Mary zögerte. Sie starrte ins Dunkel.

«Da ist jemand», sagte sie leise.

Audrey blickte auf. Sie strich sich eine verschwitzte Strähne aus dem Gesicht. «Ich sehe niemanden.»

«Wenn ich es doch sage, Memsahib.»

Audrey hatte gelernt, den Instinkten ihrer Helfer zu vertrauen. Meist wussten sie es besser.

«Siehst du?» Eine dunkle Gestalt löste sich aus der Finsternis. Sie führte ein Pferd am Zügel und kam langsam näher. «Master Ricket.»

Timothy Ricket war wohl der Einzige, den Mary nicht Bwana, sondern Master nannte. Audrey wusste nicht, warum sie das tat, immerhin war Mary nun schon seit Jahren bei ihr.

Es war tatsächlich der Händler. Er kam näher und blieb außerhalb des Lichtkreises stehen, den eine Gaslampe bis auf den Rasen warf.

«Sie sollten sich Wachhunde anschaffen, Mrs. Winston», rief er.

«Mary hat Sie schon früh genug bemerkt.» Audrey klappte das Kontobuch zu und stand auf. «Aber es ist gut, dass Sie kommen. Mein Lagerhaus ist voll mit dem besten Tee, den Sie je getrunken haben.»

«Hört, hört.» Er band sein Pferd an einen Pfosten, trat zu ihr, und Audrey begrüßte ihn mit Handschlag. Als sie Mary gerade sagen wollte, sie solle ein Gästezimmer herrichten, bemerkte sie, dass das Mädchen schon verschwunden war. Gut. Sie sorgte bestimmt dafür, das Kamau und der Küchenjunge sich um ein spätes Abendessen kümmerten.

«Ich bin allerdings nicht hier, weil ich Tee kaufen will.» Schwer atmend sank er in einen der Korbsessel. Audrey zog Thomas' Körbchen zum anderen Sessel und setzte sich Timothy gegenüber.

«Sondern?»

«Es geht um Matthew, Teuerste. Sie haben mich geschickt, weil sie dachten, ich kenne Sie wohl gut genug, um es Ihnen schonend beizubringen.»

Audreys Hand am Weidenkorb wurde eisig. «Nein», flüsterte sie.

«Er ist wohlauf», fügte Timothy hastig hinzu. «Verzeihen Sie, das war ungeschickt. Ich weiß doch … Mein aufrichtiges Beileid zu Ihrem Verlust.» Er schüttelte den Kopf, als suchte er nach den richtigen Worten. «Ich habe es ganz falsch angefangen, nicht wahr? Ich bin Händler, kein Pastor. Ich ...»

Audrey atmete tief durch. Sie war es gewohnt, dass die Menschen auf Chris' Tod verstört reagierten.

«Erzählen Sie einfach der Reihe nach», forderte sie ihn sanft auf. «Was ist mit Matthew los?»

«Er ist in Nairobi.»

«Also ist er wohlauf?»

«Wie man's nimmt. Er wurde von Delamere heimgeschickt, weil ... nun, wegen des Todes Ihres Kinds. Er ist nach Nairobi geritten, hat eine Nacht in meinem Haus verbracht – und ich muss leider sagen, es ging ihm nicht gut – und verschwand am nächsten Morgen.»

«Aber er ist noch in Nairobi.» Es fiel Audrey schwer, der Geschichte zu folgen.

«Er hat sich ein Zimmer im Club genommen und sitzt von morgens bis abends an der Bar. Er säuft. Ertränkt den Kummer um seinen Sohn.»

Um unseren Sohn, verbesserte Audrey ihn in Gedanken. Ich hätte genauso gute Gründe, meinen Schmerz zu betäuben.

«Jedenfalls ... er braucht Sie, Audrey. Kommen Sie nach Nairobi. Holen Sie Ihren Mann nach Hause.»

Lautlos wie ein Schatten tauchte Kamau in der Tür auf. «Ich habe im Esszimmer gedeckt, Memsahib.»

«Danke, Kamau. Wir kommen sofort.»

Sie erhob sich. «Ich kann nicht fort, solange Kinyua nicht zurück ist. Mein Mann scheint mit dem Pferd schneller zu sein als ein Kikuyu zu Fuß, wenn er schon bis nach Nairobi gelangt ist und sich dort besäuft.»

Sie spürte selbst, wie verbittert das klang. Aber sie war verletzt. Warum kam Matthew nicht zu ihr nach Hause, damit sie gemeinsam den Tod ihres Sohnes betrauern konnten? Wieso ließ er sie in dieser schweren Stunde im Stich?

Am nächsten Morgen saß sie schon kurz nach Tagesanbruch wieder auf den Stufen und führte mit spitzem Bleistift und großer Gewissenhaftigkeit die Kontobücher. Es war gestern spät geworden; Timothy Ricket hatte viel zu erzählen gehabt. Er versuchte, ihr die grausamen Details zu ersparen. Aber man konnte wohl nicht in dieser Zeit leben, ohne mit den Gräuel in Berührung zu kommen, die dieser Krieg bereithielt.

Erst war es wie das Rauschen des Windes in den Bäumen, ein silbriges Rascheln. Dann sah sie Kinyua aus dem Wald treten. Er trabte entspannt über die Rasenfläche, als habe er nicht in den letzten Wochen Hunderte von Meilen zu Fuß zurückgelegt.

«Memsahib.» Er verlangsamte seine Schritte und blieb vor der Veranda stehen.

«Du bist zurück, Kinyua.» Sie lächelte. «Das ist gut.»

Und es war wirklich gut. Sie konnte Timothy nach Nairobi begleiten und Matthew heimholen.

Und dann konnte sie endlich gemeinsam mit ihrem Mann trauern.

Sie klopfte einladend neben sich auf die Verandastufe. «Setz dich zu mir.»

Kinyua kam. Sein Gesicht war verschwitzt, und er atmete schwer. Audrey rief Kamau, damit er Wasser und das Frühstück brachte. Leise und stockend begann Kinyua zu berichten. Er wirkte sehr betrübt, weil er Matthew nicht angetroffen hatte. Audrey legte ihm tröstend die Hand auf den Arm. «Er ist in Nairobi», beruhigte sie ihn. «Er kam kurz danach ins Camp und ist sofort losgeritten. Und jetzt ist er in Nairobi.»

Kinyua entzog sich ihrer Hand nicht, und sie ließ sie einfach dort liegen. Es tat gut, endlich wieder einem Mensch nahe zu sein, nicht ständig auf der Hut sein zu müssen. «Dann bleibt er dort?», fragte Kinyua.

«Nein. Ich werde ihn holen. Darum ist es gut, dass du zurück bist.»

Die Fliegengittertür hinter ihnen öffnete sich. «Guten Morgen, Audrey.»

Sie fuhr herum. Timothy Ricket stand in der Tür, den Hut in der Hand. Sein Blick, der sonst so leutselig war, wirkte plötzlich ... finster. Er galt nicht ihr, sondern Kinyua, der so dicht neben ihr saß. Audrey zog die Hand zurück, als habe sie sich an Kinyuas Haut verbrannt.

«Guten Morgen!», zwitscherte sie fröhlich. Es klang so entsetzlich falsch in ihren Ohren. «Sehen Sie nur, Kinyua ist zurück. Sobald Sie so weit sind, kann ich mit Ihnen nach Nairobi.»

«So, ja.» Timothy rieb sich den Nacken. «Dann ist ja alles gut.»

Er ließ sich in den Korbsessel fallen und wartete. Kamau kam und deckte stumm den Tisch für vier. Nur das dezente Klappern war zu hören.

Kinyua stand auf. «Ich gehe ins Dorf. Später kannst du mir sagen, wie es auf der Plantage geht, Memsahib», sagte er, für seine Verhältnisse erstaunlich still und zurückhaltend.

«Das tu nur.» Audrey verschränkte die Arme und umfasste ihre Ellbogen, als sei ihr kalt. «Ich danke dir, Kinyua. Für alles.»

Er nickte und ging. Kamau schaute kurz hoch und räumte dann ebenso leise das vierte Gedeck wieder weg. Timothy beobachtete den Vorgang finster. Erst nachdem Kamau verschwunden war, schaute er sie an.

«So ist das also», sagte er.

«Ich frage Fanny, ob sie mit uns frühstücken will.» Audrey betrat das Haus und versuchte, tief durchzuatmen, doch irgendwie war da ein Schmerz tief in ihrer Brust, gegen den sie nicht ankam.

So ist das also, hatte Ricket gesagt. Als hätte er etwas gesehen, das nicht da war. Etwas, das nur sie spürte, nur sie bewahrte. Das Flattern ihres Herzens, als sie an diesem Morgen Kinyua gesehen hatte. Die Erleichterung, weil ihm nichts passiert war.

Sie hatte bis zu diesem Moment geglaubt, es sei nur ihre Sorge um Matthew, die sie umtrieb. Aber das war nur die halbe Wahrheit. Auch um Kinyua hatte sie sich gesorgt, und zwar mehr, als es für die Dienstherrin eines schwarzen Mannes schicklich war.

Sie wollte nicht darüber nachdenken, was das bedeutete. Sie wollte nur so schnell wie möglich nach Nairobi und sich an Matthew festhalten. Er würde es verstehen – ihren Schmerz und die Trauer, die ihr diese verrückten Gedanken einflüsterten.

Fanny hatte keine Lust, mit Timothy und Audrey zu frühstücken. Sie lag noch im Bett, mit dem Gesicht zur Wand und einem so weinerlichen Unterton in der Stimme, dass Audrey sie am liebsten geschüttelt hätte. «Lass mich in Ruhe, ich mag nicht.»

Das war der Moment, in dem ihr der Geduldsfaden riss.

«Ich mag auch nicht», erwiderte Audrey scharf. «Weißt du, Fanny, ich steh auch ungern am nächsten Tag auf. Jeden Morgen ist es eine Qual. Ich wache auf, und während ich noch im Bett liege, ist alles in schönster Ordnung. Meine Söhne liegen im Kinderzimmer in ihren Bettchen und schlafen, und mein Mann ist früh raus, wie er es früher immer getan hat. Aber wenn ich aufstehe, sehe ich all die leeren Plätze in diesem Haus. Dass Matthew nicht hier ist, sondern sich in Nairobi um den Verstand säuft. Dass Chris nicht in seinem Bettchen liegt, sondern hinter dem Haus auf diesem kleinen Friedhof, den wir nur seinetwegen angelegt haben. Eigentlich hätte er uns eines Tages zu Grabe tragen müssen, das ist der Lauf der Dinge. Kinder beerdigen ihre Eltern, und auch wenn ich ihm diesen Schmerz ersparen wollen würde, ist das eben so. Aber nein, er ist tot, in seinem winzigen Sarg bestattet, und ich geh jeden Tag zu ihm und sage ihm, wie leid mir das tut und wie sehr ihn seine Mama und sein Papa vermissen. Ich sitze an seinem Grab und singe ihm Schlaflieder, damit er keine Angst hat da unten im Dunkeln!» Jetzt erhob sie die Stimme und kreischte fast. «Und du hast überhaupt nichts verloren. Du hast dich bei einem Picknick vergnügt, als er krank war, du warst immer die Freundin, die sich die schönen Tage rausgepickt hat. Aber es gibt eben nicht nur die schönen Tage, hörst du? Er ist tot, und jetzt sind die Tage eben traurig, aber jeder von uns strengt sich an. Nur du liegst im Bett und starrst die Wand an, obwohl du längst nicht so viel verloren hast wie wir!»

Atemlos hielt sie inne. Sie bemerkte erst jetzt, dass ihr die Tränen haltlos über die Wangen rannen. Bestimmt hatte man sie im ganzen Haus gehört, aber sie schämte sich nicht dafür. Sollte Timothy doch denken, sie habe den Verstand verloren. Das könnte er ihr dann zugutehalten, wenn er in Nairobi herumerzählte, dass sie sich den Negern an den Hals warf.

«Also, ich würde mich freuen, wenn du mit uns frühstückst», fügte sie ruhiger hinzu.

Fanny richtete sich auf. Sie starrte Audrey an und erhob sich schließlich. «Ich komme gleich», flüsterte sie.

«Danke», erwiderte Audrey, doch Fanny schüttelte den Kopf, als gebe es keinen Grund, sich für irgendwas zu bedanken.

Das Frühstück verlief in gedrückter Stimmung. Nur Audrey sprach hin und wieder. Sie gab Fanny Anweisungen für die nächsten Tage ihrer Abwesenheit. Timothy kratzte genüsslich sein gekochtes Ei aus, bestrich den Toast dick mit Butter und verlangte sogar ein zweites Ei, das Kamau erst brachte, nachdem Audrey genickt hatte. Außer Tee war bei ihnen alles knapp, weil das Geld fehlte. Aber das sagte sie ihm nicht.

Nach dem Frühstück packte sie in aller Eile ein paar Sachen und verabschiedete sich von Thomas. Es tat ihr weh, ihren Sohn zurückzulassen, aber sie versprach ihm, bald zurückzukommen und den Papa heimzubringen. Und sie versprach auch, dass alles wieder gut werden würde irgendwann, obwohl sie sich da gar nicht so sicher war.

Ein kurzer Besuch am Grab. Eine frische Lilie stellte sie in die kleine Vase, die sie in den Grabhügel eingebuddelt hatte, damit der Wind sie nicht umwarf. Dann hetzte sie zum Kikuyudorf, um mit Kinyua das Nötigste zu besprechen.

Auf dem Weg durch den kleinen Wald, der zwischen Dorf und Plantage lag, hielt sie inne. Sie blieb einfach stehen und ließ die Welt um sich herum auf sich wirken.

Das üppige Grün umschloss sie wie eine lebendige Höhle, und die Geräusche im Unterholz, das leise Rascheln und Flüstern des Winds in den Baumwipfeln, schreckte sie nicht mehr wie am Anfang. Wenn sie sich überlegte, dass sie anfangs nicht mal allein zum Klohäuschen gewollt hatte, weil sie sich so fürchtete …

Ich bin angekommen. Das hier ist meine Heimat. Ich reite nach Nairobi, um meinen Mann zu stützen.

Sie wusste nicht, woher diese Stärke plötzlich kam, diese Gewissheit, dass alles sich irgendwann wieder zum Guten wenden würde. Nach dem Krieg. Nach der Geburt ihres Kindes, das sie in wenigen Wochen zum ersten Mal würde spüren können, von dem sie jetzt aber schon wusste, dass es in ihr wuchs und gedieh. Der Krieg, der Tod und Matthews Trauer, ihr eigener Schmerz – all das müsste ihr doch die Kraft rauben, doch was blieb, war nur das unerschütterliche Wissen, dass sie es wieder in Ordnung bringen konnte.

Vor vielen Jahren war sie einmal daran gescheitert, alles

wieder heil zu machen, und sie bereute das bis heute. Sie spürte die Schuld noch immer. Aber sie war nicht mehr so erdrückend, sondern ruhte nur noch ganz leicht auf ihren Schultern, gemeinsam mit Verantwortung und Trauer.

Jeder hat sein Päckchen zu tragen. Sie hatte ihre Mutter immer wütend anfauchen wollen, wenn diese so etwas sagte, aber sie begriff jetzt, was es hieß, ein Päckchen zu tragen, und das, das sie trug, war nicht zu viel. Sie konnte es gerade aushalten.

29. Kapitel

Sich im Muthaigaclub zu betrinken, ging ein paar Tage gut, danach wurde ihm das Geld knapp. Also hatte er etwas vom Geschäftskonto abgehoben, wie Audrey entsetzt feststellen musste, nachdem sie in Nairobi angekommen war und sich auf die Suche nach Matthew machte. Er hatte eine Schneise aus Alkoholexzessen, Geldverschwendung und Säufergeschichten quer durch die Stadt geschlagen. Wen sie auch fragte, jeder wusste irgendwas beizutragen, und keiner sparte mit guten Ratschlägen.

Trotzdem dauerte es zwei Tage, bis sie ihn in einer Spelunke im Norden der Stadt fand. Man hätte meinen sollen, dass in einer Stadt wie Nairobi – die nicht mit europäischen Metropolen vergleichbar war, nun wirklich nicht! – ein Mensch nicht so lange untertauchen konnte, wenn man ihn wirklich angestrengt suchte.

Als Audrey die Blechhütte betrat, schlug ihr ein abartiger Gestank nach Pombe, Erbrochenem und ranzigem Fett entgegen. Die jämmerlichen Gestalten, die an den Tischen jeder für sich saßen, hielten sich an ihren Flaschen fest und tranken, als handle es sich um Wasser und nicht um Hochprozentiges.

Der Wirt musterte sie feindselig. «Is hier nich für Ladys!», rief er.

«Ich bleib nicht lange.»

Sie hatte Matthew entdeckt und trat zu ihm. Er blickte auf, und sie erschrak. Sie wusste nicht, was sie erwartet hatte, aber diese Leere in seinem Blick, dieses Verlorene – das schmerzte mehr als alles andere.

«Matthew.» Sie sprach ganz leise, aber er reagierte nicht. Audrey zog einen Stuhl heran, wischte mit der Hand über die Sitzfläche und ließ sich behutsam darauf nieder.

Sofort stand der Wirt neben ihr. «Was wollen Sie?»

Sie blickte zu ihm hoch. Er war feist, seine Kleidung abgetragen, aber überraschend sauber. Das Geschirrtuch, das im Gürtel steckte, wirkte irgendwie grau, aber was wusste sie schon. Dafür war's in dieser Höhle viel zu dunkel.

«Ich möchte nichts, vielen Dank», erwiderte sie höflich.

«Sie sind hier, also trinken Sie gefälligst was.»

«Dann bringen Sie mir bitte ein ... Bier.» Sie trank kein Bier, aber vielleicht ließ er sie dann in Ruhe.

«Ein Bier, kommt sofort. Zahlen Sie für den da auch die Zeche?» Er zeigte auf ihren Mann.

«Ich zahle für ihn, ja.»

«Hat ganz schön was angehäuft.»

Sie seufzte. Nachdem er schon das Geschäftskonto leergeräumt hatte, wunderte sie das nicht. Sie hatte auch nicht mehr viel, und wenn kein kleines Wunder geschah – dass zum Beispiel der Krieg von heute auf morgen endete und sie den Tee verkaufen konnte, der in ihrem Lagerhaus bald schon anfangen würde zu schimmeln –, würde sie sich etwas einfallen lassen müssen.

Eins nach dem anderen, ermahnte sie sich.

Matthew saß vornübergebeugt am Tisch, das Gesicht gesenkt, den Kopf in die Hände gestützt, die Ellbogen auf der Tischplatte. Sie spürte, wie er sie aus dem Augenwinkel musterte. Als der Wirt das Bier brachte, lehnte sie sich zurück und machte eine einladende Handbewegung. Er zögerte, doch dann überwog die Gier, und er kippte das halbe Glas auf einmal herunter. Der Wirt blieb am Tisch stehen und streckte die Hand aus.

Widerstrebend knöpfte Audrey ihren Geldbeutel auf und legte ein paar Rupienscheine in seine dreckige Hand. «Na, immerhin», murmelte er und verzog sich wieder hinter den Tresen.

«Matthew ...» Seine Hände hielten das Glas umklammert. Er blickte starr nach vorne. Als sie die Finger auf den Ärmel seiner Uniformjacke legte, zuckte er zurück, als habe er sich an ihr verbrannt.

«Komm nach Hause, Matthew.»

Sie wusste, in diesem Stadium halfen weder Vorhaltungen noch Beschimpfungen, kein böses Wort würde es schaffen, ihn aus der Finsternis zu reißen, die ihn umklammert hielt. Darum wartete sie, und als er nicht reagierte, begann sie zu erzählen.

«Er war so tapfer. Dein kleiner Sohn war mutig und hat keine Angst gezeigt. Aber er hat nach dir gefragt, jeden Tag und jede Stunde.»

Keine Reaktion.

«Wir haben ihm ein schönes Grab gemacht. Hinterm Haus unter der großen Bougainvillea. Ich habe ein Stück Land einzäunen lassen, das ist jetzt unser kleiner Friedhof. Ich gehe jeden Tag zu ihm, und jedes Mal sage ich ihm, dass du bald kommst.»

Matthew kippte das restliche Bier runter und wischte sich mit dem Handrücken über den Mund. Er war bärtig und verwahrlost, die Augen in tiefen Höhlen, die Haare waren verfilzt. Die Uniform stank und war total verdreckt. Audrey wollte lieber nicht darüber nachdenken, womit diese Jacke in den letzten Tagen in Berührung gekommen war.

«Ich weiß, was du durchmachst», fügte sie leise hinzu. «Ich weiß, wie schwer das ist.»

«Was war damals zwischen dir und Benjamin von Hardeberg?» Seine Stimme klang brüchig, und es dauerte einen Moment, ehe Audrey den Sinn der Frage begriff. Verwirrt fuhr sie mit dem Finger den Kreis aus Kondenswasser nach, den das Bierglas in der Mitte des Tischs hinterlassen hatte.

«Ich weiß nicht, was du meinst.»

Aber sie wusste es genau.

Er schüttelte heftig den Kopf. «Ich weiß nur, was du mir *nicht* erzählt hast. Was du mir verschweigst. Ich weiß nur, dass da ein großes, schwarzes Loch ist, in dem die ganze Geschichte begraben liegt.»

Er lallte.

«Du bist nicht bei Sinnen.» Audrey stand langsam auf. «Ich bleibe bis morgen Mittag im Muthaigaclub», sie wusste nicht, wie sie sich das leisten sollte, aber das war jetzt egal, «und danach muss ich zurück nach Hause. Wir haben noch einen Sohn, der uns braucht, Matthew. Und ...» Sie spürte die Tränen heiß in ihren Augen, widerstand aber dem Impuls, sie wegzuwischen. Seit sie von der Schwangerschaft wusste, passierte es ihr immer wieder, dass sie weinerlich wurde. «Und ein Kind erwarten wir. Im Spätwinter.»

Er starrte sie dumpf an. «Aha», sagte er, und das war so gar nicht die Reaktion, die sie sich von ihm erhofft hatte, all ihre Worte klangen falsch und zu fröhlich, als wollte sie leugnen, was passiert war.

Sie verließ fluchtartig die Spelunke. Draußen irrte sie ziellos umher, sie kannte sich hier nicht aus. Diese Stadt wuchs selbst jetzt mit rasender Geschwindigkeit, neue Baracken, neue Straßennamen. Irgendwann blieb sie mitten auf der Straße stehen, winkte eine Laufrikscha und nannte dem jungen Schwarzen die Adresse vom Muthaigaclub.

Das waren ihre letzten Silberrupien.

Irgendwie würde sie das alles schaffen.

Wenn nur Matthew mit ihr heimkam.

Im Club ging sie auf ihr Zimmer und legte sich hin. Sie war müde, sie hatte Unterleibsschmerzen und schwitzte stark. Nach zwei Stunden Schlaf fühlte sie sich besser, aber sie war immer noch benommen.

Ich bin einfach zu viel in der Hitze herumgelaufen, dachte sie erschöpft.

Im Muthaiga wurde das Abendessen früh serviert. Die Damen gingen danach in den Salon, die Herren in das

Raucherzimmer, die Bar oder ein Spielzimmer. In gewisser Weise war Nairobi sehr britisch. Das mochte sie an dieser Stadt – ein kleines Stück Zivilisation in der Wildnis Ostafrikas.

Erst als das Essen serviert wurde, erkannte sie, dass sie gar keinen Hunger hatte. Sie dachte nur daran, wie viel ein Dinner im Muthaigaclub kostete: Davon konnte sie zehn Teepflückerinnen eine Woche lang bezahlen. Andererseits musste sie ja keinen Tee pflücken lassen, wenn das Lagerhaus schon aus allen Nähten platzte ...

Sie kannte dieses Gefühl, jede Rupie umdrehen zu wollen. Schon bei ihren ersten beiden Schwangerschaften hatte sie es gehabt, sie hatte alles gehortet, was sie kriegen konnte und war irgendwann so knauserig gewesen, dass Matthew sie scherzhaft «mein kleiner Scrooge» genannt hatte. Das hatte ihr gefallen.

Dickens.

Der Schreck fuhr ihr in die Glieder. Hatte Matthew etwa den Dickens aus dem Regal gezogen und den Brief darin gefunden? Kannte er längst die ganze Wahrheit, die sie seit Jahren für sich behielt, die sie selbst Kinyua nur halb hatte erzählen können?

Der Appetit war ihr endgültig vergangen. Als der Kellner abräumte, erhob sie sich und wollte auf ihr Zimmer gehen. In dem Durchgang zur Eingangshalle tauchte ein Mann auf, dunkle Haare, sauberes Hemd und Stoffhose, lässiger Gang.

Sie verlangsamte die Schritte. Matthew hatte die Hände in die Hosentaschen gesteckt. Er wirkte ... entspannt. Hatte sich gewaschen und rasiert, die Haare waren im Nacken etwas zu lang, und sie verspürte den Wunsch, ihre Hand darin zu vergraben.

Sie blieb vor ihm stehen. Kam es ihr nur so vor, als seien die anderen Gäste plötzlich leiser geworden?

«Ich habe ...» Er räusperte sich. «Ich habe dich gesucht.»

«Ja», sagte sie. «Ich habe dich auch gesucht.»

Er versuchte sich an einem zaghaften Lächeln. Vielleicht war das seine ungelenke Art, ihr zu sagen, dass es ihm leidtat, wie er mit ihr umgesprungen war. Sie wusste es nicht.

Sie wusste eigentlich nur, dass sie es nicht ertrug, mit ihm im Streit zu liegen. Sie wollte mit ihm zusammen sein, sie wollte, dass er heimkam und mit ihr um Chris trauerte.

Das und so viel mehr. Sie wollte, dass sie an eine Zukunft glaubten. Gemeinsam. Denn ohne ihn wäre ihre Zukunft wertlos.

«Ich bin müde», sagte sie leise.

«Ich bring dich zu Bett.» Er nahm ihre Hand, und sie gingen hinauf in ihr Zimmer. Dort verschloss er die Tür, schob den Riegel vor und begann, sie auszuziehen. Geschickt löste er Knöpfe und Bänder, strich über ihre Arme und den Bauch, der nicht mehr allzu lange so flach gerundet sein würde. Er berührte ihre Wange, und sie küssten sich.

Audrey spürte die Tränen kaum, die ihr über die Wangen liefen. So viel war passiert in diesen Wochen, seit sie ihn zuletzt gesehen hatte. Sie sehnte sich nach seinem Trost, und er sollte ebenso in ihren Armen Trost finden.

Sie fanden zueinander wie schon so oft, doch dieses

Mal fühlte es sich anders an. Wilder und zugleich wärmer, inniger und zärtlicher. Audrey zog Matthew zum Bett, und sie begann nun, ihn auszuziehen. Sie trug nur noch das Hemd, und seine Hände glitten darunter. Sie seufzte.

Gemeinsam sanken sie aufs Bett. Er war jetzt nackt, und ungeduldig zerrte er ihr das Hemd über den Kopf. Sie widerstand dem Drang, sich die Hände schützend vor die Brüste zu halten.

Sonst war sie ja auch nicht so schamhaft.

Er war auf ihr, und dann spürte sie ihn in sich, und seine Hände umschlossen ihr Gesicht. Sie lachte leise, und er staunte und lächelte sie selig an.

Sie liebten sich. Sie versanken in diesem stillen Trost, und danach schliefen sie Arm in Arm ein, geborgen im Trost, den der andere zu spenden vermochte.

Alles wird gut, dachte Audrey, ehe sie einschlief.

Jetzt konnte sie es auch glauben.

Als sie aufwachte, lag sie allein in dem schmalen Bett. Sie richtete sich auf und sah sich um.

Matthew war verschwunden, aber sie sorgte sich deshalb nicht allzu sehr. Sie stand auf, wusch sich und sammelte ihre Kleidungsstücke vom Fußboden auf, die sie gestern Abend so achtlos abgestreift hatte. Dann ging sie nach unten und betrat den großen Raum.

Vielleicht war Matthew ja schon zum Frühstück gegangen und hatte sie nur nicht wecken wollen.

Sie entdeckte ihn sofort, doch er saß nicht alleine am Tisch.

Mr. Ricket hatte sie vor drei Tagen im Club abgesetzt.

Sie hatte sein Angebot, in seinem Haus zu nächtigen, abgelehnt. Einerseits aus Stolz, vor allem aber, weil ihr die Vorstellung, seinen lüsternen Blicken noch eine Minute länger ausgesetzt zu sein, schier unerträglich war.

Er hatte auf dem Weg nach Nairobi keine Andeutung mehr gemacht, dass sie und Kinyua ein unangemessenes Verhältnis führen könnten. Doch das brauchte er nicht. Sie spürte sein Misstrauen.

Matthew hob in diesem Augenblick den Kopf und entdeckte sie in der offenen Tür. Seine Miene war verwirrt und irgendwie finster, als müsse er das, was er soeben gehört hatte, erst richtig einordnen. Audrey gab sich einen Ruck und trat zu den beiden Männern an den Tisch. «Guten Morgen», sagte sie mit zitternder Stimme.

Beide erhoben sich halb aus ihren Stühlen, und Matthew nahm ihre Hand. Sie spürte, dass seine Finger eisig waren. Er hob die Hand an seine Lippen, und dabei ließ er sie nicht aus den Augen. Timothy Ricket nickte nur.

Sie setzte sich. Ein Kellner brachte frischen Kaffee und fragte sie nach ihren Wünschen. Noch vor wenigen Minuten war sie ganz ausgehungert gewesen, doch jetzt bat sie nur um etwas Toast mit Marmelade.

«Ich habe mit Tim gesprochen. Über die Teeplantage.»

«Sie haben so viel Tee lagernd, Sie könnten vermutlich ganz England auf Jahre versorgen.»

Audrey lächelte vorsichtig. Sie misstraute Ricket.

«Wenn es uns gelänge, nur ein einziges Schiff nach Europa zu schicken ...» Ricket wiegte nachdenklich den Kopf.

«Wären wir alle reich.»

Dann hätten wir keine Geldsorgen mehr, obwohl Matthew es mit vollen Händen zum Fenster rausgeworfen hat, dachte Audrey betrübt.

«Aber vielleicht ist der Krieg ja bald vorbei?», fragte sie hoffnungsvoll.

«Bekommst du noch Briefe aus Europa?»

Selten, das musste sie zugeben. Und der letzte Brief, den sie an ihre Eltern und Matthews Familie geschrieben hatte, erzählte von Chris' Tod. Seither hatte sie nichts gehört.

«Dieser Krieg wird noch Jahre dauern. Die Deutschen haben sich in Nordfrankreich eingebuddelt, und sie werden nicht weichen.» Ricket zündete sich eine Zigarette an. «Nein, Winston. Sie müssen irgendwie anders klarkommen.»

«Ich könnte Land verkaufen.»

Audrey hörte sprachlos zu. Worum ging es hier, um die Existenz der Plantage?

«Das wäre Ihr Ruin. Ist eh schon zu klein, um wirtschaftlich zu arbeiten. Würden Sie die Kikuyu nicht so mies bezahlen, hätten Sie schon viel früher Probleme bekommen. Glauben Sie mir: Am besten ist es, wenn Sie einen Teilhaber mit an Bord holen.»

Daher wehte also der Wind. Audrey wurde es schlecht. Wollte sie diesen Mann auf der Farm herumlaufen sehen? Bestimmt nicht! Sie konnte sich schon denken, was er damit bezweckte. Er wollte sich The Brashy unter den Nagel reißen. Das Stück Land, das Matthew mit großer Mühe der Wildnis abgetrotzt hatte, wollte er sich zu eigen machen, weil er wohl dachte, es sei kinderleicht, eine Teeplantage zu führen, wenn sogar eine Frau es schaffte.

Dabei hatte sie es nur gemeinsam mit Kinyua geschafft. Nicht alleine.

Sie stand abrupt auf. «Entschuldigt mich bitte. Ich werde meine Sachen packen. Wir reiten doch heute nach Hause?»

«Natürlich», erwiderte Matthew geistesabwesend.

Sie floh. Oben in ihrem Zimmer packte sie in aller Hast die wenigen Sachen zusammen, die sie mitgebracht hatte. Dann sank sie aufs Bett und vergrub das Gesicht in den Händen. Sie weinte nicht. Sie hatte das Gefühl, dafür sei es längst zu spät.

Fünf Minuten später kam Matthew nach oben. Schweigend setzte er sich zu ihr aufs Bett und legte den Arm um ihre Schultern.

«Ach, Matthew.» Sie lehnte den Kopf an seine Brust. «So haben wir uns das nicht vorgestellt, nicht wahr?»

Er schwieg lange. So lange, dass ihr sein Schweigen auffiel.

«Ist irgendwas?»

Sie musterte ihn prüfend. Ja, da war etwas, das vorhin noch nicht in seinem Blick gewesen war.

«Ich habe mit Tim gesprochen, und du musst mir glauben, wenn ich sage, dass ich nichts von dem, was er erzählt, auch nur annähernd für möglich halte.» Er atmete tief durch. «Aber ich mache mir Sorgen. Um dich.»

Ihr wurde eiskalt.

«Stimmt es, was er sagt? Dass Kinyua ... ich meine, dass er im Haus ein und aus geht, als gehöre es ihm?»

Sie lachte auf. Es klang verzerrt, und sie hätte sich selbst kein Wort geglaubt von dem, was sie sagte. «Du weißt doch, wie Kinyua ist. Mit Müh und Not bringe ich ihn dazu, dass er auf die Terrasse kommt.»

«Aber er frühstückt mit dir.»

«Wir besprechen morgens die Arbeit auf der Plantage. Mukami ist auch dabei.» Das war gelogen, aber sie hoffte, Matthew ließe sich dadurch beruhigen.

«Tim sagt, du siehst Kinyua an, als wolltest du …» Er verstummte, und sie rückte von ihm ab.

«Was soll das?», fragte sie anklagend. «Willst du mir etwa unterstellen, mein Verhältnis zu Kinyua sei unschicklich? Willst du das andeuten? Denn wenn du das wirklich tust, dann …»

«Ich bin seit einem Jahr im Krieg, komme einmal nach Hause und bleibe drei Tage. Danach bist du schwanger. Woher soll ich denn wissen, ob das wirklich mein Kind ist!»

Sie erstarrte.

Dieser Vorwurf war so unglaublich, so groß und anmaßend, dass sie keine Antwort auf seine Frage fand.

Schließlich brachte sie mit erstickter Stimme hervor: «Ich bin deine Frau, Matthew!»

«Siehst du, genau das ist unser Problem. Auf dem Papier bist du nämlich nicht meine Frau.»

Sie zuckte zurück. Aus seiner Stimme sprach so viel Distanz, so viel Härte und ja, auch Wut, dass sie ihn kaum wiedererkannte. Sie streckte die Hand nach ihm aus, aber er machte sich unwillig los.

Sprachlos sah Audrey zu, wie er seine Jacke vom Stuhl

riss. Er stapfte zur Tür, drehte sich noch einmal um. «Ich gebe dir eine Woche. Dann komme ich nach The Brashy und hole meinen Sohn. Wenn du dann noch dort bist, werde ich ...»

«Matthew!» Jetzt erwachte sie aus ihrer Erstarrung und stürzte vor. Sie versuchte, seine Hand zu packen, doch er entriss sie ihr und stieß Audrey von sich, dass sie zu Boden fiel. «Wage es nicht, mich anzufassen.» Und dann zischte er etwas, das sie nicht ganz verstand.

«Matthew, bitte! Hör mir zu!»

Er schüttelte den Kopf, immer wieder, als wolle er jeden Gedanken an sie ausblenden. Aber Audrey ließ sich nicht so leicht abschütteln. Auf Knien robbte sie zu ihm, packte seine Hand und ließ nicht los. «Ich habe nichts Unrechtes getan», beschwor sie ihn. «Ich habe nur versucht, deine Plantage so zu führen, dass du stolz auf mich bist. Dass wir ein Auskommen haben, sobald der Krieg vorbei ist, und wir den Tee wieder zu guten Preisen veräußern können.»

«Der Krieg ist aber nicht vorbei, Audrey!» Er riss sich los. «Ich verschleuder den Tee an Ricket, weil er als Einziger bereit ist, das Risiko einzugehen, ihn nach Europa zu verschiffen. Mich lässt er dafür bluten, und wir kommen kaum übers Jahr deswegen. Du hast selbst gesagt, es ist der beste Tee, den wir je haben ernten können, und den schenke ich jetzt her, weil ich muss.»

Audrey wies lieber nicht darauf hin, dass es um ihre finanzielle Situation nicht ganz so düster bestellt wäre, wenn er das Geld nicht so konsequent verprasst hätte.

«Aber das gelingt uns doch auch nächstes Jahr oder im

Jahr darauf! Bitte, Matthew, worum geht es hier? Ist es mein Erfolg? Der war Zufall, wir hatten nun mal gutes Wetter für Tee. Ist es der Tod unseres Kinds? Oder ist es der Krieg mit all seinen Schrecken, der dich zu diesem Menschen macht? Sprich mit mir, Matthew! Ich weiß nicht mehr weiter, und ich kann auch nicht mehr weiter.»

Matthew schüttelte ihre Hand ab. «Sieh dich doch nur an. Machst dich mit den Schwarzen gemein und mich zum Gespött der Stadt. Du kennst doch Ricket, er ist ein widerlicher Kerl und nur auf seinen Vorteil bedacht. Denk nur, wie viel es uns gekostet hat, ihm Mary abzukaufen. Und warum? Nur damit du nicht so einsam bist. Und weil du glaubtest, er würde sie misshandeln.»

Das also war es. Tim Ricket war auf einem Feldzug gegen Audrey. Er machte sie schlecht, und Matthew, der sonst nie etwas auf sie kommen ließ, kein schlechtes Wort gelten ließ und alles nur wegwischte ... Er schenkte diesem widerlichen Kerl Gehör, weil er selbst nicht wusste, wohin mit sich, seit dem Krieg, seit dem Tod seines Sohns.

«Lass uns heimgehen», flehte sie. Nein, sie beschwor ihn förmlich, sie bettelte. Sie heulte, schluchzte und kniete vor ihm auf dem Boden, sie versprach ihm alles, wenn er nur mit ihr zusammen heimkehrte. Wenn er nur an die gemeinsame Zukunft glaubte.

Sie wusste nicht, was den Ausschlag gab. Bestimmt war unter dieser erstarrten Kruste aus Misstrauen und Kummer immer noch der Mann verborgen, den sie liebte. Doch Matthew fiel es schwer, sich zu öffnen. Als sie aber drohte, er werde das Kind, das sie jetzt unter dem Herzen trug und das, sie schwor bei Gott, nur seines war, niemals sehen, da schien er das erste Mal darüber nachzudenken, was er von ihr verlangte.

Und er gab nach.

Sie kehrten noch am selben Tag nach The Brashy zurück. Es war ein brüchiger Burgfrieden, das spürte Audrey. Doch als sie abends im Bett nebeneinanderlagen und sich seine Hand auf ihren Oberschenkel stahl, als er sich ihr näherte, ließ sie es zu. Sie war verletzt, weil er sie für fähig hielt, ihn so zu hintergehen. Und sie hatte Angst, grenzenlose Angst.

Matthew hatte recht. Sie waren nicht verheiratet. Das anfängliche Versäumnis hatten sie nie nachgeholt, und so waren Chris und Thomas uneheliche Kinder.

Bastarde.

Sie lag die ganze Nacht wach und fragte sich, ob Gott sie strafte, weil sie in Sünde lebte.

30. Kapitel

Wenn Gott sie tatsächlich strafte, weil sie in Sünde lebten, dann war er mit ihnen noch lange nicht fertig.

Nur langsam fanden Matthew und sie wieder in die Routine eines gemeinsamen Alltags. Immer noch schwebte der Tag über ihnen wie eine Bedrohung, an dem Matthew zurück nach Süden musste. Denn ewig konnte er nicht der Truppe fernbleiben, auch wenn Delamere ihm das zugestanden hatte. Darum war alles ein Provisorium, und jeder Versuch, zur Normalität zu finden, wurde zumindest bei Audrey sofort wieder von der Überlegung überschattet, wie es wohl in wenigen Wochen sein würde, wenn Matthew wieder fort war.

Kinyua kam am ersten Morgen. Er ignorierte sie vollkommen, blieb vor der Veranda stehen und redete mit Matthew über die Belange der Farm. Mukami war nicht bei ihm. Es hatte sich herumgesprochen, dass der Bwana zurück war. Kein Grund also, an Gewohnheiten festzuhalten, die sich während seiner Abwesenheit eingeschliffen hatten. Audrey war Kinyua für diese Rücksicht unendlich dankbar.

Nach einer Woche kam Tim Ricket mit zwölf Ochsengespannen. Er holte den Tee. Einen Tag lang erklang das

Rufen der Viehtreiber, und das Lagerhaus der Faktorei wurde halb leergeräumt.

«Der beste Tee, den wir je hatten, und ich verkaufe ihn für die Hälfte dessen, was ich in anderen Jahren für eine gute Qualität bekommen hätte.» Mehr sagte Matthew nicht zu dem Thema, und Audrey hütete sich, ihn daran zu erinnern, dass sie jetzt zumindest bis zum nächsten Frühling etwas Geld hatten. Ob das dann überhaupt noch was wert war, ob sie die Pflückerinnen würden bezahlen können und die Mitarbeiter der Faktorei oder ob es überhaupt lohnte, den Tee zu pflücken, wenn die Preise weiterhin so verfielen – daran wollte sie lieber nicht denken.

Während ihres Aufenthalts in Nairobi hatte Fanny das Haus auf den Kopf gestellt. Zusammen mit Mary und den Boys hatte sie alles geputzt, entstaubt, alles geschrubbt, die Decken und Kissen gewaschen, sämtliche Teppiche ausgeklopft und die Dielenbretter gebohnert. Alte, undichte Fensterrahmen waren repariert worden, und in der Küche gab es einen richtigen Abzug. Das Haus strahlte in neuem Glanz, und Fanny schien vollends in dieser Aufgabe aufzugehen.

«Was ist mit dir los?», fragte Audrey bei der ersten Gelegenheit, als sie allein waren.

«Nichts ist los. Ich dachte, ich mach mich mal nützlich.» Etwas Zögerliches lag in Fannys Worten.

Sie saßen im Wohnzimmer und reinigten die Jagdgewehre, denn Fanny hatte festgestellt, dass sie inzwischen im Haus alles geputzt hatte – nur die Gewehre nicht.

«Fanny, du hast doch nicht etwa Angst, wir könnten dich fortschicken?»

Fanny wischte mit dem Lappen über den Lauf des Gewehrs, das sie gerade fertig zusammengesetzt hatte. «Wenn ihr das nächste Mal auf die Jagd geht, nehmt mich bitte mit. Ich will auch einen Büffel schießen oder zwei.»

«Das machen wir bestimmt.» Bisher hatte Fanny sich nicht viel aus der Jagd gemacht. Eine Beschäftigung für die Männer, der sie nicht so viel Bedeutung beimaß.

«Wir schicken dich nicht fort. Du bist meine Freundin, du gehörst nach The Brashy. Hast du verstanden, Fanny?»

Dass ihre Freundin in Tränen ausbrach, war für Audrey so überraschend und so völlig untypisch für Fanny, die sonst immer so fröhlich war, dass sie erschrocken den Lappen sinken ließ. «Aber Fanny ...»

«Ich hab doch sonst niemanden!», heulte Fanny. «Und wenn ich mich gehen lasse und so gar nicht nützlich bin, wie kannst du mich dann durchfüttern wollen? Ich dachte ... Herrje, ich dachte, ich mach doch alles falsch! Ich hab nichts gelernt, und dann hab ich mich in die falschen Männer verliebt, immer wieder, und nie kam etwas Gutes dabei heraus für mich oder für die Männer. Audrey, ich weiß doch nicht, wohin!»

«Ach, Liebes!» Audrey umarmte Fanny. «Hör auf, so was zu denken. Du bist mehr als nur meine Freundin. Für mich bist du wie eine Schwester. Hätte ich dir sonst Thomas anvertraut, während ich in Nairobi war? Ich will also nie wieder hören, dass du wertlos bist, hast du verstanden?»

Fanny nickte. «Ist gut», flüsterte sie mit tränenerstickter Stimme.

«Und jetzt hör auf zu weinen. Komm, ich mach das hier alleine fertig, setz du dich nur hin und entspann dich.»

Fanny nickte. Sie stand auf, putzte sich die Nase und ging zum Sofa. Dort blieb sie stehen, zwischen Sofa und Regal. «Ich hab während deiner Abwesenheit an den langen Abenden angefangen zu lesen», sagte sie leise. «Ich hoffe, du hast nichts dagegen, dass ich deine Bücher nehme.»

«Nein, bedien dich ruhig.» Audrey saß mit dem Rücken zum Wohnzimmer, der hohe Durchgang zwischen den beiden Räumen war offen und hell. «Nimm dir eins, wenn du magst. Ich liebe ja alle Bücher, besonders Dickens.»

Sie erstarrte. Drehte sich halb zu Fanny um, die mit dem Rücken zu Audrey vor dem Bücherregal stand. Ihre Finger wanderten über die Buchrücken.

«Oder nimm den Housman, die Gedichte», fügte sie hastig hinzu. «Die hat mir Alva Lindström geschenkt. Erinnerst du dich noch an sie?»

Nimm den David Copperfield, meinetwegen Oliver Twist, dachte Audrey verzweifelt. Nimm bloß nicht Große Erwartungen ...

Zu spät. Sie wusste, dass Fanny ihr Lieblingsbuch aus dem Regal zog, ehe Fanny über den staubigen Buchrücken blies und rief: «Ich nehm das hier. Du sagst doch immer, es wäre dein Lieblingsbuch.»

«Hmhm!», machte Audrey. Sie hörte das papierne Rascheln, dann fiel etwas zu Boden. Sie glaubte sogar zu hören, wie Fanny sich bückte.

In all den Jahren hatte sie keinen Gedanken mehr an den Brief verschwendet. Sie hatte ihn vergessen, und das Buch ebenso. Die Zeit war begrenzt, und Matthew hatte ihr zweimal im Jahr eine Bücherkiste aus Europa schicken lassen, weshalb es auf ein Buch nicht ankam.

«Ich glaube, der gehört dir.»

Fanny war unbemerkt hinter Audrey getreten. Sie legte den Briefumschlag auf den Tisch neben die einzelnen Teile der Winchester, die Audrey gerade fachmännisch auseinandergenommen hatte.

Ihre Handschrift, geneigt und verschnörkelt. *Für Matthew* stand auf dem Umschlag. Die Tinte war verblasst, das Papier vergilbt. Die Zeit hatte diesem Brief ihren Stempel aufgedrückt.

«Oh ja. Danke.»

Hastig stopfte Audrey den Brief in ihre Schürzentasche. Sie setzte die letzten Teile des Jagdgewehrs zusammen und legte es zu den drei anderen, die sie an diesem Tag gereinigt hatten.

Fanny sagte nichts. Und auch Audrey schwieg.

Ich kann ja nicht sagen, dass dieser Brief die Wahrheit über mich enthält. Dass Matthew mich nie geheiratet hätte, wenn er davon wüsste.

Er hatte sie nie geheiratet.

Das fiel ihr wieder ein, und es schmerzte. Fünf Jahre lang hatte sie mit ihm zusammengelebt, und nie hatte es sie gestört, weil die Liebe ihnen immer genügt hatte. Und jetzt erinnerte ein alter Brief sie daran, dass es gute Gründe gab, sie nicht zu heiraten.

Audrey wusste, dass Matthew ihren Glauben an Gott und Konventionen manchmal als Last empfand. Als er sie im Zimmer des Muthaigaclubs daran erinnert hatte, dass sie noch immer nicht verheiratet waren, hatte sie gespürt, wie dieser Gedanke sich in sie bohrte. Er hatte Wurzeln geschlagen und wuchs, und an diesem Abend trug er endlich Früchte, und sie hielt es nicht länger aus.

«Wir sollten heiraten», platzte sie heraus.

Sie waren zu dritt am Tisch: Fanny, Matthew und sie. Fanny hob den Blick. Ihre Augenbrauen wanderten hoch, und sie schaute von Matthew zu Audrey, als könne sie nicht glauben, dass sie gerade tatsächlich Zeugin dieses Gesprächs wurde.

Matthew legte bedächtig Messer und Gabel auf seinen Teller. «Das war sehr gut, Kamau», bedankte er sich bei dem Hausboy. «Richte der Küche meinen Dank aus. Der Koch weiß, wie man in kargen Zeiten improvisiert.»

Audrey wusste, dass er sie nicht provozieren wollte. Er versuchte einfach, dem Thema die Sprengkraft zu nehmen.

Kamau verschwand mit den Tellern und Schüsseln. Matthew lehnte sich zurück und zündete sich eine Zigarette an. Seit er aus dem Süden Britisch-Ostafrikas zurück war, rauchte er wieder regelmäßig nach den Mahlzeiten oder zwischendurch. Sie vermutete, dass es ihn entspannte, aber der Gestank störte sie, und der Rauch kitzelte in ihrem Hals. Wie es dann wohl erst für ihn war, wenn er das Zeug einatmete?

Sie wedelte demonstrativ mit der Hand, um den Zigarettenrauch zu vertreiben.

«Ihr seid nicht verheiratet?», fragte Fanny. Sie klang entsetzt. Ausgerechnet Fanny, die sich nie um Konventionen scherte. Die nie geheiratet hatte und es bestimmt nicht noch tun würde, wenn sie weiter auf The Brashy hockte und sich von ihnen aushalten ließ.

Audrey atmete tief durch.

«Es gab da ein paar Schwierigkeiten.» Matthew lächelte entschuldigend. «Aber das lässt sich schnell aus dem Weg schaffen. Wir lassen einfach einen Priester aus Nyeri kommen. Vielleicht sollten wir noch einmal versuchen, unsere Kikuyu zu missionieren?»

Audrey lachte auf. «Missionieren und heiraten, das wird den Priester aber freuen. Da hat er hier eine Menge zu tun.»

«Ich verstehe nicht, warum du so gereizt bist, Liebes.» Matthew beugte sich vor und legte seine Hand auf ihre. Sie schaute weg.

Sie fühlte sich dumm und unfähig. Alles machte sie kaputt. Alles zerbrach in ihren Händen …

«Lass uns später darüber reden, ja?»

Sie nickte und schluckte die Tränen herunter. Ihre Hand fuhr in die Schürzentasche, sie spürte darin den Briefumschlag.

Wenn ich wirklich ehrlich sein wollte mit ihm, müsste er den Brief vor unserer Hochzeit lesen. Er soll frei entscheiden können.

Aber sie wagte es nicht.

Sie fürchtete die Folgen. Schon einmal hatte sie erlebt, was der Schmerz mit ihm anrichtete.

Am darauffolgenden Abend saß Matthew im Arbeitszimmer. Er schrieb einen Brief an die Kirche von Nyeri und bat, einen Missionar nach The Brashy zu schicken. Er hoffte, so schrieb er, dass er den Kikuyu, die auf seinem Land lebten, das Wort Gottes nahebringen würde.

Er vermutete insgeheim, dass die Kikuyu das Wort Gottes gar nicht hören wollten.

Für Audrey hätte er aber alles getan, und sie wünschte sich einen Priester. Sie brauchte Trost, mehr als er selbst. Er bewunderte ihre Stärke, ihre unerschütterliche Kraft, mit der sie den Tod ihres gemeinsamen Sohns gemeistert hatte. Er hatte gestandene Männer gesehen, die den Tod eines Kameraden nicht so gut verkrafteten wie seine Frau den Tod des eigenen Kinds.

Noch ist sie nicht meine Frau, dachte er. Obwohl auch das Unsinn war – sie mochten weder vor Gott noch vor dem Gouverneur des Protektorats ihre Ehe geschlossen haben, doch war sie zweifellos in seinem Herzen die Frau, die er liebte. Die Frau, mit der er jede Krise bewältigen wollte.

Er blickte auf, als jemand klopfte. «Bwana Winston?» Die kleine Mary steckte den Kopf durch die Tür. Sie wirkte seltsam verlegen.

«Komm rein, Mary.»

Es passierte selten, dass das Dienstmädchen bei ihm auftauchte. Wenn das geschah, musste etwas Dringendes sein.

Sie schob sich ins Arbeitszimmer und ließ die Tür offen stehen. Zugleich hielt sie sich nahe der Tür auf, um jederzeit fluchtbereit zu sein.

Das war sie vermutlich auch. Obwohl sie schon so lange bei ihnen lebte, hatte Mary ihr Misstrauen ihm gegenüber nie aufgegeben. Tim Ricket musste doch ein grausamer Brotherr gewesen sein, wenn sie sich immer noch vor jedem weißen Mann so fürchtete.

«Ich habe im Rock von der Memsahib etwas gefunden.» Sie trat nur langsam näher. «Die Memsahib hat mal versucht, mir lesen beizubringen, darum weiß ich ein bisschen über die Buchstaben. Und das hier ist für dich, Bwana.»

Sie legte einen Briefumschlag auf den Schreibtisch. Er war alt und vergilbt, die Schrift fast zur Unkenntlichkeit verblasst. Trotzdem konnte Matthew deutlich seinen Namen entziffern.

Ein dicker Brief.

«Danke, Mary.»

Sie machte einen Knicks. Matthew bedeutete ihr, dass sie gehen dürfe, und sie war schnell wie der Blitz aus der Tür.

Nachdenklich drehte er den Umschlag hin und her. Merkwürdig ... Warum trug Audrey einen alten Brief mit sich herum? Und was konnte so Wichtiges darin stehen, dass sie es ihm nicht sagte, sondern aufschrieb?

Vielleicht hatte sie ihm den Brief zu Beginn ihrer gemeinsamen Zeit geschrieben, als sie gerade in The Brashy eingetroffen war. Und dann hatte sie ihn vergessen und heute zufällig wiedergefunden.

Er nahm den Brieföffner vom Tisch und schlitzte den Umschlag auf. Drei doppelseitig eng beschriebene Bögen. Die Schrift wirkte runder und kindlicher, und als er begann, die ersten Zeilen zu überfliegen, wurde ihm plötzlich eiskalt.

Er stand auf, ging zur Tür und schob sie zu. Dann kehrte er zum Schreibtisch zurück und begann von vorne.

Mein lieber Matthew,

heute erreichte mich dein Brief vom 17. Februar 1910 – ich danke dir für deine Zeilen. Wusstest du, dass drei andere Briefe ihn überholt haben? Verglichen mit diesem wussten sie mir nur Nichtigkeiten zu erzählen.

Doch ehe ich auf deine Frage eine Antwort formuliere – von der ich glaube, dass wir beide sie schon kennen, weil Verstand und Gefühl es einfach gebieten –, muss ich dir etwas erzählen. Etwas, das dich erschrecken wird und ja, ich fürchte, es wird dich auch an mir zweifeln lassen. Wenn es so ist, Matthew, ich bitte dich: Zögere nicht, dies auszusprechen. Ich wäre die Letzte, die kein Verständnis dafür hätte. Ich wäre froh und glücklich, wenn du mich willst, ohne davon zu wissen. Und wenn du diese Zeilen liest und danach noch immer daran festhältst, mich zu dir nach Afrika zu holen … Dann wäre ich sprachlos, und ich wäre voller Dankbarkeit, weil du bereit bist, eine Frau mit einem Makel zu nehmen. Ich will dir so gern versprechen, dass du es nicht bereuen wirst.

Letztes Jahr war ich bereits mit einem anderen Mann verlobt. Im Juli hat er die Verlobung gelöst. Es gab gute Gründe für diese Entscheidung, wenngleich es nicht die Gründe waren, die ein Mann sonst anführt, um ein

Verlöbnis zu lösen. (Darum musst du dir keine Sorgen machen.)

Es passierte während der gemeinsamen Sommerfrische an der Ostsee auf der Insel Rügen. Seine Eltern hatten unsere Familie dorthin eingeladen, damit wir uns besser kennenlernen, und um die Hochzeit zu planen, die im Herbst stattfinden sollte. Benjamin von Hardeberg war ein preußischer Offizier, und wir hatten uns sehr gern. Während unsere Eltern also die meiste Zeit auf der Terrasse des Hotels verbrachten – sie verstanden sich prächtig –, gingen wir spazieren. Wenn wir nicht spazieren gingen, ging ich mit den Kindern an den Strand.

Mein jüngerer Bruder Alfred und Benjamins Bruder Rudolf waren im selben Alter. Zwei Lausbuben, die schon bald unzertrennlich waren und ständig neue Streiche aus- heckten. An einem Morgen klauten sie einem Fischer ein Boot, das am Strand lag. Bis heute weiß ich nicht, wie die beiden es geschafft haben, das Boot ins Meer zu schieben, oder wie es ihnen gelang hinauszurudern. Aber das Boot war leck, und es füllte sich rasch mit Wasser. Sie bemerkten es wohl zu spät – das zumindest ist die Version, die uns spä- ter von der Polizei erzählt wurde.

Ich saß derweil am Strand in einem Liegestuhl und las. Ich war froh, ein wenig Ruhe von den beiden Rabauken zu haben – bis ich ihr Rufen hörte. Sie schrien in höchster Not, weil das Boot zu kentern drohte. Beide konnten schwimmen, aber sie waren schon zu weit draußen, um aus eigener Kraft zurückkommen zu können …

Matthew, es war so schrecklich. Selbst jetzt, da ich diese Zeilen schreibe, verfolgt mich das Schreien meines

Bruders, das wilde Kreischen Rudolfs, ihr verzweifeltes Rufen.

Ich sprang sofort ins Wasser und versuchte, zu ihnen zu gelangen. Wie schrecklich zu sehen, wie die Köpfe der beiden immer wieder unter der Wasseroberfläche verschwanden! Inzwischen waren auch andere Leute am Strand auf die beiden aufmerksam geworden und folgten mir ins Wasser. Ich erreichte Rudolf und Alfred zuerst, und ich versuchte, Rudolf zu beruhigen, aber er war in Panik und keinem vernünftigen Argument mehr zugänglich. Also versuchte ich, ihn zum Strand zu ziehen, ich wollte, dass er sich an mir festhielt, doch er klammerte sich an meinen Hals und würgte mich, dass mir fast schwarz vor Augen wurde. Und immer noch waren die anderen zu weit entfernt, und ich sah, wie in einiger Entfernung Alfred wieder unterging, und ich wusste, dass er nicht mehr viel Kraft hatte.

Da habe ich Rudolf von mir gestoßen, und er versank in der Tiefe. Ich sah, wie er Wasser schluckte und die Arme hochriss. Zugleich aber war Alfred verschwunden. Das Meer war um mich glatt und bloß, als habe es diese beiden Kinder nie gegeben.

Ich tauchte. Das konnte ich immerhin, und ich sah unter Wasser, wie Alfred immer tiefer sank. Ich sah nur ihn und merkte nicht, dass Rudolf direkt neben mir war, bis ich seinen Körper streifte. Ich schwamm hinab, zog Alfred hoch. Als ich nach oben kam, waren endlich die anderen Helfer heran, und sie nahmen mir sofort Alfred ab und brachten ihn zum Strand. Jemand versuchte dort, ihn wiederzubeleben, während die anderen Männer mit mir draußen blieben und wir nach Rudolf suchten.

Es dauerte etwas, bis wir ihn fanden.

Es dauerte für ihn zu lange. Wir zogen nur noch seinen Leichnam aus dem Wasser.

Als wir zum Strand kamen, völlig abgekämpft und durchnässt, fiel ich in den Sand. Ich weinte, weinte, weinte. Ich hatte Rudolf verloren, den kleinen Bruder Benjamins, den dieser genauso abgöttisch liebte wie ich meinen Alfred. Jemand legte mir eine Decke um die Schultern, und sie redeten aufgeregt auf mich ein. Zuerst nannten sie mich eine Heldin, aber dann stellte sich heraus, dass Rudolf tot war und Alfred – er war seither nicht mehr derselbe. Ein Arzt hat später versucht, es mir zu erklären. Er meint, durch die fehlende Atemluft sei sein Kopf beschädigt worden, und deshalb könne er nicht mehr sein wie ein Neunjähriger. Eher wie ein Kleinkind, ein Zweijähriger. Er konnte seither nicht mehr richtig sprechen, und die meiste Zeit liegt er im Bett, weil es zu aufwendig ist, ihn in einen Rollstuhl zu schnallen, denn er wird oft wütend und schlägt um sich oder verletzt sich selbst. Ja, und manchmal müssen wir ihn nachts am Bett festbinden, damit er sich nicht schadet.

Das alles ist passiert, weil ich nicht aufgepasst habe. Es ist allein meine Schuld, und ich kann alles verstehen, was danach passiert ist. Dass Benjamin die Verlobung gelöst hat, weil ich den Tod seines Bruders verschuldet habe. Dass meine Eltern sich von mir abgewendet haben, weil ihr jüngster Sohn seither verrückt ist und nicht mehr er selbst. Ja, ich verstehe das alles. Ich war unaufmerksam.

Und nun weiß ich nicht, wie ich dir das sagen kann, ohne dass du glaubst, dass ich eine Gefahr bin für die Kinder, die wir hoffentlich eines Tages haben werden. Ich hätte Ver-

ständnis dafür, wenn du dich jetzt von mir abwendest, ja, ich könnte es sogar verstehen, wenn du nie wieder etwas von dir hören ließest. Zwischen uns entwickelt sich etwas, von dem ich hoffe, dass es Zukunft hat. Und zur Zukunft gehören Kinder, nicht wahr? Was aber, wenn ich eines Tages unachtsam bin? Wenn einem unserer Kinder etwas passiert, wenn es durch mein Verschulden krank wird oder gar – und diesen Gedanken möchte ich nicht aufschreiben, weil ich fürchte, damit genau das heraufzubeschwören, aber ... Was also, wenn eines unserer Kinder stirbt und ich die Schuld daran trage?

Wäre es dann nicht besser, wir ließen das, was wir jetzt so behutsam aufgebaut haben, ruhen? Als eine Möglichkeit, die verlockend war, die aber nie Bestand haben kann, weil ich mich vor mir selbst fürchte? Ich scheue nicht die Verantwortung, aber ich möchte nicht, dass wir eines Tages so etwas erleben und dann von dir ein Vorwurf kommt, weil ich nicht aufgepasst habe. Ich will das weder dir noch mir antun, und schon gar nicht unseren ungeborenen Kindern (mögen sie lange und zufrieden leben!).

Ich möchte aber – und darum schreibe ich diesen Brief – eine Zukunft mit dir. Mit dir will ich zusammen sein, bis wir alt und grau sind, und ich will Kinder mit dir, ich will alles, was Mann und Frau sein können. Darum, ja – ich will!

Aber ich kann das nur, wenn du alles über mich weißt und wenn es für dich in Ordnung ist. Glaub mir, ich bin nicht «ungeschickt» oder «unachtsam» – nicht nach dem, was damals passiert ist. Aber es ist eine schwere Schuld, an der ich trage, ohne zu klagen – denn ich habe keinen Grund zu klagen, ich lebe, ich bin gesund, allein trauern muss ich um Rudolf und Alfred.

Das ist meine Schuld, und ich wollte, dass du das weißt. Ich will, dass du mich mit all meinen Fehlern und Mängeln kennst, ehe ich das Schiff nach Afrika besteige. Ehe ich mit dir das Leben beginne, nach dem ich mich so sehr sehne.

Für immer die Deine

Audrey

Er ließ den Brief sinken.

Warum jetzt?, dachte er. Warum bekam er diesen Brief erst jetzt in die Hände, viele Jahre, nachdem sie ihn geschrieben hatte?

Hatte sie ihn gar nicht zufällig in ihrer Schürzentasche vergessen, sondern ihm über Mary in die Hände gespielt? Und warum hatte sie ihn damals nicht abgeschickt, sondern so lange aufbewahrt?

Oder sollte er ihn gar nicht lesen? Trug sie diesen Brief vielleicht schon seit Jahren mit sich herum, eine Last, ein Gewicht, eine Bürde, die sie immer wieder daran erinnerte, dass sie dieses Leben nicht zu verdienen glaubte?

Das waren seine ersten Gedanken, und sie gefielen ihm nicht.

Da war noch ein anderer, leiser Gedanke zunächst, der sich aber immer weiter in den Vordergrund drängte.

War sie wirklich unachtsam gewesen? Unvorsichtig? Hatte sie die Vorsichtsmaßnahmen vernachlässigt, die sie zum Schutz der eigenen Gesundheit und der ihrer Kinder ergriffen hatten?

Trug sie die Schuld an Chris' Tod?

War das ihre Art, sich diese Schuld einzugestehen?

Er blieb lange einfach sitzen und starrte auf den Brief. Noch einmal versuchte er, ihn zur Hand zu nehmen und zu lesen, aber davon wurde ihm so unwohl, dass er die Bögen Papier von sich warf und das Gesicht in den Händen vergrub. Er stand auf, trat an das Fenster und öffnete es weit. Die afrikanische Nacht war niemals still – das Keckern der Hyänen, in der Ferne manchmal das

Brüllen eines Löwen. Ein Rascheln im Unterholz, das Flüstern des Windes.

Was bedeutete das für Audrey und ihn?

Sie hatte ihn all die Jahre angelogen. Hatte ihm etwas verschwiegen.

Hätte sich denn etwas geändert, wenn er davon gewusst hätte? Hätte er sie nicht genommen, wenn er diesen Brief vor Jahren erhalten hätte?

Diese Frage war unmöglich zu beantworten.

Aber dadurch, dass er den Brief hatte, stellte sie sich ihm.

Es war schon spät, doch Matthew blieb am offenen Fenster stehen und starrte hinaus in die Dunkelheit. Das Gefühl, jahrelang eine Lüge gelebt zu haben, schnürte ihm die Luft ab.

Er hatte sich in ihr getäuscht.

Sein Kind war tot.

Sein Sohn starb, weil Audrey nicht aufgepasst hat. Weil sie nicht «achtsam» war, wie sie selbst es nannte.

Wie konnte er ihr da noch länger das Wohl seiner Kinder anvertrauen?

31. Kapitel

«Matthew, bist du das?» Verschlafen tastete sie nach dem Kopfkissen neben sich. Es war leer und kalt.

Audrey richtete sich auf. Sie war allein im Zimmer, aber sie hörte, dass irgendwo im Haus Menschen unterwegs waren. Stimmen flüsterten, eine Tür wurde geöffnet.

«Matthew?» Ehe sie aufstehen konnte, sah sie ihn in der Tür, groß und dunkel ragte er auf.

«Es ist nichts», sagte er. «Thomas hat nicht gut geschlafen, ich habe ihm vorgesungen.»

«Dann ist ja alles gut.» Sie sank erschöpft zurück in die Kissen. Die Schwangerschaft setzte ihr zu. Tagsüber war sie viel auf den Beinen, und nachts schlief sie wie ein Stein. Es fühlte sich an, als habe jemand Bleigewichte an ihre Glieder gehängt.

Sie schloss die Augen, knautschte das Kopfkissen zurecht und war fast wieder eingeschlafen, als sie noch flüsterte: «Kommst du auch bald ins Bett? Matthew?»

Er antwortete nicht mehr.

Am Morgen wurde sie nicht wie gewohnt vom Trappeln kleiner Kinderfüße geweckt, die zum Elternschlafzimmer gelaufen kamen. Sie wunderte sich nicht, denn neben ihr war das Bett leer. Wahrscheinlich war Matthew früh aufgestanden und hatte Thomas mitgenommen.

Sie kleidete sich an und ging auf die Veranda. Nur ein Gedeck auf dem Tisch, niemand zu sehen. Ein lautes Klappern in der Küche. Kamau kam und brachte ihr das Frühstück.

«Ist der Bwana schon zur Plantage gegangen?», fragte sie.

«Memsahib Fanny hat schon gefrühstückt.»

Das war keine Frage auf ihre Antwort. «Kamau, wo ist mein Mann? Wo ist der Bwana?»

Kamau sah sie an. Lange, als müsste er sich die Worte zurechtlegen, und dann zuckte er nur mit den Schultern. «Ich bringe noch Tee.»

Audrey hielt ihn am Handgelenk fest. Beide zuckten zusammen. Sie hatte ihn noch nie berührt.

«Bitte», sagte sie leise.

«Ich glaube, der Bwana hat dir einen Brief dagelassen, Memsahib.»

Er ging ins Haus und kam kurze Zeit später mit einem großen, braunen Briefumschlag zurück. Audrey wartete, bis Kamau wieder verschwunden war, ehe sie den Umschlag öffnete.

Darin war ein kleinerer Umschlag, den sie sofort erkannte. Ihr Herz stockte. Sie griff sich an die Kehle, und ein erstickter Laut kam über ihre Lippen. Neben dem Briefumschlag lag nur ein Bogen Papier. Sie faltete ihn auseinander und las:

Audrey,

ich habe meinen Sohn genommen und bin fortgegangen. Such uns nicht. Wenn sie mich finden, werde ich ihnen deine Geheimnisse erzählen: dass du am Tod zweier Kinder schuld bist und nie mit mir verheiratet warst.
Matthew.

Kein Gruß, kein Abschied, nur diese wenigen Zeilen. Audrey starrte so lange auf den Brief, bis ihre Augen schmerzten und juckten. Sie legte den Briefbogen achtlos auf ihren Teller. Später wusste sie nicht, wie lange sie einfach nur dagesessen und ins Leere gestarrt hatte. Irgendwann kam Kamau heraus, er räumte den Tisch ab und fragte sie, ob er noch etwas für sie tun könne.

Sie schüttelte den Kopf.

Matthew hatte Thomas einfach mitgenommen. Er war verschwunden und hatte sie alleingelassen. Weil genau das passiert war, wovor sie sich all die Jahre immer gefürchtet hatte. Er hatte die Wahrheit über sie herausgefunden, und jetzt gab er ihr die Schuld an Chris' Tod und an dem Elend, das über sie beide hereingebrochen war. Und er ging, weil es so leicht war zu verschwinden. Ihn hielt hier nichts. Audrey war nicht mal seine Ehefrau.

Sie stand auf und musste sich am Tisch festhalten, weil ihre Beine nachzugeben drohten. «Fanny?», rief sie; ihre Stimme klang kläglich und zittrig.

«Sie ist auf der Plantage, Memsahib.» Kamau stand in der Tür, die Hände vor dem Bauch gefaltet. Sie sah das Mitleid in seinen Augen, und das ertrug sie nicht. «Sie kümmert sich um den Tee.»

Dann wusste Fanny bereits davon. Sie hatte es gewusst und Audrey nicht gewarnt.

Sie wusste nicht, wohin sie sich wenden sollte. Wenn sie Matthew nachritt, holte sie ihn vielleicht ein, aber die Vorstellung, wie sie um das Kind rangen und sie versuchte, Thomas den Armen seines Vaters zu entreißen ... Nein. Beim Gedanken daran sah sie, wie Matthew den Jungen losließ, er aus großer Höhe zu Boden fiel und von Hyänen verschleppt wurde.

«Konzentrier dich!», fauchte sie und schlug mit der flachen Hand gegen ihre Schläfe. «Verdammt, es wird ihm nichts passieren, solange du nicht in der Nähe bist!»

«Memsahib?» Kamau sah sie fragend an, und sie lächelte entschuldigend.

«Schon gut», sagte sie zerstreut. Sogar ein Lächeln gelang ihr. «Ich bin auf der Teeplantage, wenn mich jemand sucht.»

Aber sie machte sich nichts vor. Niemand würde sie suchen. Es interessierte niemanden, ob sie hier war oder nirgendwo. Sie war ganz allein auf der Welt.

Bis auf ... ja. Sie legte die Hand auf ihren leicht gewölbten Bauch. Bis auf das Kind, das in ihr wuchs.

Sie lächelte. Alles gar nicht schlimm, redete sie sich ein. Sie bekam ja noch ein Kind, das würde den Verlust der anderen beiden schon aufwiegen.

In einem fernen Winkel ihres Herzens wusste sie, dass dieser Gedanke irgendwie falsch war – er klang so schrill in ihr –, aber sie kam nicht darauf, was daran falsch sein sollte.

Sie fand Fanny in der Faktorei, wo ihre Freundin die Frauen beaufsichtigte, die den Tee verpackten.

Ein Teil des Tees wurde hier in Afrika verkauft. Man brachte ihn nach Nairobi. Von dort wurde er nach Durban oder in andere Teile des Kontinents verschifft. Afrika war nicht im Würgegriff eines Seekriegs. Vielleicht begriffen die Menschen in Europa das bald, und vielleicht kämen sie dann alle hierher, um hier zu leben. Das wäre schön, fand Audrey.

Fanny bemerkte Audrey. Sie lächelte den Frauen am Packtisch aufmunternd zu und kam zu Audrey herüber. Ihre Wangen waren gerötet, die Augen blitzten vergnügt. Sie fand Gefallen an dieser Aufgabe, und Audrey fragte sich, warum sie nicht viel eher auf die Idee gekommen war, Fanny mit den Aufgaben auf der Plantage vertraut zu machen.

«Wir kommen gut voran», verkündete Fanny fröhlich.

«Matthew ist weg.»

Sofort war alle Munterkeit wie fortgeblasen. «Ich weiß.» Fanny nickte düster. «Heute Nacht schon.»

«Du hättest mich wecken können.»

«Es hätte nichts geändert, oder?»

Fanny hatte recht. Nichts hätte sich dadurch geändert.

«Er hat Mary mitgenommen. Es wird Thomas gut gehen. Und ich bin sicher, er wird sich wieder beruhigen. So sind die Männer. Sie machen irgendetwas, von dem sie glauben, es sei richtig, aber es gibt eben diese Momente, in denen sie unmöglich zwischen richtig und falsch entscheiden können. Gib ihm Zeit, Audrey. Dann kommt er auch wieder zur Vernunft. Er wirft doch keine Ehe weg, nur weil …»

«Nur weil er denkt, ich trage an Chris' Tod Schuld», vollendete Audrey den Satz für sie. «Außerdem waren wir doch nie verheiratet, das habe ich dir ja schon erzählt.»

Fanny sah Audrey mitfühlend an.

Audrey erzählte in wenigen Sätzen noch einmal, was bei ihrer Ankunft in The Brashy passiert war. «Irgendwann haben wir einfach nicht mehr darüber nachgedacht. Es war eben so.»

«Meine Güte. Du wirkst sehr viel gefasster, als ich mich in so einer Situation fühlen würde.»

Sie schwiegen eine Weile. Dann straffte sich Audrey und sagte: «Ich muss zurück. Die Arbeit ruft.»

Sie machte sich auf den Rückweg. Ihr war etwas eingefallen – etwas sehr Wichtiges.

Celias Briefe. Jetzt sah sie keinen Grund, warum sie sie nicht lesen sollte. Immerhin hatte er ihr dunkles Geheimnis erfahren, da durfte sie wohl auch seines erfahren.

Sie rannte fast zurück zum Haus, stürmte ins Arbeitszimmer und ließ sich in Matthews Schreibtischstuhl fallen. Er hatte den Schreibtisch aufgeräumt, bevor er gegangen war. Endgültig.

Nein, sie glaubte nicht, dass er zurückkommen würde. Aber er hatte das Kästchen dagelassen.

Sie öffnete es und nahm die Briefe heraus.

Bereits den ersten Brief empfand sie als … Genugtuung. Celia schrieb:

Lieber Matthew,

da komme ich nach einem anstrengenden Tag von meiner Arbeit im Hospital zurück und finde deine Zeilen vor. Hör auf damit! Ich will dich schütteln, damit du endlich aufhörst, dir Vorwürfe zu machen, weil Mutter und Vater tot sind.

Es war nicht deine Schuld. Sie sind nicht bei der Bergwanderung abgestürzt, weil du nicht dabei warst. Sie waren unvorsichtig. Dich trifft keine Schuld. Ich bitte dich, hör auf, dich von den Schuldgefühlen zerfleischen zu lassen. Sie haben nichts mit der Realität zu tun. ...

Audrey brauchte nicht mehr zu lesen. Sie legte den Brief behutsam zurück ins Kästchen, verschloss es sorgfältig und stellte es wieder auf seinen Platz.

Matthew schleppte ebenfalls eine schwere Schuld mit sich herum. Etwas, das er ihr nicht erzählte. Sie fühlte sich ihm mit einem Mal näher, und irgendwie verstand sie, warum er versuchte, Thomas vor ihr zu beschützen.

Aber wer beschützte ihn vor sich selbst? Vor den quälenden Gedanken, mit denen er sich seit Jahren herumschlug?

Sie wünschte, er wäre hier. Sie hatte gelernt, mit ihrer Schuld zu leben, bis Matthew sie heute daran erinnert hatte.

«Alles wird gut», flüsterte sie. Die Fingernägel ihrer rechten Hand gruben sich tief in die dünne Haut an der Unterseite ihres linken Handgelenks.

32. Kapitel

Am nächsten Morgen war Kinyua wieder da, als habe er den Platz am Frühstückstisch nie für den Bwana geräumt. Kamau hatte für drei gedeckt, und als Audrey sich schon laut wundern wollte, trat Kinyua aus dem Wald.

Er kam nicht allein. An seiner Seite ging ein Junge, vielleicht zehn oder elf Jahre alt. Die beiden blieben vor der Veranda stehen, und Kinyua legte eine Hand auf die Schulter des Jungen. «Das ist mein Sohn Ruhiu, Memsahib. Er ist jetzt alt genug, um auf der Plantage zu arbeiten.»

«Er kann die Affen verjagen mit den anderen Jungen», schlug sie vor.

«Das mache ich gerne, Memsahib.»

Audrey nickte. Kinyua schickte seinen Sohn los, und erst danach trat er auf die Veranda und setzte sich zu Audrey und Fanny, die erstaunlich still war. Kamau brachte Tee und frisches Rührei, warmen Toast und krossen Speck.

«Du hast dich verletzt, Memsahib.» Kinyua sah sie ernst an.

Sie schob die Manschette ihres Blusenärmels nach unten. «Das ist nichts. Ich war unachtsam und bin im Wald in ein dorniges Gestrüpp geraten.»

Fanny warf ihr einen scharfen Seitenblick zu.

Kinyua ging über die Lüge hinweg, wie es ein Weißer tun würde. Er begann, über die Belange der Farm zu reden, und er tat es so fachkundig und selbstbewusst, dass Audrey sich insgeheim fragte, ob er in den letzten Wochen, in denen Matthew sich darum gekümmert hatte, sich vielleicht immer irgendwo im Hintergrund versteckt gehalten hatte.

Wahrscheinlich hat Mukami ihm alles erzählt.

Die Vorstellung, wie die junge Frau sich abends zu Kinyua schlich, verstärkte dieses Jucken an ihrem Handgelenk, und sie begann wieder, sich zu kratzen.

Kinyua beugte sich vor. Er legte die Hand auf ihre. «Lass das, Memsahib. Es gibt scheußliche Narben, wenn du damit nicht aufhörst.»

Sie spürte, wie ihr heiß wurde. Fanny stand abrupt auf. «Ich bin in der Faktorei, wenn ihr mich sucht.» Sie eilte quer über den kurzen Rasen, vorbei an den beiden Boys, die sich gerade daranmachten, das Gras zu stutzen. Zu dieser Jahreszeit wuchs es immer rasend schnell.

Kinyua zog die Hand nicht sofort zurück. Audrey schloss die Augen. Sie hörte den gluckernden Ruf eines Tiputip und ein unbestimmtes Geräusch. Erst da merkte sie, dass es ihr Blut war, das in ihren Ohren rauschte.

Sie entzog Kinyua die Hand.

«Der Bwana ist fort», sagte sie, als sei das ihre Entschuldigung.

Kinyua lehnte sich zurück. «Ich weiß, Memsahib. Darum bin ich hier.»

Sie schwiegen lange. Irgendwann fing Kinyua an zu essen, und sie beobachtete ihn verstohlen. Kaum war Matthew fort, war er wieder da und nahm seinen Platz ein. Als gehörte er hierher, als sei er Teil ihres Lebens. Sie war froh, dass er hier war, keine Frage, zugleich fürchtete sie sich aber, was das mit ihr anrichtete.

Sie war einsam, ganz allein auf der Welt. Außer Fanny war ihr niemand geblieben. Niemand sollte allein sein, und Audrey verstand jetzt, warum Fanny sich immer an Männer band, die sich dann doch nicht für sie entschieden. Das war besser, als sich gar nicht zu binden. Allein durchs Leben zu gehen, lag nicht in ihrer Natur. Und was Kinyuas Berührung mit ihr anrichtete, war so verwirrend und so falsch, dass sie ihn am liebsten fortgeschickt hätte.

Aber sie mochte, wenn er bei ihr saß, ihr Schweigen aufnahm und es mit Leben füllte. Mit ihm zu schweigen, fühlte sich so richtig an.

«Passt du auf mich auf, Kinyua?», fragte sie leise.

Er blickte auf. «Habe ich denn je etwas anderes getan, Memsahib?»

Später wusste sie nicht mehr, wie es dazu gekommen war. Sie wusste nur, dass sie am helllichten Tag im Bett lag und dass neben ihr ein Mann schlief, die Stirn leicht gerunzelt, als sei es ihm unangenehm, hier zu liegen.

Sie zog die Decke bis an ihr Kinn, wandte sich ihm zu und wunderte sich. Hatte sie das wirklich getan? War sie auf der Suche nach Trost so weit gegangen, einen Mann in ihr Bett zu holen, der bisher schon unruhig wurde, wenn er auf der Veranda saß?

Ihre Welt war zu einem winzigen Fleck zusammengeschmolzen. Es gab nur noch die Farm, dieses Haus, das

Dorf der Kikuyu, vielleicht noch das Buschland im Umkreis von fünf Meilen. Dahinter war nichts. Das bekümmerte sie nicht. Es machte ihr nur Angst, das sie irgendwann wieder aus diesem Kokon heraustreten musste.

Sie schloss erschöpft die Augen und versuchte, ebenfalls einzuschlafen, aber ihre Sinne waren hellwach, und sie gab es schließlich auf. Entschlossen schlug sie die Bettdecke zurück und stand auf.

Er regte sich. Sein Blick war fragend, als er die Augen aufschlug, staunend. Dann sah er sie, und er war nur Lächeln und Glück.

«Audrey.»

Sie hatte noch nie gehört, dass er ihren Namen sagte. Für ihn war sie immer die Memsahib gewesen, und sie hatte schon gefürchtet, er würde sich schämen für das, was sie getan hatten, dann aus ihrem Bett fliehen und ihr nie mehr in die Augen sehen.

Aber er nannte sie bei ihrem Namen.

«Ich muss auf der Farm nach dem Rechten sehen.»

«Ich begleite dich.»

Er stand auf, und sie bewunderte das Spiel seiner Muskeln, während er sich anzog. Er trug die traditionelle Kleidung der Kikuyu, ein Tuch um Hüfte und Schulter geschlungen, mehr nicht. Die Armreifen klimperten leise, und er drehte sich lächelnd zu ihr um und streckte ihr die Hand hin.

Es fühlte sich richtig an, Hand in Hand mit ihm das Haus zu verlassen, doch draußen ließ sie seine Hand los, und er protestierte nicht. Nein, er lächelte weiterhin, als verstünde er jeden ihrer Gedanken.

Sie musste sich erst daran gewöhnen, dass sie ihn jetzt in ihr Leben ließ. Daran und an die Vorstellung, dass nichts davon unbemerkt bleiben würde. Schon bald würde man in Nyeri davon wissen, und was morgens in Nyeri bekannt war, darüber zerrissen sie sich am Abend schon in Nairobi das Maul.

Aber kümmerte es sie überhaupt noch, was die Leute redeten? Sie hatte ihre Söhne verloren. Nichts konnte mehr schmerzen.

Den ganzen Tag wich Kinyua nicht von ihrer Seite. Er war wie ein Schatten, und sie war ihm dafür dankbar, denn wäre sie allein gewesen, hätte sie darüber nachgedacht, was es wirklich bedeutete, dass sie mit einem Schwarzen schlief. Dann wären ihr all die unfeinen Begriffe eingefallen, mit denen man eine Frau bedachte, die sich erdreistete, so etwas zu tun. Mannstoll, eine dreckige Negerhure. Das war sie.

Dabei war sie nur einsam. Und in Kinyuas Armen vergaß sie diese Einsamkeit. Wäre ein anderer Mann da gewesen, ein Weißer, sie hätte ihn wohl ebenso verführt. Wobei die Frage, wer hier wen verführt hatte, für Audrey nicht eindeutig zu beantworten war.

Am Abend kehrte sie allein zum Haus zurück; Kinyua ging in sein Dorf. Sie verabschiedeten sich an einer Weggabelung. Kurz war Audrey versucht, ihm einfach die Hand zu geben, obwohl sie wusste, dass es zu förmlich und falsch war.

Kinyua beugte sich zu ihr herunter, und er küsste sie sanft auf den Mund. Dann lächelte er aufmunternd und drehte sich um.

Sie blieb lange dort stehen, die Finger verharrten direkt über ihren Lippen, weil sie glaubte, ihn jetzt noch zu schmecken. Dann drehte sie sich um und ging heim.

Fanny wartete auf der Veranda, die in tintenschwarze Dunkelheit getaucht war, als Audrey zurückkam. Sie saß in einem der Korbsessel, und erst bemerkte Audrey sie nicht, bis sie die Stimme ihrer Freundin hörte.

«Du warst mit Kinyua zusammen.»

Audrey wusste nicht genau, ob Fanny den Tag meinte oder jene Stunden in ihrem Schlafzimmer, aber da beides der Wahrheit entsprach, sagte sie nur: «Ja.»

«Ich mache mir Sorgen, Audrey.»

Sie setzte sich hin. Kamau kam nicht, wie er es sonst tat, um sie nach ihren Wünschen zu fragen, und sie fühlte sich sehr alleingelassen.

«Stellst du dir so deine Zukunft vor?»

Audrey schluckte.

«Ich habe keine Zukunft. Matthew ist fort. Was bleibt mir denn noch?»

«Du könntest um ihn kämpfen. Und um Thomas. Du könntest die beiden suchen und zurückholen.»

«Ich habe kein Recht. Thomas ist sein Sohn, und ich …» Sie atmete ein, und ihr Ausatmen war ein ersticktes Schluchzen. «Ich habe doch keine Rechte. Jedes Gericht wird ihm unseren Sohn zusprechen. Wir sind nicht verheiratet. Wenn man es so sehen will, bin ich nichts als eine liederliche Person, die ihm alles genommen hat.»

«Er ist freiwillig gegangen. Und leicht hat er sich das sicher nicht gemacht.»

«Du verteidigst ihn? Ausgerechnet du?» Audrey wurde wütend. «Was haben die Männer dir nicht alles angetan! Aber du hast es ertragen, nicht wahr? Immer hast du gehofft, es werde sich zum Guten wenden, ob das nun Jack war oder Benedict oder irgendein anderer Kerl. Und nie hast du ein böses Wort gegen diese Männer gefunden, die dich wie Dreck behandelt haben. Dabei bist du es, die sich selbst so klein macht. Du machst dich zu dem, was du bist – eine unglückliche, vertrocknete alte Jungfer, die keiner haben will. Ich bin mir zu schade dafür, hörst du? Ich hab schon einmal gedacht, dass ich keine Zukunft habe, aber damals hat Matthew mich gerettet. Siehst du, diesmal ist keiner da, der mich rettet. Das kann ich nur aus eigener Kraft tun.»

Fanny zischte: «Aber doch nicht, indem du mit einem Neger ins Bett steigst!»

Audrey stand auf. «Ich habe nicht vor, mit dir dieses Gespräch zu führen», erwiderte sie kühl. «Wenn dir nicht passt, wie die Dinge hier gehandhabt werden, steht es dir frei, nach Nairobi zu gehen. Oder sonst wohin. Ich halte dich nicht auf.»

Sie wusste, das war gemein. Aber mindestens so gemein war es, dass Fanny ihre Liebe zu Kinyua – jawohl, ihre Liebe! – in den Dreck zog.

Hatte sie Kinyua schon vorher geliebt? Irgendwas war da gewesen. Immer wieder. Etwas, das sie jetzt nicht länger unterdrücken musste.

Sie ging ins Wohnzimmer und las. Kamau servierte das Abendessen, aber Fannys Platz blieb leer. Audrey ging ins Bett und lag lange wach.

33. Kapitel

Fanny blieb auf The Brashy. Alles andere hätte Audrey auch sehr gewundert. Sie hatte tatsächlich keinen Ort, wo sie hingehen konnte.

Trotzdem gingen sie einander aus dem Weg, und wenn sie sich begegneten, geschah es auf eine misstrauische, beinahe feindselige Art. Ihre Gespräche drehten sich nur um die Belange der Plantage, und Audrey legte so viel in Fannys Hände, wie diese bereit war, auf sich zu nehmen, bis Fanny faktisch die Farm leitete und Audrey gar nicht mehr aus dem Haus musste, wenn sie nicht wollte.

Eine Woche später kam mit der wöchentlichen Post aus Nyeri ein großes, flaches Paket, das an Audrey adressiert war. Es kam von Morrison & Cie., einem der besten Herrenschneider von Britisch-Ostafrika, bei dem Matthew immer seine Kleidung bestellte. Sie wunderte sich. Hatte er vor seinem Verschwinden etwa noch eine Bestellung aufgegeben und diese wurde nun verspätet geliefert?

Doch die Sachen in dem Karton passten so gar nicht zu Matthew. Helle Khakihosen und passende Hemden, zwei Halstücher und sogar ein Paar Schuhe. Sie drehte die Schuhe hin und her, dann stellte sie den Karton im Arbeitszimmer auf den Boden und hatte ihn schon bald vergessen.

Bis Kinyua sie drei Tage später fragte, ob ein Paket angekommen sei. Da fiel es ihr wieder ein.

«Das sind deine Sachen?»

«Ich habe sie in Nairobi bestellt.»

Sie holte den Karton und stellte ihn auf den Esszimmertisch. Kinyua hob die Sachen heraus, hielt sie sich etwas ungelenk an. Sie sah sofort, dass die Sachen passten.

«Mr. Noori hat mich beraten», erklärte Kinyua nicht ohne Stolz. «Ich dachte, so sehe ich besser aus, wenn ich mit dir in die Stadt fahre.»

«Wir fahren nicht in die Stadt», erwiderte Audrey verwirrt.

«Doch. Wir müssen schließlich deinen Sohn suchen. Er gehört hierher, zu dir.»

Sie war gerührt. Von Kinyuas Fürsorge, aber auch von seiner Umsicht. Er war im Busch aufgewachsen, und tatsächlich war er nie weiter als bis Nyeri gekommen. Trotzdem wusste er, dass man ihn an der Seite einer weißen Frau fortjagen würde, wenn er in den Kleidern auftrat, die er hier draußen immer trug.

«Du musst das nicht tun.»

«Ich will es aber», erwiderte er.

Audrey gab nach. «Probier's an!»

Er nahm die Sachen und verschwand im Schlafzimmer, in dem er inzwischen jede Nacht neben ihr lag, als wäre es nie anders gewesen. Nach fünf Minuten tauchte er wieder auf. Die Hose saß etwas schief und brauchte einen Gürtel, und das Hemd hatte er falsch geknöpft. Audrey trat zu ihm und half ihm dabei. Er lächelte verlegen. «Ich habe noch nie so was besessen.»

«Es steht dir ausgezeichnet», beteuerte sie und gab ihm einen Kuss auf den Mund.

«Dann lass uns nach Nairobi fahren!» Ehe sie sichs versah, hatte er die Arme um sie gelegt und sie an sich gezogen. Ihr Kopf ruhte an seiner Brust, und sie atmete den frischen, knistrigen Duft der Kleidung ein, der sich mit dem dunklen, erdigen Duft vermischte, den Kinyua verströmte. Sie schloss kurz die Augen und stellte sich vor, in Matthews Armen zu liegen.

Dann löste sie sich von ihm. «Ich halte das für keine gute Idee», erklärte sie. «Man redet über uns.»

«Lass sie reden. Mir ist das egal.»

Mir sollte es auch egal sein, dachte sie. Aber das war es nicht. Sie lebte mit einem Kikuyu zusammen. Sie hatte sich selbst an den Rand der Gesellschaft gestellt, sogar noch weiter draußen als Fanny. Und das wollte etwas heißen.

«Ich muss an meine Kinder denken.» Ihre Chancen, Thomas zurückzubekommen, waren ohnehin schon fast aussichtslos. Wenn sich dann auch noch herumsprach, dass sie mit ihrem schwarzen Liebhaber durch Nairobi spazierte …

«Audrey.» Er küsste sie auf die Stirn. Sie war verwirrt. Seit sie mit ihm zusammen war, hatte er sich verändert. Wie eine schwarze Kopie von Matthew. Er hielt sie in den Armen, er küsste sie auf Stirn und Mund. Das alles erinnerte sie daran, was sie verloren hatte, und sie machte sich unwillig von ihm los.

«Dann fahren wir eben nach Nairobi!» Und sei es nur, damit sie am eigenen Leib erfuhr, was es hieß, ausgegrenzt zu werden.

Sie hatte das gemeinsame Leben einfach weggeworfen, und alles, was ihm blieb, waren die Brotkrumen einer Vergangenheit, die er vergessen wollte.

Matthew hatte im Haus einer alten Kapitänswitwe in Nairobi Unterschlupf gefunden. Mrs. Johansson kochte für ihn, wusch ihm die Wäsche und verbrachte den Rest der Zeit damit, gemeinsam mit Mary Thomas zu verziehen. Der Junge war Matthews Zugriff vollends entzogen. Er wohnte in einer kleinen Dachkammer, daneben schliefen in einer zweiten Mary und Thomas. Wenn das Kind abends schlief, kam Mary zu ihm. Sie schien nichts anderes von ihm zu erwarten, als dass er sich an ihr wärmte. Und er nahm sie und schickte sie danach wieder ins Nebenzimmer. Sie gehorchte immer, und er dachte nicht weiter darüber nach.

Arbeit zu finden war nicht leicht. Er hatte versucht, noch einmal Geld vom Konto seiner Plantage abzuheben, doch der Bankbeamte hatte erklärt, das Konto weise keine Deckung mehr auf, er müsse schon was einzahlen, um darauf zurückgreifen zu können. Matthew konnte es dem Mann nicht verdenken. Der Name Winston war in der Stadt nicht gerade wohlgelitten.

Das war allerdings nicht seine Schuld. Er war noch keine Woche in der Stadt, als er erfuhr, dass Audrey sich mit dem Häuptling der Kikuyu vergnügte, der auf ihrem Land lebte. Sie kaufte ihm teure Kleider, munkelte man – woher sie das Geld hatte, verrieten die Klatschmäuler leider nicht –, und stolzierte mit dem Neger an ihrer Seite über die Plantage, als gehörte ihr das alles.

Dabei gehörte es ihm, aber er hatte ja nicht mal genug Geld, um einen Rechtsanwalt damit zu beauftragen, seine Vermögenswerte einzuklagen. Zumal er auch gar nicht wusste, ob er das wollte. Denn er hatte sich fest vorgenommen, auch das Ungeborene zu sich zu holen, sobald die Zeit dafür gekommen war. Das würde ihm aber nur gelingen, wenn er jetzt die Füße stillhielt. Wenn er sie vertrieb, verschwand sie bestimmt, und dann war es nicht mal sicher, ob sie in Ostafrika bleiben würde. Das war ihm zu unsicher.

Ohne Arbeit und ohne Geld, das er versaufen konnte, und mit einer Vermieterin, die sich ihm ständig in den Weg stellte und nach der fälligen Miete fragte, blieb er die meiste Zeit in seiner Kammer. Er lag auf dem Bett und dachte nach. Er stellte sich vor, wie er sich an Audrey rächen würde für alles, was sie ihm angetan hatte.

Diese Phantasien verloren schon bald an Kraft und begannen, ihn zu langweilen. Überhaupt war die Langeweile sein größter Feind. Das und die britische Armee, denn eigentlich sollte er längst wieder bei der Truppe im Süden sein.

Die Zeit floss zäh dahin. Im November hörte er, Audrey sei mit ihrem Wilden in der Stadt und habe sich in einer kleinen Pension einquartiert. An diesem Tag schloss Matthew sich mit Thomas in seiner Kammer ein und wollte niemanden sehen. Erst als das Kind vor Hunger weinte, verschaffte sich die resolute Mrs. Johansson Zutritt zu dem Zimmer und riss ihm den Jungen aus den Armen.

«Wenn Sie nicht mal für Ihren Sohn sorgen können!» Sie funkelte ihn wütend an. Es klang nicht wie eine Frage.

Matthew starrte an ihr vorbei. «Was dann?» Sie

schnaubte nur, drückte Thomas an sich und verließ das Zimmer.

Jetzt bin ich ganz allein, dachte Matthew betrübt. Jetzt habe ich alles verloren.

Drei Tage blieb er allein in der Kammer. Morgens und abends brachte Mrs. Johansson ihm ein Tablett mit Essen, das er meist verschmähte, obwohl sie eine gute Köchin war und sich trotz seiner Mietschulden bemühte. Am dritten Tag blieb sie in der offenen Tür stehen.

«Da ist Besuch für Sie.»

Matthew hob den Blick. Er hockte auf dem Bett, die Knie angezogen und die Arme um die Knie gelegt. «Für mich?»

«Wenn ich's doch sage. Soll ich ihn raufschicken?»

Matthew nickte schwach. Er hatte nicht mehr die Kraft, Widerstand zu leisten. Wenn das Kinyua war, der ihn aufsuchte, konnte er das wohl ertragen, solange der ihm nicht Thomas nahm.

Darum rief er Mrs. Johansson zurück. «Mary soll mit dem Jungen in ihre Kammer gehen und sich einschließen.»

«Ist gut.» Die Wirtin schaute ihn an, als habe er nun vollends den Verstand verloren. Vielleicht war das ja auch so. Die Einsamkeit machte merkwürdige Dinge mit dem Verstand.

Er hatte Kinyua erwartet, doch der Mann, der seine kleine, finstere Kammer betrat, war so völlig anders als der Kikuyuhäuptling, dass Matthew erschrak.

«Du», sagte er nur.

«Wenigstens erkennst du noch deine Freunde.» Benedict Tuttlington reichte ihm die Hand.

Matthew rappelte sich auf. Benedicts Händedruck war fest, und sein Lächeln wirkte aufrichtig besorgt.

«Mit dir hätte ich zuletzt gerechnet.»

«Warum?»

Das konnte Matthew gar nicht so genau sagen. Benedict war eigentlich kein Mann, der sich um Freunde kümmerte. Schon gar nicht, wenn die Freundschaft nicht so eng war.

«Hat sie dich geschickt?»

«Die Vermutung liegt nahe, weil sie gerade in der Stadt ist. Aber nein, ich bin aus eigenem Antrieb hier.»

Matthew rückte etwas beiseite, und Benedict setzte sich neben ihn auf das zerwühlte Bett. Er schwieg, und Matthew wusste auch nicht, was er sagen sollte.

«Könnt ihr euch nicht einfach wieder vertragen?», fragte Benedict schließlich.

«Weißt du, was vorgefallen ist?»

Benedict schüttelte den Kopf. «Man erzählt sich viel, aber ...»

«Darauf gibst du nichts?» Matthew lachte auf. «Glaub mir, wenn die Hälfte stimmt von dem, was die Leute erzählen, käme es nicht annähernd an das heran, was tatsächlich passiert ist.»

«Willst du darüber reden?»

Matthew schüttelte den Kopf.

«Das Kind ...»

«Ich weiß nicht, ob es von mir ist. Kann sein, kann aber auch genauso gut von Kinyua stammen.»

«Kann ich irgendwas für dich tun?», fragte Benedict schließlich.

«Ich würde dich nicht darum bitten, aber meine Wirtin wartet seit meinem Einzug auf Geld. Sie ist sehr gütig, aber ... Und Thomas wächst, er hat bald nichts mehr anzuziehen. Mary ... zu Weihnachten bekam sie immer zwei neue Kleider von uns. Ich finde keine Arbeit.»

«Du könntest bei uns Arbeit finden. Auf einer Kaffeefarm.» Benedict schlug ihm auf die Schulter. «Aber erst mal hole ich dich hier raus. Und du denkst noch mal drüber nach, ob du nicht doch mit Audrey wieder übereinkommst.»

«Darüber brauche ich nicht nachzudenken.»

Benedict stand auf. «Es ist nur ... Ich mache mir Sorgen um euch.»

Die Art, wie er das sagte – abwesend, als interessierte es ihn in Wahrheit gar nicht –, ließ Matthew aufmerken.

«Es geht gar nicht um uns, nicht wahr?», fragte er.

Benedict zog eine Geldklammer aus der Hosentasche und zählte die großen Scheine ab. Er wollte Matthew das Geld in die Hand drücken, doch er verschränkte die Arme vor der Brust. Trotzig und herausfordernd.

Benedict seufzte. Er steckte die Scheine in Matthews Brusttasche und tätschelte sie, als wollte er sichergehen, dass das Geld nicht sofort Beine bekam. «Natürlich geht es mir auch um euch», sagte er, und weil Matthew weiterhin schwieg, fügte er hinzu: «Fanny.»

«Sie lebt auf The Brashy, und ich glaube, das tut ihr gut.»

«Ich vermisse sie. Solange das mit euch nicht in Ordnung ist, kann ich sie noch so oft bitten, zurück nach Nairobi zu kommen.»

«Weshalb? Damit sie deine Geliebte wird?»

Benedict zuckte hilflos mit den Schultern. «Manche können eben nicht aus ihrer Haut. Wenn du noch was brauchst, meld dich bei mir. Ich kümmer mich um deinen Job.»

Manche können nicht aus ihrer Haut ...

Gehörte er auch zu diesen Menschen? Konnte er nicht aus seiner Haut? Denn obwohl er Audrey hassen wollte für alles, was sie ihm genommen hatte, konnte er nicht anders – er wollte ihr nicht schaden, und er wollte nicht, dass sie unglücklich war.

Vielleicht war er ja auch deshalb weggegangen. Weil sie mit ihm nur unglücklich gewesen wäre.

Natürlich sprach sich bald herum, dass er in Nairobi war, und es dauerte nicht lange, bis der nächste Besucher im Haus der alten Kapitänswitwe auftauchte. Eine Besucherin, die Matthew auf keinen Fall sehen wollte. Und schon gar nicht sollte sie unvermutet in seiner Kammer stehen und ihn an der Schulter rütteln, wenn er schlief. Er fuhr schreiend hoch und schlug um sich.

«Herrje, Matthew! Man könnte meinen, du seist von dunklen Geistern besessen.» Sie wischte sich über das modische Kleid, als fürchtete sie, er habe es beschmutzt, als seine Hand ihren Arm streifte.

Stöhnend setzte er sich auf. «Was willst du hier, Renata?»

Er musste mal ein ernstes Wort mit der Witwe Johansson reden, damit sie nicht jeden einließ.

«Dich», erwiderte Renata nur.

Matthew fuhr sich mit beiden Händen durchs Gesicht. Konzentrier dich, befahl er sich. Das hier ist gefährlich.

Er hatte nicht vergessen, wie Renata sein konnte. Aber ebenso wenig hatte er vergessen, wie es war, wenn sie ihre Reize einsetzte.

Sie setzte sich neben ihn auf die dünne Matratze. «Ich habe dich in der ganzen Stadt suchen müssen.»

«Bist du auf die Idee gekommen, dass ich vielleicht nicht gefunden werden wollte?»

Nein, natürlich nicht. Auf so einen Gedanken kam sie nicht.

«Warum hast du dich nicht gemeldet?», fragte sie. «Ich hätte mich doch um dich gekümmert. Und um dein Kind», fügte sie hinzu.

Darüber wusste sie also auch Bescheid. Wundern durfte ihn das nicht. Renata wusste immer mehr, als man ihr zutraute.

«Ich brauche niemanden, der sich um mich kümmert.» Sie wollte den Arm um ihn legen, aber Matthew machte sich los, ehe sie ihn überhaupt berührte. Er sprang auf und trat ans Fenster. Bloß so viel Abstand wie möglich zwischen sich und diese Frau bringen.

Er wollte ihrem Zauber nicht erliegen, der vor allem erotischer Natur war. Damit fing sie die Männer immer ein.

«Aber Matthew ... Lass mich für dich da sein. Ich verspreche dir, mit mir passiert dir nicht, was sie dir angetan hat.»

Sie trat neben ihn. Er war zwischen ihr und dem Fenster eingekeilt, und er spürte ihren Atem, als sie sich auf die Zehenspitzen stellte. «Ich habe dich gewarnt», flüsterte sie ihm ins Ohr. «Ich habe dir gesagt, dass du mit ihr nicht glücklich wirst. Weißt du noch?»

Wie konnte er das vergessen? Jener Abend im Haus des Gouverneurs war ihm noch deutlich in Erinnerung.

«Es ist nur kompliziert», behauptete er. «Ich ... wir haben unseren Sohn verloren. Das Gelbfieber.»

«Und daran gibst du ihr die Schuld.»

In ihm regte sich Widerstand. Er wollte nicht, dass sie sich einmischte. Sie sollte nicht in seinem Leben herumwühlen. Sie gehörte nicht hierher.

«Verschwinde, Renata. Du hast in meinem Leben nichts zu suchen.»

«Bist du dir wirklich sicher?» Sie rückte näher, ihr Busen presste sich gegen seinen Arm, und es fiel ihm schwer, nicht auf ihr apartes Gesicht zu schauen.

Ihr hatten all die Abweisungen, die Grausamkeiten, die sie verübt hatte – all das, was sie ausmachte und was ihn so abschreckte –, nichts anhaben können. Immer noch hatte sie das Gesicht eines dunklen Porzellanpüppchens, einen winzigen Mund, leicht schräge Augen. Sie versprühte so viel Leben, dass er ganz kurz nur daran glauben wollte, dass mit ihr alles gut werden konnte.

«Du könntest den Jungen zu ihr zurückschicken, und dann verschwinden wir einfach», wisperte sie. «Nur du und ich. Bis ans Ende aller Zeiten.»

Er starrte sie an. Dann begriff er, was sie meinte. «Du willst, dass ich Thomas zurücklasse?»

«Schick ihn doch zu ihr. Ich bin sicher, sie wird sich freuen.» Sie bewegte sich nur ganz leicht und rieb sich an ihm. Er schloss die Augen. Nein, er war nicht vor ihren Reizen gefeit, das waren wohl die wenigsten Männer. Aber was sie da von ihm verlangte ...

«Das kann ich nicht.»

«Dann schicken wir ihn in ein Internat. Ich bezahle alles! Du weißt doch, Geld ist kein Problem.»

Er lachte auf. «Ein Internat? Du kannst doch einen Einjährigen nicht in ein Internat schicken!»

Sie war noch immer genauso egoistisch und gnadenlos, wie er sie in Erinnerung hatte – und fast hätte sie ihn so weit gehabt. Aber jetzt wusste er wieder, warum er ihr immer widerstanden hatte.

Er packte sie an den Oberarmen und schob sie entschlossen beiseite. «Verschwinde», knurrte er.

«Ist es das Geld? Willst du von mir nichts annehmen? Soll ich es der armen Mrs. Johansson auch wieder wegnehmen? Der habe ich nämlich die letzten Wochen bezahlt, die du ihr schuldig geblieben bist. Oder was hast du geglaubt, warum sie dich damit nicht mehr belästigt hat?»

Er hatte genug gehört. Entschlossen marschierte Matthew zur Tür und riss sie auf. «Geh. Lieber bin ich unglücklich mit meiner Frau als mit dir kaltem Biest auch nur einen Tag lang glücklich.»

Er sah, dass seine Worte sie trafen. Es schenkte ihm keine Genugtuung – sie hatte ihm nichts getan. Sie handelte nur so, wie sie selbst es für richtig hielt. Sie wollte immer alles – so sollte ihre Welt funktionieren.

Aber die Welt war ungerecht. Jeden Tag starben Kinder an irgendwelchen Krankheiten, und jeden Tag machten die Menschen Fehler und verletzten jene, die sie liebten. Er liebte Audrey, er hatte sie geliebt, seit sie vor ihm gestanden und der Fischhändler mit zu viel Schwung die stinkenden Fischdärme auf ihr Kleid und die Schuhe geworfen hatte. Damals hatte sie Haltung bewahrt. Sie tat es auch heute noch.

Er liebte sie, und daran würde sich niemals etwas ändern. Sie hatte ihm seine Kinder geschenkt, und er war ihr dankbar, weil sie gemeinsam ihren Weg gegangen waren. Dass sich ihre Wege nun trennten, musste er wohl hinnehmen. Aber das war kein Grund, sich der nächstbesten Frau in die Arme zu werfen.

«Du wirst schon sehen, was du davon hast», erwiderte Renata kalt. Sie marschierte aus dem Zimmer und polterte die Treppe herunter.

Matthew hörte die Tür ins Schloss fallen und sank erschöpft aufs Bett. Plötzlich war er unendlich müde.

Hatten sie denn wirklich keine Chance mehr, Audrey und er?

Wenn er doch nur den Weg zurück zu ihr fände ... Doch den hatte er sich wohl selbst verbaut mit seiner Wut und seiner Angst vor dem, was sie einst gewesen war.

Fragte er sein Herz, sprach es deutlich zu ihm. Er liebte sie. Und alle Fehler, die sie gemacht hatte, bevor sie zu ihm nach Afrika kam, waren ihm gleichgültig. Er wollte mit ihr trauern dürfen, weil ihr Sohn tot war. Ihr gemeinsamer Sohn.

34. Kapitel

Sie hatte nicht erwartet, dass man sie in Nairobi mit offenen Armen empfing, doch die offene Feindseligkeit, die ihr entgegenschlug, erschreckte sie zutiefst.

Sie durfte nicht im Muthaigaclub nächtigen, das machte man ihr unmissverständlich klar. Solange sie beabsichtige, mit einem Schwarzen in einem Zimmer zu schlafen, sei hier kein Platz für sie. Außerdem konnte sie nicht ins Restaurant gehen. Besuche bei Behörden, Banken, sogar bei Freunden gestalteten sich allesamt schwierig, weil sie sich ständig beobachtet fühlte.

Aber Audrey wollte sich nicht dem beugen, was andere für richtig hielten. Sie wollte mit Kinyua zusammen sein. Ging es nach ihr, wollte sie sich keine Minute von ihm trennen.

Er war der Besonnene. Obwohl er noch nie in Nairobi gewesen war und sich mit den Gepflogenheiten der Weißen nicht auskannte, gab er schon nach wenigen Tagen den Takt vor. «Du gehst heute allein zu der Bank», erklärte er beispielsweise. «Die werden dir kein Geld geben, wenn ich mit dir komme.»

Sie konnte nur ahnen, woher er das wusste. War das seine Intuition? Oder war sie selbst so blind und dumm, dass sie sich keine Gedanken darüber machen wollte, welchen Eindruck sie auf einen Bankbeamten machte, wenn sie mit ihrem schwarzen Liebhaber kam?

Was wäre denn, wenn sie mit einem weißen Mann an ihrer Seite kam, der nicht ihr Ehemann war?

Mal abgesehen davon, dass sie keinen Ehemann hatte, nie einen besessen hatte – nun, vermutlich sähe die Reaktion ähnlich aus.

Also ging sie allein zur Bank, und sie saß endlos lange auf dem harten Besucherstuhl vor dem Schreibtisch des Bankdirektors, der mit ernster Miene ihr Konto überprüfte.

«Gibt es Probleme?», fragte sie bang.

«Da wurde eine Zahlung angekündigt, aber nicht geleistet», erklärte der Mann schließlich. Er faltete die Hände über den Unterlagen zusammen und musterte sie über den Rand seiner Halbmondbrille. «Sie hatten im ganzen Jahr keine nennenswerten Einkünfte, Mrs. Winston.»

Seit Matthew nicht mehr da war, fühlte sie sich jedes Mal versucht, ihr Gegenüber daran zu erinnern, dass sie eigentlich Collins hieß. «Aber Mr. Ricket hätte die Lieferung längst bezahlen müssen. Es ist schon Wochen her, seit er die Ware bei uns abgeholt hat.»

«Das ist wohl eher Ihr Problem, Mrs. Winston. Ich sehe nur die nackten Zahlen, und danach bin ich außerstande, Ihnen noch Zahlungsaufschub zu gewähren oder Ihnen mehr Kredit einzuräumen.»

«Und was heißt das? Ich meine ...» Sie hatte sich nie für diese Zahlenspielereien interessiert. Das Geld war irgendwie immer da gewesen, ohne dass sie sich darum hatte sorgen müssen. War es vielleicht ihre Schuld, dass die Farm vor dem Aus stand? Oder hätte sie gar nichts tun können?

Sie dachte an all den schönen Tee, der jetzt auf einem Schiff nach Europa unterwegs war und den Tim Ricket nicht mal bezahlt hatte ...

«Das heißt, dass Ihr Mann wohl verkaufen muss, wenn sich die Lage nicht bald zum Besseren wendet. Und danach sieht es wohl im Moment nicht aus.»

Entschlossen klappte der Bankbeamte das Buch zu. Edwin T. Van Dyk stand auf einem Schildchen auf seinem Schreibtisch, und darunter: Bankdirektor.

«Sie haben aber doch bestimmt noch einen gewissen Spielraum, Mr. Van Dyk.»

«Es tut mir leid. Schicken Sie das nächste Mal Ihren Mann. So was lässt sich unter Männern sicher besser klären als im Gespräch mit einer Frau.» Dabei musterte er sie, als habe sie seiner Meinung nach nicht nur keinen Geschäftssinn, sondern auch den Verstand verloren.

«Ist es wegen dem, was man sich über mich erzählt?», wollte sie wissen.

«Wie bitte?» Erstaunt hob er die Brauen.

«Sie wissen schon. Man redet doch. Über mich. Und meinen Mann.»

«Ich weiß nicht, was Sie meinen.»

Aber Audrey hatte genug gehört. Sie erhob sich schwerfällig und reichte Mr. Van Dyk die Hand. «Danke jedenfalls», sagte sie, obwohl sie nicht wusste, wofür sie sich bedanken sollte.

Sie wusste ja nicht mal, wie sie die Rechnung in der Pension begleichen sollte.

Darum führte ihr nächster Weg sie zu Tim Ricket. Sie entlohnte den jungen Rikschafahrer, mit dem sie zur Bank gefahren war, weil sie sich selbst das wohl nicht mehr leisten konnte, und machte sich zu Fuß auf den langen Weg zu Mr. Rickets Haus. Ihr war ein wenig bang ums Herz, und sie fühlte sich etwas kurzatmig, was vermutlich an der Hitze und ihrem Zustand lag.

Sie glaubte, Mitleid im Blick des Bankdirektors gesehen zu haben. Aber mit Mitleid konnte man sich kein Auskommen sichern.

Sie war noch drei Straßen von Tim Rickets herrschaftlichem Anwesen entfernt, als sie auf der gegenüberliegenden Straßenseite drei Gestalten entdeckte. Und die mittlere, kleinste – ließ ihr Herz stillstehen.

«Thomas», flüsterte sie. Und dann rief sie den Namen ihres Kinds, und ohne nach rechts und links zu schauen, überquerte sie die Straße. Ein Mann brüllte ihr nach, ein Pferd wieherte schrill, weil der Kutscher es brutal zurückreißen musste.

Audrey beschleunigte ihre Schritte. Mary, die neben Thomas ging, hob ihn hoch. Matthew machte ein finsteres Gesicht und stellte sich vor die beiden.

Sie wurde langsamer. Sie war außer Atem, ihr Bauch schmerzte, und sie musste stehen bleiben und sich an einem Zaunpfahl festhalten und etwas vornüberbeugen, bis es wieder ging. Sie fürchtete schon, Matthew habe inzwischen das Weite gesucht, aber er stand noch immer da und blickte ihr herausfordernd entgegen.

War da nicht auch Besorgnis in seinem Blick?

Vielleicht bildete sie sich das auch nur ein.

«Hallo, Matthew.» Sie lächelte und versuchte, an ihm vorbei Thomas anzusehen, doch der Kleine wandte das Gesicht ab, und Matthew verstand es, sich ihr gerade so in den Weg zu stellen, dass sie nicht genug sah. «Das ist aber eine Überraschung.»

«Was willst du hier, Audrey?» Sein Blick glitt an ihr auf und ab und blieb am geschwollenen Bauch hängen, als versuchte er zu ergründen, ob sie sein Kind bekam oder das von Kinyua.

«Ich war auf dem Weg zu Tim Ricket», erzählte sie. Dass sie Thomas wiedersah, erfüllte sie mit einer übersprudelnden Freude. Wenn sie ihn nur in die Arme nehmen dürfte! Sie gäbe alles dafür.

«Zu Fuß?»

«Er hat die Rechnung nicht beglichen.»

«Hm», machte Matthew nur. «Ist wohl bald so weit bei dir.»

«Ein bisschen dauert es wohl noch. Ich dachte, du wärst wieder im Süden bei der Truppe.»

Wie sie einander die Vorwürfe hin und her schoben, wie sie versuchten, auf keine Provokation einzugehen ... Audrey machte einen Schritt nach vorne und streckte sogar die Hand nach ihm aus. «Mir tut das alles so leid», sagte sie leise. «Können wir nicht ...»

«Was denn, uns vertragen?» Sein Lachen, vertraut und zugleich so bitter, dass es ihr doppelt tief ins Herz schnitt. «Soll ich etwa vergessen, dass du zwei Kinder umgebracht hast, und später auch noch unseren Sohn?»

Sie wollte einwenden, dass Alfred nicht tot war und dass Chris' Tod doch nicht ihre Schuld gewesen sei. Aber die Schuld wog zu schwer, ohne dass sie sich schuldig fühlte, und sie bekam den Mund nicht auf.

«Lass ihn mich nur einmal auf den Arm nehmen», flehte sie. «Mehr verlange ich doch nicht.»

Sie streckte die Hände aus, vorbei an Matthew. Mary trat einen Schritt beiseite, aber sie schaute nicht Audrey an, sondern ihn, und sie wusste sofort, was da lief.

Das findet er natürlich in Ordnung, dachte sie verbittert. Sich ein Mädchen ins Haus zu holen, das ohnehin schon immer von den Männern benutzt wurde.

Aber sie durfte nicht mit Kinyua glücklich werden.

Er schob sich zwischen die beiden Frauen. «Nix da», beschied er ihr. «Du bekommst ihn nicht zurück. Und das da», er zeigte mit spitzem Zeigefinger auf ihren Bauch, «werde ich mir auch holen, sobald es erst geboren ist.»

Sie starrte ihn an. «Das tust du nicht», hauchte sie. «Es gehört mir!»

«Du hast selbst gesagt, dass es mein Kind ist. Also werde ich mir holen, was mir gehört. Du bist ja nicht in der Lage, für die Kinder zu sorgen!»

Sie wusste in diesem Moment nicht, wohin mit sich. Seine Worte taten ihr weh. Sie hatte so sehr gehofft, er werde einsichtig sein, werde ihr wenigstens gestatten, Thomas im Arm zu halten, und jetzt das! Heiße Tränen sprangen ihr in die Augen, und sie wollte sich auf ihn stürzen.

«Du Unmensch!», kreischte sie und schlug nach ihm. Es war für ihn leicht, ihre Hände abzufangen. Wie ein

Schraubstock war sein Griff, und er verbog ihr ein Handgelenk so schmerzhaft, dass sie aufschrie. Thomas fing an zu weinen, und Mary wich ängstlich ein paar Schritte zurück.

Herrgott, was passiert mit mir?, dachte Audrey erschrocken. Sie machte sich von Matthew los. Bin das wirklich ich?

Leute blieben stehen, und jemand fragte, ob alles in Ordnung sei. Matthew hob eine Hand. «Alles bestens!», behauptete er.

Bestimmt würde die ganze Stadt auch hierüber schon vor Sonnenuntergang Bescheid wissen.

«Benimm dich, Audrey. Es hilft uns allen nicht, wenn du verrückt wirst. Denk an das Kind!»

«Und du? Denkst du denn an unsere Kinder? Oder geht es dir nur darum, mir weh zu tun?»

Er wirkte verletzt. Aber nicht so sehr, dass er seine Pfeile schon verschossen hätte. «Du tust uns weh», erwiderte er kalt. «Erst Chris, jetzt Thomas und mir, und dem Ungeborenen schadest du bestimmt auch. Das hast du aus uns gemacht, Audrey. Ich hätte beinahe gesagt, dass ich dich nie hätte heiraten dürfen. Was für ein Glück, dass ich das gar nicht getan habe!»

Stille.

«Dann brauche ich mir nämlich nicht anzuhören, dass meine Frau mit einem Schwarzen rummacht. Du bist nämlich nicht meine Frau. Nie gewesen.»

Sie blieb mit hängenden Armen stehen. In ihrem Unterleib zog es schmerzhaft, doch das ignorierte sie ebenso wie das leise Schluchzen des Kindes.

«Geh nur wieder zu deinem Neger, lass es dir von ihm besorgen. Ich bin sicher, der ist alles, was du verdienst.»

Er wandte sich ab, nahm Marys freien Arm und zerrte sie über die Straße. Audrey blinzelte. Staub drang ihr in die Augen.

Er sieht schlecht aus, dachte sie traurig. Müde und erschöpft, als ob er auch keinen Schlaf findet. Aber mich tröstet das nicht. Ich will ihm diesen schmerzerfüllten Ausdruck vom Gesicht streicheln. Seine Kleider sind schmutzig, niemand kümmert sich um ihn, wie ich es immer getan habe. Er sagt nicht, dass er mich vermisst, er behauptet, da sei nichts mehr, dass er für mich empfinde. Aber er hat sich nicht einfach abgewendet. Er streitet.

Vielleicht, dachte sie, obwohl sie jede Hoffnung bisher weit von sich gewiesen hatte, vielleicht ist er auch nicht bereit zu akzeptieren, was aus uns geworden ist.

Als sie zwei Stunden später die kleine Pension betrat, in der sie ein Zimmer genommen hatte, schmerzte ihr Rücken, und sie hatte sich Blasen an den Füßen gelaufen. Die Pensionswirtin, eine zahnlose, junge Frau, der drei Kleinkinder am Rockzipfel hingen, von denen eins schmuddeliger war als das nächste, lauerte ihr im Flur auf.

«Is kein Geld da fürs Abendessen», sagte sie.

«Dann nehmen Sie was von dem, das ich Ihnen gezahlt habe.» Unwirsch schob Audrey sich an ihr vorbei. Herrgott, sie wollte einfach ihre Ruhe haben.

«Is nix mehr von da. Hab den Kindern was gekauft.»

Die Jüngste lutschte an ihrem dreckigen Daumen. Alle Kinder sahen nicht unbedingt vernachlässigt aus, aber gut versorgt stellte Audrey sich anders vor. «Ich hab auch kein Geld mehr», behauptete sie, obwohl sie noch einen Notgroschen hatte. Aber den durfte sie nicht anrühren, wer wusste schon, wofür sie ihn noch brauchte?

Kinyua saß in dem kleinen, schmalen Zimmerchen auf dem Bett und wartete auf sie. Als Audrey die Tür hinter sich schloss, sprang er auf. «Du siehst nicht gut aus.»

«Ich bin Matthew begegnet.»

Sie sank aufs Bett und starrte auf ihre Hände, die nutzlos in ihrem Schoß ruhten. Das Kind trat, und sie lächelte traurig.

«Erzähl mir später davon. Erst musst du was essen.»

«Sie hat nichts, sie hat mich nur schon wieder um Geld angebettelt», sagte Audrey, weil Kinyua Anstalten machte, das Zimmer zu verlassen.

«Dann geh ich auf den Markt. Du musst was essen.»

«Bleib nicht zu lange fort.»

Er kam zurück, beugte sich zu ihr herunter und küsste sie auf den Mund. «Ich versprech's.»

Audrey legte sich aufs Bett, streifte die Schuhe ab und seufzte erschöpft. Er kümmerte sich. Und irgendwie fand er Mittel und Wege, trotz ihrer finanziellen Schieflage ein paar Köstlichkeiten zu beschaffen. Waren das seine Leute, die ihn versorgten? Oder ließ er bei einem indischen Händler anschreiben?

Sie fragte nicht. Sie war nur unendlich froh, ihn zu haben.

Die Tränen kamen so unvermutet, dass sie sich fast daran verschluckte. Sofort fuhr sie hoch und schlug die Hand vor den Mund. Nicht weinen!, befahl sie sich, aber es war schon zu spät. Sie flossen haltlos. Was war nur aus ihrem Leben geworden? Trost fand sie in den Armen eines Mannes, den die Gesellschaft niemals akzeptieren würde. Die Plantage war bankrott, und wenn kein Wunder geschah, würde sie bald vor dem Nichts stehen. Matthew konnte wenigstens noch das Land verkaufen, aber sie hatte ja keine Ansprüche! Sie hatte nur drei Kinder geboren und war ihm immer eine ehrliche und gute Gefährtin gewesen. Aber das zählte nicht mehr.

Sie war ein Nichts. Klammerte sich an Kinyua, weil sie sonst niemanden hatte.

Liebe ich ihn überhaupt?, fragte sie sich. Der Gedanke erschreckte sie. Dass sie sich an einen Mann klammerte, nur weil er da war, weil er ihr etwas zu essen organisierte und sie nicht im Stich ließ ...

Er war im Moment ihr einziger Ausweg.

Aber er war auch Leidenschaft und Lust und ... blindes Verstehen. Es fühlte sich richtig an, solange er in der Nähe war. Aber sobald er das Zimmer verließ oder sie nachts nicht besuchte, wusste sie wieder, dass es falsch war und dass sie es nur tat, weil sie sich vorm Alleinsein so sehr fürchtete.

Alles wäre anders, wenn sie sich nicht ihm, sondern einem Weißen an den Hals geworfen hätte. Wenn sie sich von Benedict Tuttlington aushalten ließe, beispielsweise. Die Vorstellung ließ sie auflachen. Dann würde sie sogar Fanny verlieren, die doch immer noch irgendwie zu ihr hielt.

Kinyua kam nach einer halben Stunde zurück. Und sobald er im Zimmer war, fühlte sie sich von allen Sorgen befreit. Aber wie lange ging das noch so gut? Wie lange fühlte sie sich, als stünde sie auf der richtigen Seite des Lebens, solange er nur da war?

Er fütterte sie mit einem fettigen Maisbrot, in das winzige Körner eingebacken waren. Es schmeckte süß und schwer. Audrey nahm ihm das Päckchen aus der Hand und schlang es mit wenigen Bissen halb herunter.

«Die Bank gibt uns kein Geld, und Tim Ricket behauptet, er habe das Geschäft mit Matthew abgeschlossen und werde das Geld nur ihm auszahlen. Und Matthew gegenüber wird er vermutlich behaupten, das Geld gehe nur direkt an die Plantage.»

«Also sind wir keinen Schritt weiter.» Er nötigte ihr noch ein Stück von dem Brot auf. Sie aß jetzt langsamer. Wenn sie satt war, könnte sie die Reste ja der jungen Pensionswirtin geben, damit ihre Kinder wenigstens einmal am Tag eine Mahlzeit bekamen.

Aber vielleicht würde sie bald schon schlimmer dran sein als die Frau. Wenn die Plantage verkauft wurde, wusste sie nicht, wohin. Fanny käme sicher irgendwo in der Stadt unter, oder Benedict würde ihr das Ticket für die Heimreise bezahlen. Aber sie, Audrey? Sollte sie ihre Eltern anbetteln oder Reggie und Rose?

Oder zog sie dann mit Kinyua in sein Dorf, in eine der runden Hütten, molk Ziegen und bekam jedes Jahr ein Kind von ihm? War das ein Leben, das sie sich vorstellen konnte?

Er tat so viel für sie. Er gab sein Leben und damit auch viel von sich selbst auf. Er lebte wie ein Europäer, verhielt sich manchmal sogar so, auch wenn sie spürte, dass er sich nicht immer wohl in seiner Haut fühlte. Aber er tat das für sie.

Wäre sie bereit, für ihn dasselbe zu tun?

«Nimm noch einen Bissen», drängte er. «Fürs Kind.» Und sie aß gehorsam, obwohl sie die Antwort wusste. Obwohl sie bereits spürte, wie es zu Ende ging mit Kinyua und ihr.

Was dann?

Sie brauchte einen Plan, eine Perspektive. Irgendwas, das nach dem unausweichlichen Ende dessen kam, was sie begonnen hatte, ohne einen Gedanken an die Konsequenzen zu verschwenden.

35. Kapitel

Sie dachte in den kommenden Wochen und Monaten viel darüber nach, wie sie in diese Situation hatte geraten können. Nach zwei weiteren fruchtlosen Bankbesuchen und nach einem Besuch bei Mr. Ricket, der ihr schließlich nach endlosem Drängen einen Scheck ausstellte, der sie zumindest über den Winter bringen würde, waren sie nach The Brashy zurückgekehrt.

Audrey zog sich zurück. Sie musste sich nicht erklären, denn Kinyua musste in sein Dorf. Er sprach nicht darüber, aber von Mukami, die jetzt wieder jeden Tag kam, erfuhr Audrey, dass seine Leute aufgebracht waren, weil er sich mit Audrey eingelassen hatte.

«Sie finden, er sollte sich eine von unseren Frauen nehmen. Besser zwei.» Die junge Frau hielt den Blick gesenkt, und Audrey erinnerte sich, dass Mukami eine Zeitlang auch seine Gefährtin gewesen war.

«Sein Freund Ngengi, mein Vater. Er meint, wenn Kinyua nicht mehr zu uns gehören will, dann soll er gehen. Ganz.»

Audrey schwieg, weil sie nicht das Gefühl hatte, dass von ihr eine Antwort verlangt wurde. Sie ging langsam mit Mukami zwischen den hohen Teebüschen hindurch, und die junge Kikuyu zeigte nach links und rechts und sagte manchmal etwas, doch auch sie war ungewöhnlich still.

Schließlich hielt Audrey es nicht länger aus. «Ich habe wirklich gedacht, ich hab ihn lieb», fing sie an.

Mukamis Gesicht versteinerte. «Das hoffe ich», erwiderte sie kühl. «Alles andere wäre grausam.»

«Aber ...» Audrey blieb stehen. Sie wagte nicht, Mukamis Hand zu nehmen, darum zupfte sie die Teeblätter vom nächsten Busch und zerrieb sie zwischen den Fingern. Der herbe, zarte Duft stieg ihr zu Kopf. «Jetzt denke ich, zwischen seiner Welt und meiner sind zu große Unterschiede. Vielleicht hatten wir nie eine Chance.»

«Du hast es nur nicht richtig versucht, Memsahib», erklärte Mukami. «Du hast nie versucht, zu ihm zu kommen. Immer musste er zu dir kommen, das war von Anfang an so. Wie eure Hunde läuft er dir nach, und du hast es erst nicht bemerkt, und dann, als du einen Mann brauchtest, der dir Trost spendet, kam er dir gerade recht.»

Audrey protestierte. «Ich habe viel für ihn riskiert!»

«Ja? Was hast du denn verloren, seit du dich mit ihm eingelassen hast?»

Mukami hatte recht. Verloren hatte sie seither nichts.

«Meine Familie», versuchte sie es trotzdem.

«Der Bwana und das mtoto waren vorher schon weg.»

«Meinen Ruf.»

«Bedeutet er dir wirklich etwas? Wäre es so, hättest du es nicht gemacht. Du wusstest, was es bedeutet, Memsahib. Du wusstest, worauf du dich einlässt, und du hast es trotzdem getan. Keiner weiß, warum. Und ist ja auch egal, denn jetzt ist er traurig, weil du nie zu ihm kommst. Und seine Leute sind ihm böse, weil er immer zu dir rennt. Du wirst dich entscheiden müssen.»

«Du redest, als wärst du selbst noch fremd bei ihnen.»

Mukami lächelte traurig. «Das bin ich auch. Meine Mutter wurde geraubt, und sie wurde zu einem Leben gezwungen, das sie nicht wollte. Sie hat es tapfer ertragen, aber wir fühlten uns immer fremd. Tu ihm das nicht an, Memsahib. Nicht, solange du nicht selbst dazu bereit bist.»

Die Stille im Haus war ihr schier unerträglich, aber Audrey ging nicht zu Kinyua, und er kam nur noch selten, und wenn, dann morgens. Er blieb vor der Veranda stehen. Kein gemeinsames Frühstück mehr, keine vertrauten Worte. Niemand, der neben ihr im Bett lag. Nachts warf sie sich unruhig hin und her. Die Leere füllte ihre Träume.

Sie erinnerte sich daran, wie Matthew neben ihr gelegen hatte. Sein Platz war links von ihr, zum Fenster. Kinyua aber hatte instinktiv den rechten Platz neben ihr im Bett gewählt, so als wisse er, dass links von ihr immer Matthew gelegen habe.

Wenn sie wach lag, wendete sie sich jetzt immer nach links. Wo Matthew liegen würde, wenn er noch da wäre. Und sie vermisste ihn so schmerzlich, dass sie keinen Schlaf fand, bis sie sich vorstellte, er wäre wieder bei ihr.

Weihnachten kam und ging, doch es war ein trostloses Fest, so ohne Kinder. Aus Nairobi kamen nur wenige Nachrichten. Sie erfuhren erst Wochen später von einer Entscheidungsschlacht gegen die Deutschen, die die Briten für sich entschieden hatten. Das neue Jahr kam, und Audrey war inzwischen schon so schwerfällig, dass sie nicht mehr aus dem Haus ging. Sie wartete auf die Geburt ihres Kindes Anfang Februar.

Nach wie vor war das Geld knapp. Audrey wusste nicht, wie sie die Pflückerinnen bezahlen sollte. Nicht mal Geld für die Jungen war da, die die Affen aus der Pflanzung verjagten und die sie jeden Monat mit ein paar Silberrupien entlohnte.

In ihrer Verzweiflung setzte sie sich hin und schrieb Matthew einen Brief.

Sie zerriss, was sie geschrieben hatte, und setzte sich am nächsten Morgen wieder an den Schreibtisch. Doch wenn sie ihn jetzt heimriefe, käme es ihr wie eine Niederlage vor. Und sie mochte sich nicht eingestehen, dass sie verloren hatte.

Doch wenn nicht bald ein Wunder geschah, verwilderte die Plantage, und sie musste verhungern.

Es war früher Abend, und sie saß mit Fanny wie so oft im Wohnzimmer, als Kamau zu ihr trat. «Da sind draußen drei Besucher, Memsahib», sagte er, als sei die Königin von Saba persönlich angereist.

«Führ sie herein.» Audrey richtete sich schwerfällig auf.

«Sie sagen, sie kommen nicht ins Haus.»

Seufzend erhob sie sich. Das konnten ja nur Kikuyu sein. Vielleicht die Pflückerinnen, die nach ihrem Lohn fragten. Oder die Faktoreimitarbeiter. Allen müsste sie dasselbe sagen. Es war kein Geld da. Mr. Noori jammerte ihr auch schon jeden zweiten Tag die Ohren voll, weil er den Kikuyu erlaubt hatte, bei ihm gegen einen niedrigen

Zinssatz anzuschreiben. Inzwischen hatte keiner genug Geld, und es lag allein in Audreys Hand, daran etwas zu ändern.

Aber sie konnte es nicht ändern.

Zu ihrem Erstaunen standen neben Mukami – mit der sie gerechnet hatte – Wakiuru und Ngengi.

Sie waren die beiden anderen wichtigen Personen beim Kikuyustamm, gegen die Kinyua sich bisher immer hatte behaupten können.

Wakiuru ergriff das Wort. «Du hast meinen Bruder krank gemacht. Er isst nicht mehr, er trinkt nur Pembe.»

Mukami sprach als Nächste. «Mein Geliebter kommt nicht mehr zu mir, Memsahib. Du hast ihn verhext.»

Sie schaute Ngengi an. Sie wusste, die beiden Männer waren seit ihrer Jugend miteinander befreundet. Sie verbanden viele Erinnerungen miteinander. Ngengi nickte und fügte hinzu: «Mein Freund ist einsam.»

«Und was soll ich dagegen tun?», fragte Audrey. «Ich dachte, ihr wärt gekommen, weil ihr Geld wollt.»

«Dein Geld hat uns nie interessiert, Memsahib», sagte Wakiuru fest. «Unsere Leute werden lernen, ohne das Geld zurechtzukommen, wie es ihnen schon früher gelungen ist, ehe dein Mann herkam. Aber mein Bruder ist krank vor Kummer. Mach ihn wieder gesund.»

«Das kann ich nicht!», widersprach Audrey. «Was soll ich tun? Soll ich mit ihm in der Hütte leben? Wollt ihr das?»

Die drei schwiegen. Audrey bemerkte hinter sich eine Bewegung. Fanny trat neben sie und legte ihr eine Hand auf die Schulter.

«Keiner verlangt irgendwas von dir», sagte sie leise. «Aber hinterlass keinen Scherbenhaufen.»

Sie fröstelte. Auf einmal fühlte sie sich ganz allein auf der Welt.

«Ngai sieht alles, was wir tun.» Wakiuru wandte sich zum Gehen.

«Was heißt das?», rief Audrey ihr nach.

Mukami antwortete für die Ältere. «Es bedeutet, dass er jeden von uns beobachtet und nach dem bemisst, was er tut. Vieles gefällt ihm, und manches nicht.»

«Ja, aber muss ich denn mit … straft mich euer Gott?» Sie war verzweifelt.

«Ngai straft nicht.» Als Letzter ging Ngengi.

Audrey lehnte sich erschöpft gegen den Pfeiler, der das Dach der Veranda trug. «Was soll das bedeuten?», flüsterte sie. «Was wollen sie von mir?»

Fanny ging wieder ins Haus. Sie ließ Audrey allein, mit dem Schmerz, der sich in ihren Unterleib grub.

Es dauerte lange, bis sie erkannte, dass nicht die Worte der drei Kikuyu in ihrem Leib wüteten und sie vor Schmerz aufschreien ließen.

In dieser Nacht kam ihr Kind.

36. Kapitel

Sie brachte einen gesunden Jungen zur Welt, nur Fanny stand ihr zur Seite. Es war eine leichte Geburt, leichter als die beiden ersten – aber was war schon leicht, wenn man ein Kind gebar? Dennoch, als er nach nur drei Stunden Wehen auf ihrem Bauch lag und sie sein leises Schnaufen hörte, weinte sie vor Glück. Kein Unglück der Welt konnte Bestand haben, solange es Kinder gab, die geboren wurden und den Schutz derer brauchten, die sie liebten.

Sie blieb ein paar Tage im Bett. Fanny kümmerte sich um die Farm. Mukami kam und half, aber jedes Mal, wenn Audrey versuchte, mit ihr ins Gespräch zu kommen, wurde ihr Blick kalt, und sie wandte sich ab.

Sie war also ganz allein auf der Welt. Nur Fanny war geblieben und dieses kleine Bündel Mensch, das sie in den Armen wiegte. Das an ihrer Brust schlief, das sie stillte und wickelte, das sie an sich drückte. Sie berauschte sich am Babyduft, tankte Kraft und sammelte ihren Mut.

Drei Wochen nach der Geburt ging sie das erste Mal zum Kikuyudorf. Die Frauen und Kinder umringten sie sogleich, jeder wollte den Kleinen sehen oder halten, und Audrey ließ es zu, weil sie wusste, dass diese Menschen sich mit Kindern auskannten.

Sie hatte gelernt zu vertrauen.

Kinyua sah sie an diesem Tag nicht, und als Wakiuru kam und ihren Sohn gebührend bewunderte, fragte sie nicht, wo er war.

«Das hast du gut hinbekommen, Memsahib. Du stehst jetzt auf eigenen Füßen, wenn du sogar deine Kinder ohne Hilfe zur Welt bringst.» Wakiuru nickte stolz.

«Ich will alles andere auch gut hinbekommen», erwiderte Audrey. «Ich weiß nur nicht, wie …»

«Die Zeit wird's schon richten. Wenn der Tag gekommen ist, wirst du wissen, was zu tun ist.»

Audrey lachte. Das hätte auch ein Priester sagen können, dachte sie, aber sie sagte nichts. Wakiuru fiel in ihr Lachen ein.

Vielleicht wird doch alles wieder gut, dachte Audrey. Wenn sie nur lernte zu verzeihen.

Vor allem sich selbst.

Es verging ein weiterer Monat, ehe sie wusste, was sie tun musste. Kinyua hielt sich von ihr fern. Er arbeitete nicht auf der Plantage und zog manchmal tagelang allein durch den Busch. Das wusste Audrey von Mukami, die sich ihr schließlich anvertraut hatte.

«Du machst dir Sorgen um ihn, nicht wahr?»

Sie saßen auf der Verandastufe. Audrey stillte den Jungen, dem sie noch immer keinen Namen gegeben hatte, weil sie nicht wusste, welcher Matthew recht wäre. Sie wollte das nicht ohne ihn entscheiden. Zugleich fürchtete sie immer noch, er könne irgendwann kommen und ihr das Kind wegnehmen.

Sie drückte den Säugling unwillkürlich enger an sich. Nein, um dieses Kind wollte sie kämpfen. Und dieses Mal würde sie nicht verlieren.

«Machst du dir keine Sorgen um ihn, Memsahib?»

Audrey kniff die Augen zusammen. Sie überlegte, doch dann schüttelte sie den Kopf. «Kinyua ist nicht dumm. Er weiß, was er tut.»

«Wenn er bei Verstand ist, mag das stimmen. Aber zuletzt war er wie von Sinnen. Ich glaube, er vermisst dich, Memsahib.»

«Ich vermisse ihn auch.» Aber vermutlich vermisste sie ihn nicht so, wie Kinyua sie vermisste. Sie sehnte sich nach dem Freund, der immer für sie da war. Er hatte sich für sie eingesetzt, war an ihrer Seite gewesen, und eine Zeitlang hatte sie geglaubt, was sie mit ihm verband, sei anders. Mehr. Weil sie so einsam war.

«Ich wünschte, er könnte mich so mögen wie dich, Memsahib.»

«Das wird er, Mukami. Er wird irgendwann wieder zu sich kommen, und dann wird er wissen, was er an dir hat.»

An diesem Abend wartete sie, bis es dunkel war, und sie ließ ihr Kind bei Fanny. Sie ging den kleinen Pfad zum Wäldchen, durchquerte es und erreichte nach kurzer Zeit das Kikuyudorf, in dem noch reges Treiben herrschte, ehe sich alle endgültig zur Ruhe begaben. Im Licht der Fackeln, die neben den Hütten in den Boden gesteckt waren, suchte und fand sie bald Kinyuas Hütte in der Mitte des Dorfs. Sie schlug die Türklappe zurück und schlüpfte hinein.

Sie spürte ihn mehr, als sie ihn sah. Er setzte sich abrupt auf, als sie hereinkam. Die Klappe ging zu, das Dunkel umhüllte sie vollständig.

«Audrey», flüsterte er.

«Kinyua.» Ihre Hände fanden seine, und sie tastete sich zu ihm. Er zog sie auf seinen Schoß, und ehe sie sich dagegen wehren konnte, barg er den Kopf an ihrem Hals und atmete ihren Duft ein, und sie umfasste sein Gesicht und bog es behutsam zurück. «Nicht, Kinyua.»

«Ich habe mich so sehr nach dir gesehnt.»

«Bitte, wir müssen miteinander reden.»

«Bleibst du bei mir?»

«Ich kann nicht lange bleiben, das weißt du. Ich habe ein kleines Kind. Einen Jungen», fügte sie hinzu.

Sie hörte, wie er tief durchatmete.

«Hör mir zu», begann sie. Die Worte purzelten aus ihrem Mund. «Ich habe nachgedacht. Über uns. Es ist nicht leicht für uns, aber ... Ich bin dir dankbar, weil du da warst. Du hast mir die Kraft gegeben, diese dunklen Monate zu überstehen. Du warst mir ein wahrer Freund, Kinyua. Ich ...» Sie brach ab, tastete nach seiner Hand und drückte sie. «Denk nicht, ich hätte dich irgendwie ... benutzt.»

«Das habe ich nie gedacht, Audrey.»

«Du hast in meiner Welt gelebt, aber wir haben beide gemerkt, dass es dir schwerfiel. Und deine Welt ...»

«Ich weiß.»

Sie waren zu verschieden. Sie konnten nicht miteinander glücklich werden, nie. Weil einer immer das größere Opfer würde bringen müssen.

«Dann ist es vorbei.» Wieder atmete er tief durch.

«Bist du mir böse?», fragte sie.

«Ich bin froh, dass du es mir gesagt hast. Ich hatte schon befürchtet, du kämst nie.» Seine Hand drückte ihre. «Kannst du ein bisschen bleiben?»

Audrey zögerte.

«Nicht lange. Nicht die ganze Nacht.»

Sie gab nach. Kinyua zog sie zu sich heran, und sie spürte die weiche Strohmatte, auf der er nachts schlief. Sie legten sich nebeneinander, und er breitete seinen Umhang über ihr aus. Ihr Gesicht ruhte an seiner Brust, sie hörte das eigene Blut in den Ohren rauschen und seinen Herzschlag, der sich langsam beruhigte. Sein Atem wurde leichter, bis er eingeschlafen war.

Lange lag sie wach. Das Dorf fand in den Schlaf, bis es gänzlich still war vor der Hütte.

Das hier war kein Leben für sie.

«Wenn wir doch wenigstens Freunde bleiben könnten», flüsterte sie.

Sie blieb, bis ihr auf dem Boden kalt wurde und ihre Brüste schmerzten, weil es höchste Zeit war, nach Hause zu gehen und ihren Sohn zu stillen. Erst jetzt löste sie sich aus Kinyuas Umarmung und verließ seine Hütte.

Davor hockte Wakiuru auf dem Boden und zeichnete mit einem Stecken Zeichen in den Staub.

Audrey wich erschrocken zurück. «Hast du mir aufgelauert?», zischte sie.

Wakiuru blickte schweigend zu ihr auf und lächelte. Dann erhob sie sich schwerfällig, fuhr mit dem Stecken über die Zeichenfolge und klopfte sich die Hände am Umhang sauber. «Nur denen, die ich nach Hause begleite.»

Sie zog die Fackel aus dem Boden neben der Hütte und ging voran. «Nun komm, Memsahib», sagte sie. «Ich bringe dich heim.»

Nie war ihr etwas wahrhaftiger vorgekommen als diese Worte. Heim. Ja, das Haus war ihr Heim, The Brashy war ihre Heimat. Es war eine Wohltat zu wissen, dass sie nie mehr weg wollte.

«Meinst du, dein Bruder wird irgendwann wieder so wie früher sein?»

«Das glaube ich nicht», antwortete Wakiuru, und sie klang dabei ganz unbekümmert. «Wie schrecklich wäre es, wenn es so wäre? Wenn wir Menschen immer so blieben, wie wir waren?»

Mitten im Wäldchen hielt Wakiuru Audrey fest, damit sie stehen blieb. «Aber er wird schon bald nicht mehr vom Geist eurer gemeinsamen Zeit besessen sein. Das ist das Wichtigste.»

Wann werde ich wohl nicht mehr vom Geist unserer Zeit besessen sein?, fragte Audrey sich. Werde ich überhaupt irgendwann vergessen können, was in diesem Jahr passiert ist?

«Du wirst das auch schaffen», bekräftigte Wakiuru. Audrey wunderte sich nicht mehr. Vielleicht musste sie einfach hinnehmen, dass die Kikuyufrau immer ihre Gedanken erriet.

Irgendwo in der Ferne hörte sie einen Vogel rufen, und sie blieb erneut stehen. Wakiuru ließ ihr Zeit. Sie stand einen Schritt hinter Audrey und wartete einfach, bis sie bereit war weiterzugehen.

«Ich habe nie darüber nachgedacht, wie viel Glück ich hatte. Ich hab es einfach hingenommen.»

«Das tun die meisten Menschen. Sie wehren sich nur gegen das Unglück. Wenn es zu spät ist.»

Audrey nickte. Das leuchtete ihr ein.

«Ich will, dass Matthew nach Hause kommt.»

«Wenn du es wirklich willst, geschieht es auch.»

Sie erreichten den Waldrand. Audrey drehte sich ein letztes Mal zu Wakiuru um, und zur Überraschung beider umarmte sie die Kikuyufrau. «Danke», flüsterte sie.

Dann lief sie über den Rasen zum Haus. Schon von weitem hörte sie ihren Sohn weinen, und sie beschleunigte ihre Schritte.

Fanny wiegte den Kleinen, aber sie schaffte es nicht, ihn zu beruhigen. Audrey nahm ihr das Kind ab und ging ins Kinderzimmer. Noch im Gehen knöpfte sie ihre Bluse auf, und kaum saß sie im Schaukelstuhl, hatte er bereits ihre Brust gefunden und trank.

Sie lächelte.

Zum ersten Mal seit langem sah sie sich in diesem Zimmer um. Zuletzt hatte sie den Kleinen bei sich im Schlafzimmer gelassen, und es hatte selten einen Grund gegeben, diesen Raum zu betreten. Es war immer Chris' und Thomas' Kinderzimmer gewesen, und jedes Mal, wenn sie den Raum betrat, fühlte sie sich schmerzlich an den Verlust ihrer Söhne erinnert.

Aber das Leben ging weiter. Und sie würde nicht aufhören zu kämpfen.

37. Kapitel

Die «Stadt am kalten Wasser» zeigte sich Audrey von ihrer strahlendsten Seite, als sie in der darauf folgenden Woche mit Fanny dort eintraf.

Fanny hatte sich um alles gekümmert, und sie konnten helle, saubere Zimmer im Gästetrakt der Tuttlington-Villa beziehen. Audrey saß auf ihrem Bett und wiegte das namenlose Kind, das sie so sehr liebte, dass sie es nicht in Worte fassen konnte.

«Er weiß, wo Matthew ist.» Fanny schlüpfte ins Zimmer und setzte sich zu Audrey. «Benedict. Er hat Matthew besucht.»

«Wie lange ist das her?» Plötzlich schlug ihr Herz unnatürlich laut.

«Ein paar Monate. Aber ... Bitte, du darfst ihm nicht böse sein.»

«Wem, Benedict?»

«Er hat für Matthews Zimmer bezahlt. Er hat doch kein Geld mehr, und bevor er verschwindet, weil er gar nicht mehr weiß, wohin ... Du kannst es ihm später zurückzahlen, hat er gesagt. Also, wenn du wieder Geld hast.»

«Du meinst, wenn Ricket seine Schulden bezahlt.»

Sie drückte den Säugling an sich und schloss die Augen. Sie hatte gewusst, dass es schlimm stand, und sie hatte auch die Möglichkeit in Betracht gezogen, dass Matthew nicht mehr da wäre, dass er einfach verschwunden war. Aber trotzdem drohte diese neue Entwicklung, ihr alle Kraft zu rauben.

«Das wird er. Und jetzt fahren wir zu Matthew.»

Ehe sie aufstehen konnte, hielt Audrey Fanny am Arm fest. «Ich danke dir», flüsterte sie. «Du hast so viel für uns getan in all den Jahren, und ich hab das Gefühl, ich habe dir nie richtig dafür danken können.»

«Dafür sind Freunde doch da, oder?»

Fanny besorgte ihnen eine Laufrikscha, die sie in ein Viertel Nairobis brachte, in dem sich schlichte, zweistöckige Gebäude aneinanderreihten. Vor einem kleinen Haus blieb der Läufer stehen, und Fanny half Audrey beim Aussteigen. «Ich warte hier», versprach sie.

Audrey ging auf das Haus zu. Sie drückte ihren Sohn an sich und küsste ihn auf das Köpfchen. Ganz ruhig, ermahnte sie sich. Du schaffst das schon.

Sie klopfte, und eine alte, grauhaarige Frau öffnete. Sie sah müde aus, doch ihre Kleider waren sauber, und ihr Gesicht war klar und freundlich. «Guten Tag», sagte Audrey. «Sind Sie Mrs. Johansson? Ich habe gehört, mein Mann lebt bei Ihnen. Matthew Winston.» Es klang hölzern, das hörte sie selbst.

Die alte Frau musterte Audrey von oben bis unten. Schließlich nickte sie. «Er ist oben», sagte sie und öffnete die Tür, damit Audrey eintreten konnte.

Im Innern des Hauses bestätigte sich der erste Eindruck. Ein sauberes, einfaches Heim einer Frau, die nicht viel hatte, die aber wusste, wie man gut wirtschaftete. Mrs. Johansson zeigte ihr den Weg zu den beiden Kammern unterm Dach. «Der Mister ist da, die kleine Miss und der Junge sind für mich zum Markt gegangen.»

Audrey schluckte. Also durfte sie Thomas nicht sehen. Aber sie wollte ja zu Matthew.

Sie stieg die Treppe hinauf. Die Tür zu der einen Kammer stand offen – ein schmales Bett, sauber aufgeschüttelt. Vermutlich schlief hier Mary mit Thomas.

Die andere Tür war verschlossen. Sie klopfte. Drinnen blieb es lange still. Dann hörte sie ein «Herein», und sie öffnete die Tür.

Er stand am Fenster, den Rücken ihr zugewandt. Audrey blieb abwartend in der Tür stehen. Sie wusste nicht, was sie sagen sollte. Alle Worte, die sie sich in den letzten Tagen sorgfältig zurechtgelegt hatte, waren irgendwie verschwunden.

Schließlich räusperte sie sich. «Matthew», sagte sie leise. Er drehte sich um.

Sie wollte so gern zu ihm, zwang sich aber, stehen zu bleiben und ihn zu betrachten. Sie sah, was die Zeit aus ihm gemacht hatte. Er sah aus, als seien zehn Jahre vergangen.

«Ich geh nicht oft aus dem Haus», sagte er.

«Du siehst gut aus», log sie.

«Du auch.»

Wieder das lastende Schweigen. Ihr Sohn wachte auf und jammerte leise.

«Ich ... Unser Sohn.» Sie stand direkt vor Matthew

und musste mit den Tränen kämpfen. Tapfer streckte sie ihm das Bündel entgegen. «Du hast doch gesagt, du kommst und holst ihn dir, weil ich kein Recht habe, ihn aufzuziehen.»

Er musterte sie. Fragend, als wüsste er nicht, ob sie das ernst meinte. Dann streckte er die Arme aus, und sie überließ ihm das Kind, obwohl sie es viel lieber an sich gerissen hätte.

«Wie heißt er?», fragte Matthew. Andächtig betrachtete er das kleine Gesicht und den schwarzen Schopf. Dieses Kind war seins, dessen konnte sie sicher sein, und sie hoffte, dass er das auch sah und endlich aufhörte, an ihr zu zweifeln.

«Ich habe ihm noch keinen Namen gegeben», sagte sie leise. «Ich wusste nicht …» Ihr versagte die Stimme, und sie musste sich abwenden.

«Wir nennen ihn Alfred», sagte Matthew leise. «Wenn du nichts dagegen hast.»

Sie schluchzte auf. Der Name war perfekt. Wieso war sie nicht selbst darauf gekommen?

Sie wandte sich zum Gehen.

Matthew rief sie zurück. «Bleib», bat er. «Ich habe dir so viel zu sagen.»

«Du wolltest ihn haben, und ich gebe ihn dir. Musst du mir noch mehr weh tun?»

Matthew trat einen Schritt nach vorne und legte ihr Alfred in die Arme. «Ich will ihn nicht», erklärte er. «Nicht ohne dich.»

Ganz vorsichtig hob er die Hand und streichelte ihre Wange. «Ich habe dich vermisst. Schon vorher. Ich habe dich vermisst und konnte es nicht in Worte kleiden. Uns beiden wurde ein Sohn genommen, und ich habe dich in deiner Trauer alleingelassen, weil ich selbst mit meiner Trauer nicht zurechtkam. Ich habe immer gedacht, alles werde so weitergehen. Alles werde einfach gut.»

«Ich hab die Briefe von Celia gelesen», sagte sie leise. «Bitte, sei mir deshalb nicht böse. Ich wusste schon lange, dass du etwas vor mir verbirgst.»

Einen Moment wurde er hart, und sie fürchtete, diese kleine Annäherung schon wieder kaputt gemacht zu haben. Doch dann entspannte Matthew sich. «Wir haben beide Fehler gemacht», räumte er ein. «Ich habe geglaubt, du seist an Chris' Tod schuld, weil ...»

«Ja, weil ich auch an dem Unfall von Rudolf und Alfred schuld bin. Ich weiß.» Sie setzte sich auf den einzigen Stuhl und wiegte den kleinen Alfred.

«Ich habe mich geirrt.» Matthew setzte sich aufs Bett. «Es war ... meine Art zu trauern, nehme ich an. Ich bin nicht gut in so was. Das war schon bei meinen Eltern so. Es musste immer einen Schuldigen geben, und beide Male fand ich ihn recht schnell.»

Audrey wollte etwas einwenden, aber Matthew hob die Hand. «Nein, lass mich bitte ausreden. Einmal nahm ich alle Schuld auf mich, aber davon habe ich mich nicht besser gefühlt. Und bei Chris, da war es leichter, dir alle Schuld in die Schuhe zu schieben, weil ich ja nicht da war. Und als ich hier in den letzten Monaten saß, da dachte ich immer, na ja ... Vielleicht bin ich auch diesmal mitschuldig, eben weil ich nicht da war. Ich hab dich allein gelassen.»

«Du hattest keine andere Wahl.»

«Es hat mich niemand gezwungen, mich zu melden. Sie hätten auch auf mich verzichtet, und glaub mir, am Ausgang des Kriegs hätte das nichts geändert.»

«Ich habe gehört, sie haben die Deutschen bis weit in den Süden von Tanganjika abgedrängt.»

«Das habe ich auch gehört. Keine Nachricht von Benjamin. Machst du dir um ihn Sorgen?»

«Ich habe mir nur um dich Sorgen gemacht. Ständig.»

Sie hielt den Kopf gesenkt. Alfred schlief in ihren Armen, und sie bemerkte etwas Feuchtes an seiner Wange. Es waren ihre eigenen Tränen.

«Es geht mir gut», sagte Matthew leise.

Sie schwiegen lange.

«Bitte, komm nach Hause», sagte Audrey schließlich. «Ich brauche dich.»

«Ich komme. Bald», versprach Matthew, und ihr Herz tanzte vor Freude. «Vorher muss ich aber noch etwas erledigen.»

«Und was?»

«Tim Ricket ordentlich aufs Dach steigen, damit er endlich unseren Tee bezahlt.»

Sie lächelte unter Tränen.

Es war nicht alles wieder gut. Sie beide hatten einander verletzt, und sie trugen diese Verletzungen und Vernarbungen in sich und würden sie nie mehr loswerden. Aber dass sie jetzt wieder hoffnungsvoll in die Zukunft blickten, das konnte ihnen niemand nehmen.

Unten im Flur war ein Poltern zu hören, dann das Trappeln kleiner Füße. Audreys Kopf ruckte hoch. «Ist das Thomas?»

Matthew nickte. «Er hat dich vermisst. Er kann es nicht sagen, aber ... ich weiß es.»

Sie stand auf, wusste einen Moment nicht, wohin mit Alfred, denn sie wollte die Hände frei haben, um ihren Ältesten in die Arme zu schließen. Matthew nahm ihr das Kind ab, und sie stürzte aus dem Zimmer und die Treppe hinunter.

Im Flur stand Mary. Sie blickte ängstlich zu Audrey hinauf, doch als sie ihre Dienstherrin erkannte, lächelte sie vorsichtig. «Er ist in der Küche bei Mrs. Johansson. Sie gibt ihm jeden Tag ein großes Glas Milch.»

Audrey trat in die Küche. Ihr Herz schlug heftig.

Thomas saß auf einem Küchenstuhl. Mit beiden Händen hielt er ein Glas Milch umklammert und leerte es mit konzentrierten, großen Schlucken. Mrs. Johansson beugte sich über ihn und passte auf, dass er nichts verschüttete.

«Thomas.» Audrey streckte die Arme aus.

Der Kleine sah sie an wie eine Fremde. Groß war er geworden, ein richtiges Kind. Die dunklen Locken hatte er von ihr, doch das Braun seiner Augen kam von seinem Vater. Sie wollte ihn an sich drücken und nie mehr loslassen, aber er drehte sich von ihr weg und zog die Schultern hoch. Trotzdem küsste Audrey ihn sanft auf die Wange. «Ich bin's. Deine Mama.»

Matthew stand hinter ihr, den kleinen Alfred auf dem Arm. «Das hat er manchmal.»

«Ich war ja auch so lange fort.» Audrey seufzte. Sie stand auf und nahm Alfred.

Ich muss ihm Zeit geben, dachte sie. Wir alle brauchen jetzt viel Zeit.

Matthew hielt sein Versprechen. Er ging noch am selben Tag zu Tim Ricket. Audrey erfuhr nie, was er mit dem Händler vereinbarte, aber er kam nach drei Stunden zurück und hatte das Geld. Das war ihre Chance auf einen Neuanfang. Es waren keine Reichtümer, aber es würde genügen, um auch dieses Jahr den Tee auf The Brashy zu ernten und zum Verkauf zu bringen.

Danach mussten sie weitersehen.

Sie blieben noch eine Nacht im Haus der Kapitänswitwe. Fanny schlief bei den Tuttlingtons. Mary verbrachte die Nacht in der Küche auf der Bank, damit Audrey ein eigenes Bett hatte. Mitten in der Nacht stand Audrey auf, nahm Alfred und ging nach nebenan, wo Matthew mit Thomas schlief.

Matthew war sofort wach, als sie an sein Bett trat.

«Kannst du nicht schlafen?» Er machte Platz, damit sie sich neben ihn setzen konnte. Seine Hand suchte ihre, und er drückte sie zärtlich. Die erste Berührung seit fast einem Jahr. Audrey seufzte.

«Jetzt könnte ich's wohl.»

«Dann leg dich hin.» Er stand auf und machte ihr Platz, damit sie sich neben Thomas legen konnte. «Ich passe derweil auf unseren kleinen Träumer auf.» Er setzte sich in den Stuhl, deckte seine Beine mit einer dünnen Decke zu und hielt Alfred, während Audrey sich an Thomas kuschelte.

«Warst du schon mal glücklicher?», fragte sie leise, ehe sie vom Schlaf übermannt wurde. Alles war so friedlich ...

«Nein», erwiderte Matthew. «Noch nie.»

38. Kapitel

Als sie nach The Brashy zurückkehrten, war es tatsächlich eine Heimkehr – eine Rückkehr, die in Audrey etwas festigte, von dem sie lange geglaubt hatte, es sei ihr verlorengegangen.

Während der Reise hatte auch Thomas wieder zu ihr gefunden, und als sie ihn jetzt vom Wagen hob, lief er sofort ins Haus, als sei er nie fort gewesen. Sie ging ihm nach, während Matthew den Hausboys Anweisungen gab.

Thomas lief in das Kinderzimmer, als könnte er sich noch daran erinnern, dass er früher immer hier geschlafen hatte. Er schaute sich um und war verwirrt. Audrey hockte sich neben ihn. «Siehst du, das war mal dein Zimmer. Und jetzt wird es wieder dein Zimmer. Ist das gut?»

Der Kleine nickte. Dann nahm er ihre Hand und zog sie wieder nach draußen.

Sie wusste, wohin er wollte, und das verwirrte sie so sehr, dass sie nach Matthew rief. Sie wollte nicht allein dorthin. Alles in ihr sträubte sich dagegen.

«Wo wollt ihr hin?», fragte Matthew, der zu ihr aufgeschlossen hatte. Sie ließen Thomas vorangehen. Als sie das Haus umrundeten, begriff er. «Oh.»

Ihr Sohn führte sie zu Chris' Grab.

Jemand hatte sich während ihrer Abwesenheit darum gekümmert. Eine frische Hibiskusblüte lag auf dem kleinen Grabhügel, und Thomas hockte sich sofort hin und streichelte die Blütenblätter.

Matthew hielt Audreys Hand fester. «Hast du Angst?», fragte sie ihn leise. Sie wusste selbst, wie beklemmend sie dieses Grab anfangs empfunden hatte.

«Jetzt nicht mehr», erwiderte er fest. «Ich habe das Schlimmste bereits durchgemacht. Solange ihr nur bei mir seid, kann mir nichts mehr passieren.»

Als sie zum Haus zurückgingen, bemerkte Audrey eine Gestalt, die am Waldrand stand. Sie erkannte ihn sofort, und sie hob grüßend die Hand.

Zögernd hob auch Kinyua die Hand und winkte ihnen. Dann war er so schnell wieder verschwunden, wie er gekommen war.

Sie atmete tief durch.

Sie war angekommen. Und diesmal, das versprach sie sich, sollte es für immer sein.

Mit Isabel Beto ins farbenprächtig-exotische Venezuela

Ein Sturm beendet vorzeitig die Reise von Reinmar Götz und seiner Verlobten Janna. Ihr Schiff sinkt vor der Küste Venezuelas und das Paar wird getrennt. Janna trifft auf den Halb-Indio Arturo, der sie nach Angostura bringt. Doch während der Reise auf dem Orinoco, ist sich Janna nicht mehr so sicher, ob ihre Zukunft wirklich bei Reinmar liegt ...

rororo 25977